खिड़कियाँ

महात्मा गाँधी अन्तरराष्ट्रीय हिन्दी विश्वविद्यालय, वर्धा की 'राइटर इन रेजीडेंस' योजना के अन्तर्गत आमन्त्रित किये जाने पर इस उपन्यास 'खिड़कियाँ' का सृजन हुआ है।

खिड़कियाँ

दामोदर खड़से

वाणी प्रकाशन

वाणी प्रकाशन
4695, 21-ए, दरियागंज, नयी दिल्ली 110 002
फ़ोन : +91 11 23273167 फ़ैक्स : +91 11 23275710

शाखाएँ
अशोक राजपथ, पटना 800 004, बिहार
कॉफ़ी हाउस कैम्पस, महात्मा गांधी मार्ग, इलाहाबाद 211 001, उत्तर प्रदेश
महात्मा गांधी अन्तरराष्ट्रीय हिन्दी विश्वविद्यालय, वर्धा 442 001, महाराष्ट्र

www.vaniprakashan.in
marketing@vaniprakashan.in
sales@vaniprakashan.in

KHIDKIYAN
by Damodar Khadse

ISBN : 978-93-87648-55-5
Novel

प्रथम संस्करण 2018
आवृत्ति 2019

मूल्य : ₹ 595

सिटी प्रेस, दिल्ली-110 095 में मुद्रित

वाणी प्रकाशन का लोगो मक़बूल फ़िदा हुसेन की कूची से

महात्मा गाँधी अन्तरराष्ट्रीय हिन्दी विश्वविद्यालय,
वर्धा को
समर्पित

दो शब्द

एक दिन डॉ. राजेन्द्र प्रसाद मिश्र का फ़ोन आया कि मुझे महात्मा गाँधी अन्तरराष्ट्रीय हिन्दी विश्वविद्यालय, वर्धा की 'राइटर इन रेजीडेंस' योजना के अन्तर्गत तीन महीने की अवधि के लिए आमन्त्रित किया जा रहा है। मन बहुत प्रसन्न और उत्साहित हो उठा। यह सम्मान था मेरे लिए और निर्विघ्न समय मिलेगा लेखन के लिए। विश्वविद्यालय के परिसर से मैं परिचित था और आकर्षित भी कि काश यहाँ कभी लेखन के लिए उचित अवसर मिल सके। मुझे याद था कि विश्वविद्यालय के एक अन्य आयोजन में जब वहाँ के अतिथि निवास में ठहरा था, तब मैंने वहाँ एक कहानी लिखी थी। अब पूरा समय मिलने वाला था, मैं ऊर्जा से भर उठा, तैयारी में जुट गया।

कुलसचिव डॉ. राजेन्द्र प्रसाद मिश्र ने वर्धा पहुँचने की कोई तारीख़ तय नहीं की थी। मैंने ही जून के पहले सप्ताह में जाने का निश्चय किया। मित्रों ने सलाह दी कि इस समय वर्धा में गर्मी अपने चरम पर होगी। दीवारों से तपन टपकती है। जुलाई में जाइए। पर मैं निर्धारित तारीख़ को रवाना हो गया। ठहरने की व्यवस्था 'नागार्जुन अतिथि निवास' में की गयी। दोनों कमरे वातानुकूलित, सभी सुविधाओं से सुसज्जित, खान-पान की बेहतर व्यवस्था।

पहले ही दिन से कुलपति डॉ. गिरीश्वर मिश्र और प्रति कुलपति डॉ. आनन्दवर्धन शर्मा का स्नेह, सान्निध्य और सलाह निरन्तर पाने का सौभाग्य मिला। डॉ. राजेन्द्र प्रसाद मिश्र एक श्रेष्ठ अनुवादक के रूप में पहले से परिचित तो थे ही उनका मित्रवत् स्नेह और समसामयिक साहित्य पर चर्चा, चिन्तन को निरन्तर निखारता रहा। विश्वविद्यालय के कई कार्यक्रमों में भाग लेने का अवसर मिला। डॉ. आनन्दवर्धन के निवास पर सम्पन्न गोष्ठियाँ बहुत सार्थक रहीं। इन महानुभावों के सान्निध्य की स्मृतियाँ मन में सदैव अक्षुण्ण रहेंगी।

वर्धा पहुँचने से पहले मेरे मन में कोई विषय नहीं था। हाँ, ढेर सारे अनुवाद, सम्पादन, लेख बाकी थे। लेखन में कहानियाँ या उपन्यास...डॉ. राजेन्द्र प्रसाद मिश्र से बातें होती रहतीं...उपन्यास उभरकर आया और 'खिड़कियाँ' साकार होने लगा। लगभग पूरा उपन्यास तैयार हो गया। कुछ भाग पुणे में पूरा हुआ। अब लगता है, यदि विश्वविद्यालय ने अवसर न दिया होता तो पता नहीं मेरी 'खिड़कियाँ' कब तक बन्द ही पड़ी रहतीं।

नागार्जुन अतिथि निवास के सामने विस्तीर्ण लॉन पर बैठकर चित्रा मुद्गल, प्रतिभा राय, अरविन्द मोहन और बुद्धिनाथ मिश्र के साथ घण्टों लम्बी चर्चाएँ बहुत सुखद होतीं। यहाँ के निवास के दौरान डॉ. कृष्ण कुमार सिंह, डॉ. हनुमानप्रसाद शुक्ल, डॉ. अरविन्दकुमार झा, डॉ. देवराज, डॉ. सूरज पालीवाल, डॉ. शैलेश कदम, डॉ. अनवर अहमद सिद्दीक़ी, डॉ. अशोक मिश्र, डॉ. अश्विनी कुमार और डॉ. राजेश यादव का सृजन-सान्निध्य अविस्मरणीय रहा है। विश्वविद्यालय के जनसम्पर्क अधिकारी श्री बुद्धदास मिरगे का स्नेह-सहयोग आदि-अन्त तक अविरत मिलता रहा है।

डॉ. अनन्तराम त्रिपाठी और श्री हेमचन्द्र वैद्य का स्नेह मुझे वर्धा तक खींच लाया। वर्धा निवास के दौरान श्री प्रदीप दाते, श्री अशोक मेहरे और डॉ. राजेन्द्र मुंडे का सान्निध्य 'होम सिकनेस' से बचाये रखता। श्री राजेन्द्र प्रसाद वर्मा का सहयोग बहुत आत्मीय रूप में निरन्तर मिलता रहा है। श्री करण शेर, मयूर गाड़े, अमर जगताप, दीपक सोनुलकर और योगेश दोड़ की तत्पर सहायता कभी नहीं भुलाई जा सकती। इन सबकी सदाशयता मेरी पूँजी है। सबका हृदय से आभार।

दामोदर खड़से
बी-503-504 हाई ब्लिस, कैलाश जीवन के पास,
धायरी, पुणे-411 041
मोबाइल : 9850088496
damodarkhadse@gmail.com

आँख खुली तो दिखा कि शहर कब का पार हो चुका है। गर्मी के दिन थे। ट्रेन, दोपहर साढ़े चार बजे की थी, अवन्तिका एक्सप्रेस...इन्दौर से मुम्बई। ट्रेन पकड़ने की आपाधापी बहुत थी, ऊपर से गर्मी। वो तो बहुत अच्छा हुआ कि सूर्यकान्त विदा करने आ गये, नहीं तो कुली के पीछे उतनी तेज़ गति से चलने की उम्र नहीं थी—अरुण प्रकाश की। पैंसठ पार कर चुके थे। पर उम्र ही सब कुछ नहीं होती। सूर्यकान्त ने तो बयासी इस वर्ष पार की है, पर कुली के पीछे उतनी ही गति से गये। फुर्ती उनमें बरकरार है। सेकेंड एसी में उन्होंने सूटकेस रखवाए—सीट के नीचे। अरुण प्रकाश को निचली सीट ही मिली थी। सूटकेस दो थे, दोनों को जोड़कर उन्होंने ज़ंजीर लगाकर ताला डाल दिया। निश्चिन्त हो गये। गाड़ी छूटने का समय हो रहा था। सूर्यकान्त उतरने को हुए तो अरुण प्रकाश का गला रुन्ध गया...'अरे महीने भर की तो बात है...।' सूर्यकान्त ने कहा। 'वो बात नहीं है...अकेले ही...।' अरुण प्रकाश वाक्य पूरा नहीं कर पाये। आँखें भर आयीं। सामने कुछ दिखाई नहीं दे रहा था, सूर्यकान्त भी नहीं। जो बन्द आँखों से दिख रहा था उसे सूर्यकान्त अच्छी तरह महसूस कर रहे थे। उन्होंने अरुण प्रकाश को बाँहों में भर लिया। सहयात्री उस केबिन में तीन-चार थे। उनकी विलगता सबके लिए बहुत अलग थी। उनकी बातों से सहयात्री यह तो जान गये कि वे दोनों रिश्तेदार नहीं हैं। दोस्ती भी हम उम्र की नहीं। दोनों में लगभग 15-20 वर्षों का अन्तर था। पर उन दोनों के इस रिश्ते को अलग होते देखना भी एक अनुभूति थी।

'4:25 होने को हैं। अब आप चलिए।' सूर्यकान्त से अरुण प्रकाश ने कहा।

सूर्यकान्त ने घड़ी देखी। तुरन्त उतरने को हुए। पीछे-पीछे अरुण प्रकाश भी हो लिए। दरवाज़े पर आते ही सूर्यकान्त ने देखा कि पुस्तकों-पत्रिकाओं का

ठेलिया जा रहा है। उन्होंने एक पत्रिका ली। गाड़ी ने सीटी दी। झट् उन्होंने पत्रिका अरुण प्रकाश को थमा दी। ट्रेन चल पड़ी।

'शुभ यात्रा...' सूर्यकान्त ने हाथ लहरा दिया।

अरुण प्रकाश ने भी कुछ कहा पर भीड़-भाड़ और ट्रेन की आवाज़ में कुछ सुनाई नहीं दिया। दूर तक अरुण प्रकाश हाथ लहराते रहे और सूर्यकान्त सँभालकर...भीतर जाने का इशारा करते रहे। तभी ट्रेन ने एक मोड़ लिया और अरुण प्रकाश अपनी सीट पर आ गये। पसीना अभी भी सूखा नहीं था। पर ठण्डक थी। पत्रिका हाथ में थी। सीट पर रख दी और आँखें मूँदते-खोलते कुछ देखना चाहते, जो वहाँ नहीं था। इसलिए वे शून्य में ही रहे। तभी आवाज़ आयी, अमेरिका जा रहे हैं।

अरुण प्रकाश को लगा कि किसी ने कुछ पूछा है। पर वे बहुत दूर खो गये थे।

वही प्रश्न फिर उभरा, 'अमेरिका जा रहे हैं।'

अरुण प्रकाश प्रश्नकर्ता को देखते रहे गये। प्रश्नकर्ता को ही कुछ अटपटा लगा और वह बोल पड़ा, 'नहीं मेरा मतलब था, इतनी बड़ी बैग्सा तो... ।'

'नहीं आपने सही सोचा है।' कहकर अरुण प्रकाश ने आँखें मूँद लीं। सोचते रहे, सफ़र में कई लोगों को कई बातें जानने की जिज्ञासा रहती है।

थकान, पसीना, गर्मी, यात्रा के अनदेखे पहलुओं से उनकी आँखें भारी हो रही थीं। अचानक उन्हें ध्यान आया, 'मकान की चाबी सूर्यकान्त को दी या नहीं... ।' फिर उन्होंने ही जवाब दे दिया...दे दी न। उन्होंने तो घर की चिन्ता न करने की बात कही थी। सामने लगे पौधों-फूलों को सींचने की कही बात भी उन्हें याद आयी...ये भूलना तबसे शुरू हुआ, जबसे शुगर की डोज बढ़ी है...वे मुँदी आँखों से मुस्कुरा दिये।

अचानक उन्होंने खिड़की से बाहर झाँका। इन्दौर शहर...पीछे छूटता हुआ। ट्रेन तेज़ गति से आगे बढ़ती हुई।

इन्दौर और सूर्यकान्त दोनों अरुण प्रकाश के लिए पर्याय की तरह लगते। इन्दौर से उन्हें लगाव हो गया था। गर्मी भयंकर, ट्रैफिक की जानलेवा स्थिति, विमुख रिश्तेदार...इन सबके बीच—सूर्यकान्त। पक्के दोस्त, साथी, हर मोड़ पर...अरुण प्रकाश के लिए यह तय करना मुश्किल था कि सूर्यकान्त के कारण वह इन्दौर को इतना तो नहीं चाह बैठे हैं...या यहाँ मकान बना लिया इसलिए। मकान अपनी जगह पर, सूर्यकान्त...यदि यहाँ न होते तो जीवन दूभर हो जाता।

पता नहीं कब इन्दौर पीछे छूट गया। दूर-दूर तक सूखे मैदान मृगजल में डूब गये थे। शाम और एसी के बावजूद बाहर की गर्मी अरुण प्रकाश अनुभव

कर रहे थे। पेड़ों के नीचे अब भी मवेशी पगुरा रहे थे। देखते-देखते नींद उन्हें अपनी चपेट में ले रही थी।

चाय वाले की आवाज़ से उनकी तन्द्रा टूटी। स्टेशनों पर चाय वाले रात-बेरात किसी भी बोगी में घुस आते हैं। नींद कच्ची ही थी, टूट गयी।

अरुण प्रकाश को याद आया कि यही कोई सात-आठ साल पहले वे निष्ठा को लेकर इसी तरह ट्रेन से पुणे निकले थे। किशोरी थी, निष्ठा। बहुत चाहा उन्होंने कि इन्दौर में ही पढ़े वह। पर उसकी इच्छा पुणे में पढ़ने की थी। बारहवीं में उसको बहुत अच्छे अंक मिले थे। फर्ग्युसन कॉलेज में उसको एडमिशन मिला। बहुत नामी कॉलेज है वह। बस जाना है, निष्ठा की इच्छा थी। अनमने होकर वे उसे लेकर पुणे गये। एडमिशन हुआ। दो-तीन दिन एक होटल में रुके। क्लास शुरू होते ही हॉस्टल में उसे जगह मिल गयी और बुझे-बुझे से अरुण प्रकाश लौट आये थे।

आज निष्ठा की पढ़ाई ने उसका भविष्य बनाया। ट्रेन में वह किशोरी निष्ठा को एक विकसित इंजीनियर के रूप में देख रहे थे। ट्रेन में वह अकेले ही यह सोच-सोचकर मुस्कुरा देते पर आस-पास लोग उन्हें देख तो नहीं रहे हैं, यह सोच सकपका जाते। अब उनके ध्यान में आया कि सूर्यकान्त ने कोई पत्रिका भी दी है। उठा ली पत्रिका, 'अहा ज़िन्दगी...' वे पत्रिका के पन्ने पलटने लगे।

सूर्यकान्त के घर से आया पैक खाना उन्होंने खाया। सहयात्रियों ने ट्रेन में ही आर्डर किया था। सूर्यकान्त कितना ध्यान रखते हैं। और भाभी तो और भी ज़्यादा। खाने के बाद वह सोचते रहे कि निष्ठा को पुणे पढ़ाई के लिए भेजने में इन दोनों की भी काफ़ी भूमिका थी। सूर्यकान्त के एक मित्र पुणे में थे। उनका भावनात्मक सहारा था, वे ही निष्ठा के लोकल गार्जियन भी थे। अभी अरुण प्रकाश की सारी दुनिया निष्ठा के इर्द-गिर्द रही। अपने अकेलेपन के ख़तरे को दुत्कार कर अरुण प्रकाश ने निष्ठा को अगली पढ़ाई के लिए भेजा था। पर आज वह इस ट्रेन में नितान्त अकेलेपन से जकड़े जा रहे थे। भावुक हैं भीतर से। सोच-सोचकर अपने अतीत को जोड़ रहे थे।

अचानक मोबाइल घनघना उठा। लगा निष्ठा होगी। पर नहीं, अनुपमा थी, अरुण प्रकाश की बड़ी बहन।

'निकल गये, कब से तुम्हारे फ़ोन की राह देख रही हूँ।'

'सॉरी दीदी, फ़ोन करने की याद नहीं रही।'

'अवन्तिका से चला हूँ। सुबह 6:15 बजे मुम्बई सेंट्रल पर पहुँचती है ट्रेन... ।' अरुण प्रकाश सब बता देना चाहते थे।

'आओ-आओ...सुबह राजेश पहुँच जायेगा।'

'उसे क्यों परेशान करती हो? मैं टैक्सी लेकर पहुँच जाऊँगा।'

'कोई बात नहीं वह आ जायेगा। उसका मोबाइल नम्बर है न...।'

'हाँ, है न...।'

'आओ, अच्छा लगेगा...।

'ठीक है, ओके।' संवाद पूरा हुआ। अरुण प्रकाश सोचने लगे यह दीदी है या माँ। कितना ध्यान रखती है। जीवन के हर संकट में इसने साथ दिया। मेरे हर अकेलेपन को जितना सम्भव था दूर किया। पर बेचारी पर कितना बड़ा संकट टूटा—राजेश पन्द्रह वर्ष का था और उसके पिता चल बसे—हार्ट फेल। कैसे दिन काटे अनुपमा दीदी ने, सोचकर वे अनमने हो गये।

ऐसे दुख अरुण प्रकाश के जीवन में बहुत आये। वे मूल रूप से इन्दौर के नहीं थे। इन्दौर के पास एक छोटा कस्बा है, जहाँ उनके पिता शिक्षक थे। पिता की इच्छा थी कि अरुण प्रकाश भी शिक्षक ही बने। बहुत आकांक्षा नहीं थी पिता की। वे अपनी तरह शान्त और सीधी-सरल ज़िन्दगी चाहते थे, अरुण प्रकाश की। अरुण प्रकाश पढ़ने में तेज़ थे। वह कस्बे को लाँघते हुए अगली पढ़ाई के लिए इन्दौर पहुँचे। पिता की इच्छा का सम्मान करते। शिक्षक बने, फिर कॉलेज में लेक्चरर और यूनिवर्सिटी में प्रोफ़ेसर। पीछे मुड़कर नहीं देखा उन्होंने कभी। ख़ूब पढ़ते, ख़ूब पढ़ाते। पर अचानक उनके जीजाजी के देहावसान से उन पर भी दुःख का पहाड़ टूट पड़ा।

पिताजी ने अपनी पूरी ज़िन्दगी जी ली थी, पर अरुण प्रकाश चाहते कि नये मकान में पिताजी साथ रहें। ताउम्र किराए के मकान में रहे थे वे। पर मकान बनने से पहले ही वे हमेशा के लिए विदा हो गये। अरुण प्रकाश को अकेलापन घेरने लगा। वे बाहर से कुछ भनक न लगने देते पर भीतर ही भीतर वे चरमरा रहे थे।

समय दुनिया के हर दुःख को सहने और भूलने का सहारा बन जाता है। एक दुःख के सामने वह दूसरी चुनौती रख देता है। मनुष्य अपने अतीत को ढोकर बहुत आगे नहीं जा सकता। उसे अपने भविष्य के लिए नये वर्तमान गढ़ने होते हैं। यूनिवर्सिटी की राजनीति में प्रोफ़ेसर बनने के लिए अरुण प्रकाश को बहुत जूझना पड़ा। इस संघर्ष में मकान के निर्माण की ओर भी ध्यान देना होता। धीरे-धीरे अतीत भूतकाल हो गया। अरुण प्रकाश तेज़ी से एक लोकप्रिय प्रोफ़ेसर के रूप में उभरे। विद्वत्ता और सरलता का अद्भुत संगम उनके व्यक्तित्व में था। कई साथी ईर्ष्या करते पर वे अपनी सहजता से कभी नहीं डगमगाये।

एकाध बार अनुपमा ने कहा भी कि भीतरी राजनीति ज़्यादा कचोट रही हो तो यहाँ मुम्बई आ जाओ। मुम्बई के कॉलेजों में राजेश के पिता की अच्छी पहचान थी। पर वे इन्दौर में ही रहे। ससम्मान रिटायर हुए।

एक दिन उन्होंने अनुपमा के साथ के लिए रखा था। दूसरे दिन की उनकी फ्लाइट थी—ब्रिटिश एयरवेज से। ढेर सारी बातें हुईं भाई-बहन में। राजेश की अच्छी नौकरी है। सुशील है राजेश। अब उसकी शादी हो जानी चाहिए। अरुण प्रकाश ने कुछ रिश्ते भी सुझाए पर अनुपमा ने बताया कि राजेश इस वर्ष नहीं चाहता।

अनुपमा ने अरुण के पसन्द का खाना बनाया। दोनों देर रात तक बातें करते रहे। राजेश लगभग रात एक बजे आया।

'इस नयी पीढ़ी की यही एक समस्या है, खासकर, आई टी वालों की कि उन्हें देर रात तक काम करना पड़ता है...।' अनुपमा ने कहा था। राजेश केवल मुस्कुरा दिया था और जुराबें उतारने लगा।

'खाना खाएगा?' माँ ने पूछा।

'नहीं खाकर आया हूँ।' राजेश ने कहा।

अरुण प्रकाश माँ-बेटे का संवाद सुन रहे थे। उन्हें याद आ रहा था अपना बेटा विनीत और बहू सुनीता भी। विनीत तो नाम के अनुरूप है। आई टी में है। बहू भी आई टी में ही है। अरुण प्रकाश को याद आता है कि वह एक सप्ताह के लिए बेंगलुरु गये थे। पर पता नहीं क्यों उनका बिल्कुल मन नहीं लगा। तभी अनुपमा ने पूछ लिया—

'बेंगलुरु में कैसा चल रहा है। तुम दादा बन रहे हो या नहीं?...उनकी शादी को तो दो साल हो गये...बहू कैसी है?' इतने सारे सवाल एक-साथ। अरुण प्रकाश इधर-उधर देख रहे थे। कुछ नहीं बोले। अनुपमा को जो समझना था, समझ गयी। उसने फिर यह विषय नहीं छेड़ा।

कभी-कभी ऐसा होता है कि अपना अकेलापन तो अपनी जगह होता है, फिर कई लोग आसपास का अकेलापन भी सौंप जाते हैं। पर अपने अत्यन्त करीबी को भी इस बारे में कुछ बता पाना सम्भव नहीं होता।

दूसरे रिश्तेदारों-परिचितों के बारे में वे दोनों जानकारियों का आदान-प्रदान करते रहे। देर रात तक बातें होती रहीं।

दूसरे दिन, रात बारह बजे अरुण प्रकाश को मुम्बई अन्तरराष्ट्रीय हवाई अड्डे तक राजेश पहुँचा आया। सारी बातें उन्हें समझायीं। अरुण प्रकाश की यह पहली विदेश यात्रा थी। राजेश तो अक़्सर ही जाता रहता है। अपना पासपोर्ट, टिकट,

लगेज को याद करते हुए एयरपोर्ट के गेट के भीतर वे चले गये। पीछे मुड़कर हाथ लहराया और आगे बढ़ गये। अनुपमा और राजेश भी टैक्सी लेकर लौट गये। तीनों अपने-अपने अकेलेपन के साथ लगभग गुमसुम ही रहे।

2

किसी काम में आदमी जब नया होता है तो वह सबसे पहले और सावधानी से काम को पूरा करना चाहता है। अरुण प्रकाश के साथ भी वही हुआ। राजेश ने जो-जो, जिस तरह बताया वैसा ही किया। सारी औपचारिकता पूरी। सुरक्षा जाँच भी। अब बोर्डिंग के लिए डेढ़ घण्टे का समय था। पास में 'अहा ज़िन्दगी' थी और उनकी अपनी पत्रिका 'एकान्त'। वे पन्ने पलटने लगे। 'हार्ट' से जुड़े एक लेख का पन्ना 'अहा ज़िन्दगी' में खुला। उन्होंने 'हार्ट' शब्द देखते ही पत्रिका बन्द कर दी। हैंड बैग में ही रख दी। आँखें बन्द कर चुपचाप बैठे रहे। चारों ओर शोर था, लोगों की चहल-पहल थी। रात के 1:30 बजे थे। लोग चाय, कॉफ़ी, कोल्डड्रिंक पी रहे हैं। सेंडविच खा रहे हैं। उन्हें लगा यहाँ तो दिन-रात का भेद ही मिट गया है। भीड़ में खास तरह की गहमागहमी थी। कई लोग ऊँघ रहे थे, कई कुर्सियों पर सो गये थे। कई मसाज मशीन पर हैं और कुछ तो रेस्तराँ में ड्रिंक ले रहे हैं। कभी-कभी पूरा माहौल बड़ी पार्टी लगता तो कभी कस्बे का बस स्टैंड...इतने कोलाहल में अरुण प्रकाश ने आँखें मूँद लीं। भीड़ के बीच अकेलापन उन्हें बहुत कोंच रहा था। यह चुभन उन्हें अतीत की ओर धकेल देती। अब वे अपने में अकेले रह गये।

अरुण प्रकाश न पढ़ पा रहे थे, न इस भीड़ पर नज़र डाल पा रहे हैं और न ही किसी को फ़ोन कर पा रहे हैं। रात जो इतनी है। ऐसे में उन्होंने सूर्यकान्त को एस एम एस किया कि सब ठीक है। बोर्डिंग का वेट कर रहा हूँ। एस एम एस के सेंड करते ही सूर्यकान्त का फ़ोन बजा।

'मैंने जानबूझकर फ़ोन नहीं किया कि आप चेक-इन में व्यस्त होंगे...।' —सूर्यकान्त ने कहा।

'मैंने सोचा कि आप सो गये होंगे। इसलिए एस एम एस किया...।' अरुण प्रकाश की ओर से स्पष्टीकरणनुमा वाक्य था।

'निष्ठा का फ़ोन आया?'

'नहीं।'

'आपने किया...?'

'नहीं...'

'ओके कर लीजिएगा...।' सूर्यकान्त ने सलाह दी।

'देखता हूँ...अच्छा गुडनाइट...।' पता नहीं क्यों अरुण प्रकाश अनमने हो गये। बहुत बात करने का मन नहीं था।

इतनी लम्बी यात्रा पर जा रहे हैं। बेटी से मिलने। दामाद और नाती से मिलने। फिर भी अनमने। कोई खिंचाव नहीं। अरुण प्रकाश ऐसे नहीं थे। ऊर्जा और उत्साह से लबालब रहते। संघर्ष के दिनों को तो उन्होंने बड़ी तेज़ी से पार किया। मध्यवर्ग जिस मकान, कार और घरेलू साजो-सामान को हासिल कर इतराता है, उसे भी उन्होंने हासिल किया। सामाजिक रूप से भी सम्मानित। तो ऐसा क्या हुआ? कहाँ गया उनका जुझारूपन...

जीवन में किसी की उपस्थिति का अहसास रोज़ नहीं हो पाता। पर अनुपस्थिति का अहसास पल-पल होता है। फिर व्यक्ति ऐसा हो जो रेशे-रेशे में समा चुका हो, धमनियों में बह रहा हो, उसका अलग से अहसास कैसा...वह तो समा जाता है भीतर तक, वह 'तुम' से विसर्जित 'मैं' हो जाता है। हाँ, उसकी अनुपस्थिति, अलगाव की कल्पना मात्र से मनुष्य सिहर उठता है।

अरुण प्रकाश के जीवन में आस्था का यही स्थान था। सब यह मानते रहे कि आस्था और अरुण एक-दूसरे के लिए ही बने थे। शादी के बाद आस्था ने अरुण के माता-पिता का जिस तरह ध्यान रखा, इससे यह परिवार दूसरों के लिए ईर्ष्या का कारण बना। आस्था को हर तरह की आज़ादी थी। देश में जब कम्प्यूटर का दौर आया तब आस्था ने कम्प्यूटर के हर पहलू को सीखा। उसका विश्लेषण किया। वह कॉलेज से यूनिवर्सिटी में कम्प्यूटर विभाग में रीडर के रूप में नियुक्त हुई। यह वह समय था जब नौवें दशक में कम्प्यूटर को लेकर वैज्ञानिकों में और जन-सामान्य में बहुत कुतूहल था। ऐसे समय में आस्था के लेख भारतीय पत्र-पत्रिकाओं और शोधपत्रों में ही नहीं, विश्व स्तर के मंचों में भी उभरने लगे। अरुण प्रकाश का पूरा सहयोग था। आस्था देश-विदेश में अपना शोध-प्रपत्र पढ़ने, प्रस्तुत करने और चर्चाओं में भाग लेने जाने लगी। आस्था और कम्प्यूटर की दुनिया एक-दूसरे के पर्याय हो गये। फिर भी वह घर-गृहस्थी को लेकर उतनी ही समर्पित रही। परिवार में विनीत और निष्ठा ने जन्म लिया। एक हँसता-खेलता बगिया बन गया परिवार। एक अच्छे मकान की कमी थी, वह भी बना इन्दौर के सुन्दर इलाके में। आस्था ने ख़ूब सजाया घर।

आस्था ने मकान के पीछे अमरूद और पपीते के पेड़ लगाये थे और अरुण मकान के सामने तरह-तरह के फूलों के पौधे लगाते, सींचते और उनकी देखभाल करते। गुलाब खिलता तो आस्था को देते, रोज़ पूजा की तरह और अमरूद पकते तो आस्था, अरुण को देती। अरुण प्रकाश बहुत मुखर और विनोद-प्रिय रहे। अमरूद उन्हें बहुत पसन्द थे। आस्था काट कर लाती तो कहते 'जब तक दाँत हैं, खड़ा अमरूद ही अच्छा लगता है। वैसे जैसा भी हो मीठा तो है ही तुम्हारी तरह... ।'

शादी के इतने दिनों बाद भी कम्प्यूटर की विशेषज्ञ, विदुषी, कई बार इस 'मीठेपन' की बात अरुण के मुँह से सुनकर अब भी लजाकर लाल हो जाती, अरुण कहते, 'तुम तो हो गुलाब की तरह सुन्दर और अमरूद की तरह मीठी... ।' आस्था की नज़र...भरपूर नज़र तब अरुण के पाँवों से आँखों तक पहुँचती और अपने ख़ास अन्दाज़ में आँखों में निहार कर कहती, 'ऐसा...?।' यह 'ऐसा' कहना अरुण का कायाकल्प कर जाता और उन्हें उम्र का भान ही न रहता। किचन की ओर आस्था को वे पीछे से अपने में समेट लेते...बाद में उन्हें महसूस होता कि बच्चे बड़े हो रहे हैं। तब, ऐसी बातों के लिए उन्हें 'एकान्त' का इन्तज़ार रहता। अरुण प्रकाश 'एकान्त' तलाशने, हासिल करने और उसे अपने में ढाल लेने में निपुण हैं। आस्था के साथ का 'एकान्त' उनके सभी संघर्षों का अन्त रहा है। आस्था उनके लिए जीवन साथी ही नहीं, सब कुछ थी, जीवन ही थी। आस्था को ही उन्होंने सोचा-समझा और समर्पित रहे। इतने दिनों के बाद भी आस्था के साथ के पल, हर पल नये और लुभावने लगते उन्हें। आस्था मन-मस्तिष्क से उत्कृष्ट तो थी ही, भीतरी संवेदना भी उतनी ही गहन और श्रेष्ठ थी। उसका बाह्य-सौन्दर्य भी बहुत लुभावना था, अरुण प्रकाश की निगाह में तो सर्वश्रेष्ठ। आस्था का व्यक्तित्व, उसके व्यवहार और बातों से झलकता था। उसकी प्रतिभा की ख्याति अख़बारों, मीडिया और विभागों से होते हुए व्यापकता पा रही थी। अब वह यूनिवर्सिटी में प्रोफ़ेसर के पद पर आ चुकी थी। ज़िम्मेदारी के साथ व्यस्तता बढ़ी। अरुण प्रकाश ने आस्था के व्यक्तित्व को संवारा ताकि वह दायित्व को निभा सके।

एक दिन मीडिया में एक बड़ी ख़बर आयी कि इन्दौर में एक महिला विश्वविद्यालय की स्थापना की जायेगी। कई दिनों से यह ख़बर चल रही थी कि यह भोपाल में हो या इन्दौर में। अन्ततः इन्दौर का नाम आगे आ गया। फिर कुलपति के लिए कई नामों की चर्चा होने लगी। तमाम लोग लॉबिंग में जुट गये। राजनीतिक दाँव-पेंच, भाग-दौड़, सिफ़ारिशें, कुछ हद तक उठा-पटक भी।

आस्था-अरुण चर्चा करते, अच्छा हुआ महिलाओं के लिए अलग से विश्वविद्यालय खुल रहा है। अरुण चुटकी लेते, 'अब दूसरे विश्वविद्यालय रूखे हो जायेंगे...।' आस्था हँस देती। फिर एक दिन अख़बारों में जो नाम उछले उसमें आस्था का भी नाम था।

अरुण प्रकाश ने छेड़ते हुए कहा, 'तुमने तो बताया ही नहीं कि तुम भी लॉबिंग कर रही हो...।'

'मैं कोई लॉबिंग-वाबिंग नहीं कर रही और आपको बताये बिना मैं क्या कुछ करूँगी...।' आस्था अरुण की ओर देखते बोली।

'सो तो मैं जानता हूँ। पर एक बात है यदि हो जाता है तो न आस्था...मज़ा आ जायेगा। मैं तो मिस्टर वाइस चांसलर बन जाऊँगा...।' मज़ाक़ में उम्मीद भी झलक रही थी।

'ऐसी ज़िम्मेदारी कौन ले। अभी अपनी उम्र ही क्या है? प्रोफ़ेसर बनकर कितने दिन हुए हैं...और बच्चे भी छोटे हैं। फिर ऐसी व्यस्तता बड़ी चुनौती होगी...हम भी क्या लेकर बैठ गये...अख़बार वालों पर कितना भरोसा...' आस्था उसमें से बाहर निकलना चाह रही थी।

'कहीं तो बात उठी होगी...कोई ऐसे ही थोड़े ही लिख देगा...अब तो कहने का समय है—'स्त्रीस्य भाग्यं...।' ' उन्होंने बात को समेटने की कोशिश की। फिर धीरे से कहा, 'यदि सचमुच हो गया तो...? तुम्हारा इतना नाम है, इतना काम है। इतनी पुस्तकें लिखीं तुमने कम्प्यूटर टेक्नोलॉजी पर...कितना भी समय बदल गया हो कुछ लोग पारखी होते हैं...और भई काम करने वाले भी तो चाहिए न...' अरुण पैरवी किये जा रहे थे।

'चलिए समय काफ़ी हो गया, तैयारी की जाये यूनिवर्सिटी जाने की।' ने कहा आस्था।

'वहाँ भी आज यही चर्चा होगी...।'

'ठीक है, होने दीजिए। मेरी तो आज एक मीटिंग भी है।' कहकर आस्था भीतर चली गयी।

लगभग सात महीने बाद यह ख़बर सच निकली। फिर अख़बारों में परिचय, टीवी पर इंटरव्यू, घर पर लोगों के बुके के ढेर...। पूरा माहौल ही बदल गया, घर की पूरी स्थिति बदल गयी। आस्था वाइस चांसलर बन गयी थी। पर न ज़मीन का ठिकाना, न स्टॉफ, न कोई सुविधा। पर धीरे-धीरे सब ठीक होने लगा। राज्य सरकार ने इन्दौर शहर से बाहर महामार्ग के किनारे लगभग 145 एकड़ की ज़मीन लीज़ पर दी। ज़ाहिर है, ज़मीन बंजर थी। ऊबड़-खाबड़, टीले, जंगलनुमा

झाड़-झंखाड़, कुछ पहाड़ जैसी ज़मीन। नीचे पत्थर उतार-चढ़ाव की भरमार। ग्रांट के लिए सरकारों के चक्कर लगाना। पानी, बिजली, छात्रावास, टीचर्स सब-सब जुटाना था। आस्था रात और दिन काम करती। उसे चिन्ता थी कि अपने बच्चों की ओर ध्यान कम हो रहा है। अरुण प्रकाश सँभाल लेते।

आस्था ने सड़कें, इमारतें, टीचर्स सारी बातों की बड़ी योजनाएँ बनायीं। सरकार की ग्रांट धीरे-धीरे आती रही। बाहर की फैकल्टी की सहायता से कक्षाएँ शुरू हुईं। परिसर में सड़कों की रूपरेखा पर पेड़ लगाना शुरू किया। किनारे ऐसे पेड़ लगाये जो 100 से अधिक वर्षों तक टिकते हैं। जिनमें पीपल, वट, इमली प्रमुख थे। हाँ नीम के पेड़ भी बड़ी संख्या में लगाये। ऐसे पेड़ों को नहीं काटा जो अनायास ही उग आये हों, भले ही वे बबूल के ही क्यों न हों।

किसी भी संस्था का प्रारम्भ बहुत छोटे स्वरूप में होता है। उसमें छोटे-छोटे लोगों के बड़े-बड़े समर्पण होते हैं। विशाल भवन की बुनियाद के पत्थर कभी दिखते नहीं पर उसी पर बहुमंज़िली इमारत इतराते हुए खड़ी रहती है। आस्था नींव की, बुनियाद की एक ज़रूरी हिस्सा बन गयी। किसी न किसी को नींव में होना होता है। आस्था बहुत मजबूती से इस नींव में रहकर सारा कुछ थाम रही थी। उसे इसका गर्व भी था और सृजन का सन्तोष भी।

आस्था का काम पूरी शक्ति और कभी-कभी युक्ति से चलता रहा। समय बहुत लगा। पूरा घर अरुण प्रकाश ने सँभाल लिया था। अब आस्था को गाड़ी, ड्राइवर, स्टाफ और दूसरी सुविधाएँ मिल गयी थीं। एक नयी आस्था से उसका व्यक्तित्व और निखरता गया। अभी बहुत काम बाकी था। भवनों का निर्माण तेज़ी से हो रहा था। आस्था को 5 वर्ष की अवधि मिली थी। सबका कहना था कि दूसरी टर्म भी मिल सकती है। पर उसे इसकी अपेक्षा नहीं थी। कम्प्यूटर पिछड़ रहा था। प्रशासन हावी था। दिन बीतते रहे। काम चलता रहा। लेकिन, अरुण प्रकाश और बच्चों के हिस्से कम आता रहा समय आस्था का।

व्यक्ति जैसे-जैसे यश की सीढ़ियाँ चढ़ता जाता है, अकेला हो जाता है। उसका व्यक्तिगत समय चरमरा जाता है। समय की गति बढ़ जाती है। उसकी गति को पाने के लिए अतिरिक्त परिश्रम करने होते हैं। आस्था यह सब कर रही थी। जब भी कोई निर्माण होता है, तब बड़ी मात्रा में रिसाव होता है। रिसाव स्रोतों का, रिसाव अर्थ का, रिसाव समय का। आस्था के साथ भी यह होता रहा। सहयोगी कई बार रिसाव के भागीदार बन जाते। राजनीति का शिकंजा कसता। निर्माण के ठेके पर कई गिद्धों की नज़र होती। किस पर भरोसा करें। अकेलापन बढ़ता ही जाता। कइयों से संघर्ष, कइयों से नाराज़गी, जिन्हें कुछ

अधिक दिया वे और चाहते। एक खिंचाव भीतर ही भीतर आस्था को निचोड़ रहा था। पर वह कोई काम अधूरा नहीं छोड़ती, इसमें भी डटी रही। तमाम आरटीआई का जवाब दृढ़ता से दिया और धैर्य से आगे बढ़ती रही। व्यक्ति की प्रतिभा की परख प्रशासन में अधिक होती है। आस्था अपना काम अपनी गति से कर रही थी। सबका सहयोग वह चाहती, पर न मिलने पर उसका एक सूत्र होता—'जितना सम्भव है—सबका साथ, नहीं तो एकला चालो रे'। बहुत यश मिला उसे। पर सार्वजनिक कामों में हर किसी को ख़ुश नहीं किया जा सकता, यह अन्ततः आस्था ने मान लिया।

आस्था चाह रही थी कि उसकी टर्म पूरी होने से पहले यूनिवर्सिटी का प्रशासनिक भवन बनकर तैयार हो जाये। दिन-रात काम करवाकर वह अपने लक्ष्य तक पहुँची। उसने उसके उद्घाटन का कार्यक्रम रखना चाहा। ज़ाहिर है मुख्यमन्त्री, केन्द्रीय शिक्षा मन्त्री और कुछ नौकरशाहों को वह बुलाना चाहती थी। ऐसे समारोहों में राजनीतिज्ञों और नौकरशाहों के रुख से उसे दो-चार होना पड़ा। दो-एक बार उद्घाटन समारोह स्थगित भी करना पड़ा। बहुत खीझ होती उसे, पर यह तो व्यवस्था के लिए आम बात थी।

किसी तरह समारोह की तारीख़ निश्चित हुई। पूरी यूनिवर्सिटी व्यवस्था में लग गयी। दिल्ली से शिक्षा मन्त्री आने वाले थे और मुख्यमन्त्री भी आने वाले थे। ज़ोरदार तैयारियाँ हुईं।

समारोह में सबने आस्था की मुँह भरकर तारीफ़ की। उसकी दूरदर्शिता, प्रशासन और कल्पकता का जबरदस्त उल्लेख हुआ। इतने कम समय में सशक्त बुनियाद रखे जाने का लगभग सबने उल्लेख किया। अन्त में, धन्यवाद के लिए आस्था उठ खड़ी हुई। सामने गण्यमान्य लोगों के साथ अरुण प्रकाश भी बैठे हुए थे। अरुण प्रकाश को आज आस्था बहुत थकी-थकी लग रही थी। काम का बोझ होगा शायद—अरुण प्रकाश मन ही मन स्थिति स्पष्ट कर रहे थे।

आस्था ने उपलब्धियाँ रखीं पहले, फिर कठिनाइयाँ और दूर करने के सुझाव। विशेष जोर दिया ग्रांट बढ़ाने के लिए। साथ ही, नयी योजनाएँ भी प्रस्तुत कर दीं। इस प्रशासनिक भवन के उद्घाटन पर आये सभी मेहमानों का धन्यवाद करते समय पलभर के लिए अरुण प्रकाश पर उसकी नज़र टिकी। अरुण प्रकाश ने हौले से अपनी बन्द मुट्ठी का अँगूठा ऊपर करते हुए शायद कांग्रेट्स कहा था और कुछ भावुक होकर नीचे देखने लगे। आस्था की आवाज़ नहीं आ रही थी। तभी लोग चिल्लाते भागे। मंच पर बैठे अतिथि भी दौड़े। आस्था ने पोडियम को थामा हुआ था और धड़ाम से वह गिर पड़ी।

अरुण प्रकाश तेज़ी से दौड़े। दोनों किशोर बेटा-बेटी भी माँ के समारोह के लिए आये थे। वे भी दौड़े। कोहराम, कोलाहल। पलभर में देखते-देखते सब कुछ समाप्त। डॉक्टर भी आये थे, समारोह में—हार्ट अटैक का जबरदस्त झटका। पलभर में सब समाप्त। अरुण प्रकाश हतप्रभ।

ब्रिटिश एयरवेज की एक महिला वॉकी-टॉकी से निरन्तर आवाज़ दे रही थी—'अरुण प्रकाश...फ्लाइट नम्बर...मुम्बई टू न्यूयॉर्क...'दिस इज़ फाइनल अनाउंसमेंट प्लीज़ बोर्ड इमिजिएटली...' और साथ ही, पैसेंजर में से सम्भावित व्यक्तियों को पूछते भी जा रही थी। वेटिंग हॉल लगभग खाली हो चुका था। रात के 3:00 बज चुके थे। फ्लाइट के टेक-ऑफ का कुछ ही समय बचा था।

अरुण प्रकाश नाम उनके कानों से टकराया, वे किसी सपने से जागे। ऐसे सपने से जागने पर कुछ पल के लिए व्यक्ति अर्धसुप्त अवस्था में ही होता है। अरुण प्रकाश को लगा, 'आज दूसरी बार आस्था को हार्टअटैक हुआ है। वे उसे बचा नहीं पाये। भौंचक होकर के इधर-उधर देखते हैं। दो पल यह समझने में लग गये कि वे यूनिवर्सिटी के मैदान में नहीं, एयरपोर्ट पर हैं। यह बात नहीं कि उनसे यह वाकया पहली बार टकराया हो। आवाज़ की दिशा में वे उस ब्रिटिश महिला के पास दौड़े...'मी अरुण प्रकाश'...महिला उन्हें लेकर भागती हुई आगे बढ़ी। बस इन्तज़ार में थी। झट् एयरक्राफ्ट में घुसे...सब लोग मुड़-मुड़कर उन्हें देख रहे थे। शायद फ्लाइट को उनकी वजह से कुछ देर हो गयी थी!

3

अरुण प्रकाश को विंडो सीट मिली थी। अब याद आया, राजेश ने टेली चेक-इन किया था और विंडो सीट रिजर्व की थी पर रात के इस घुप्प अँधेरे में विंडो सीट का क्या फ़ायदा...सुबह तो होगी...उनका सकारात्मक टीचर जाग गया। विशाल डैनों वाला साढ़े चार सौ लोगों को, उनके सामान के साथ उड़ने वाले इस जम्बो जेट के क्या कहने...बहुत आरामदायक। इधर-उधर देखने पर लगता कि पूरा गाँव ही उड़ रहा है, जिसमें दुनिया के हर देश के, विभिन्न रंगों वाले चेहरों का समावेश है। यह सचमुच ग्लोबल विलेज वाला जहाज़ लगा अरुण

प्रकाश को। हल्की-सी हँसी आयी अपनी इस सोच पर...उन्होंने देखा—आसपास अधिकांश लोग ऊँघ रहे हैं, सो रहे हैं। सोएँ भी क्यों न, रात के 3:30 बज रहे हैं। पंर अब नींद नहीं आ रही थी, अरुण प्रकाश को।

मोबाइल ऑफ करने की हिदायत उन्हें अब याद आयी। जेब से ऑफ करने के लिए निकाला तो देखा कि निष्ठा का मिसकॉल था। वेटिंग हॉल के घनघोर अतीत से गुज़रते हुए कुछ भी सुनाई नहीं दिया उन्हें। अब क्या करें। बस 'एरोप्लेन मोड' पर डाल दिया। सोचते रहे निष्ठा ने क्या सोचा होगा। मेरे लिए चिन्तित होगी। स्वयं को आश्वस्त किया कि बुआ से बात कर वह निश्चिन्त हो गयी होगी...। मुझसे तो बात करनी ही होगी न उसे। अब तो कुछ नहीं किया जा सकता। सब कुछ न्यूयॉर्क उतरने पर ही होगा।

पहली विदेश यात्रा थी। कोई बात नहीं...आदमी जब अकेला होता है तो अपना रास्ता ख़ुद ही बना लेता है। कोई न कोई रास्ता निकल ही आयेगा।

अरुण प्रकाश को नींद बिल्कुल नहीं आ रही थी। पूरा जहाज़ सो रहा था—अरुण प्रकाश को छोड़ कर। बार-बार निष्ठा का ख़याल आता...उसने ऐसा सोचा होगा, वैसा सोचा होगा। पुणे पढ़ने जाते समय कितना आत्मविश्वास था उसका। बस उसके आत्मविश्वास को कभी डिगने नहीं दिया अरुण प्रकाश ने। अरुण प्रकाश ने यह अनुभव किया कि पुणे साल-दो साल रहने के बाद निष्ठा में एक नयी चमक आ गयी है। एक नया आत्मविश्वास और बढ़ गया है।

एक बार वह अपनी फाइनल की परीक्षा देकर आयी और अरुण प्रकाश से बोली, 'पापा इस परीक्षा का रिजल्ट आने के बाद मैं अमेरिका जाना चाहती हूँ, पोस्ट ग्रेजुएशन के लिए।' अरुण प्रकाश देखते रह गये।

निष्ठा ने पापा की ओर देखा था, 'पापा मैं एजुकेशन लोन ले लूँगी...आप चिन्ता न करें।'

'चाहो तब तक तुम्हें पढ़ाने के लिए पापा के पास पैसे हैं। तुम्हारी माँ के पैसे हैं, मैं क्यों उनका उपयोग करने लगा। तुम्हीं दोनों के लिए हैं। वे...तुमको तो मैंने बताया था, विनीत को उसका हिस्सा दे दिया है—बेंगलुरु में फ्लैट खरीदते समय... तुम्हारा सुरक्षित है, तुम पैसों की चिन्ता मत करो...।' कहते-कहते वे भावुक हो गये। उन्होंने चश्मा उतार लिया और निष्ठा से नज़र हटाकर कहीं शून्य में देखने लगे। लगा आस्था से सलाह ले रहे हों। बाबूजी भी याद आ गये होंगे। वे बहुत पढ़ाना चाहते थे, पर पैसों ने हाथ जकड़ रखे थे। लेकिन, उन्होंने पंख कभी बँधने नहीं दिये। इसलिए अरुण प्रकाश उड़ान भरते रहे, पंखों ने आकाश नापा।

'निष्ठा, रिजल्ट आने दो फिर सोचेंगे...।' आश्वस्त कर वे फिर कहीं खो

गये। उन्हें शायद लगा कि बेटी को भी तो वे नहीं खो देंगे...! अब उनके पास खोने के लिए और कुछ नहीं...निष्ठा से बहुत लगाव था उन्हें...माँ की शक्ल भी पायी है उसने।

'पापा आप चिन्ता ना करें...मैं समझती हूँ आपको...मैं जहाँ भी रहूँगी आप मेरे साथ होंगे। आपको अकेले नहीं रहने दूँगी मैं...।' निष्ठा पापा के करीब आकर सोफ़े पर बैठ गयी और अपना सिर उसके कन्धे पर रख दिया। एक अशब्द समय पल-पल दोनों के भीतर संवाद करता रहा।

अरुण प्रकाश सोचते रहे कि निष्ठा को स्वयं ही नहीं पता कि कहाँ किसके साथ रहेगी...तो मुझे कहाँ ले जायेगी। अरुण प्रकाश को लगा कि बेटा भी तो कहाँ किसके साथ होगा नहीं पता। वह अपने आप पर हँस दिये। बेटी के सिर पर हाथ फेरा। उन्हें अपने पिता याद आये, जो भावनात्मक क्षणों में भी बच्चों की इच्छा का मान रखते थे। अरुण प्रकाश बोले, 'देखेंगे बेटा, अभी तो मेरे लिए एक कप चाय लाओ...।'

'ज़रूर, अभी लायी...।' कहकर निष्ठा चली गयी।

अरुण प्रकाश सोचते रह गये। निष्ठा जैसी भली और सुन्दर लड़की... अमेरिका...सात समन्दर पार...कैसे लाघूँगा, ज़रूरत पड़ने पर। एक कोलाहल ने पूरे अस्तित्व को लपेट लिया। काश अभी आस्था होती...। तभी निष्ठा चाय लेकर आयी। अपने पापा की मन की बात वह समझ रही थी।

विमान में बैठे-बैठे उकता गये थे अरुण प्रकाश। सामने स्क्रीन पर बैठे हुए हाथ-पैर हिलाते रहने का वीडियो चल रहा था। उन्होंने काफ़ी देर तक पैरों को अलग-अलग स्थिति में मोड़ा, कुछ राहत मिली। पता नहीं कब उनका ध्यान इस स्क्रीन से हट गया और निष्ठा की रील शुरू हो गयी।

परीक्षा में निष्ठा को अच्छे नम्बर मिले। एजुकेशन लोन लिया गया। निष्ठा अमेरिका गयी। वहाँ उसने कम्प्यूटर साइंस में पीएच.डी. की। पहले तो अनमने रहे अरुण प्रकाश, फिर स्वयं को समझा लिया यह तो अपनी माँ का ही काम आगे बढ़ा रही है। पीएच.डी. की पढ़ाई के साथ ही उसे खाली समय में कुछ काम भी मिल गया। फेलोशिप भी मिली हुई थी। उसने पापा से कह दिया अब एटीएम में रकम भरने की ज़रूरत नहीं। साथ ही, एजुकेशन लोन की रकम में वह कुछ न कुछ ट्रांसफर करती रही।

अरुण प्रकाश सोचते रहे, कितना ध्यान रखती है—निष्ठा। उसने इन्दौर

वाले घर में स्काइप लगवा दिया है और रोज़ शाम को बात करती है। अच्छा लगता है। अरुण प्रकाश सोचते रहे विज्ञान ने दुनिया को कितना करीब ला दिया है। सबको चुटकियों में...पर अब लोगों के पास रिश्तों के लिए वक़्त नहीं है... केवल व्यावसायिक रिश्ते...पर हमारी निष्ठा उनमें से नहीं है। देखें कहाँ नौकरी लगती है। पर एक बार कोई अमेरिका में पढ़ ले तो वह क्यों भारत आये। क्या आकर्षण है, ऐसे लोगों के लिए...अरुण प्रकाश चाहते कि निष्ठा भारत में कहीं नौकरी करे। वह पहुँच जायेंगे, जब मन चाहे...पर कौन जाने क्या होगा...एक लम्बा एकालाप चलता रहा।

उधर निष्ठा की पीएच.डी. पूरी हुई और नौकरी भी लग गयी। अब क्यों आयेगी वह। बस उसकी शादी हो जाये और मैं पूरी तरह मुक्त, यही सोचा करते अरुण प्रकाश...तभी एक दिन निष्ठा का फ़ोन आया था, भारत आने के बारे में। बस चले गये वे मुम्बई, निष्ठा को रिसीव करने। एयरपोर्ट से बड़े-बड़े दो सूटकेस के साथ वह बाहर निकली थी। आते ही, किस तरह पापा से लिपट गयी थी। 3 साल की दूरियाँ पलभर में विसर्जित हो गयीं। तभी उसने अपने सहयात्री से परिचय करवाया। 'पापा, ये हैं वैभव...यहीं मुम्बई से हैं और हमने साथ में पीएच.डी. की। ये और हम एक ही कम्पनी में लग गये। साथ-साथ आ गये।' अरुण प्रकाश ग़ौर से उस लड़के को निहार रहे थे। उसी तरह जैसे हर अनब्याही जवान लड़की का बाप युवा लड़के को देखता है। वैभव...बेटा वैभव पूरा नाम क्या है? 'वैभव पाटिल...यहीं मुम्बई का रहने वाला हूँ...।' कहकर उसने आँखें झुका लीं। फिर निष्ठा ने ही कहा, 'ओके वैभव, सी यू' और वैभव अरुण प्रकाश को देख रहा था। उसने निष्ठा से हाथ मिलाया और इधर-उधर देखने लगा। कोई आया था उसे लेने। चला गया वह, 'बाय' के साथ। निष्ठा फुदकने लगी, 'क्या ज़रूरत थी, यहाँ आने की, मैं पहुँच जाती न...' 'तुम अभी नहीं जानोगी, माँ बनने पर सब समझ में आ जायेगा...।'

तमाम बातें करते रहे, इतने में राजेश कार लेकर आ गया...हाय...हुआ... हाथ मिले और सामान गाड़ी में डाल कर उसकी बुआ के घर के लिए निकल पड़े।

'खाना खाया...।' अरुण प्रकाश का पहला वाक्य, कार में बैठने पर।

राजेश ने तुरन्त जोड़ दिया, 'माँ ने बनाकर रखा है वह इन्तज़ार कर रही है।'

'अब 1:00 बज रहे हैं। भूख नहीं है। फिर फ्लाइट में थोड़ा खा लिया था...।' निष्ठा ने अनिच्छा जतायी।

'ठीक है, घर जाकर देखेंगे।' अरुण प्रकाश भोजन का विषय ख़त्म करना चाह रहे थे।

अनुपमा के घर पहुँचने पर राजेश तो तुरन्त सो गया। परन्तु, निष्ठा जाग रही थी। इतनी रात गये वह लैपटॉप पर कुछ कर रही थी। अब यह कहना बड़ा अटपटा लगता कि बेटा सो जाओ, बाकी काम सुबह कर लेना। दिन और रात का भेद जो मिट गया था। पता नहीं कहाँ क्या ज़रूरी मेल करना हो। पर अरुण प्रकाश और अनुपमा को भी नींद नहीं आ रही थी। दो बेडरूम का फ्लैट था, मुम्बई के लिए छोटा तो था नहीं। ड्राइंगरूम में सोफ़े पर राजेश सो गया। अनुपमा ने नीचे बिस्तर लगा लिया और एक कमरे में अरुण प्रकाश और एक में अनुपमा। निष्ठा बेडरूम में ही काम कर रही थी। दरवाज़ा खुला था और बत्ती जल रही थी। अनुपमा और अरुण डाइनिंग टेबल पर बैठे बातें कर रहे थे।

'तुम्हारी निष्ठा तो बहुत सुन्दर दिखती है और तेज़ भी हो गयी है—पहले से कई गुना ज़्यादा...।' यूँ ही कहा अनुपमा ने पर उसके चेहरे के भाव यूँ ही नहीं थे। राजेश ने भी करवट बदली थी, शायद इस वाक्य को सुनकर। यह वाक्य कहते ही अनुपमा की आँखें अचानक झुक गयी थीं और झट् उठीं अरुण को देखने के लिए...उसकी आँखों में चमक थी। फिर एक पिछली मुलाक़ात की अनुपमा की बात उन्हें याद हो आयी, पहले तो बुआ, मामा की सन्तानों में वैवाहिक रिश्ते होते थे। पर सिवा मुस्कुराने के कुछ नहीं बोले।

दूसरे दिन निष्ठा और अरुण प्रकाश को ट्रेन से इन्दौर निकलना था। सुबह लगभग 11:00 बजे निष्ठा उठी। तब तक राजेश जा चुका था काम पर। निष्ठा अपनी बुआ और राजेश के लिए उपहार लाये थे। बुआ को दोनों सौंप दिये। राजेश के लिए एक अच्छी-सी टी-शर्ट थी। देती बोली, 'पता नहीं राजेश को पसन्द आयेगी कि नहीं।...उससे ठीक से बात भी नहीं हो पायी। कब तक आयेगा?'

'पता नहीं बेटा अक़्सर रात के 10:00 तो हो ही जाते हैं।' अनुपमा ने निष्ठा को ग़ौर से देखते हुए कहा।

'तब तक तो हमें निकल जाना होगा...। हमारी तो ट्रेन ही 5:00 बजे शाम की है।' अचानक अरुण प्रकाश ही बोल उठे।

अनुपमा निष्ठा को सामान सँजोते देखती रही।

एक तेज़ रोशनी अरुण प्रकाश की आँखों पर पड़ी। उन्हें लगा आस्था ज़ोर से खिलखिलाई है, अपनी निष्ठा को देखकर। बहुत मुश्किल से खुली आँखें, तो ये तो विमान में हैं, इतने विशालकाय जम्बो में बाहर सुबह हो रही थी। खिड़की से

किरणों ने उन्हें जगाया था। आसपास भी लोग जाग गये थे। नाश्ता सर्व किया जा रहा था। घड़ी देखी तो सुबह के 11:30 बज रहे थे। पर यहाँ अभी सूर्य उदय हो रहा था। सूर्य किरणों से सुनहरे बादल तेज़ी से पीछे भाग रहे थे और क्षितिज के किनारे सुनहरी लकीरें बहुत करीने से नाना प्रकार की चित्रावली बना रही थीं।

अजीब लीला है। सपने में अपने अतीत में उलझे रहे थे अरुण प्रकाश और अभी सुबह की चित्रकारी देख रहे हैं। विश्व समुदाय कुछ जगा, कुछ सोया था। उन्होंने वेज नाश्ता लिया और स्क्रीन पर पैर सीधे करने का व्यायाम देखते रहे। नक़्शे पर बताया जा रहा था, न्यूयॉर्क अभी कितना दूर है। आधी दूरी तो पार कर ली थी।

फिर याद आया उन्हें एक बार अचानक निष्ठा का आने का कार्यक्रम बना था। इन्दौर से लेने मुम्बई आये थे अरुण प्रकाश। एक दिन अनुपमा के घर रुक कर इन्दौर आ गये थे। इस बार अरुण प्रकाश को लग रहा था कि निष्ठा कुछ कहना चाहती है। कुछ है, उसके मन में। अरुण प्रकाश इधर-उधर से थाह लेने की कोशिश करते। यही कि रहने की व्यवस्था ठीक है न। खाना कैसा है। तकलीफ़ तो नहीं कोई। नौकरी कैसी चल रही है। मकान कैसा मिला... आदि-आदि। सबका जवाब 'ठीक है' में मिलता पर एक छोर छूट जाता, जिसमें निष्ठा के मन की बात बन्द रह जाती। उस दिन उन्हें आस्था की अतिरिक्त याद आयी। बेटियाँ शायद माँ से जल्दी और अधिक खुलती हैं।

दूसरे दिन जब थकान कुछ कम हुई तो अरुण प्रकाश अलग ढंग से पूछने लगे, 'तुम्हारी छुट्टी कम समय के लिए है। जल्दी ही जाना होगा।'

'हाँ पापा क्या करूँ...मैं चाह रही थी कि विनीत भैया भी यहाँ आ जाये। एक-साथ दिन गुजारें। पर फिलहाल विनीत के लिए सम्भव नहीं है। मैं ही उसके पास दो दिन के लिए हो आऊँगी...।' बहुत जल्दी में बता दिया सारा कुछ। अरुण प्रकाश विनीत से कहने वाले ही थे पर निष्ठा ने ही कह दिया अच्छा हो गया।

'आप भी चलिए न।' निष्ठा ने कहा।

'नहीं बेटा...मुझे यहाँ मैगज़ीन का काफ़ी काम है।'

'पापा आपसे एक बात करनी थी...।' कुछ हिचकिचाती-सी बोली निष्ठा।

'बोलो बेटा...मैं भी तुमसे कुछ बात करने वाला था। तुम्हारी माँ आज होती तो मेरा काम आसान हो जाता। खैर...पर अब तुम पहले बोलो।' अरुण प्रकाश का अन्दाज़ सही निकला और अगला अन्दाज़ भी सही होगा। निष्ठा की शालीनता ने दो दिन निकाल दिये।

'पापा...उस दिन आप मुम्बई एयरपोर्ट पर लेने आये थे न, साथ में...वो... वैभव...हम चाहते हैं कि शादी कर लें।' निष्ठा ने आँखें नीचे गड़ा लीं।

क्या कहें, कैसे कहें! अरुण प्रकाश। बस पूछ बैठे, 'वैभव के पिता क्या करते हैं...?'

'टाटा में इंजीनियर हैं। मराठी लोग हैं। मूल रूप से सातारा के रहने वाले हैं...अच्छे लोग हैं...।' जो नहीं पूछा था वह भी बताने की जल्दी थी। इससे निष्ठा का झुकाव लगता।

अरुण प्रकाश ने पूछा, 'वैभव के माता-पिता ने तुम्हें देखा है। उनसे तुम मिली हो?'

'हाँ, वो लोग न्यूयॉर्क आये थे—वैभव से मिलने...तब मुलाक़ात हुई थी...।' हिचकिचाते हुए निष्ठा बोली।

फिर कई बातें हुईं। विजातीय सम्बन्धों के भविष्य के बारे में वे चिन्तित थे। पर निष्ठा बहुत गहराई से वैभव को चाहती है, यह बात अरुण प्रकाश से छिपी नहीं थी। वैसे पहली बार जब देखा था, तभी वह अच्छा लगा था, लेकिन विजातीय सम्बन्धों के बारे में वे अभी भी उतने खुले मन के नहीं थे। वैभव के घर की ओर से कोई रुकावट नहीं थी। अरुण प्रकाश को लगता कि पता नहीं संस्कार, खानपान, व्यवहार कैसा होगा। पर निष्ठा की इच्छा के सामने उन्होंने सारी बातों को एक ओर रख दिया और 'एकान्त' में आस्था ने भी अपनी सहमति ही दी थी।

शादी हो गयी।

लगभग 3 साल हो गये।

उन्हें एक नन्हा-सा बेटा भी है—प्रणय।

उसके फ़ोटो, वीडियो नेट से भेजते हैं।

वैभव, अरुण प्रकाश का बहुत सम्मान करता है। उसी के आग्रह पर वे न्यूयॉर्क जा रहे हैं। उसी ने आने-जाने के टिकट मेल किये।

बस यही शादी वाली हिचकिचाहट को छोड़कर निष्ठा का लालन-पालन उन्होंने बहुत निष्ठा से किया। माता और पिता दोनों की भूमिका निभाते हुए। अरुण प्रकाश मानते हैं कि समय के साथ पीढ़ियों की मान्यताओं को नये रूप में देखने में कोई हर्ज नहीं। बेटी अमेरिका में पढ़ी। नौकरी कर रही है और उसे पुरानी बातों के साथ बाँधना उन्हें ठीक नहीं लगा था, हालाँकि उनके अपने संस्कारों की हिचकिचाहट तो इसमें थी ही। अब वे पहली बार अमेरिका जा रहे थे। पहली बार अपने नाती से मिलेंगे। वैभव के प्रति भी अब उनमें आत्मीयता

भाव जाग गया था। यह बात बार-बार उनके दिमाग़ में कौंध रही थी। वे फिर नींद के आगोश में थे। दूसरा काम ही क्या था यहाँ विमान-यात्रा में!

4

नींद की दुनिया ही निराली है, जब आदमी सोना चाहता है, तब कोशिश करने पर भी नहीं आती नींद। जब जागना चाहता है आदमी, तब कहीं भी आ जाती है—बैठे-बैठे ही। अरुण प्रकाश अब विमान में सोने से ऊब गये थे। लोगों ने खाना खाया। खाने से पहले जिन्हें पसन्द थी, उन्हें शराब परोसी गयी—रात में। लोगों ने ख़ूब लुत्फ़ उठाया शराब का...यह दुनिया देखकर अरुण प्रकाश चकित थे। रात...रात ख़त्म होने का नाम ही नहीं ले रही थी। उनका जहाज़ पश्चिम की ओर तेज़ गति से जा रहा था और सूरज को वे पूरब में छोड़ आये थे। प्रकृति और मनुष्य का यह खेल भी बहुत निराला था। इतनी लम्बी रात उन्होंने पहले कभी नहीं देखी। लोग खा 'पीकर' सो गये। अधिकांश लोग अकेले थे। कोई-कोई ही अकेला नहीं था। पर वे 'एकान्त' के करीब थे। सामने की सीट पर एक युवा जोड़ा बैठा था। अरुण प्रकाश ने देखा कि वे सोए ही नहीं थे। सारी यात्रा उन्होंने बातें करने में लगाई। जब बात न होती तो उनकी देह ख़ूब बतियाती लगी उन्हें। दोनों ने शराब का ख़ूब आनन्द उठाया...। पर अपने 'एकान्त' से बाहर नहीं आये।...उनका अद्वैत देखकर अरुण प्रकाश को लगा कि ऐसी ज़िन्दगी तो उन्होंने किसी उम्र में नहीं भोगी...देखी भी नहीं थी। वे अपने 'एकान्त' में चले गये!

आस्था के जाने के 2 वर्षों तक वह एक पहिया वाली गाड़ी की तरह लड़खड़ाते रहे। गुमसुम। विनीत और निष्ठा की परवरिश में उन्होंने अपने आपको झोंक दिया। कॉलेज में लोगों ने उनके अकेलेपन को देखा। जो करीबी थे, उनमें से एक ने एक दिन कहा था, अरुण प्रकाश जी बुरा ना मानें तो एक बात कहूँ...आप दूसरी शादी कर लीजिए, ऐसा कितने दिन चलेगा...शादी की असली ज़िन्दगी बुढ़ापे की होती है। बच्चों की शादी के बाद आप अकेले पड़ जायेंगे...सोचिए...।' अरुण प्रकाश मुस्कुरा देते। मन में सोचते, मेरे और आस्था के बच्चों का क्या होगा। आस्था क्या सोचेगी...बड़ी अजीब, नहीं बड़ी अलग सोच थी अरुण प्रकाश की।

दुनिया में रहकर भी वे चीज़ों को दुनयावी नज़र से न देख पाते। शादी उनके लिए दैहिक आवश्यकता मात्र नहीं थी। न ही बुढ़ापे की स्वार्थी सुरक्षा। विवाह लौकिक दुनिया की घटना ज़रूर थी, पर वे उसे अलौकिक रूप में देखते... लेकिन स्थितियों की मार से वे घायल हो गये। भौतिक सुविधाओं की लड़ाई उन्होंने लड़ी, वे जीते भी...पर स्थिति की मार से वे तिलमिला गये। भीतर से हिल गये। हमेशा चेहरे की मुस्कुराहट उनके व्यक्तित्व का हिस्सा थी, जो गायब है। वह अपनी खोल में चले गये। लोग केवल उनका ऊपरी दुख देख पाते और दुनिया की चलन का लेप सुझाते। पर उनका घाव दिल तक पहुँच गया था। दुनिया केवल बाहर-बाहर ही देख पा रही थी। वैसे भी अधिकांश लोग जीवन के आवरण में ही उलझे दिखाई पड़ते हैं। विरले ही हैं जो गहरे उतर कर जीते हैं। ऐसे लोगों के सुख और दुख भी निराले होते हैं। इसे सामान्य व्याकरण में कसना मुश्किल होता है।

अरुण प्रकाश विवाह को सात-जनम के फेरों से भी मुक्त मानते रहे। वे न तो रूढ़ियों से भयभीत रहे न आधुनिकता के अन्ध-भक्त। उनका विवेक उनका सबसे बड़ा गुरु था। वे न तो परम्परागत रूप से पूजा पाठी थे, न ही नास्तिक। उन्हें सबसे करीब कबीर लगते। जबकि आस्था का विश्वास ईश्वर में बहुत था। वह रोज़ पूजा भी करती। इन दोनों की यह विविधता कभी उनके व्यवहार में आड़े नहीं आयी। अरुण प्रकाश मानते विवाह एकांगी कभी नहीं होता। वह सर्वांगी होता है। वह ऐसा ताना-बाना है जो जीवन का वस्त्र बनता है। एक धागा भी कम-अधिक खिंच गया तो वस्त्र पर खिंचाव दिखने लगता है। यह ना क्षणिक है और न ही अन्त का हिस्सा...यह निरन्तरता है, परस्पर समझ, सम्मान और समन्वय की। जीवन ज़रूरतों की लम्बी सूची का नाम है। देह, भावना, सुख और सुरक्षा के स्तम्भों पर दाम्पत्य जीवन खड़ा होता है। इसमें किसी एक के न रहने पर अस्तित्व का संकट हो सकता है। केवल बुढ़ापे की सुरक्षा के लिए समझौते या दैहिक सुख के लिए अनजान भावनाओं से मुठभेड़ कभी अरुण प्रकाश की सोच में नहीं थी।

निष्ठा के पुणे जाने के बाद वह अब अकेलापन महसूस करने लगे थे। विनीत बेंगलुरु चला गया। उसकी शादी भी हो गयी। वह अपनी गृहस्थी में व्यस्त हो गया। रिटायर होने के तुरन्त बाद वे बेंगलुरु गये। विनीत के साथ पर वे वहाँ दो दिन भी नहीं रह पाये। जब तक कॉलेज में थे, व्यस्त रहते। पर अब ना तो कॉलेज है, न निष्ठा...बेंगलुरु में मन नहीं लगता। उनके अकेलेपन से, परिचित और रिश्तेदार अकारण 'चिन्तित'—कई सुझाव देते रहते। अच्छी बात

यह थी कि आर्थिक रूप से वे किसी पर निर्भर नहीं थे। अच्छा बड़ा मकान था। कुछ व्यावहारिक परिचित कुछ हिस्सा किराये पर उठा देने की सलाह देते। पर उन्होंने न मकान किराये से चढ़ाया, न कार बेची। न तो वे यहाँ-वहाँ बैठते। बस एक खाली समय उन्हें चिढ़ाता रहता। फिर आस्था की यादों में वह अपने अकेलेपन को 'एकान्त' में बदल देते। उनके मन में अनायास ही एक ख़याल आया। क्यों न एक तिमाही पत्रिका निकाली जाये...बस उसका नाम भी सोच लिया—'एकान्त'।

अरुण प्रकाश में कल्पना शक्ति बहुत तेज़ थी। उससे भी अधिक उसका व्यावहारिक पहलू। कभी-कभार पत्र-पत्रिकाओं में वे लिखते रहे थे। कुछ लेखकों से उनका अच्छा परिचय भी था। उन्होंने लगभग तीस लेखकों को अपनी 'एकान्त' पत्रिका की जानकारी देते हुए विस्तृत पत्र लिखे और रचनाएँ आमन्त्रित कीं। पत्रिका को नववर्ष पर जनवरी से शुरू होना था। उन्होंने चार महीने पहले ही तैयारी शुरू कर दी। कई पत्रिकाओं में विज्ञापन दिये। अपने पेंशन के कुछ हिस्से को इसी में लगाना उन्होंने तय कर लिया था। उन्हें कोई दूसरा शौक़ तो था नहीं। उनका एक विद्यार्थी 'नई दुनिया' का अच्छा पत्रकार था। उसकी सलाह वे लेते रहते। हर माह वे लेखकों से, मित्रों से सम्पर्क करते, आग्रह करते और देखते-देखते काफ़ी सामग्री उनके पास आने लगी। पत्रकार अखिल उनकी ख़ूब देखभाल भी करता और अपनी प्रत्यक्ष पत्रकारिता का अनुभव 'एकान्त' को देता। इस 'एकान्त' ने अरुण प्रकाश को एक अलग तरह का 'एकान्त' दिया। वह दूर-दूर पहुँचने लगे। अखिल की मदद से ग्राहक जुटने लगे। एकाध विज्ञापन भी मिलने लगा और 'एकान्त' का प्रसार भी ठीक-ठाक होने लगा। अपने पास से पैसे लगाने में उन्हें कोई संकोच न था। बल्कि जब कभी सरकारी विज्ञापन और दूसरे विज्ञापन मिलते तो वे लेखकों को 'पत्र'-'पुष्प' भी देते। नियमितता बन गयी। उनका अकेलापन जाता रहा और 'एकान्त' के सम्बन्ध में ही वे सोचते रहे। 'एकान्त' ने उनका अकेलापन दूर कर दिया। ढेरों नये मित्र दिये। आस्था यह सब देखकर कितनी ख़ुश होती। हालाँकि वह, कम्प्यूटर विशेषज्ञ थी पर साहित्य में उसकी रुचि थी। पत्रिकाओं की कहानियाँ वह पढ़ा करती और कई बार अरुण प्रकाश से किसी मुद्दे पर बात भी करती...अतीत कितना ही खंडित क्यों न हो उसे दोहराना मनुष्य को अच्छा ही लगता है। कई बार वह सुखद क्षणों को भूल जाता है पर संघर्ष के दिनों को याद कर वह कुछ हल्कापन तो अनुभव करता ही है। आस्था का ज़िक्र यादों में हर दिन अरुण प्रकाश के जीवन में एक भी ऐसा दिन कभी नहीं आया जब आस्था की प्रतिध्वनि, प्रतिछाया उन्होंने

महसूस न की हो। नींद में भी वे एक फीकी हँसी हँस कर ऊँघने लगे। विमान अपनी गति से न्यूयॉर्क को नापने में लगा था।

5

अरुण प्रकाश थके-थके से निढाल क़दमों से न्यूयॉर्क के जॉन. एफ. कैनेडी हवाई अड्डे पर विमान से नीचे उतर रहे थे। चारों तरफ़ विमान ही विमान। मुम्बई बड़ा तो लगा था, पर यह विमानतल तो बहुत बड़ा। विमान के बाहर बस तैनात। बेल्ट नम्बर की सूचना सामान प्राप्त करने के लिए। अरुण प्रकाश ने सामान प्राप्त किया। ट्रॉली पर चढ़ाया। मोबाइल ऑन किया। निष्ठा को करना चाहा पर लगा नहीं। वे ट्रॉली धकेलते हुए एग्ज़िट की ओर बढ़े। उनकी निगाह वैभव को ढूँढ़ रही थी। हर भारतीय उन्हें वैभव ही लगता। आजकल विमान में और हवाई अड्डों पर युवा ही युवा दिखाई देते हैं। ट्रैफिक में युवाओं की संख्या बहुत ज़्यादा होती है। बीस-पच्चीस साल पहले वयस्कों की संख्या विमानों में अधिक होती। यश और अनुभव बटोरकर व्यवसाय के लिए वे विमान पकड़ते। अब बीस-पच्चीस साल के युवा यश और अनुभवों की आपाधापी में विमानों पर क़ब्ज़ा जमाते दिखते हैं।

दोपहर लगभग 3:00 बजे का समय था। मुख्य एग्ज़िट गेट के सामने से कुछ धूप आ रही थी। लोग दिखाई नहीं दे रहे थे। अरुण प्रकाश ट्रॉली धकेलते मोबाइल लगाते बढ़ रहे थे। तभी कुछ लोगों में से एक हाथ लहराता दिखा। उन्होंने चश्मा ठीक किया। एक हाथ माथे से टिकाकर ग़ौर से देखा वैभव ही था। उनके क़दम तेज़ हो गये। मोबाइल जेब में गया और वे जल्दी-जल्दी आगे बढ़ गये।

वैभव ने पैर छुए तो अरुण प्रकाश ने उसे सीने से लगा लिया। सारे असमंजस ख़त्म हुए। ट्रॉली वैभव ने थाम ली। वैभव आगे-आगे और प्रकाश पीछे-पीछे। सामान डिक्की में रख दिया। कार आगे बढ़ गयी।

अरुण प्रकाश न्यूयॉर्क की चमचमाती सड़कें और कारों की चकाचौंध देखकर विस्मय से इधर-उधर ताकते रहे। वैभव कार चला रहा था। शान्त। अरुण प्रकाश की किसी बात का उसे इन्तज़ार रहता। पर अपनी ओर से उसने कोई बात शुरू नहीं की। शुरू में केवल इतना पूछा था, थक गये होंगे न। और अरुण

प्रकाश ने 'न' में गर्दन हिला कर इधर-उधर देखना जारी रखा। एक ओर से चार-चार लेन पर गाड़ियाँ सौ से अधिक स्पीड से दौड़ रही थीं। वैभव की गाड़ी भी इतनी ही गति पर थी। सभी बड़े आकार की गाड़ियाँ। अधिकांश कारों में एक ही व्यक्ति ' स्वयं चालक भी और मालिक भी। बगल से एक तेज़ रफ्तार कार गुज़री। कार महिला चला रही थी। उसके मुँह में सिगरेट था। नज़र सामने थी। बहुत शान से बैठी थी। अरुण प्रकाश उसे ग़ौर से देखते रहे। किसी स्त्री को निरन्तर घूर कर देखना उनके स्वभाव में नहीं था। पर यह दृश्य उनके संस्कारों के बाहर था। वह देख भी रहे थे और न जाने क्या-क्या सोच भी रहे थे।

कार जैक्सन हाइट्स में प्रवेश कर गयी। एक बँगलेनुमा इमारत में कार ने प्रवेश किया। कार पार्क की। वैभव बोला, 'इस पार्किंग का किराया अलग से देते हैं।' पक्का गैरेज बना था। अरुण प्रकाश के लिए सब कुछ नया था। हर बात को कुतूहल से देखते, जिज्ञासा से सुनते और बार-बार अनायास ही हिन्दुस्तान से तुलना करने लगते।

'सामान बाद में ले जायेंगे। पहले आप आराम कर लीजिए।' वैभव ने कार से उतरते ही कहा। अरुण प्रकाश चुपचाप वैभव के पीछे-पीछे चल पड़े।

वैभव को बेसमेंट में फ्लैट मिला था। यह कुछ सस्ता था। शुरू से यहीं रह रहा था। मकान मालिक बहुत भले लोग थे। आने-जाने के लिए अलग दरवाज़ा था। मकान मालिक ऊपरी मंज़िल पर रहते थे। फ्लैट में प्रवेश करते ही फटाक् से आवाज़ आयी। बेटी निष्ठा ने पूरे ड्राइंगरूम को हरे, लाल और सफ़ेद रंग के गुब्बारों से सजाया था। एक गुब्बारे से प्रणय खेल रहा था। अचानक वह फूट गया। उसकी आवाज़ से वह सहम गया और रोने लगा। यह देखकर अरुण प्रकाश, निष्ठा और वैभव ठहाका लगाकर हँसने लगे। तब प्रणय और ज़ोर से चिल्लाकर रोने लगा। निष्ठा ने उसे उठा लिया और पापा के हाथों में रखा। प्रणय और रोने लगा तो वैभव ने ले लिया उसे। निष्ठा ने पापा के पैर छुए और पता नहीं क्यों उसकी आँखों से आँसू छलक पड़े। अरुण प्रकाश ने उसे हृदय से लगा लिया। सिर पर हाथ फेरा और माथे को चूम लिया। बेटी भाव-विभोर, पिता की भी आँखें भर आयीं। वैभव भी यह देखकर भावुक हो उठा। प्रणय का रोना थम गया था। फिर वैभव ने भी पैर छुए। उसे भी अरुण प्रकाश ने गले से लगा लिया। एक अघोषित दूरी का आज अन्त हो गया था।

निष्ठा ने झट् चाय बनायी और पापा के साथ बातें करने लगी। तब तक वैभव कार से सामान उतार कर घर में ले आया। छोटी बैग की तरफ़ इशारा किया अरुण प्रकाश ने। इसमें प्रणय के लिए सोने की अँगूठी थी। गले के लिए

सोने की चैन थी। प्रणय को उन्होंने गोद में लिया और अँगूठी पहना दी। गले में चैन डाल दी। निष्ठा बोल पड़ी, 'पापा...।' बस आगे बात काटते हुए अरुण प्रकाश बोले, 'तुम्हारी माँ होती बेटा, तो पता नहीं क्या-क्या लाती और तुम कुछ न बोलतीं।' निष्ठा ने केवल पापा की ओर देखा। भरी आँखों में दोनों के भरपूर संवाद थे। फिर वैभव के लिए तीन-चार टी-शर्ट्स, कुर्ते-पायजामे और मिठाइयाँ। निष्ठा के लिए तीन-चार रंगों, डिजाइन की सलवार-कुर्ते और बोले मुझे जो सूझा ले आया। तुमसे तो कितनी बार पूछा था। कुछ लाने के लिए तुमने कहा ही नहीं।

देर तक दोनों बातें करते रहे। वैभव उपस्थित तो था पर बातों में शामिल नहीं हो पा रहा था। निष्ठा ने कहा, 'वैभव' बहुत कम बोलते हैं...।

अरुण प्रकाश के लिए समय बड़ा अटपटा हो गया था। कब जागें, कब सोएँ, समझ न पड़ता। वैभव एक घड़ी ले आया, 'अब आप इसे बाँधिए। इसे अमेरिकन समय में रखा है। अपनी घड़ी वैसी ही रखिए। जब हिन्दुस्तानी समय देखना हो तो इसे देखिए...।' वैभव लम्बे समय बाद बोला था। अरुण प्रकाश को अच्छा लगा। उन्होंने अपनी घड़ी उतार दी और नयी घड़ी पहन ली। अरुण प्रकाश बैठे-बैठे ऊँघ रहे थे। निष्ठा ने कहा कि कुछ देर सो जायें। जब उठेंगे तो हम भोजन करेंगे। जेटलैग रहता है एकाध दिन। फिर सब ठीक हो जायेगा। अरुण प्रकाश अपने कमरे में चले गये। दो बेडरूम का फ्लैट है यह। निष्ठा ने सभी ज़रूरी चीज़ें कमरे में रख दीं। पापा को सफ़ेद चादर विशेष रूप से पसन्द है। उसका उसने पूरा ध्यान रखा था।

दूसरे दिन अरुण प्रकाश, निष्ठा और वैभव के साथ बाहर निकले। यूँ ही बाज़ार तक। पार्किंग में मकान मालिक अजय और प्राची मिल गये। निष्ठा ने पापा से परिचय कराया। बातों-बातों में यह स्पष्ट हुआ कि अरुण प्रकाश 'एकान्त' नामक पत्रिका निकालते हैं और प्राची कविताएँ-कहानियाँ लिखती हैं। फिर क्या था, उन्होंने शाम को चाय पर निमन्त्रण दे डाला। अरुण प्रकाश ने निष्ठा की ओर देखा। निष्ठा ने हामी भर दी। प्रणय को प्राची बहुत दुलारती हैं। उसके सिर पर हाथ फिराया। सस्नेह देखा और आगे बढ़ गयीं।

रास्ते में निष्ठा पापा को बताती रही मकान मालिक के बारे में, 'वैभव पहले यहाँ आये, अपने पिता की कोई पहचान लेकर। फिर यहीं स्थायी हो गये। लगभग 4 वर्ष हो गये। बहुत अच्छे लोग हैं। वे दोनों ही हैं यहाँ। प्राची प्रोफ़ेसर

थीं और अजय एक बड़ी एयरलाइंस में एग्ज़िक्यूटिव। बहुत सहयोग करते हैं। बहुत स्नेहिल हैं दोनों। वैभव उनके साथ मराठी में बात करते हैं। मैं भी धीरे-धीरे मराठी सीख रही हूँ।'

'बहुत अच्छा। जब वैभव हिन्दी बोल लेते हैं, तब तुम्हें तो मराठी बोलना सीखना ही चाहिए।' अरुण प्रकाश ने पिछली सीट पर बैठते हुए कहा।

अपना नाम और वह भी आदरसूचक सुनकर वैभव को बड़ा रोमांच हुआ। अरुण प्रकाश से बात करते समय उसके मन में एक संकोच भरी हिचकिचाहट होती। शायद इसीलिए उनके साथ अधिक संवाद नहीं हो पाया। वैसे भी वैभव बहुत कम बोलता है।

सब्ज़ी का बाज़ार देखकर अरुण प्रकाश विस्मय में डूब गये। एक ही सब्ज़ी कितने आकारों में। मिर्च के कितने ही प्रकार। धनियाँ-पत्ती के पत्ते कितने बड़े-बड़े। उन्हें हर चीज़ भारत से बड़े आकार की लगती। गहरे हरे रंग की हरी सब्ज़ियाँ। फिर हर चीज़ की कीमत को वे भारत की मुद्रा में बदलकर सोचते। नाश्ता करने गये। डोसा खाने की इच्छा हुई। वहाँ एक उडपी होटल था। डोसा लिया। बिल—बाप रे दस डॉलर...बाप रे लगभग सात सौ रुपये का। निष्ठा ने कहा, आप कुछ नया नहीं कर रहे हैं। यहाँ दस-दस साल रहने के बाद भी भारतीय लोग बाज़ार में चीज़ों की ख़रीद करते समय इसी तरह डॉलर-रुपये का अनुपात लगाते रहते हैं।

सब्ज़ी ख़रीदते समय अरुण प्रकाश को लगा कि प्रणय को गोद में लें। पर आगे हाथ बढ़ाते ही वह मुँह फेर लेता। रुआँसा हो जाता। बहुत अपरिचय भरी आँखों से उन्हें देखता। अरुण प्रकाश उसे ललचायी निगाह से देखते रहते। पर जैसे ही लौटते समय पार्किंग में और उन्होंने प्रणय की ओर हाथ आगे किये, प्रणय ने भी हाथ बढ़ा दिये। सब सुखद आश्चर्य से हँस पड़े।

6

कार ने जैसे ही इस इलाके में प्रवेश किया अरुण प्रकाश को लगा किसी कैलेंडर की ख़ूबसूरत दुनिया में वे आ गये। यह न्यू जर्सी का इलाका था। इतने ख़ूबसूरत मकान उन्होंने कभी नहीं देखे थे। बड़े-बड़े सुन्दर मकान। केवल एक-एक मंज़िल ही बनी हुई। करीने से रोपे गये सुन्दर पेड़। दूर-दूर

तक फैली दूब। प्रशस्त लॉन। किसी भी मकान के लिए बाड़ लगी नहीं थी, न ही कम्पाउंड था कोई। सड़कें सीमेंट की। सड़क से लगभग 200 फुट लॉन और उसके बाद मकान। लॉन से गुजरकर मकान के चारों और पार्किंग। यह रास्ता भी सीमेंट का। चमचमाती कारें, गर्वीले मकान, चारों ओर लॉन ही लॉन। उसकी सुन्दरता बढ़ाने के लिए कुछ टीले ऊपर-नीचे। वे भी मखमली लॉन से ढके हुए। अलग ही प्रकार के अलग-अलग प्रजातियों के पेड़। सड़कों पर कोई भीड़ नहीं। इक्का-दुक्का ही पैदल। अधिकांश लोग कार से ही आ-जा रहे थे। वैभव बता रहा था, यह न्यू जर्सी का सुन्दर इलाका है। यहाँ किसी के भी प्लॉट की सीमा-रेखा दिखती नहीं है। पर है। लोग अपने-अपने लॉन की सिंचाई और देखभाल करते हैं। पर बाहर से सब एक ही ज़मीन दिखाई देती है।

अरुण प्रकाश सोच रहे थे कि कितनी पारस्परिक समझ है। एक ही तरह की लॉन दूर-दूर तक किसी की कोई बाड़ नहीं। न कोई झगड़ा, न कोई झंझट। फिर याद आया उन्हें जयपुर...गुलाबी शहर में ही गुलाबी रंग कितने-कितने प्रकार के ख़ैर वे तुलना तो नहीं कर रहे थे, पर अभिभूत थे, यह सौन्दर्य देखकर और आपसी अनुशासन देखकर।

निष्ठा की सहेली की बेटी का जन्मदिन था। बड़ा-सा बुके और एक उपहार लेकर वे आये थे। वहाँ अधिकांश भारतीय ही थे। यहाँ पहुँच सब अपनी भाषा, प्रदेश, धर्म और जाति भूल गये थे। कोई किसी को उप नाम से सम्बोधित न करता। मूल नाम से ही एक-दूसरे से मिलते। आने वाले अतिथियों में अधिकांश युवा जोड़े थे। किसी के एक या दो बच्चे...किसी के साथ कोई नहीं, केवल जोड़े। हॉल में धीमी आवाज़ में बिस्मिल्ला ख़ान की शहनाई बज रही थी।

वैभव अब अरुण प्रकाश के साथ बातों में धीरे-धीरे खुल रहा था। उन्हें अकेलापन महसूस ना हो इसलिए वहाँ के लोगों, परिचितों, मित्रों से परिचय करवा रहा था। भीड़ को देखकर प्रणय कुछ बेचैन था और अपनी माँ के पास ही वह अधिक सुविधा में था। अरुण प्रकाश को आस्था की यादों ने घेर लिया। यह ज़िन्दगी का दृश्य निष्ठा के कारण दिख रहा है। निष्ठा को कितने प्यार और दुलार से पाला था। पढ़ाई का कितना ध्यान रखा। सही और गलत को जानने का नजरिया दिया। नये समय की सूझबूझ दी। निर्णय की क्षमता दी। यही थी आस्था की परवरिश। इसलिए निष्ठा यहाँ तक पहुँची। अपनी पसन्द का पति चुना, एकदम सही निर्णय। और आज दुनिया के शीर्ष देश में सम्मानजनक जीवन निष्ठा ने अपनी प्रतिभा और निर्णयों से हासिल किया। थोड़ा जाति वाला मामला विवाह के समय अरुण प्रकाश के मन में आया था, पर वह बात वे अब भूल

चुके हैं। आज आस्था होती तो यह देखकर कितनी ख़ुश होती और आस्था को ख़ुश देखकर अरुण प्रकाश की ख़ुशी का ठिकाना न रहता...

अरुण प्रकाश सोफ़े पर बैठे रहे। शहनाई का आनन्द और शून्य में आस्था। तभी सामने से आस्था सी, कोई आती दिखाई दी वे समझ नहीं पाये। उन्होंने अपनी आँखें शून्य से हटाईं, अरे ! यह तो अपनी निष्ठा है। प्रतिकृति, तन और मन से। निष्ठा के साथ कोई प्रौढ़ महिला थी। पास आकर परिचय करवाया, आप हैं। —आशा।

'नमस्ते...।' अरुण प्रकाश।

'नमस्कार' आशा ने कहा और अरुण प्रकाश को ग़ौर से देखने लगी।

निष्ठा, पापा के बारे में बताने लगी, 'पापा फिलहाल एक पत्रिका के सम्पादक हैं—'एकान्त' है पत्रिका का नाम। वैसे वह साहित्य के प्रोफ़ेसर थे, इन्दौर यूनिवर्सिटी में। वे डिपार्टमेंट के हेड भी थे। अरुण प्रकाश चुपचाप खड़े निष्ठा द्वारा पापा का परिचय सुन अभिभूत हो रहे थे। बेटी पिता का परिचय दे रही थी। कितनी आत्मीयता, गर्व और प्यार है उसकी जानकारी में।

आशा हाथ जोड़कर एक आकर्षक व्यक्तित्व से मिल रही थी। सफ़ेद शर्ट और हल्के भूरे रंग की पैंट, पाँव में जालीदार काले रंग की सैंडल। उन्नत ललाट और सुनहरे बाल, हल्की-सी मूँछें, नज़रें झुकाए अपना परिचय सुन रहे थे। आशा को बार-बार लगता कि इन्हें कहीं देखा हुआ है। वह संकोच में पड़ गयी। बोल नहीं पायी। कई बार ऐसा भी होता है कि कोई व्यक्ति हमें पहली नज़र में भा जाये, अच्छा लगे बिना किसी कारण के, तो लगता है कहीं देखा है। वह देखती रही। तभी निष्ठा ने आशा का परिचय करवाया, 'ये मेरी सहेली ख्याति की माँ हैं। यह मुम्बई के एक कॉलेज में प्रोफ़ेसर हैं, हिन्दी की। अब आप लोग बातें करें...। मैं आती हूँ।' कहकर निष्ठा चली गयी।

दोनों सोफ़े पर बैठ गये।

'आपकी बेटी बहुत अच्छी है। ख्याति हमेशा इसके बारे में बात करती है।' आशा ने बात शुरू करते हुए कहा। बार-बार आशा उन्हें देखती और पहचानने की कोशिश करतीं। तभी अरुण प्रकाश ने कहा, 'ख्याति और निष्ठा साथ-साथ हैं?'

'हाँ, दोनों एक ही कम्पनी में हैं।' आशा ने बताया।

'आप कबसे हैं यहाँ?'

'यही कोई महीने भर से ऊपर हो गया।'

अरुण प्रकाश कुछ कहते इससे पहले ही आशा ने बात आगे बढ़ा दी। 'मन नहीं लगता यहाँ..यहाँ की दुनिया बिल्कुल अलग है। बच्चों की दुनिया भी अलग ही है।'

'सही है जब पुराने लोग, नयी दुनिया में आ जायें तो ऐसा ही होता है।' अचानक रुक गये अरुण प्रकाश।

यह क्या दार्शनिक जैसी बात कह दी पहली ही मुलाक़ात में। किसी ख़ास वजह से यदि आशा ने कहा होगा तो उसे अन्यथा न लगे, कोई चोट न लगे। वे अन्तर्मुखी हो गये।

'आप कभी किसी कार्यक्रम में मुम्बई आये थे?'

'हाँ कोई दस साल पहले मुम्बई यूनिवर्सिटी में एक संगोष्ठी में आया था।'

'वही तो...'

'क्या मतलब?' अरुण प्रकाश कुतूहल से बोले।

'वही तो...मैं कब से सोच रही थी कि आपको कहीं देखा है...करेक्ट, यूनिवर्सिटी के एक कार्यक्रम में आपको देखा है और किसी पत्रिका में शायद आपके किसी लेख के साथ आपका फ़ोटो भी देखा है...पर यह याद नहीं। यूनिवर्सिटी ही...पूरा याद आया...।' आशा का मन पहचान ढूँढ़ने से मुक्त हुआ। कुछ राहत-सी महसूस की।

आशा ने बॉय कट बाल रखे थे। ऊँची हील की सैंडल। सलवार-कुर्ता में थी वह। उसके कपड़ों का रंग चटकदार था—भड़कीला, पर उस पर अब्सर्ड डिज़ाइन के रंग बिखरे थे। तर्जनी पर उसने व्हाइट गोल्ड की अँगूठी पहन रखी थी, जिस पर कुछ भी जड़ा नहीं था। एक हल्की-सी सेल्फ डिज़ाइन थी। उसे वह बार-बार गोल-गोल घुमाती रहती, अँगुली में पहने हुए। माथा सपाट था, न कोई बिन्दी न और कुछ। होठों पर लिपस्टिक और चेहरे पर मेकअप था। उम्र यहाँ-वहाँ से झाँक रही थी। केवल बाल काले हो सके थे।

अब तक हॉल में काफ़ी वयस्क आ चुके थे। सोफ़े चारों ओर लगे थे। हॉल काफ़ी बड़ा था। बीच में गद्दे लगे थे। लोग वहाँ बैठ रहे थे। फिर ढोलक की थाप सुनाई दी। और आशा अरुण प्रकाश का संवाद विराम में चला गया। शहनाई बन्द हुई। हारमोनियम, मँजीरा, ढोल, झाँझ, बाँसुरी की धुन बजने लगी और कीर्तन शुरू हुआ। अरुण प्रकाश के लिए शहनाई ठीक थी, नहीं बहुत अच्छी थी। आशा को न कीर्तन में रुचि थी, न शहनाई में। उसे बातों में रुचि थी। यहाँ की बातें, वहाँ की बातें। मुम्बई के कॉलेज यूनिवर्सिटी की विभागों की राजनीति में वह अधिक बहती जाती। ऐसी बातों में अरुण प्रकाश को बिल्कुल रुचि नहीं थी। वह दूर कहीं खो जाते। अचानक उनका ध्यान तेज़ संगीत ने खींच लिया। वे उठ खड़े हुए। आशा भी पीछे-पीछे चल पड़ी। वे तेज़ संगीत की दिशा में चलने लगे। शाम का धुँधलका बाहर उतर आया था।

आगे बढ़ने पर आवाज़ बेसमेंट की ओर खींच कर ले गयी। देखा तो मद्धिम और नाचती रोशनी के बीच, तेज़ ड्रम और जाझ तथा गिटार के साज से उभरता संगीत युवकों में थिरकन पैदा कर रहा था। ख़ूब तेज़ संगीत शोर की हद तक और ख़ूब नाचते युवा...पास के टेबल पर शराब की नाना किस्में...खाने के लिए बहुत कुछ।

तलघर में यह नाच-गाना पता नहीं किस स्टाइल का था, पर किसी चेहरे को पहचान पाना मुश्किल था। तेज़ संगीत, तेज़ थिरकन...वहाँ वयस्कों का क्या काम। यह दुनिया युवकों की है। अमेरिका में आकर भारतीयों में से अधिकांश अमेरिकन जैसा जीना चाहते हैं। कुछ तो भारत में भी ऐसा ही जीवन जीते हैं। इसलिए अब भेद करना मुश्किल हो जाता है। अरुण प्रकाश इसे, यानी नाच-गाने को बुरा नहीं मानते। पर जिस तरह की गन्ध उस नाच-गाने और संगीत से उभर कर आ रही थी, वह चिन्ता की बात थी। शराब के साथ गाँजा, सिगरेट का धुआँ और विशिष्ट गन्ध से अरुण प्रकाश परेशान थे। वे वहाँ से निष्ठा की चिन्ता लिए ऊपर आ गये। प्रणय कहाँ होगा? मिल भी गया तो मेरे पास तो रहेगा नहीं...पर उसका ख्याल मन में लेकर वे वहाँ से निकले। आशा भी साथ-साथ निकल आयी। हालाँकि, उसे ख़याति अपनी धुन में दिख गयी थी। पर वह कुछ बोली नहीं, अरुण प्रकाश से।

वे दोनों अपनी पुरानी जगह यानी हॉल में आ गये। सोफ़े पर दूसरे लोग बैठे थे। कहाँ जायें, सोच वे गद्दे पर बैठ गये भीतर कुछ बेचैनी तो थी ही। वे आशा से कुछ नहीं बोले, न आशा उनसे कुछ बोली। दोनों जान रहे थे कि कीर्तन में मन नहीं रम रहा है। वे सिर झुकाए बैठे रहे। गर्दन उठाई तो देखा घुटनों के बल बैठ कर निष्ठा पापा को कब से निहार रही है।

'आइए...' कहकर हाथ पकड़कर उठाया पापा को।

'कहाँ जाना है, हमें कब तक रुकना है...?' अरुण प्रकाश कुछ बेचैनी में पूछ बैठे।

'आपको बोर हो रहा है न पापा...?'

'ऐसा तो कुछ नहीं...।'

'हो तो रहा है। यहाँ यह सब चलता है। ख्याति की ओर से मुझे मेहमानों का ध्यान रखना था। आप बेसमेंट में दिखे थे। जब तक मैं आप तक पहुँचूँ, आप निकल आये। वैसे आपने ठीक ही किया।' निष्ठा स्पष्टीकरणनुमा कुछ कहती जा रही थी। अरुण प्रकाश निष्ठा का द्वन्द समझ रहे थे।

निष्ठा पापा को अलग कमरे में ले गयी। वहाँ उन्हें कोल्डड्रिंक दिया, कुछ नाश्ते के लिए भी दिया। वहाँ टीवी था। कहा, 'आपको वहाँ अच्छा नहीं लगता, आप यहाँ बैठिए आराम से...।' यह कह ही रही थी कि ख्याति वहाँ आयी।

'सॉरी अंकल, मैं आपको ठीक से रिसीव नहीं कर पायी...' उसकी आवाज़ में वाकई अफ़सोस था।

'कोई बात नहीं...बड़ा कार्यक्रम है और मेरे साथ तो तुम्हारी सहेली है न...।' निष्ठा की ओर देखते अरुण प्रकाश बोले।

अरुण प्रकाश ने पूछा, 'प्रणय कहाँ है?'

'प्रणय वैभव के पास है। वैभव को यह तेज़ संगीत बिल्कुल पसन्द नहीं। प्रणय को लेकर वह लॉन में घूम रहा है...।'

अरुण प्रकाश ने राहत की सांस ली। निष्ठा का ध्यान उन्हीं पर था। ख्याति के बारे में अभी वे आश्वस्त नहीं थे और न ही उसने अपने पति से मुलाक़ात करवाई। यहाँ आकर वे अकेलापन महसूस कर रहे थे। ख्याति की माँ आशा के भीतर उन्होंने गहरी संवेदनाएँ और दुख का अनुभव किया। अधिक बातें करने का अवसर नहीं था, पर जितना संवाद हुआ उससे ऐसा लगा कि उनका जीवन बहुत उलझा हुआ और दुखद बीता होगा। मनुष्य की अनौपचारिक और अनायास निकली छोटी-छोटी टिप्पणियाँ उसके भीतरी एहसासों को दर्शाती हैं। उन्हें आशा की आँखों में अतीत की चुभती परछाइयाँ दीखतीं ।

कई बार व्यक्ति सुखी और ख़ुश दिखने की कोशिश में ऐसे प्रसंगों का वर्णन करता है, जिससे उसके भीतर की उदासी झाँकने लगती है। आशा के बारे में अरुण प्रकाश का यही आकलन था। उन्हें लगा था कि वह यहाँ आ जायेगी पर वह वहाँ नहीं आयी। ख्याति, माँ का बहुत ख़याल रखती है, यह भी नहीं लगा। इतना ही तय कर पाये अरुण प्रकाश कि बीहड़ अकेलापन आशा के भीतर है, पर 'एकान्त' रत्ती भर नहीं है। विचलन बहुत है व्यवहार में।

केक काटते समय सब साथ थे। बाद में, कीर्तन और डिस्को अलग-अलग हो गये। भोजन भी बेसमेंट में अलग-अलग था और 'वरिष्ठ नागरिकों' के लिए ऊपर ही कीर्तन के ही हॉल में। निष्ठा पापा के खाने का ध्यान रखती। आशा ने निष्ठा से कहा, 'तुम अपने फ्रेंड्स के साथ रहो, मैं इनका ध्यान रखूँगी...।'

7

निष्ठा ने अपनी नौकरी से कुछ दिन के लिए ब्रेक ले रखा है। वैभव काम पर चला गया। प्रणय सो गया। निष्ठा अभी भी प्रणय को 'क्रैश' में रखकर काम

पर जाना नहीं चाहती। उसका वहाँ मन ही नहीं लगता और वैभव को भी लगता है कि निष्ठा पूरा ध्यान प्रणय की ओर ही दे। हालाँकि अब क्रैश में वहाँ यह सुविधा थी कि किसी भी समय क्रैश में प्रणय क्या कर रहा है, यह नेट पर देखा जा सकता है। पर निष्ठा को यह मंजूर नहीं था। वैभव और निष्ठा इस बात पर सहमत थे कि पैसा ही सब कुछ नहीं है। फ्लैट भी खरीदा जा सकता है। निष्ठा प्रणय के खाने-पीने के समय का ख़ूब ध्यान रखती। समय पर उसे सुलाना...अब प्रणय सो गया है।

वह ड्राइंगरूम में आ गयी। देखा तो टी-पॉय पर 'एकान्त' की प्रतियाँ हैं और सोफ़े पर कई काग़ज़ बिखरे पड़े हैं। और पापा मगन हैं उन काग़ज़ों में। वह भी अरुण प्रकाश के पास बैठ गयी। 'एकान्त' को उलटने पलटने लगी।

'पापा ये पत्रिका बहुत अच्छी है। इसे नेट पर भी डाला करो न। मैं भी नियमित देख सकूँगी और सारी दुनिया देख सकेगी।' निष्ठा ने कहा।

'...बेटा यह नयी टेक्नोलॉजी ने कमाल कर दिया है। तुम सिखाओ, मैं सीखूँगा।...मुझे नहीं आता। तुम अखिल को फ़ोन कर समझाओ, वही सब कुछ देखता है...।' अरुण प्रकाश बेटी की रुचि से सन्तुष्ट हुए।

'ये सारी रचनाएँ आप डाक की बजाय ई-मेल से क्यों नहीं मँगवाते। आपको कई तरह की आसानी हो सकती है...।'

'बात तो सही है निष्ठा। पर भारत में अभी भी लोग काग़ज़-पेन में अधिक सुविधा महसूस करते हैं। कुछ लोग ज़रूर ई-मेल से भेजते हैं। पर अधिकांश लेखकों के पास यह सुविधा नहीं है, सुविधा है भी तो आदत नहीं है।' अरुण प्रकाश ने एक दूसरी रचना उठाते हुए कहा।

'पापा, आपकी पत्रिका का नाम बहुत अच्छा है—'एकान्त'। मुझे बहुत अच्छा लगा। एक-दो साल तो हो गया होगा...?' निष्ठा।

'बेटा दो साल हो गये शुरू करके। पहला साल बहुत कठिन था। खर्च भी काफ़ी रहा। अब कुछ ग्राहक बन गये हैं। अखिल सारा सँभालता है। कुछ विज्ञापन भी वह आजकल ले आता है।...बस चल जाता है काम। फिर मेरी रुचि भी है और मन लग गया है अब...यह कोई व्यवसाय तो नहीं है। मैं आनन्द उठाता हूँ...कितने लोगों की रचनाएँ, कितने क़िस्से-कविताएँ...कितने लेखक, ज़िन्दगी के कितने ही रूप इन रचनाओं में मिल जाते हैं। रही बात ख़र्च की तो मेरा अपना ख़र्च ही क्या है...कोई शौक़, आदत तो है नहीं। पेंशन बहुत है। तुम लोग अपने लिए काफ़ी कमा लेते हो, इसलिए मुझे कोई चिन्ता नहीं...और कौन हर महीने निकलता है। बस तीन महीने में एक बार...' अरुण प्रकाश पूरा इतिहास बता गये निष्ठा को पत्रिका पलटते एकटक देखते रहे।

‘वैसे पापा एक अंक के लिए कितना ख़र्च आता है?’

‘क्या करोगी जानकर...?’

‘बताइए तो...।’ निष्ठा अड़ गयी।

‘यही कोई पैंतीस-चालीस हज़ार...पर अब पन्द्रह-बीस हज़ार के विज्ञापन मिल जाते हैं...किसी तिमाही में नहीं भी मिले तो कोई बात नहीं। काम निकल जाता है।’ अरुण प्रकाश निष्ठा की नज़र और स्वर से कुछ भाँपते हुए सतर्क होकर कह रहे थे।

‘पापा एक बात कहूँ...?’

‘कहो बेटे...।’ अरुण प्रकाश ने निष्ठा की ओर देखकर कहा।

‘आप ना नहीं कहेंगे...।’ निष्ठा ने साग्रह कहा।

क्या बात है? कोई बात तो है, जिसका अरुण प्रकाश को आभास हो रहा था।

‘इतनी रकम मैं किस्तों में ‘एकान्त’ के खाते में हर माह जमा कराती रहूँगी...।’ कहकर निष्ठा ने हाथ जोड़ लिए और आँखें झुका लीं। मुँह से निकला ‘प्लीज़’ पापा।

अरुण प्रकाश देखते रहे गये और बोले, ‘बेटा सचमुच इसकी ज़रूरत नहीं है। सारी व्यवस्था आसानी से हो जाती है।’

‘फिर भी मेरे ‘एकान्त’ के लिए।’ निष्ठा हमेशा की तरह पापा को मनाने लगी।

‘पापा...।’

‘हाँ...।’

‘पापा, मुझे ‘एकान्त’ नाम पत्रिका के लिए बहुत अच्छा लगा।’

निष्ठा ने पापा की ओर देखा और एक अंक उठाकर कवर पेज ग़ौर से देखने लगी। कवर पेज पर एक स्त्री की पेंटिंग थी। बहुत ख़ूबसूरत...‘ये चित्र कहाँ से मिला पापा।’ बेटा इन्दौर के ही एक मित्र हैं। उन्हीं से लिया है...।’ अरुण प्रकाश बोले।

‘पर पापा ‘एकान्त’ सबसे अच्छा नाम है। व्यक्ति को अपने में प्रवेश करने के लिए ‘एकान्त’ की ही ज़रूरत होती है।’ निष्ठा एकदम बुजुर्ग की तरह बोल गयी। फिर उसे संकोच भी हुआ।

‘निष्ठा, तुम्हें मालूम है...मैंने पहले इसका क्या नाम सोचा था...?’ फिर निष्ठा की प्रतिक्रिया की प्रतीक्षा किये बिना ही बोल गये—‘आस्था’।

निष्ठा चौंक गयी। पापा की ओर देखा। अरुण प्रकाश उसे ही देख रहे थे। दोनों की आँखें छलक आयी थीं। निष्ठा कुछ अधिक भावुक हो उठी थी। तभी अरुण प्रकाश ने कहा, ‘पर परिचितों को पता नहीं क्या लगता और फिर कवर

पेज पर और सामग्री देते समय तुम्हारी माँ का निरन्तर ध्यान रखना पड़ता...।' कहकर वे किसी काग़ज़ में खो जाने की जगह ढूँढ़ने लगे।

निष्ठा उठी और बोली...'पापा आपके लिए चाय बनाकर लाती हूँ...।' निष्ठा की आँखें भर आयी थीं। अरुण प्रकाश के लिए निष्ठा का सामना करना मुश्किल हो रहा था। उन्होंने काग़ज़ नीचे रख दिया और शून्य में कहीं खो गये।

आज निष्ठा और अरुण प्रकाश को 'एकान्त' मिला। वैसे वैभव की उपस्थिति में भी कोई रुकावट नहीं होती। परन्तु वैभव के सामने इतिहास नहीं होता, आस्था नहीं आ सकती न, उस संवाद में।

उस दिन की बर्थडे पार्टी की बात अनायास ही निकल गयी। अरुण प्रकाश ने ही पूछा, 'भई उस दिन जन्मदिन वाला कार्यक्रम बड़ा दिलचस्प रहा...ऊपर कीर्तन और नीचे डिस्को...।'

'पापा यहाँ ऐसा ही मिक्स कल्चर है। दोनों साथ-साथ चल रहे हैं...।'

'हाँ कुछ दिन...पुरानी पीढ़ी निकल जाने पर सब तलघर में ही चले जायेंगे।' अरुण प्रकाश यूँ ही बोल पड़े।

'कुछ लोग अब भी पूरी तरह नहीं ढले पापा...।'

'हाँ, मैं तो अपनी निष्ठा को देख रहा हूँ। न माँ का साया मिला, न मैं तुम्हारी कॉलेज की पढ़ाई के समय साथ था। फिर भी मेरी निष्ठा कभी नहीं फिसली। अन्यथा मैं तो इन्दौर में ही लड़कियों के हॉस्टल के कितने क़िस्से सुनता रहा था। यही कि लड़कियाँ भी इन्दौर जैसी जगह में, सिगरेट, गाँजा, बियर जैसी चीज़ों के करीब पहुँच ही गयीं और आगे न जाने क्या-क्या...फिर पुणे के तो क्या कहने। पर तुमने अपने आपको सँभाला और मेरी लाज बच गयी बेटी...।' अरुण प्रकाश कुछ भावुक हो चले।

निष्ठा को लगा अब विषय बदलना चाहिए। निष्ठा ने यह भी अनुभव किया कि समय के साथ पापा अधिक गम्भीर होते जा रहे हैं। कितने सहज और प्रसन्न रहा करते थे। माँ के जाने के बाद उनका जीवन, उनकी आँखें, उनकी हँसी बुझी-बुझी-सी लगती है। फिर भी, उन्होंने अपनी उदासी की छाया निष्ठा पर नहीं पड़ने दी। आज़ादी दी पर मन ही मन चिन्तित रहते। उनके सवालों से निष्ठा उनकी चिन्ताओं को महसूस कर सकती है। शायद उनके सवालों ने ही निष्ठा को भीतर से पारदर्शी और दृढ़ बनाया। कोई धूल या धुआँ नहीं जमने दिया। कोई विचलन नहीं होने दिया। हमेशा लगता मैं यदि दूसरी लड़कियों की

तरह बहक गयी तो पापा को जवाब क्या दूँगी। अरुण प्रकाश के सवालों में दबाव, शंका या हिदायत न होती। वह सवाल निष्ठा के भीतर जाकर निष्ठा को सतर्क करते रहे। साथ ही, आज़ादी का कभी दुरुपयोग नहीं किया निष्ठा ने। उसे सही-गलत का फ़ैसला करने का बल पापा के सवालों ने ही दिया। पुणे रही, विदेश में रही, पर इन्दौर के संस्कार पापा के सवालों में उसे मिलते रहे। इसी ने भीतर से व्यक्तिगत जीवन में दृढ़ता दी। वैभव से प्रेम किया और पापा को बताया कि इसी युवक से शादी करूँगी। उसे मालूम था, यह अन्तरजातीय विवाह होगा और पापा शायद पसन्द न करें। क्योंकि आज तक दूर-दूर के रिश्ते में भी ऐसा अन्तरजातीय विवाह नहीं हुआ था। वैसे पापा खुले मन और उदार हृदय के व्यक्ति हैं, पर इस मामले में वह कुछ हिचकिचाहट रखते थे। हो सकता है उनके मन में कोई दूसरा युवक भी रहा हो। पर निष्ठा दृढ़ थी।

निष्ठा अचानक चौंक उठ खड़ी हुई और बेडरूम की ओर शेरनी की तरह भागी। अरुण प्रकाश भी चौंक पड़े। 'क्या हुआ?' इतना ही कह पाये थे कि प्रणय की रोने की आवाज़ सुनाई दी। अरुण प्रकाश मन ही मन बुदबुदाये, 'बिल्कुल अपनी माँ की तरह है। वह भी बच्चा जागने पर इसी तरह दौड़ कर जाती थी...' कुछ ही पलों में निष्ठा लौट आयी थपकी देकर। प्रणय चुप हो गया, फिर सो गया।

बातें करते-करते अरुण प्रकाश एक कविता पढ़ रहे थे। फिर पता नहीं उन्हें क्या सूझी, पूछ बैठे, 'वह ख्याति की माँ कविता लिखती है?'

'मुझे नहीं मालूम...आपसे कोई बात हुई थी...'

'जब उन्हें मालूम हुआ कि मैं पत्रिका का सम्पादन करता हूँ तो बोली थीं—मैं कविता लिखती हूँ...।' यह कहकर उन्होंने एक दूसरा काग़ज़ उठा लिया। उन्होंने अखिल से वादा किया था कि अमेरिका में ही अगले अंक का सम्पादन, सम्पादकीय और एक यात्रा-विवरण तैयार करके लाएँगे। अरुण प्रकाश जब आशा के बारे में पूछ रहे थे तब निष्ठा उन्हें ग़ौर से निहार रही थी। अरुण प्रकाश का ध्यान कविता में ही था।

'आशा बहुत उदास लग रही थीं...।' अरुण प्रकाश ने कहा।

'पापा उनका जीवन ही बहुत उबड़-खाबड़ रहा है। मैंने जब-जब जाना, मेरे तो रोंगटे खड़े हो गये।' निष्ठा निःश्वास छोड़ती बोली।

'मुझे भी यही लगा। मैंने यूँ ही पूछा कि आपके घर में कौन-कौन हैं, तो उन्होंने बड़ा चलताऊ शेर किसी का कह डाला, 'ज़िन्दगी यूँ बसर हुई तन्हा, काफ़िला साथ और सफ़र तन्हा...।' जिस अन्दाज़ में उन्होंने यह कहा तो लगा कि अँधेरे

से सांय-सांय की आवाज़ निकल रही है...मुझे अपने सवाल पर कोफ़्त हुई। फिर मैं लगभग उनके संवाद में चुप ही रहा... ।' अब आँख उठाकर उन्होंने निष्ठा को देखा तो लगा वह अरुण प्रकाश की आँखों में कुछ खोज रही है। पर उसे कुछ नहीं मिला।

'ख्याति को विशेष रूप से उन्हें सँभालना पड़ेगा...मुझे ऐसा लगता है... ।' अरुण प्रकाश आगे जोड़ गये...। पर निष्ठा असमंजस में थी। कुछ कहने को होती और रुक जाती। अरुण प्रकाश उसकी दुविधा समझ रहे थे। फिर वे ही बोले, 'मुझे उन्होंने एक प्रस्ताव दिया, थोड़ा-सा ड्रिंक लेना चाहेंगे...? यहाँ आपकी अलग से व्यवस्था हो जायेगी। मेरे मना करने पर वह कुछ हताश दिखीं... मैंने ही कहा आपको लेना हो तो मुझे कोई हर्ज नहीं। मैं कभी नहीं लेता। फिर वे कोल्डड्रिंक ले आयीं अपने लिए भी। उनके लिए मेरी सहमति पर कोई प्रतिक्रिया ना आने पर मुझे लगा कि वह कम्पनी ढूँढ़ रही थीं। अब मेरे लिए तो कोल्डड्रिंक भी बहुत सुखद नहीं था। उनका मन रखने के लिए एकाध सिप मैंने लिया। उनकी आवाज़ में मुझे एक खालीपन लगता। आँख मिलाकर बात न करतीं। पलकें इतनी झपकातीं कि लगता भीतर से बहुत बेचैन हैं... ।' अरुण प्रकाश अचानक रुक गये। उन्हें लगा कि वह कुछ ज़्यादा ही विश्लेषण कर चुके आशा का।

'पापा बहुत लम्बी कहानी है आशा आंटी की...मैं तो दंग रह गयी, उनका जीवन जानकर।' निष्ठा कह गयी और अचानक रुक भी गयी।

अरुण प्रकाश ने और जानने की जिज्ञासा नहीं जताई। वे जानते थे कि हर आदमी एक कहानी जीता है, जो दूसरे के जीवन से सर्वथा भिन्न होती है। जिसकी जितनी संवेदना होती है, उतनी अनुभूति गहरी होती जाती है। भीतर-बाहर की सारी कहानी हर किसी को मालूम हो ही, यह ज़रूरी नहीं। कभी-कभी आदमी नितान्त अकेला हो जाता है। पर भीतर उसके बहुत भीड़ होती है। इतनी भीड़ कि वह अपने आपको खोज भी नहीं पाता। वह छटपटाता रहता है। निराशा और उदासी का मकड़जाल उस पर चढ़ जाता है। उसे अपने भीतर झाँकने की सुविधा नहीं होती। इस मकड़जाल को यदि वह काट पाया तो अपने 'एकान्त' को प्राप्त करता है। यह 'एकान्त' तमाम भीड़ में भी उसे स्वयं से जुदा नहीं होने देता। स्वयं से स्वयं की मुलाक़ात ही 'एकान्त' है। यह 'एकान्त' अकेलेपन को दूर भगा देता है। अरुण प्रकाश ने आस्था के अभाव से उपजे अकेलेपन को 'एकान्त' पत्रिका में विसर्जित कर अपना 'एकान्त' हासिल किया है। कभी-कभी वह सोचते हैं कि वैसा न कर पाता तो शायद मैं भी आशा

की तरह कटी पतंग-सा लड़खड़ाता रहता। और किसी कँटीली झाड़ी में फँसकर फड़फड़ाता रहता, जैसा कि आमतौर पर होता है।

'पापा...।'

'हाँ बेटा...।'

'आशा ने एम.ए. किया ही था कि उनके पिता रिटायर हो गये। आशा दो बहनें थीं—एक भाई। बहन मीना और भाई अनुभव। मीना की नौकरी से अब घर चलने लगा था। वह मुम्बई में एक बैंक में लग गयी थी। इसी बीच ख़बर मिली कि उसने किशन पांडे नामक एक युवक से शादी कर ली। बाद में, मालूम हुआ कि वह पहले से शादीशुदा था और उसके दो बेटे भी थे, जो अपनी माँ के साथ गाँव में रहते थे। आशा की बहन का यह अन्तरजातीय विवाह था। यह ख़बर सारे रिश्तेदारों, मित्रों में आग की तरह फैल गयी। उत्तर प्रदेश का यह परिवार था। पिता रिटायर हो गये थे। भाई पढ़ रहा था और आशा बिना नौकरी के। पूरे परिवार के होश उड़ गये। धब्बा लग गया। रिश्तेदार इनके नाम से बिदकने लगे थे। घर पर कर्ज़ का बोझ था। आशा दिखने में अच्छी थी। पिता ने तय किया कि इसकी शादी कर दी जाये। जल्दी। एक बोझ कम हो। आशा ने लाख चाहा कि शादी तयशुदा जगह पर न हो। पर यदि ऐसा नहीं हुआ तो माँ या पिता में से किसी एक को खो देगी और परिवार सड़क पर आ जायेगा। आशा को बलि चढ़ाया गया उसकी शादी टुटपुंजिए दुकानदार से हो गयी।

संयुक्त परिवार था। कम पढ़ा-लिखा पति। घर के सारे काम आशा के हिस्से। फिर परिवार में खिच-खिच। पति, आशा को पीटता भी था। इस बीच आशा दो बेटियों की माँ बन गयी। उसकी सारी दुनिया ही होम हो गयी। पारिवारिक कलह, पति की बेरुखी, बच्चियों का भविष्य, और अपनी ज़िन्दगी को लेकर आशा दिन-रात झुलसती रही।

किसी रिश्तेदार की शादी में वह मुम्बई आयी थी। वहीं उसने एक जूनियर कॉलेज का विज्ञापन देखा और अर्जी दे दी। क्योंकि पति की दुकान भी अब ठीक से नहीं चल पा रही थी तो उन्होंने सोचा कि आशा कोई नौकरी कर ले। संयोग ऐसा हुआ कि मुम्बई में नौकरी लग गयी और आशा ने मुम्बई के उपनगर अम्बरनाथ में दस बाई दस का एक कमरा किराये पर लिया। बच्चियाँ आगरा ही रह गयी थीं। पति बाद में वहाँ आ गया। पगार वह लगभग छीन ही लेता। वह शंकालु भी था। एक बार वह बिना बताये ही कॉलेज चला गया। सीधे कॉमनरूम में गया तो किसी बात पर दो-तीन प्रोफ़ेसर खिलखिलाकर हँस रहे थे। वह ग़ुस्से में आ गया यह देखकर कि मैं मुफ़लिसी में हूँ और यह यहाँ गुलछर्रे उड़ा रही है। आशा के बाल बहुत ख़ूबसूरत थे। उसने बिना कुछ सोचे आशा के बाल दबोचे

और उसे घसीटते हुए कमरे से बाहर ले गया। तब तक सब जान चुके थे कि वह आशा का पति है। कोई कुछ नहीं बोल सका।

उसका घर क्या एक छोटा-सा कमरा था। पहले उसने आशा को ख़ूब पीटा और बाद में कैंची से उसके सारे बाल काट डाले। वह रोती रही। कोई नहीं आया, क्योंकि आये दिन ये हादसा यहाँ होता रहता था। उस दिन खाना नहीं बना। कौन बनायेगा। आशा का नूर ग़ायब। कपड़े चीथड़े में बदल गये। क्या करे वह। कहाँ भागे। वह मुँह ढँक कर रोती रही। वह शराब पीकर आया। पैसे आशा के ही पर्स से निकालकर ले गया था। आशा को लगा था खाने के लिए कुछ लेकर आयेगा, ग़ुस्सा उतर जाने के बाद। पर वह तो धुत्त पीकर आया था। दस्तक दी। अन्दर आते ही गालियाँ और भयानक दुर्गन्ध। वह वहशी हो गया था। आशा पर वह झपटा। पति उसके भीतर था ही नहीं। एक जानवर की तरह वह नोचता रहा और राक्षस की तरह वह अपने नाखूनों से आशा को भीतर-बाहर से लहू लुहान करता रहा। आशा विवश हिरनी-सी असहाय होकर उसका शिकार बनती रही। क्योंकि घर की लाज भी तो उसी की ज़िम्मेदारी थी। टूट चुकी आशा। एक नर्क उसके हिस्से आया। उसे एक डर ने दबोच लिया था। पति तो निढ़ाल अचेत-सा पड़ा रहा। आशा को लगा अब यहाँ से कहीं भाग जाये। छोड़ दे सब कुछ। पर उसे अपनी बेटियों का ध्यान आया कि उसके भागने से क्या होगा। बेटियाँ तो इसी के पास आगरा में हैं। उनका क्या होगा?

आदमी अपनी संवेदनाओं को बच्चों में बो देता है। वह स्वयं बर्बाद हो जाये भले ही, अपनी संवेदनाओं के लिए वह सब कुछ होम कर देता है। बच्चों की सोच कर वह कोने में उसी तरह घायल पक्षी-सी फड़फड़ाती रही। वह अपनी पीठ भी नहीं टिका पायी। दीवाल को टिक कर बैठी रही। आधी से ज़्यादा रात गुज़र चुकी है। ऐसी हालत में बाहर जायेगी तो बाहरी गिद्धों की शिकार हो सकती है। वह न उठी, ना चेहरा धोया। जी में आया कि...खर्राटे भर रहे इस राक्षस को यहीं ख़त्म कर दे और अपना गुनाह कबूल कर ले। पर उन दो मासूमों का ध्यान आते ही वह वैसी ही पड़ी रही। उसे स्वयं समझ में ना आता कि वह अचेत थी या घायल। जब उसकी चेतना लौटी तो उसने देखा कि उसका पति कमरे में नहीं है। बाथरूम में भी नहीं। दरवाज़ा खुला है। उसे किसी जिज्ञासा ने छुआ तक नहीं। वह वैसी ही पड़ी रही।

तीन दिन तक कॉलेज नहीं गयी। फ़ोन की कोई सुविधा नहीं। मोबाइल उन दिनों

थे नहीं। न कोई सम्पर्क कर सका, न आशा ने कोई सम्पर्क किया। अपने बालों को देखकर वह उदास हो जाती। फिर एक प्राध्यापक को फ़ोन कर बता दिया कि वह दस-बारह दिन नहीं आ सकेगी। इन तीन दिनों में पति का कोई अता-पता नहीं था। उसने सोचा सबसे पहले कमरा बदला जाये। उसने मुम्बई से और दूर कर्जत में एक खोली देखी। ऊपर टीन थे और छोटा-सा कमरा, पर बाथरूम भीतर ही था। उसे सुरक्षित लगा। चालनुमा जगह थी। पर यह कांजूरमार्ग के कॉलेज से काफ़ी दूर था। थोड़े से बचाये पैसे इस परिवर्तन की बलि चढ़ गये। पर कुछ सुरक्षा लगी।

कॉलेज की नौकरी छोड़ एक प्राइवेट कम्पनी में वह डोंबिवली में काम करने लगी। उसे लगा अब बच्चियों को साथ रखना चाहिए। ऐसे समय वह आगरा गयी जब पति वहाँ नहीं था। लड़-झगड़ कर बेटियों को वह अपने साथ ले आयी। ना वह ठीक से स्कूल जातीं, न कपड़े पहनतीं, न कोई संस्कार, लड़कों की तरह गन्दी-गन्दी गालियाँ बकतीं। उनके सिर पर ढेर सारे जुँएँ...वह तो चकरा गयी। इन्हें कैसे ठीक किया जाये। यही कोई आठ-दस साल की रही होंगी। दादी ने, बुआ ने इन पर कोई ध्यान नहीं दिया। ऊपर से उन दोनों को चोरी करने और झूठ बोलने की आदत पड़ गयी थी।

आशा का आधा ध्यान बेटियों में, आधा काम पर, आधा लोकल ट्रेन की यात्रा पर। वह पागल नहीं हुई यह बड़ी बात। केवल एक ही राहत थी कि पति से मुक्ति मिली। बहुत संघर्ष के बाद पति से तलाक मिल सका। वह मुक्त हुई।

वह अपने काम में निपुण थी। जिस फर्म में वह काम करती उसका मालिक एक कॉपरेटिव बैंक का चेयरमैन भी था। भला आदमी। उसने आशा को बैंक में ले लिया। डोंबिवली में रहने भी आ गयी वह। वहीं बैंक की ब्रांच भी थी। बेटियाँ बड़ी हो रही थीं। उन पर उसका ध्यान था, पर चिन्ता भी थी। बैंक की दूसरी महिलाओं से दोस्ती हुई। इतिहास अतीत हो गया। वह कुछ आश्वस्त हुई।

आशा का जीवन बड़ा उथल-पुथल रहा। जब उसे लगता कि अब सही समय आ रहा है, तभी कुछ नया घटता। एम.ए. के बाद नौकरी करनी थी तो शादी हो गयी। शादी के सपने बुनने के पहले ही चिलचिलाता रेगिस्तान मिला। थोड़ा-सा ओयासिस बनाया तो बच्चियों के बड़ी होने की चिन्ता सताने लगी। पिता का बाड़ लड़कियों को सुरक्षा देता है। यह कमी तो थी ही। इस बीच बैंक में कम्प्यूटर ठीक करने वाले एक इंजीनियर से उसकी करीबी बढ़ी। भावनात्मक शून्यता के साथ बेटियों की सुरक्षा का ध्यान उसके मन में था। पर वह पहले से ही शादीशुदा था और उसकी नज़र जवान बेटियों पर भी थी।

आशा की तनख़्वाह पर भी उसकी गिद्ध-दृष्टि थी। एटीएम कार्ड आशा का उसी के पास होता था। एक बार तो बड़ी बेटी को अकेली पाकर उसकी नीयत पूरी तरह ख़राब हो चुकी थी। बेटी किसी तरह भाग पायी। तबसे घर में तनाव रहने लगा। बहुत लालची व्यक्ति था। व्यापार के नाम पर आशा का पीएफ निकलवाकर वह ग़ायब हो गया। पन्द्रह साल का रिश्ता टूट गया। उससे भी तलाक हो गया। पास में कुछ नहीं बचा—दो बेटियों के अलावा। पर बेटियों को ठीक से पढ़ाया-लिखाया।

एक दिन बड़ी बेटी मौसी के घर किसी काम से गयी थी। मौसी घर पर नहीं थी। किशन पांडे घर पर था। दोपहर का समय था। रविवार का दिन। लड़खड़ाते हुए आया। पिया हुआ था। उसने बड़ी बेटी को छेड़ने की कोशिश की। भागी किसी तरह। यही वह ख्याति है।

इस सारे संघर्ष में केवल टू बेडरूम का एक फ्लैट ख़रीद पायी। कुछ नहीं है पास में। कभी ख्याति के पास तो कभी छोटी बेटी के पास रह लेती है। निष्ठा शान्त हुई।

'ओफ्फ़, आशा।' अचानक बोल पड़े। फिर पूछा उन्होंने 'ख्याति ध्यान रखती है...?'

'ठीक-ठाक ही रखती है। ख्याति की भी यह दूसरी शादी है। पर उसका हसबैंड बहुत अच्छा इंसान है। ख्याति ही चंचल है, लोभी भी है, कुछ-कुछ मतलबी भी। उसे ड्रिंक्स की लत है। कई बार तो वह काम पर भी नहीं जा पाती। बच्चे को क्रैश में रखती है। उसका पति बहुत शरीफ है, इसलिए उसकी निभ रही है...।' निष्ठा सब कुछ पापा के सामने उगल रही थी। 'इस उम्र में ख्याति की दूसरी शादी?' बात अरुण प्रकाश के गले नहीं उतर रही थी।

'पर आशा के बारे में तुम्हें इतना कैसे मालूम?'

'ख्याति ने ही बताया...।' निष्ठा ने कहा।

'तुम्हारा ख्याति से क्या सम्बन्ध...?' अरुण प्रकाश का प्रश्न अपने वास्तविक रूप में शुरू हो गया। निष्ठा को पुराने दिनों की याद आने लगी। तभी प्रणय के रोने की आवाज़ आने लगी। निष्ठा बेडरूम की ओर भागी।

प्रणय की नींद पूरी हो गयी थी।

अरुण प्रकाश को लगा आज वे सो नहीं पायेंगे। जाने क्या-क्या सोचते थे आशा के बारे में। वह महिला तो अंगारों पर चलकर यहाँ तक पहुँची है। कैसे रहेगा मन का सन्तुलन कितनी अकेली है...। आशा का अकेलापन अरुण प्रकाश को अपने अकेलेपन से कई गुना अधिक डरावना लगा। मैंने तो 'एकान्त' हासिल

किया और 'एकान्त' को सम्पादित कर रहा हूँ। अकेलापन जाता रहा है, पर आशा का क्या? फिर निष्ठा जिस तरह आत्मीयता रखती है, वैसा ख्याति का अपनी माँ के प्रति लगाव नहीं लगता।

निष्ठा के प्रति अरुण प्रकाश और गर्वीले हो गये।

उन्हें इस बात से बहुत अच्छा लगा कि ख्याति के बारे में उसकी सोच सही है। सारी जानकारी मिलने के बाद भी ख्याति के बारे में उसके मन में कोई दुराव नहीं है। दोस्ती कायम है।

आशा के व्यवहार को जब वह उलट-रील से अब देखते हैं तो लगता है, मनुष्य हालातों के सामने किस तरह अपनी आँखों के सामने अपनी पहचान को गुम होते देखता है। कैसे चारों ओर से अकेलेपन का अँधेरा आँखों में घुसता है। उम्र के अन्तिम पड़ाव पर शरीर ही नहीं मन भी सहने की शक्ति को खोता जाता है। मन का असर तन और फिर तन का मन पर ऐसे दुष्चक्र से मनुष्य घिर जाता है और आयु की डोर कमज़ोर पड़ने लगती है। फिर लगता है जीकर भी क्या करेंगे। धीरे-धीरे डिप्रेशन की ओर बढ़ता आदमी असमय विरक्त हो जाता है और सारी दुनिया उसके लिए परायी हो जाती है।

अरुण प्रकाश ने निष्ठा को आवाज़ दी। निष्ठा प्रणय को गोद में उठा लायी। बोली, 'क्या है, पापा?'

'तुम्हारे पास आशा जी का नम्बर है?'

'है न...क्या बात है?'

'तुम उन्हें फ़ोन करो कि पापा ने आपकी कविताएँ मँगवाई हैं—'एकान्त' के लिए...।'

8

रात में बहुत देर तक अरुण प्रकाश को नींद नहीं आ रही थी। वे सोच रहे थे कि आशा के जीवन में जो घटा वह उनके चेहरे पर पसरा हुआ है। एक उदासी, एक हादसे की आशंका और एक उजड़ा हुआ जीवन उनसे बात करने पर साफ़ दिखाई देता है। इसलिए वे किसी भी व्यक्ति के व्यवहार को कभी भी तात्कालिक रूप में न देखकर उसके अतीत की प्रक्रिया मानते हैं। आशा के बारे में भी उन्हें यही लगता रहा। उन्हें लगा कि यदि वे कविता लिखती हैं

तो उनके भीतर की बहुत सारी खदबदाहट को बाहर निकाला जा सकता है। डिप्रेशन की दवाइयाँ और मनोवैज्ञानिक उपचारों से अधिक प्रभावी होगा कि व्यक्ति के भीतर की व्याधियों को पहले बाहर निकाला जाये। इसीलिए उन्होंने निष्ठा से कहा कि कविताएँ मँगवाएँ। छपने का सिलसिला शुरू होने पर मन दूसरी ओर चल सकेगा।

अरुण प्रकाश को यह जानकर भी हैरत हुई कि ख्याति की यह दूसरी शादी है। पहला भी प्रेम-विवाह था, फिर दूसरा भी। अब दूसरे पति से एक बेटी है। अरुण प्रकाश दूर तक चले गये। आशा को जबरन शादी करनी पड़ी और नरक-यातना की भागीदार बनी। सबने ठगा उसे। माँ-बाप अपनी इज़्ज़त का हवाला देकर, दोनों पति लूट-खसोट कर और अपनी जवानी दाँव पर लगाकर बेटियों को अपने पैरों पर खड़ा किया। वे भी भावनात्मक रूप से उतनी जुड़ी नहीं लगतीं। आशा तो चारों ओर से ठगी जा चुकी है। अब उसके पास कुछ नहीं है। सूखी नदी की तरह कंकड़-पत्थर, रेत, मुर्दा पड़े शंख, बाढ़ में बह कर आये उजड़े झाड़-झंखाड़ की सूखी जड़ों के अलावा उसके वर्तमान में कुछ भी नहीं है। उसकी ज़िन्दगी इतने अँधेरे से गुज़री कि वह अपने आसपास कुछ नहीं देख पायी। उल्टे अपने आसपास के ही सबसे ज़्यादा ख़तरों का उसे अन्देशा रहा। कपड़े और फ़िल्म के अलावा उसका कोई शौक़ नहीं। अब तो कपड़े भी बहुत लापरवाही से पहनती है। फ़िल्में छूट गयीं। बस वह बाल नहीं बढ़ने देती...।

इधर ख्याति का बचपन बहुत उजाड़ था। माता-पिता का कलह, परिवार में किसी का ध्यान नहीं, एक आवारा-सी ज़िन्दगी उम्र के 10 वर्ष तक। बाद में माँ ने पूरा ध्यान दिया। पर देर हो चुकी थी। फिर भी वह अपने पैरों पर खड़ी हो गयी। दिखने में माँ की तरह सुन्दर, स्वभाव से चपल, चंचल। कई बार माँ की सुननी पड़ी। मन के किसी कोने में अभाव और सीमाओं की घंटियाँ बजती रहीं। भीतर एक ग़ुस्सा तो था ही, आक्रोश में भटकन के ख़तरे को माँ ने भांप लिया था। उसको कभी-कभी पिता की भूमिका में भी रहना होता। डाँट-डपट का ब्याज, विद्रोह के ख़यालों को जन्म देता। नियंत्रित तो हो गया सब लेकिन फिर भी यहाँ-वहाँ से अभी कैक्टस उग आते हैं। इसीलिए माँ के प्रति सामान्य भाव नहीं दिखाई देता। भटकन अभी भी है। पर अब माँ की सीमाओं को वह लाँघ चुकी है।

अरुण प्रकाश सोचते रहे कि बचपन उजाड़ हो, स्नेहहीन हो और दुत्कार हिस्से में आता है, तो युवावस्था में व्यक्ति विद्रोह को थाम लेता है। अभावों से उतना प्रभाव नहीं पड़ता जितना दुत्कार और परायेपन के अहसासों से होता

है। जवानी यदि कुचली और रौंदी गयी तो आदमी टूट जाता है। जल्दी बूढ़ा हो जाता है। उदासी और हताशा झुर्रियों के रूप में आईने को चिढ़ाते रहते हैं। इन माँ-बेटी की ज़िन्दगी में इन्हीं कारणों ने शायद घर कर लिया है। किसी अतीत में वर्तमान की जड़ें होती हैं और वही अपनी शाखाएँ, प्रशाखाएँ बनाती हैं। फल भी वैसे ही लगते हैं। लेकिन आशा जैसा जीवन किस शाखा से आया? आस्था की असमय विदाई क्यों हुई? सब कुछ विपरीत होकर भी निष्ठा कैसे दृढ़ रह पायी, ये ऐसे कुछ सवाल हैं, जिनकी जड़ें उतनी पारदर्शी नहीं होतीं।

निष्ठा ने ख्याति की सारी कही-अनकही सुनाई। आशा की विवशता भीतर तक झकझोर गयी। अरुण प्रकाश को लगा कि उनका दुख तो गहरा है ही, लेकिन आशा का संघर्ष जानलेवा है। दैनिक जीवन पर अतीत का अजगर पसरा पड़ा है। रोज़ लील रहा है ।

अरुण प्रकाश सो नहीं सके। वे सवालों में घिरे रहे कि हम हमेशा पश्चिम को भौतिकवादी, स्वार्थ केन्द्रित और असंवेदनशील समाज मानते रहे हैं, लेकिन हमारे देश में भी ऐसे लोगों की कमी नहीं है। विदेशों में बसे भारतीय समुदाय पर भी विदेशी संस्कारों की छाप है। अब सारी धरती एक गाँव में तब्दील हो रही है, ऐसे में संकर संस्कारों का पनपना स्वाभाविक है। लेकिन मनुष्यता की रक्षा तो होनी चाहिए, समाज कहीं भी हो। उन्हें यह सन्तोष तो था कि निष्ठा सन्तुलित रही और वैभव का उसका चुनाव बिल्कुल सही सिद्ध हुआ।

निष्ठा अरुण प्रकाश का बहुत ध्यान रखती। वह हमेशा यह सोचा करती कि माँ की यादें पापा को आहत करने की हद तक ना आयें। वह रोज़ तरह-तरह की बातें पिता से करती रहती। अमेरिका में बसे भारतीयों से वह मिलवाती। उनके जीवन के बारे में बताती। अरुण प्रकाश का कुतूहल बढ़ता जाता। एक-एक परिवार, व्यक्ति उन्हें एक कहानी लगता। खासकर बुज़ुर्ग, वह भी अकेले उन्हें चिन्ता में डाल देते। वे सोचते अमेरिका में बूढ़ों के लिए जगह नहीं है। उनका अपना अकेलापन दूसरों के खूँखार अकेलेपन के सामने कुछ भी नहीं है। कई बार तो लोग अकेले नहीं हैं, पर सूखते रिश्तों के चलते वह सुनसान जंगल में, घुप्प अँधेरे में धकेल दिये जाते हैं। वहाँ वे छटपटाते रहते हैं, पर रिश्तों की नज़र वहाँ तक नहीं पहुँचती। यह भी क्या बेबसी है कि खाने-पीने और ओढ़ने-पहनने को होने के बावजूद आदमी उपेक्षा और अकेलेपन में झुलस रहा है। कहने को सब है, पर अपना कह सकें, ऐसा कोई नहीं। पर उसकी खोज ख़त्म नहीं होती।

एक दिन निष्ठा पापा को अपने एक मित्र के घर ले गयी। हालाँकि अब अरुण प्रकाश को इस तरह किसी मित्र के घर, वह भी बच्चों के मित्र के घर जाने की इच्छा कम ही रहती है। पर वह निष्ठा की बात को मना नहीं कर पाते। निष्ठा चाहती है कि पापा अकेले ना रहें, महसूस तो बिल्कुल ना करें। पर अरुण प्रकाश ने अनुभव किया कि जब किसी पारिवारिक कार्यक्रम में जाते हैं, तब वह अधिक अकेलापन महसूस करते हैं।

न्यूयॉर्क के पास पुकेप्सी में निष्ठा के पारिवारिक मित्र हैं—सुचित्रा देसाई। वैसे वह वैभव के साथ काम करती है। शादी को 5 साल बीत गये हैं, पर कोई सन्तान नहीं। सुचित्रा के पति नहीं चाहते सन्तान...सुचित्रा अब तक उनकी बात मानती आयी है...। पर किसी बच्चे को देखकर वह लगभग विह्वल हो जाती है।

जैसे ही निष्ठा, सुचित्रा के घर पहुँची, दरवाज़े पर वह अपने पति अभिनव के साथ खड़ी थी। गर्मजोशी से स्वागत। गुमसुम वैभव को अभिनव ने ज़ोरदार ढंग से गले लगाया। हाल-चाल का आदान-प्रदान और अभिनव के ठहाके के साथ घर में प्रवेश। वैभव केवल मुस्कुरा पाता, ऐसे ठहाकों की भीड़ में। निष्ठा को निहार लेता अरुण प्रकाश की नज़रें बचा कर। सुचित्रा ने प्रणय को अपनी बाँहों में भर लिया और उससे बतियाते हुए हॉल में जाने लगी। प्रणय अपनी नन्हीं बाँहें माँ की ओर लहराते हुए रुआँसा हो गया था।

'मैं हूँ न बेटा तुम्हारे साथ...।' निष्ठा ने कहा और प्रणय पैर भी लहराने लगा। उसकी छटपटाहट देख निष्ठा ने प्रणय को अपनी गोद में ले लिया। सुचित्रा प्रणय को निहारती रही और उसके गाल पर हथेली घुमाकर बलैयाँ लेने लगी। उसके पति अभिनव मेहमानों से मिल रहे थे। उसका ध्यान रख रहे थे। कहने को मित्रों की टी-पार्टी थी, पर लगभग साठ-सत्तर लोगों का जमावड़ा था। हॉल किसी होटल के हॉल की तरह भरा था। लोग आपस में बातें कर रहे थे। निष्ठा परिचितों से पापा का परिचय करा रही थी।

अरुण प्रकाश पूरे हॉल को बहुत विस्मिय से देख रहे थे। सजे-सँवरे लोग, सजी दीवारें, एक-एक सजावट करीने से रखी हुई, बैठने की पर्याप्त व्यवस्था, सभी चेहरे सन्तुष्ट और जीवन से अघाए होने का आभास देते...तभी निष्ठा ने अभिनव से पापा का परिचय कराया...अरुण प्रकाश अभिनव को देखते रह गये। ऐसी क्या सोच होगी इस व्यक्ति की कि सन्तान नहीं चाहिए...क्या कल्पना होगी...अभिनव ने अपने चेहरे पर गड़ती निगाह महसूस की और एक ओर चला गया। दूसरों का ध्यान रखने! अरुण प्रकाश को लगा कि इस हॉल की एक-एक चीज़ जहाँ की तहाँ और जस की तस है। अर्थात् कोई नन्हे कदम इस हाल में

नहीं चले। इसलिए सब कुछ व्यवस्थित लग रहा है। फिर उन्हें निष्ठा की बात याद आयी कि अभिनव सन्तान नहीं चाहते क्या कारण...अबाध सुख, विलासिता या और कुछ...जो भी हो पर उन्हें ऐसा लगा। यह सारा भौतिक वैभव अच्छी प्लास्टिक की सजावट की तरह है, जिसमें ऊपर से सुन्दरता का आभास तो है, पर भीतरी गन्ध ग़ायब है, अभिनव से भी, इससे तो अपना वैभव कितना सुशील और मनुष्यता से भरा हुआ है। भले वह ठहाके लगाने और दूसरों से बतियाने में पीछे रहा हो, पर उसका ध्यान अरुण प्रकाश पर निरन्तर रहा कि उन्हें ऊब तो नहीं हो रही है...।

फिर एकाएक सब हॉल के एक कोने में इकट्ठा हो गये। वहाँ आर्टिफिशियल ज्वेलरी की प्रदर्शनी लगी थी। नयी-नयी डिज़ाइन। सब पर मूल्य लिखा होता। महिलाएँ खुलकर ख़रीद रही थीं। अरुण प्रकाश के लिए यह बिल्कुल नया था। वे लॉन में चले गये। निष्ठा सहेलियों के साथ, पर वैभव आ गया—लॉन की ओर। वह ज़्यादा बात नहीं करता। पर पूछे गये सवालों, जिज्ञासा का उत्तर ज़रूर देता।

'यह सब क्या है? इन लोगों ने तो घर में ही दुकान लगा ली।' अरुण प्रकाश बोल पड़े।

'यहाँ कई लोग इस प्रकार का व्यवसाय करते हैं। भारतीय महिलाएँ इसे बहुत पसन्द करती हैं...।' वैभव जानकारी देता बोला।

'पर यहाँ दुकानें तो होंगी...फिर चाय-पार्टी पर यह सब क्या है?' अरुण प्रकाश जिज्ञासावश देखते बोले।

'कुछ लोग ऐसा करते हैं...वह भारतीय मुद्रा में वहाँ ख़रीदते हैं और यहाँ डॉलर में बेचते हैं। फिर यहाँ से डॉलर में ख़रीदकर कुछ चीज़ें भारत ले जाते हैं और महँगे दाम पर बेचते हैं। इस तरह अमेरिका आने-जाने का ख़र्च भी निकल आता है और बच्चों से मिलना भी हो जाता है। सुचित्रा की माँ इस काम में माहिर है...।' वैभव बता रहा था।

अरुण प्रकाश सोचते रहे माँ व्यवसाय में माहिर, पति कमाने में और सुचित्रा पार्टी देने में। बहुत अलग-अलग व्यवहार एक घर में लग रहे थे। पर अभिनव सबसे विचित्र लगा उन्हें सन्तान नहीं चाहिए। इतना बड़ा लॉन, पीछे स्वीमिंग पूल, आठ बेडरूम, बड़ा-सा हॉल, कपड़ों के लिए अलग से बड़ा कमरा, वाशिंगरूम अलग और वॉशरूम तो हर कमरे के साथ जुड़ा हुआ। इतनी भव्यता, और सन्तान के बारे में कंजूसी...मान भी गयी सुचित्रा? ग़ज़ब है, इन भारतीयों का अमेरिकी जीवन...।

थोड़ी देर लॉन में टहल कर उन्हें अच्छा लगा। हॉल की भीड़ छँट चुकी थी।

ज्वेलरी अधिकांश उठ चुकी थी। सुचित्रा की माँ सन्तुष्ट लग रही थी। अभिनव विदा देने में व्यस्त थे। अब केवल दो-तीन परिवार ही बच गये थे, उनमें बच्चा केवल निष्ठा के ही पास था।

अब निकलना चाहिए।

निकलते समय निष्ठा ने अपनी सहेली से परिचय कराया, 'पापा...यह नगमा एम ख़ान...यहीं पुकेप्सी में रहती हैं, इनकी बेटी सपना, सुचित्रा की सहेली हैं और अब मेरी भी।' अरुण प्रकाश ने 'हेलो' कहा और नगमा को देखते रहे। उन्हें लगा नगमा के भीतर एक लावा है और चेहरा ज्वालामुखी की तरह। पता नहीं क्यों इस स्त्री को देखकर उनके भीतर का लेखक नगमा के अतीत को जान लेने के लिए उत्सुक हो उठा। औपचारिक मुलाक़ात के बाद वे कार में बैठ गये। निष्ठा, सुचित्रा और नगमा देर तक एक-दूसरे का हाथ थामकर खड़े थे। फिर निष्ठा ने नगमा को ज़ोरदार 'हग' किया और भारी आँखों से कार में बैठ गयी।

9

वैभव काम पर चला गया था। प्रणय सो गया था। सारा काम निपटा कर निष्ठा जब हॉल में आयी तो उसे पापा गहरे अकेलेपन में दिखे। वे सोफ़े पर गुमसुम बैठे थे। आमतौर पर कोई पत्रिका या पुस्तक ऐसे समय उनके हाथ में होती है। आज वह हाथ बाँधकर चुपचाप बैठे किसी शून्य में खोए हुए थे। पापा की यह मुद्रा निष्ठा को बहुत अच्छी लगी। उसने तुरन्त मोबाइल उठाया और क्लिक किया। हल्की-सी सटाक् की आवाज़ ने अरुण प्रकाश को सचेत कर दिया। मुड़कर देखा तो निष्ठा। मोबाइल पर पापा की छवि देख रही थी। बोली, 'देखिए इस रोशनी ने आपके चेहरे के भीतरी भाव भी पढ़ लिए और मैंने आपको और रोशनी को मोबाइल में उतार लिया। वैसे पापा किन ख़यालों में रहे थे अभी-अभी...। खैर आप जैसे हैं, बैठे रहें पर चिन्ता में न घिरें। मैं आपके लिए कॉफ़ी बनाकर लाती हूँ...।'

'न बेटे मुझे नहीं चाहिए अभी कॉफ़ी...।'

'मुझे पीनी है न, आपके साथ...अभी लायी।' कहकर निष्ठा किचन में चली गयी। अरुण प्रकाश मन ही मन हँस दिये। बिल्कुल माँ-सी दिखती है और मुझे जानती भी है...। मेरे अकेलेपन को कॉफ़ी में घोलना जानती है वह...।

'पापा कॉफ़ी...' अरुण प्रकाश ने कॉफ़ी का मग लिया। और बोले 'तुम लोग यहाँ कॉफ़ी इतनी ज़्यादा क्यों देते हो?'

'पापा ठण्ड है न, जितनी पीनी हो पीजिए...बाकी छोड़ दीजिए...।' निष्ठा सोफ़े पर पापा के साथ बैठते हुए बोली।

'बस यही एक बात है...मैं कोई चीज़ फेंकना नहीं चाहता। कॉफ़ी तो बड़ी बात है...।' अरुण प्रकाश कहीं और खो गये थे।

'पापा मैं कभी सपना से आपको मिलवाऊँगी...बहुत बहादुर और जहीन लड़की है। लड़की क्या है...दो बच्चों की माँ है, यही कोई तीसेक साल की होगी।' निष्ठा पापा को निहारती बोली।

'वही न, कल जिस महिला से मिलवाया उसकी बेटी है न–सपना।' अरुण प्रकाश याद करते बोले।

'हाँ वही...।'

अरुण प्रकाश ने देखा कि निष्ठा की आँखें भर आयी हैं। उन्होंने पूछा कि क्या हुआ?

'पापा, नगमा आंटी के साथ जो बीता सोचकर, याद कर मैं चकरा गयी। सपना से इतनी बार मुलाक़ातें होती रहीं, उसने कभी इन सारी बातों का ज़िक्र नहीं किया...पर कल आप लॉन की ओर निकले तब मैंने जान लिया कि आप कुछ असहज अनुभव कर रहे हैं। मैं आपके पीछे निकली, पर तब तक वैभव आपके पास पहुँच गये थे। मैं रुक गयी। मेरे लिए बड़ा सुखद था कि आप दोनों बातें करते हुए साथ-साथ लॉन में टहल रहे हैं। वैभव बहुत अच्छे इंसान हैं पापा...(अरुण प्रकाश ने आँख भर बेटी को निहारा) मैं तो भगवान का लाख-लाख शुक्र मानती हूँ कि आपके और मम्मा के आशीर्वाद से वैभव मेरी ज़िन्दगी में आया और आपने सहमति दी...।' कहते-कहते निष्ठा का गला भर आया। आँखें डबडबा आयीं।

अरुण प्रकाश यह नहीं समझ पाये कि निष्ठा की आँखों का पानी क्यों ठहर गया...। क्या वैभव के लिए सहमति के विलम्ब के कारण या उसे अपनी मम्मा याद आ गयी या खुशी के आँसू हैं वैभव को पाने पर...उन्होंने अशब्द ही निष्ठा के सिर पर हाथ रखा। उस हाथ में, उस हथेली में सब कुछ था–अपना आशीर्वाद और आस्था का अनन्य स्नेह...वैभव के संग-साथ के लिए शुभकामनाएँ।

निष्ठा ने पापा को देखा। आँखें पारदर्शी हुईं। एक मुस्कान के साथ निष्ठा का संवाद आगे बढ़ा।

'पापा आप लॉन में टहलने लगे, वैभव के साथ...मैं आपको देखती रही...कई बातें दिमाग़ में चल रही थीं। काश मम्मा भी होती...।' फिर आँखें भर आयीं।

अरुण प्रकाश की निगाहों ने दिलासा दिया। जल्दी ही सँवर गयी निष्ठा।

'मैंने आपसे निगाह हटाई तो सामने नगमा आंटी खड़ी थीं। उन्हें क्या लगा पता नहीं...। हम हॉल से सटे काँच के कमरे में कुर्सी डाल कर बैठ गये। उन्होंने ही आग्रह किया कि मैं कुछ समय उनके साथ रहूँ...मैंने पूछा उनसे, सपना नहीं आयी आज, तो बोलीं, वह परीक्षा की तैयारी कर रही है, उसी ने ज़ोर दिया कि मैं जाऊँ यहाँ। वैसे मुझे ऐसे कार्यक्रमों में कोई रुचि नहीं है। पर, सुचित्रा उसकी चहेती सहेली है, उसने भी फ़ोन किया...बस चली आयी।' फिर बोलीं, 'पता नहीं क्यों आज तुमसे बात करने का मन हो आया। तुम जिस आत्मीयता से अपने पापा को निरन्तर देख रही थी, मुझे बहुत प्यारा लगा और तुम्हारे बारे में सपना ने भी मुझे बताया...।' निष्ठा बहुत कुछ बताना चाहती थी नगमा के बारे में, पर बीच में सपना की बात आ गयी।

पुणे में सपना, निष्ठा की क्लास में थी। उनकी अच्छी दोस्ती हो गयी। एक दिन सपना अपने घर ले गयी निष्ठा को। उसका घर नहीं था, घर उसके नाना का था। बड़ा मकान। बिजनेस था उनका कैम्प एरिया में। रईस थे वे। मुसलमान समुदाय में उनकी साख थी। बहुत भले लोग और सुसंस्कृत परिवार था। सपना ने ही बताया कि अम्मा के पिता और मेरे पिता के पिता दोस्त थे। उस ज़माने में उन्होंने अरेंज मैरिज की–हिन्दू-मुसलमान की यह शादी लम्बे समय तक चर्चा का विषय थी। बस इतना ही बताया कि नाना आ गये। उन्होंने आवभगत का ध्यान रखा। दोनों की दोस्ती पर ख़ुशी जताई। फिर बाद में कभी सपना ने न तो घर बुलाया न तो कोई बात बताई। वह खोयी-खोयी-सी रहती। निष्ठा से मिलकर ख़ुश हो जाती। कितने वर्षों बाद फ़िल्मी स्टाइल में दोनों पुकेप्सी में मिलीं और मिलती रहीं, जब भी अवसर मिलता।

'सपना ने तो तुम्हें सब बताया ही होगा...।' नगमा ने निष्ठा से कहा था।

'नहीं आंटी, केवल आपकी शादी के बारे में कहा था कि बीते ज़माने में, हिन्दू-मुसलमान के बीच शादी की काफ़ी चर्चा थी समाज में, इसके अलावा कोई बात नहीं कही। दरअसल वह केवल मुझसे घुलती-मिलती और किसी से कोई बात नहीं करती। बस पढ़ाई-पढ़ाई...'

'अब भी उसे पढ़ाई करनी पड़ रही है, अपनी नौकरी सँभाल कर वह एच आर में पीएच.डी. कर रही है।' नगमा ने बीच में ही निष्ठा को टोक दिया।

'मालूम है, बीच-बीच में कभी-कभार हमारी बात होती रहती है।...बहुत भली है आपकी सपना...।'

'मेरे लिए तो आज भी सपना है वह...विश्वास ही नहीं होता कि उसे कैसे बचा लिया मैंने...।' नगमा कहीं शून्य में खो गयी...

नगमा ने निष्ठा को बताया कि किस तरह प्रभात देशमुख से उनकी शादी हुई। दोनों तरफ़ के रिश्तेदार ख़िलाफ थे। पर दोनों पिता की सहमति थी। हम भी एक-दूसरे को पसन्द करते थे। उन दिनों प्रभात पेरिस में मशहूर आर्किटेक्ट थे। बड़ी-बड़ी बिल्डिंगों की डिज़ाइन वे बनाते। बड़ा आकर्षक व्यक्तित्व, घर से सम्पन्न, ऊँचा खानदान–सब कुछ था उनके पास। शादी के तीन-चार साल तक सब कुछ एकदम ठीक था। पर बाद में पता नहीं क्या हुआ कि प्रभात के व्यवहार में फ़र्क होने लगा। वह बार-बार ग़ुस्सा हो जाता...बोलते-बोलते आवाज़ चढ़ जाती...हमेशा परेशान लगता। इसका असर कारोबार पर हुआ। फिर नगमा ने नौकरी शुरू की। घर चलने लगा। अलग-अलग देशों में काम किया दोनों ने खासकर खाड़ी के देशों में बेहतर तनख़्वाह की नौकरियाँ मिलती गयीं। पर प्रभात की चिड़चिड़ बढ़ती गयी। नगमा ने डॉक्टर की सलाह की गुज़ारिश भी की तो सुनना पड़ा, 'क्या तुम मुझे पागल समझती हो?'

ऐसी हालत में कुवैत, सीरिया होते हुए इराक पहुँचे। इराक में कारोबार जम ही रहा था कि वहाँ गृहयुद्ध की चपेट में सारा देश आ गया। वहाँ से निकलना भी मुश्किल लग रहा था। हर दो-चार दिन के बाद कर्फ्यू लग जाता। खाने-पीने की चीज़ों के लाले पड़ जाते। अब प्रभात कुछ काम न कर पाता। वह पड़ा रहता बिस्तर पर। शरीर ठीक था पर मानसिक विकलांगता बढ़ती जा रही थी। उसकी संवेदना बोथरी हो चली थी। वह डॉक्टर के पास जाना ही नहीं चाहता था। सारा घर नगमा ने सँभाल लिया। वह पेट से थी। लम्बा कर्फ्यू चला। बहुत मुश्किल से पाँच दिन बाद कर्फ्यू कुछ शिथिल हुआ तो नगमा को कुछ तो लाना ही था खाने-पीने के लिए। नौ महीने का गर्भ हो चला था। प्रभात को अब किसी बात से कोई लेना-देना नहीं था। नगमा किसी तरह बाज़ार गयी। दूध और ब्रेड लाने। पलभर में गोलियों की आवाज़ें आने लगीं। लोगों में भगदड़। अपनी ही फ़ौज अपने ही नागरिकों को मार-मारकर गिरा रही थी। सारे शटर डाउन। लोग भाग रहे थे, गोलियाँ चल रही थीं। नगमा को लगा किसी भी तरह अब बचना नामुमकिन है। क्या करे वह। शुतुरमुर्ग की तरह उसने आँखें बन्द कर लीं। उसे मालूम था कुछ ही दिनों में बच्चा जन्म लेगा। वह बहुत अधिक वज़न वाला है। दौड़ेगी तो बच्चे की जान को ख़तरा हो सकता है। नहीं भागेगी तो दोनों की जान

को ख़तरा। वह खड़ी रही। फिर पता नहीं कैसे एक बुजुर्ग महिला पीछे से आयी और नगमा को घसीटते हुए एक ट्रक के पीछे हो ली। वह फ़ारसी में कुछ कह रही थी। पर नगमा फ़ारसी नहीं जानती थी। वह इतना समझ सकी कि अस्पताल जाने का समय आ गया है। वह क्या करे? पर इराकी महिला नगमा को पास के एक अस्पताल में ले गयी। पूरा अस्पताल खाली। न कोई मरीज़, न कोई डॉक्टर... या तो अधिकांश लोग मारे जा चुके थे, या भाग गये थे। केवल डरी-डरी-सी एक नर्स वहाँ थी। वह केरल से थी। अंग्रेज़ी जानती थी। उसी ने उस इराकी बुजुर्ग महिला की सहायता से जचकी करवाई। बेटी हुई थी—साढ़े नौ पौंड की।

रेतीला तूफ़ान नगमा के ऊपर से गुज़र रहा था और इसे सुनाते हुए निष्ठा के रोंगटे खड़े हो गये। आँखों में भुतहा अँधेरा छा गया। कैसे पार किया होगा यह तपता रेगिस्तान। बाहर गोलियों की बौछार, घर में पति बीमार, नन्ही-सी जान और बिना खाए-पीए यह प्रसव...भगवान की तरह वह इराकी बुजुर्ग, केरल की नर्स...सबकी भाषा जुदा-जुदा, धर्म अलग-अलग...पर पीड़ा एक—सच दुख आदमी को जोड़ता है।

...इसी बीच घोषणा हुई भारत सरकार की ओर से कि एक कार्गो विमान बगदाद से भारत के लिए रवाना होगा, जिसमें भारतीय लोगों को जगह दी जायेगी। यह अन्तिम उड़ान होगी...बेटी के जन्म के चौदहवें दिन यह घोषणा...केवल दो दिन का समय। वहाँ मकान ख़रीदा था, बड़ी मुश्किल से—पेरिस का सब बेचकर ज़रूरी घरेलू सामान जुटाया था और एक अत्यन्त महँगी, बड़ी-सी पसन्दीदा कार ख़रीदी थी। पर सबसे कीमती थी जान बेटी की नन्ही-सी जान, दीन-दुनिया से अनजान पति यह सब लेकर अन्तहीन रेगिस्तान नापने की चुनौती नगमा पर...एयरपोर्ट पहुँचना किसी सहारा रेगिस्तान से कम नहीं था। पर साहस। साहस कभी हारता नहीं। हारता तो वह है जिसके पास साहस नहीं होता। नगमा के पास ग़ज़ब का साहस। उसने अपनी पसन्दीदा कार उठाई और एयरपोर्ट की ओर चल पड़ी।

कार पर उसका मन था। पता नहीं किस ग्रेनेड का निशाना बन जाये। कौन विद्रोही उसका इस्तेमाल करे। इतनी भयावह और विपरीत हालत में भी उसने एक उपाय सोच निकाला। उसने दो साबुनों के बीच में कार की चाबी दबाकर ड्राइवर वाले दरवाज़े के पास पायदान के नीचे चिपका दी और अपनी इराकी सहेली को फ़ोन कर यह बता दिया। यह भी कह दिया कि यह कार तुम्हारी हुई...

नगमा उन ख़ुशनसीब लोगों में रही जो सही-सलामत अपने देश पहुँच सके। नगमा अपने पिता के घर, प्रभात अपने। अब दोनों परिवारों के बीच पहले-सा सौहार्द नहीं रहा था। नगमा हिम्मत हारने वाली नहीं थी। बहादुरी कभी

तात्कालिक नहीं होती...साहस आकस्मिक नहीं होता। वह चुनौतियों के साथ नये रूप में और घना हो उठता है। घर आकर, सारा दुःस्वप्न झटककर उसने अपनी बेटी का नाम रखा सपना। सच वह सपना ही तो है जिसे बचाने उसने युद्ध के सुलगते मैदान में खड़े होने का साहस किया।

फिर नगमा ने पहले पुणे में और बाद में, मुम्बई में निजी फर्मों में नौकरियाँ कीं। प्रभात को भी उत्साहित किया। फिर अमेरिका का रुख किया। इस प्रवास में जीवन को, बहुत करीब से देखा। ख़तरों को ठुकराते-धकेलते हुए और जीवन को बेहतर बनाने के संघर्ष में अपना सब कुछ होम कर दिया। प्रभात कुछ ठीक हुआ। गृहस्थी फिर किसी तरह चल निकली और एक बेटे ने जन्म लिया। बेटे और बेटी की पढ़ाई, उनकी परवरिश और गृहस्थी के पहिए ठीक करने में ज़िन्दगी कब हाथ से फिसल गयी पता ही नहीं चला। बेटी सपना पढ़-लिखकर अमेरिका में जॉब करने लगी। बेटा भी अपनी गृहस्थी में व्यस्त हो गया। अब नगमा और प्रभात रह गये अकेले-अकेले...! अकेले-अकेले...इसलिए, क्योंकि साथ तो वे थे, पर साथी नहीं बन सके। दोनों की दुनिया अलग...अकेली-अकेली। प्रभात धीरे-धीरे घोषित मनोरोगी होने लगा। पूरी तरह 'स्कित्जोफ्रेनिया' की गिरफ्त में आ गया। बेटी सपना को दो बच्चे हुए। वह माँ की तरह बहादुर है। बेटे ने अलग मकान ले लिया। सपना की मदद के लिए नगमा उसके पास रहने चली आयी। अभी नौकरी भी कर रही है और पीएच.डी. भी। नगमा उसके बच्चों को सँभालती। प्रभात नगमा को पहचान नहीं पाता। वह हर किसी से कहता है कि 15 वर्ष पहले ही नगमा से तलाक हो गया है। बेटा, प्रभात के मकान के पास ही रहता है। पिता को रोज़ खाना भेजता है। नगमा आज भी पार्ट टाइम काम करती है। कभी कुछ प्रभात के लिए भी भेजती है। प्रभात की स्मरण-शक्ति शायद क्षीण होने लगी है।

इसलिए कि सचमुच वह पहचान नहीं पाता या अपने अतीत के वैभव के पार्श्व में आज के असहाय जीवन के कारण हर बात भुला देना चाहता है। नगमा आहत है। पर उसकी उम्मीद अभी संघर्षरत है। अफ़सोस केवल इतना है उसे कि वह इस संघर्ष में हमेशा ही अकेली रह गयी...! पर संघर्ष नहीं छोड़ा उसने। पार्ट टाइम कमाकर अपने पैरों पर खड़ी है। उसकी सपना आज भी इराक के गहरे कुहासे में खुली आँखों का सपना ही है...।

निष्ठा यह सब सुनकर सुन्न हो गयी थी। पापा को सुनाकर कुछ मुक्त हुई।

अरुण प्रकाश भी पूरी तरह डूब गये, नगमा के संघर्ष में। भला इतनी भयंकर ज़िन्दगी पारकर आयी स्त्री ऐसे कार्यक्रम में शामिल होती है, बड़ी बात है। कब ख़त्म होगा, ऐसे लोगों का अकेलापन, कब मिलेगा इन्हें एकान्त, जब वह केवल अपने जीने के गवाह बन सकेंगे।

निष्ठा की ओर देखकर बोले, 'बेटा यहीं इन लोगों की ज़िन्दगी ऐसी क्यों खुलती लगती है। हिन्दुस्तान में क्यों नहीं ऐसी कहानियाँ सुननी पड़ीं।'

'पापा वहाँ भी होती होंगी। शायद वहाँ अपने सुख-दुख को ढाँककर रखने की कोशिश अधिक होगी। यहाँ आकर खुले वातावरण में लोग अपने सुख-दुख का खुलकर बयान करते होंगे...।' एक साँस में निष्ठा बोल तो गयी पर लगा कि पापा के सवाल की बराबरी कर गयी है वह।...फिर एक पुछल्ला जोड़ दिया, 'यहाँ सम्बन्धों में एक खुलापन है। लोग आपस में छिपाते बहुत कम हैं...।'

'पर निष्ठा, हमारे वहाँ पास-पड़ोस, नाते-रिश्तेदार, मित्र-परिवार अकेला नहीं रहने देते...हालाँकि किसी का भी अकेलापन कोई दूर नहीं कर सकता। केवल कुछ देर-दिन के लिए स्थगित कर सकता है...।' अरुण प्रकाश को लगा कि वह घटनाओं से दर्शन की ओर मुड़ गये।

अरुण प्रकाश ने भीतर तक महसूस किया कि इस दुनिया में जीवन बहुत उलझनों से भरा है। मनुष्यों के चेहरों की तरह उलझनों के अपने-अपने चेहरे होते हैं। किसी का दुख किसी दूसरे की तरह नहीं हो सकता। दुख यदि मान भी लिया जाये कि इस एकदम समान है तो उस दुख को सहनेवाले की संवेदना में बहुत अन्तर होता है। अरुण प्रकाश को लगने लगा कि उनका दुख अपनी जगह अपूर्णनीय है। पर दूसरों का दुख भी उससे छोटा नहीं है। वे अन्तर्मुखी हो गये, मौन हो गये। निष्ठा समझ गयी कि पापा भीतर तक संवेदना में डूब गये हैं। उसने केवल इतना कहा, 'आप थोड़ी देर आराम कर लीजिए। आज वैभव ने एक नाटक के टिकट ले लिए हैं। आपको नाटक बहुत अच्छा लगेगा—नाम है, 'ला मिज़रेबल।' पापा आप यह नाटक ज़रूर देखिए। तीस वर्षों से मंच पर है—रोज़।'

अरुण प्रकाश को कुछ नहीं सूझ रहा था। वे धीरे-धीरे अपने बेडरूम की ओर जाने लगे।

10

रात को लौटने में देर हो गयी। केवल वैभव और अरुण प्रकाश ही नाटक देखने गये थे—'ला मिज़रेबल'! पिछले 30 वर्षों से एक ही थिएटर में खेला जा रहा है—रोज़। मंच पर टैंक, तोपें और घोड़ों की दौड़....कितना भव्य, कितना

रोमांचक। संगीत और प्रकाश योजना ने भ्रम में डाल दिया कि यह नाटक है या फ़िल्म...।

नाटक के लिए जाते समय वैभव इस नाटक की ख़ूबियाँ बताता जा रहा था। पर उसने कथा-सूत्र नहीं बताये, ताकि जिज्ञासा बनी रहे। नाटक में निष्ठा शामिल नहीं हो पायी। प्रणय बहुत छोटा है। लौटते में वैभव और अरुण प्रकाश गुमसुम रहे। अरुण प्रकाश सोच रहे थे कि इस नाटक की कहानी विकसित राष्ट्रों की, यूरोप की कहानी है। पर यहाँ भी शोषण का कितना दबाव है। स्त्रियों और मज़दूरों का कितना दोहन किया जाता है। उन्हें बहुत हैरत हुई। उन्हें लगा था विकसित देशों से शोषण का नामोनिशान नहीं होगा। यात्राओं से विशेषतः विदेशी-यात्राओं से हमारे कई भ्रम टूटते हैं। हमें अपनी तुलना का न सिर्फ़ अवसर मिलता है, बल्कि अपनी कमियाँ और ख़ूबियाँ जानने का सिलसिला भी सामने होता है।

रात काफ़ी हो चुकी थी। 'गुड नाइट' का आदान-प्रदान हुआ और दोनों अपने-अपने कमरों में सोने के लिए चल दिये। पर अरुण प्रकाश के मन में नाटक कौंधता रहा। वे सोचते रहे, इतने वर्षों तक नाटक एक ही थिएटर में चल रहा है, यानी इसके लिए दर्शक हैं। पीढ़ियाँ बदल गयीं और नये दर्शक जुड़ते जा रहे हैं। समाज ने नाटक को चलाया है। ऐसे नाटक हिन्दी में क्यों नहीं। ऐसे कितने ही सवाल उनके सिरहाने थे। ज़ाहिर है सब नींद के दुश्मन होंगे।

सुबह निष्ठा जब चाय ले कर पापा के कमरे में गयी तो देखा कि बिस्तर पर चारों तरफ़ काग़ज़ बिखरे पड़े हैं और बीच में पापा बैठे हैं। एक-एक काग़ज़ उठाते हैं और कुछ को दायीं फाइल में, कुछ को बायीं फ़ाइल में रख रहे हैं। वह पिता को ख़ूब निहार-पढ़ रही थी। कितने हँसमुख, हाज़िरजवाबी, बात-बात में हास्य-विनोद, माँ से चिरोरी और हम बच्चों के पीछे भागने वाले पापा कहाँ चले गये। धीर-गम्भीर और फलसफावाले पापा कहाँ से आ गये। वह चाय की प्यालियों की ट्रे लेकर खड़ी टुकुर-टुकुर देख रही थी।

'वैभव की चाय हो गयी?' अरुण प्रकाश ने पूछा।

'हाँ, उनकी चाय हो गयी। वे तैयार होने चले गये। प्रणय सो गया आज जल्दी ही, इसलिए मैंने सोचा कि आज की चाय आपके साथ पिऊँ। इसीलिए कुछ देर भी हो गयी पापा।' कुछ स्पष्टीकरण देती निष्ठा बोल रही थी।

'लाओ' कहकर उन्होंने अपनी प्याली उठा ली और निष्ठा को बैठने का इशारा किया।

'पापा, मैं कुछ मदद करूँ आपकी...वैसे साहित्य में तो मैं कुछ नहीं जानती

पर जो अच्छा लगेगा अलग कर दूँगी। आप उसे अन्तिम रूप से देख लीजिएगा।' निष्ठा सचमुच पापा की मदद करना चाहती थी।

'ठीक है, इस बहाने तुम कुछ पढ़ भी लोगी।' अरुण प्रकाश पहले तो मना करने वाले थे क्योंकि निष्ठा को पढ़ने में कोई खास दिलचस्पी नहीं थी। पर उसका मन रखने के लिए उन्होंने सहमति दे दी।

अरुण प्रकाश ने चाहा कि 'एकान्त' के एक पूरे अंक का सम्पादन विदेश अर्थात् अमेरिका में ही बैठकर करें। पर बहुत सारा समय घूमने-फिरने में ही चला गया। कई लोगों से मुलाक़ात हुई। कई लोगों के दुखद पक्ष को, अकेलेपन को, संघर्ष को उन्होंने करीब से महसूस किया।

'पापा, अब आप कम्प्यूटर पर कीजिए। न डाक की झंझट न टाइप करवाने की...सीधे छपवाने के लिए सम्पादित कीजिए...।' निष्ठा ने एक-एक काग़ज़ को छाँटते हुए कहा।

'बेटा यही तो नहीं हो पाया। किसी तरह टाइपराइटर सीखा तो कम्प्यूटर आ गया।' अरुण प्रकाश अफसोस जताते बोले।

'फिर तो और भी आसान है...इसमें बहुत सुविधाएँ हैं पापा...।'

'तुम्हारी बात बिल्कुल सही है बेटा, पर समय को मैं नहीं बाँध पाया। समय बहुत आगे बढ़ गया और मैं पिछड़ गया...कम्प्यूटर पर कोशिश तो करता हूँ, पर दिमाग़ तो तेज़ दौड़ता है पर उँगलियाँ ढूँढती रह जाती हैं। दोनों का समन्वय नहीं हो पाता...विचार दौड़ते हैं, अँगुलियाँ ठिठक-ठिठक कर चलती हैं। फिर लगता है, जो सोचते हैं, वह कर नहीं पाते...'

'पर अखिल तो जानता है न।'

'बस उसी का सहारा है। उसने सारा काम समझ लिया है और सँभाल भी लिया है।'

'चलिए मैं उसी से बात करती हूँ।'

'आपने जितनी रचनाएँ छाँटी हैं, सब मुझे दीजिए। मैं अभी अखिल को स्कैन करके मेल कर देती हूँ। अब आगे से आप मेल पर ही सब कुछ मँगवाया कीजिए।'

इस बीच एक कविता को पढ़कर निष्ठा उछल पड़ी।

'पापा क्या ग़ज़ब की कविता है। इसे ज़रूर छापिए...।' अरुण प्रकाश हतप्रभ रह गये। निष्ठा और कविता। कविता की उसकी समझ। वे मुस्कुराए और सोचा निष्ठा सचमुच सयानी हो गयी है। उत्सुकतावश पूछ बैठे, 'कौन-सी कविता है, ज़रा सुनाना तो मुझे।'

'सुनिये,' निष्ठा ने काग़ज़ को ज़ोर से थाम लिया। मज़बूत पालथी मारी सोफ़े पर और कुछ लजाती हुई पापा की ओर देखकर फिर बोली।

'सुनिये'–

'मैं चाहती हूँ कि
ज्वालामुखी के मुहाने पर
बैठकर लिखूँ कविता...
पर सोचती हूँ
जो लिखता है कविता
क्या नहीं होता वह
ज्वालामुखी के मुहाने पर।'

हँस पड़ी निष्ठा। पापा की ओर देखा। वे सन्तुष्ट लगे और बोले, 'वाह निष्ठा, तुम्हारी पसन्द की मैं दाद देता हूँ। एक तो अच्छी कविता चुनी तुमने, दूसरे शानदार ढंग से पढ़ी, तीसरे अनजाने ही तुमने अपनी रुचि भी व्यक्त कर डाली...बहुत अच्छा। यह कविता स्वीकृत। पर बेटा यह तो बहुत छोटी कविता है, और भी हैं कुछ...? वैसे यह किसने भेजी है? अरुण प्रकाश को यह आभास तो हुआ कि यह किसी महिला की है, पर यह है कौन? वे अन्दाज़ लगाते रहे तब तक निष्ठा बोल पड़ी।

'पापा उन्होंने छोटी-छोटी दस कविताएँ भेजी हैं।' और पापा की प्रतिक्रिया का इन्तज़ार किये बिना बोल पड़ी, पापा दूसरी सुनिये–

'मैंने एक पौधा लगाया
सींचती रही उसे रोज़
दिन गिनने की तरह...।
तुम तो आये नहीं
पता नहीं क्यों?

पर पौधे पर खिल आया
एक फूल
बिल्कुल तुम्हारी तरह ॥'

'और पापा इसका शीर्षक रखा है 'जड़ों में गन्ध...' पापा मुझे तो सारी कविताएँ बहुत अच्छी लगीं। और सुनाऊँ?'

'अभी नहीं...किसकी है, मतलब किसने भेजी है?'

निष्ठा के उत्साह का सम्मान करते अरुण प्रकाश ने पूछा।

'कोई साक्षी शर्मा है।' कहकर निष्ठा ने सारी कविताएँ पापा की ओर बढ़ा दीं।

अरुण प्रकाश ने सारी कविताएँ पढ़ीं। बहुत अच्छी लगीं उन्हें भी। उन्होंने कविताओं के अन्त में परिचय और फ़ोटो पर नज़र दौड़ाई तो लगा कि कहीं मुलाक़ात हुई है। उन्हें याद नहीं आ रहा था, पर चेहरा जाना-पहचाना लग रहा था। पता भोपाल का था। वे फ़ोटो देखकर बार-बार कविताएँ उलट-पलट रहे थे। अंडाकार चेहरा, आँखों में एक आकर्षण, बाल सलीके से काँधे तक, लग तो रहा था यह आकृति कभी देखी थी। खैर उन्होंने कविताओं को एक बार फिर पढ़ा और निष्ठा से बोले–

'बेटा, तुमने बहुत अच्छी कविताएँ छाँटी हैं। इन सभी कविताओं को एक ही अंक में छापेंगे...।' एक बार फिर फ़ोटो निहारने लगे।

निष्ठा को लगा कि पापा शायद इसे जानते हैं या जानने की कोशिश कर रहे हैं। बोली, 'पापा इन्हें फ़ोन कर बता दें उनकी कविताएँ स्वीकृत हैं..।'

'नहीं...।' इतना कहकर उन्होंने स्वीकृत करने की फ़ाइल में कविताएँ रख दीं...। फिर बोले, 'वह आशा मिली थीं न उस दिन उन्हें भी भेजने के लिए कहना...।'

'जी पापा। हम काफ़ी देर से बैठे हैं। मैं कॉफ़ी बनाकर लाती हूँ।' कहकर निष्ठा ने उठते हुए एक नज़र पापा पर डाली। अरुण प्रकाश से नज़र मिलते ही वे मुस्कुरा दिये।

वैभव, प्रणय के साथ खेल रहा था। अरुण प्रकाश को अचानक क्या सूझी पता नहीं, बोल पड़े, 'अब मुझे इन्दौर लौटना चाहिए बेटी...।'

'क्यों पापा...?'

'बस मुझे लगता है अखिल अकेला पड़ गया होगा। 'एकान्त' का नया अंक अब आ जाना चाहिए।' अरुण प्रकाश को कुछ सूझ नहीं रहा था, वे यूँ ही बोल गये थे।

'पापा, कुछ दिन और रुक जाइए न। अब तो प्रणय भी आपके साथ खेलने लगा है...।' निष्ठा कुछ मनाती हुई बोली।

'हाँ पापा रुक जाइए...।' वैभव की आवाज़ थी। अच्छा लगा अरुण प्रकाश को। उन्हें लगा था कि शादी के प्रारम्भिक दौर में उनकी कुछ असहमति वैभव के मन को चुभ गयी होगी। वह हमेशा सशंक रहते। पर वैभव ने वह सब भुला दिया था। उन्हें वैभव का स्वभाव जँच गया। हालाँकि वह अभी अन्तर्मुखी ही रहता है।

अरुण प्रकाश कुछ नहीं बोले। निष्ठा और वैभव ने इसे सहमति ही मान लिया।

अरुण प्रकाश को दोपहर में लंच के बाद एक झपकी लेने की आदत रिटायरमेंट के बाद पड़ गयी। आज नींद नहीं आ रही है। निष्ठा, प्रणय को सुलाते-सुलाते शायद सो गयी। उसे लगा होगा पापा की आँख लग गयी होगी। वैभव काम पर चला गया है। अरुण प्रकाश की दोपहर अकेली हो गयी है। बहुत अधिक घूमने-फिरने का शौक़ उन्हें कभी नहीं रहा। आज 'एकान्त' के लिए रचना छाँटने या कुछ लिखने का मन भी नहीं है।

मन हुआ कि सूर्यकान्त से बात की जाये। काफ़ी दिन हो गये हैं। उन्होंने मोबाइल पर इस समय भारत का वक़्त देखा। अरे, यह तो रात के 3:30 बजा रहा है। अकारण मित्र से बात करने से अच्छी कोई बात नहीं हो सकती। पर असमय नहीं करनी चाहिए। अरुण प्रकाश ने इरादा छोड़ दिया। टीवी में मन न लगता। अन्य उपचार भी नाकाफ़ी थे। वह आशा के जीवन को याद कर उसके आगे-पीछे दौड़ते रहे। कभी नगमा की खौफ़नाक ज़िन्दगी याद कर सिहर उठते। वे सोचते कि स्त्रियाँ हैं ये, इसलिए जानलेवा हादसों के बीच से अपने को बाहर निकाल सकीं और अपने बच्चों को सँवार सकीं। वे यह भी सोचते रहे कि स्त्री पानी की तरह होती है। हर हाल में घुल-मिल जाना उसकी प्रकृति है। कोई भी रंग में वह बह जाती है। कोई भी रूप धारण कर लेती है। कभी बर्फ़ तो कभी बादल बन जाती है। कभी तृप्ति तो कभी नदी दे जाती है। लेकिन हर हाल में अपना बहाव ख़ुद तय करती हैं। पहाड़ों की चुनौतियाँ और कंकड़-पत्थरों से भी रास्ता निकाल लेती है। और पुरुष...अपनी आकांक्षाओं का गुलाम, उपलब्धियों पर उतावला और हार पर पीछे लौट जाने का उसका मन...बहुत कम हैं, जो होड़ लेते हैं। कभी शराब, तो कभी जुआ या व्यवसायी आकर्षणों में अपने को उड़ा देते हैं। भीतर कुढ़ते रहकर मन को छिन्न-भिन्न कर बर्बादी को अपना लेते हैं। वे कई बार अभिशप्त होते हैं। किसी न किसी के सहारे के लिए। और यदि भावनात्मक रूप से छले जाते हैं तो पूछना ही क्या, उसमें भी किसी स्त्री के द्वारा...!

अरुण प्रकाश ने पश्चिम के जीवन को ख़ूब पढ़ा है। उन्होंने यह महसूस किया कि पश्चिम में स्त्री-पुरुष के सम्बन्ध सामाजिक मान्यताओं के इशारों के मोहताज नहीं हैं। अपना जीवन एक ही बार मिलता है और इसे बन्धनों की बलि नहीं चढ़ने देना चाहिए। इसलिए सम्भवतः भावनात्मक रूप से कुछ निष्ठुरता भी

आ जाती होगी। समाज की बनावट भी ऐसी हो जाती है कि वह व्यक्ति की निष्ठुरता पर बहुत ध्यान नहीं देता। ऐसे सम्बन्धों में भटकन के कई मोड़ आते हैं, जिन्हें पाकर पश्चिम का आदमी अपनी ज़िन्दगी की पहचान के लिए स्थिति को अपनाता चलता है। वैसे हर घटना की मार व्यक्ति की संवेदन-क्षमता के अनुसार असर करती है। परन्तु, भारत में तो हर घटना व्यक्ति को समाज के प्रवाह में कसने पर बाध्य करती है। संस्कार और परम्परा उसे कई बार सुरक्षित करते तो हैं, पर कई घटनाओं से अरुण प्रकाश को लगता है, दुनिया का हर देश का आदमी भीतर से एक जैसा है। जिसके पास आर्थिक सुविधाएँ हैं। वे किसी देश में रहें, पश्चिम को जीते हैं—भौतिकता में और सम्बन्धों में भी...लेकिन भारत में ऐसे सम्बन्धों को लेकर जीवन दूभर हो जाता है और वही लोग जब पश्चिम में आ जाते हैं तो उन्हें किसी प्रकार का संकोच, भय या भ्रान्ति नहीं लगती। बहुत स्पष्टता से अपनी विसंगतियों को बयान कर वे स्थितियों के सामने खड़े रहते हैं। घटनाएँ हर जगह जन्म लेती हैं, लेकिन देश-काल, परिस्थिति के अनुसार उसकी अभिव्यक्ति का स्वर ऊँचा-नीचा होता रहता है। आशा और नगमा की ज़िन्दगी से अरुण प्रकाश ने यही महसूस किया।

फिर उन्हें याद आयी 'मुम्बई क्लब' की वह शाम...चर्नीरोड, रात का समय, क्वींस नेकलेस की जगमगाती रोशनी और विजय प्रताप के साथ उतरती रात का वह माहौल...दहाड़ता समुद्र और क्लब के दूसरे हॉल में शान्ति से चुस्कियाँ लेते अरुण और विजय...दोनों एक-दूसरे को इसी तरह पुकारते हैं। अरुण प्रकाश कभी-कभार विजय के साथ यानी केवल विजय के साथ एकाध ड्रिंक ले लेते हैं। इन्दौर के सूर्यकान्त के बाद यही विजय उनका अन्तरंग मित्र है। सूर्यकान्त तो उम्र में कुछ बड़े हैं, पर विजय के साथ बहुत अन्तरंगता से जीवन के हर पहलू पर बात होती रहती है। दरअसल वे एक-दूसरे के राजदार भी हैं।

विजय बहुत पहले यूनिवर्सिटी में इकोनॉमिक्स एंड बैंकिंग के प्रोफ़ेसर हुआ करते थे—इन्दौर में। वहीं अरुण और विजय साथ आये। पर विजय का रुझान शेयर मार्केट और बिजनेस में अधिक था। उसे यश भी मिला, लेकिन इसके लिए इन्दौर में सीमाएँ थीं। इसलिए इस क्षेत्र में पैर जमाने के बाद नौकरी छोड़ दी। और मुम्बई में कंसल्टेंसी करने लगा। साथ ही, शेयर मार्केट में भी काम होने लगा। बहुत जल्दी मुम्बई में, व्यावसायिक दुनिया में अपनी पहचान बना ली। लोग जोड़ने की अद्भुत कला विजय में थी। व्यवसाय में पारदर्शिता और सपाटबयानी उसे नये-नये क्लाइंट तक पहुँचाते रहे। भौगोलिक दूरियाँ होने के बावजूद प्रकाश और विजय प्रताप की मुलाक़ात में कोई खलल नहीं हुआ।

आस्था के गुज़रने के बाद विजय विशेष रूप से पत्नी के साथ इन्दौर पहुँचा था। अरुण प्रकाश को बहुत सहारा मिला था। जीवन में ऐसा कोई होना चाहिए, जिसे हमारे बारे में सब कुछ मालूम हो। हमारी अच्छाइयों और कमियों का वह साक्षी हो। अरुण और विजय एक-दूसरे के लिए वैसे थे।

'मुम्बई क्लब' का वह मेंबर है। अधिकांश शामें विजय प्रताप की यहाँ बीतती हैं। आज जब अरुण प्रकाश मुम्बई में है, तो शाम तो यहाँ बीतनी ही थी। ज़्यादातर व्यापारी, बड़े अफ़सर, पत्रकार, वकील, डॉक्टर यहाँ आते हैं। जैसे ही अरुण-विजय ने चियर्स किया, विजय के सामने एक पचपन–साठ का व्यक्ति, मुस्कुराते हुए हाथ जोड़कर खड़ा था। विजय खड़ा हो गया। नमस्कार किया और बोला–

'कुर्सी लगवाऊँ...?'

'नहीं...आप एंजॉय़ करो...मैं अपनी जगह पर ही ठीक हूँ...।'

'ओके...बाइ द वे, मैं परिचय करवाऊँ...ये हैं, अरुण प्रकाश, मेरे बहुत पुराने मित्र...इन्दौर में रहते हैं...और (नवागन्तुक की ओर मुड़कर)...आप हैं अमरेन्द्र कुमार... यहाँ के बड़े बिजनेसमैन...।' दोनों ने हाथ जोड़े और हाथ मिलाया।

'आप लोग बैठिए प्लीज़...कैरी ऑन...एन्जॉय दी ईवनिंग...।' कहकर अमरेन्द्र कॉर्नर वाले टेबल पर चला गया।

विजय प्रताप की टेबल से काफ़ी दूर। हर टेबल के बीच काफ़ी अन्तर था। ना शोर-शराबा, न कोई भीड़।

अमरेन्द्र के जाने के बाद उन्होंने फिर एक बार चियर्स किया। अमरेन्द्र के आगमन के बाद विजय प्रताप का चेहरा कुछ बदल गया। अरुण प्रकाश ने कहा, 'सब ठीक तो है, क्या बात है, कुछ परेशान लग रहे हो।'

'नहीं कुछ खास बात नहीं। यह अमरेन्द्र भी बड़ी अजीब ज़िन्दगी जी रहा है। मैं तो इस क्लब में बरसों से हूँ। अमरेन्द्र पिछले कुछ वर्षों से ही यहाँ है। पहले वह रीजेंसी क्लब में हुआ करता था। वहाँ कुछ ऐसा हादसा हुआ कि अमरेन्द्र ने वह क्लब छोड़ दिया...।'

'अरे ऐसा क्या हो गया!' पहला पेग समाप्त कर अरुण प्रकाश बोले।

विजय प्रताप ने बेयरे को 'रिपीट' करने के लिए कहा।

फिर जो घटना विजय प्रताप ने सुनाई, उसे सुनकर अरुण प्रकाश चकित रह गये।

विजय प्रताप ने कहा कि 'एक दिन मैं इसी टेबल पर बैठा था। नॉर्मली में इसी टेबल पर होता हूँ। मैं अमरेन्द्र को यहाँ आते-जाते देखा करता। पहले

टेबल टेनिस और बैडमिंटन खेला करता था। फिर ताश भी खेलने लगा। ताश भी बाद में छोड़ दिया। अकेले ही कोने में घण्टों ड्रिंक्स लेने लगा। मेरा सीधा परिचय नहीं था। एक क्लब में थे, तो हाय-हेलो होता था। मेरे लिए वह एक रहस्य ही होता। एक दिन मैं भी अकेला था। आमतौर पर मैं ऐसे में ड्रिंक नहीं लेता। मन हुआ तो एकाध बियर लेता हूँ। किसी के साथ बैडमिंटन खेला और कभी बिना बियर, ड्रिंक के घर निकल जाता हूँ। घर पर पता होता है मैं कब कहाँ किसके साथ होता हूँ।

मुझे अकेला देखकर अमरेन्द्र मेरे पास सामने खड़ा था। बड़ी नम्रता से पूछा आप अकेले हो। मेरे हाँ कहने पर बोला, मैं आपके साथ आज बैठूँ तो आपको कोई एतराज़ तो नहीं। मेरे ना में सिर हिलाने पर वह सामने वाली कुर्सी पर बैठ गया और बोला, 'एक छोटा-सा रिक्वेस्ट है, आप बुरा मत मानियेगा...' मैं उनका अगला वाक्य जान रहा था। मैं बोला, 'कोई बात नहीं, इट्स माय प्लेजर...।' बोला, थैंक्स...। और आगे बोला कि आज का बिल...। मैंने कहा, क्या फ़र्क़ पड़ता है, आप बैठिए प्लीज़...बहुत फॉर्मल मत होइए।' मैंने शुरू में ही ताड़ लिया कि फॉर्मली बिल की बात करेगा। हालाँकि यह दोनों के लिए कोई खास बात नहीं थी। मेरे दिमाग़ में केवल एक ही बात थी कि किसी के साथ बैठने के बारे में मैं बहुत चूजी हूँ। पर इतने दिनों के बाद खास परिचय न होने पर भी साथ चाहना मेरे लिए बहुत सुविधाजनक नहीं था। मैं ऐसा साथ चाहता भी नहीं। कई लोगों से मैं इस तरह समय शेयर करने से मना कर देता। अब तो कोई कहता भी नहीं और कोई साथ है तो पहले से तय होता है। हर किसी के साथ अपना समय शेयर करने से मैं बहुत घबराता हूँ। पर उस दिन मैं 'हाँ' कह गया।

अमरेन्द्र सामने बैठा था। कुछ थका-सा, कुछ निराश। मैंने उसकी पसन्द का ब्रांड मँगवाया। और अपने लिए हमेशा का...उसने पहला पेग गटागट पी लिया। बेयरे को बुलाकर बोला फिश फ्राई...बांगड़ा...फिर मेरी ओर देखकर बोला 'आपको चलेगी न।' मैंने कहा मैं वेजिटेरियन हूँ। फिर क्या लेंगे? उसने पूछा। मैंने कहा, मूँग के पकौड़े...यहाँ बहुत अच्छे बनते हैं—गरमा-गरम...बाहर तो बारिश का भी कुछ माहौल है।'...'अरे वाह, चलिए आपके साथ आज यह भी टेस्ट कर देखेंगे।'

उसने अपने लिए फिर ड्रिंक मँगवाया। अब कुछ रिलेक्स लग रहा था। तभी बोल पड़ा, 'आज मेरा जन्मदिन है...।' 'बधाइयाँ...बधाइयाँ...' मैंने 'हैप्पी रिटर्न्स ऑफ द डे' कहा! मैंने बेयरे को आवाज़ दी, 'अरे जल्दी से एक केक मँगवाओ और मेरे लिए रिपीट...' बेयरा चला गया। केक वाली बात पर वह

कुछ हिचकिचाया, 'इसकी क्या ज़रूरत थी। मैं पिछले कई दिनों से आपको इस टेबल पर देखता हूँ। आज भीतर से लगा कि समय आपके साथ शेयर करूँ...।' 'अरे आज तो आपको घर पर होना चाहिए था, ग्रैंड सेलिब्रेशन होना चाहिए था। आप यहाँ...?' मेरी यह बात सुनते ही वह उदास हो गया...मुझे लगा शायद मैंने कुछ गलत बात कह दी...उसने गिलास उठाया और बड़ा-सा घूँट लिया...मुँह कुछ कड़ुवा हो गया था...फिश और पकौड़े की प्लेटें खाली हो गयी थीं। उसने बेयरे की ओर नज़र घुमाई, वह छोटा-सा केक लेकर आया। क्लब में आये दिन ऐसे केक की फ़रमाइश होती रहती है। केक काटने की प्लास्टिक की छुरी भी साथ थी। बेयरा जाने लगा तो मैंने उसे टोका, 'रुको'। मैंने अपना मोबाइल उसे दिया–फ़ोटो निकालने के लिए। अमरेन्द्र ने गम्भीर मुद्रा में केक काटा। मैंने एक टुकड़ा उसके मुँह में डाला और बचा हुआ बेयरे को दे दिया कि आपस में बाँट लेना। वह बोला, 'ड्रिंक्स के साथ केक का कॉम्बिनेशन कुछ ठीक नहीं है।' मैंने कहा, 'आपका जन्मदिन है आज...' फीकी हँसी बिखेरते हुए गिलास को उसने थाम लिया और एक घूँट में गिलास खाली....। मैं कुछ चिन्तित हुआ...'पूछा सब ठीक है न।' वह शून्य में नज़रें गड़ाए बुदबुदा रहा था। मैं सोचने लगा कुछ तो गड़बड़ है, मैंने नाहक 'हाँ' कह दिया साथ में बैठने के लिए।

'सॉरी मैं आपका नाम भूल गया...।' नज़रें मेरी ओर उठाकर उसने कहा।

'विजय प्रताप...।'

'हाँ विजय जी, आप सोच रहे होंगे कि जन्मदिन के दिन ऐसी जगह मैं अकेला क्यों हूँ...अच्छा सबसे पहले आपको बहुत-बहुत थैंक्स। क्या विजय जी, कैसे बताऊँ?' और वह चुप हो गया। बिल्कुल असम्बद्ध बातें शुरू। मुझे लगा कि दो पेग असर कर गये। पर वह खाली गिलास की ओर देख रहा था। फिर बेयरे को बुलाकर बोला, रिपीट-रिपीट। मुझे लगा, स्थिति लड़खड़ा रही है। मुझे क्या करना चाहिए। मेरा तो दूसरा शुरू भी नहीं हुआ था। आमतौर पर दो काफ़ी होते हैं, पर इनका मामला कुछ और ही है। मैंने पूछ लिया, 'सब ठीक तो है।' वो बोला, 'कुछ भी ठीक नहीं है।' फिर अचानक उठ खड़ा हुआ और 'एक्सक्यूज मी' कहकर वॉशरूम की ओर बढ़ गया...उसके जाते ही मैंने बेयरे को खाने का ऑर्डर देने के लिए बुलाया, तो वह बोला–ये साहब जब भी आते हैं कम से कम चार पेग पीते हैं...अकेले बैठकर...लगता है, बहुत दुखी हैं। किसी को तंग नहीं करते। पर खुद तंग लगते हैं...वह और कुछ बोले इतने में अमरेन्द्र आता दिखाई दिया और बेयरा खिसक गया। 'अगेन चियर्स' कहता हुआ उसने गिलास फिर टकराया। मैं चुप था और वह भी चुप लगा।

मैं उसे पढ़ता रहा और वह बन्द पुस्तक-सा नज़रें झुकाए गिलास की ओर एकटक देखता रहा। फिर मेरी ओर आँखें उठाते बोला, 'थैंक्स...मिस्टर...थैंक्स मिस्टर...' कहते हुए शायद मेरा नाम भूल गया था...मैंने जोड़ दिया—'विजय प्रताप'...हाँ विजय जी...मैं केवल विजय कहूँ तो आपको कोई ऑब्जेक्शन तो नहीं...। मैं चुप रहा। मैंने घड़ी की ओर देखा—केवल आठ बजे थे। अब कोई सिप लेने में मेरी इच्छा नहीं रही थी। बहुत देर तक वह चुप था। बैठे-बैठे झूल रहा था। पचपन-साठ का आदमी अकेले में इस तरह जन्मदिन, तीसरा पैग सामने और मौन...मुझे वह मौन बहुत ख़तरनाक लगा।

फिर उसने अपने आपको समेटा। हल्का-सा एक घूँट लिया और बोला—'आज का दिन मेरी ज़िन्दगी का सबसे अजीब दिन निकला। आपको मैंने बताया कि पहले मैं रीजेंसी क्लब का मेंबर था। मेरा बिजनेस ज़ोरों पर था। शेयर मार्केट में मेरे काफ़ी पैसे लगे थे। मुम्बई के कई बिल्डरों के पास मेरे पैसे थे। साथ ही फ़िल्मों में भी मैं फाइनांसर था। कारोबार चारों तरफ़ फल-फूल रहा था। मैंने लव मैरिज की तो घर के लोग छूट गये। मुझे एक सुन्दर बेटा है। बीवी बहुत...बहुत सुन्दर... (उसने न 'है' कहा, न 'थी' कहा) मैं उसे लेकर क्लब में जाता। वहाँ और एक बिजनेसमैन था तेजराज। मैंने ही बीवी का परिचय तेजराज से कराया। बाद में, लगा कि दोनों की दोस्ती हो गयी। कोई बात नहीं। बेटा बड़ा हो रहा था। एक ही बेटा। मैं कारोबार में नाक तक धँस चुका था। जब भी बीवी को लेकर क्लब आता उस दिन तेजराज वहाँ ज़रूर होता। पहले मुझे संयोग लगा, पर धीरे-धीरे मुझे कुछ गलत गन्ध आने लगी। पर मैंने अपने आपको समझा लिया कि इस तरह शंकित होने की आवश्यकता नहीं। वैसे समय-समय पर बात चुभती रहती...'

फिर उसने मुझसे कहा कि 'आपने तो अभी ठीक से लिया ही नहीं...' मैंने कहा 'मेरी लिमिट समाप्त...' बोला, 'बहुत अच्छा हमेशा लिमिट में ही रहना चाहिए, नहीं तो आदमी को अमरेन्द्र कुमार बनने में देर नहीं लगती...' कहते-कहते एक कड़वी हँसी चेहरे पर उठी और उसने गिलास फिर खाली कर दिया। बेयरे का ध्यान उसी पर था। मैंने हाथ से बेयरे को निकल जाने का इशारा किया और अमरेन्द्र ने बिना किसी की ओर देखे कहा, 'रिपीट प्लीज़।' इस बार उसकी ज़बान बिल्कुल नहीं लड़खड़ाई। वह संयत था। भेदती निगाहों से उसने मुझे देखा, उसमें ज़हर बुझे तीर थे। उसने सलाद का एक टुकड़ा उठाया और बात आगे बढ़ाई।

'ऐसा ही मेरा जन्मदिन था...मिस्टर...विजय परताप जी, मैं अपने ऑफ़िस के लिए निकला। बहुत ट्रैफिक जाम था। मुझे बीवी की याद आयी। घर से

निकलकर लगभग एक घण्टा हो गया था। मुझे लगा आज आराम किया जाये। शाम को बीवी को लेकर कहीं जायें। रात और दिन बिजनेस-बिजनेस...मैंने ड्राइवर से गाड़ी घर की ओर मोड़ने के लिए कहा। रास्ते में अब ट्रैफिक उतना नहीं था। सोचता रहा शाम को कहाँ जायेंगे। सरप्राइज कैसे दूँगा। इसी उधेड़बुन में दरवाज़े पर पहुँचा। चुपचाप चाबी निकाली। लैच खोला और दबे पाँवों से बेडरूम की ओर बढ़ा। यह सोचकर कि बीवी झपकी ले रही होगी...ज़ोर से उसके कानों में 'भों'...करके उसे अचम्भे में डाल दूँगा। हॉल से होते हुए आगे बढ़ा तो बेडरूम का दरवाज़ा खुला था। मैंने चुपके से झाँका तो बीवी चीख पड़ी। दौड़ी, कपड़े सहेजने लगी। एकदम निर्वस्त्र थी वह और उसी तरह उसके ऊपर तेजराज था। उसने भी जल्दी में कपड़े पहने। मैं अचेत-सा हॉल के सोफ़े पर धड़ाम से गिर पड़ा। तेजराज जल्दी-जल्दी क़दम बढ़ाते हुए बिना मेरी ओर देखे दरवाज़े से बाहर निकल गया। बीवी बेडरूम में ही रही। बाहर नहीं आयी। जब आधे घण्टे से ऊपर हो गया तो मैं ही भीतर गया। मैं कुछ कहूँ, इससे पहले उसने ही मुझसे पूछा, 'आप? इस वक़्त?' मैं क्या कहता...जन्मदिन तो कबका स्वाहा हो गया था। ज़ोरदार झड़प हुई। जो हुआ उस पर बीवी को उतना अफ़सोस नहीं दिखा जितना मैं महसूस कर रहा था। मैं बस इतना कह पाया कि इन हालातों में हम साथ नहीं रह सकते। उसने केवल इतना कहा, 'ठीक है।'

मुझे कुछ नहीं सूझा क्या करूँ। मैं फिर ऑफ़िस के लिए निकल पड़ा। रास्ते में जन्मदिन मुझे चिढ़ा रहा था। वाकई मैं लुट चुका था। ग़ुस्सा, मारपीट, झगड़े से अधिक दबाव मुझ पर था। मैं ऑफ़िस नहीं गया। सीधे 'रीजेंसी' आकर कितने पेग पिए मुझे नहीं मालूम। ड्राइवर ही मुझे उठाकर घर ले आया। सुबह में तो मेरे लिए अँधेरा ही अँधेरा था। क्या करूँ? दरवाज़े के पास एक चिट टेबल पर पड़ी थी, जिसमें लिखा था—'सॉरी माँ के घर जा रही हूँ। चिंटू मेरे साथ है।'

कई दिनों तक तो मुझे कुछ सूझा ही नहीं। किसे बताऊँ। किसकी सलाह लूँ। न ऑफ़िस गया, न बीवी से सम्पर्क किया। शेयर मार्केट में भूचाल आया और मैं धराशाही हो गया। एक दिन में करोड़ों का घाटा। दिमाग़ सही होता तो एक दिन में करोड़ों कमा लिया होता । हार कर मैंने सोचा कि एक बार बीवी से मिल तो लूँ।

उसकी माँ के घर दोपहर में पहुँचा। चिंटू स्कूल गया हुआ होगा। मैंने बेल बजाई। दरवाज़ा खुला। भीतर बीवी थी। पूछा आप? 'क्या मतलब?' मैंने सोचा माँ होगी...बिना बुलाए मैं भीतर पहुँचा तो तेजराज पहले से बैठा हुआ। मुझे देखते ही सकपका गया। धीरे से उठकर जाने लगा तो मैंने कहा, 'रुको तेजराज।' तेजराज रुक गया। मैं सोचने लगा इस व्यभिचार में बीवी की माँ भी

शामिल है। इस बार मुझमें शक्ति आ गयी थी। मैंने तेजराज और बीवी को एक-साथ सवाल किया—'कबसे यह सब चल रहा है...।' तेजराज ने एक नज़र बीवी पर डाली और बोला, तीन साल से।' मुझे यह तो मालूम था कि चिंटू के पैदा होने के 9 साल बाद बीवी फिर पेट से है। मैंने फटाक से कहा कि पेट में किसका पल रहा है...बीवी को तीखी निगाहों से देखा। उसने बिना किसी हिचकिचाहट के कह दिया—'तेजराज।'

मैं वहाँ से चला आया...। दोनों ने शादी कर ली। मेरा कारोबार तबाह हो गया। बड़े लोखंडवाला फ्लैट से छोटे फ्लैट में बोरिवली चला गया। यह डरावना सपना भूल जाने की कोशिश करने लगा। मैंने क्लब बदला। शेयर मार्केट ने साथ दिया। धीरे-धीरे उठ रहा हूँ, पर सीने में मेरे ज़हर बुझा तीर है।'

चौथा पेग आया। मैंने कुछ नहीं कहा।

जाते-जाते अमरेन्द्र कुमार कह गये—'हैप्पी बर्थडे नहीं कहेंगे।' मैं अपनी जगह से उठा और उन्हें गले लगा लिया। दो मिनट उन्होंने मुझे छोड़ा ही नहीं। तब तक ड्राइवर उन्हें लेने आ गया था।

मैं अमरेन्द्र कुमार को उनकी कार तक छोड़ने गया। कार में बैठते समय वे बोले, 'मुझे मालूम है, आप बहुत बड़े कंसल्टेंट हो...मेरी मदद करेंगे। अब मैं आपकी फीस देने लायक बन गया हूँ...।' उनकी स्कोडा कार धीरे-धीरे कारों की भीड़ में खो चुकी थी...

'पापा सॉरी, चाय बनाने में देर हो गयी। पर आप किन ख्यालों में खोए रहे। प्रणय उठा और रोता रहा, आपका ध्यान ही नहीं गया...।' अरुण प्रकाश अर्थपूर्ण मुस्कुराए। निष्ठा को लगा, पापा, मम्मा की यादों में हैं।

11

अरुण प्रकाश दोपहर में अक्सर अपनी 'एकान्त' की फ़ाइल लेकर बैठ जाते हैं। आज भी बैठे हैं। वे साक्षी की कविताओं को उलट-पुलट कर देख रहे हैं। कविता लिखने वाला ज्वालामुखी के मुहाने पर बैठा है। कितना कुछ

भीतर खलबला रहा होगा। कविताएँ तो संवेदना के अर्थ के रूप में हैं। निचोड़ है कविता, चिन्तन का। कविता ही मुख्य विषय था—अरुण प्रकाश का...वे बार-बार साक्षी की कविताओं को पढ़ते। इन कविताओं को उन्होंने बहुत गहरे अनुभव किया और सोचा अखिल से कहेंगे—इनमें से एक कविता 'एकान्त' के मुखपृष्ठ पर फ़ोटो समेत छापेंगे। किसी रचना को लेकर वे पहली बार इतने प्रभावित हुए कि कवर पेज पर उसे देने की सोच बैठे। यह प्रकाशन के क्षेत्र का अभिनव प्रयोग था। कविता पढ़ते-पढ़ते उनकी आँखें मुँद गयीं। तभी फ़ोन की घण्टी बजी। दूसरे ही रिंग पर भीतर के कमरे में निष्ठा ने उठा लिया। शायद वह हमेशा सतर्क रहती है कि प्रणय की नींद में खलल न पड़े। उसे गहरी नींद में देखकर निष्ठा आश्वस्त हुई। उसे नींद नहीं आ रही थी, पर प्रणय के पास ही सोयी थी। फ़ोन पर दूसरी ओर प्राची आंटी थीं। कह रही थीं कि अरुण प्रकाश आराम न कर रहे हों तो वे मिलना चाहेंगी। 'एक मिनट प्लीज़' कहकर निष्ठा ने फ़ोन रखा और पापा की सहमति के बाद 'हाँ' कह दिया।

निष्ठा ने बताया कि 'प्राची आंटी ने भारत से पीएच.डी. की है और एक फेलोशिप उन्हें अमेरिका की ओर से दी गयी। उन्हें दोहरी पीएच.डी. मिली है। वे कविता लिखती हैं। अमेरिकी जन-जीवन पर कहानियाँ, उपन्यास भी लिखे हैं उन्होंने। व्यक्ति और समाज का बहुत सुन्दर विश्लेषण करती हैं। आपको उनसे मिलकर अच्छा लगेगा।'

'बहुत अच्छा है। मुझे तो लोगों से मिलना वैसे ही अच्छा लगता है। रचनाकार हो तो और अच्छा...।' अरुण प्रकाश ने काग़ज़ टी-पॉय पर रखते हुए कहा।

'पापा, आप साक्षी की कविताएँ फिर पढ़ रहे थे...।'

'हाँ इन कविताओं में जीवन की गहरी अनुभूतियाँ हैं और सुन्दर अभिव्यक्ति है।'

'छाँटी किसने हैं...।'

'मेरी प्यारी निष्ठा ने।' अरुण प्रकाश निष्ठा को निहारकर अभिभूत हो गये।

तयशुदा समय पर प्राची आयीं। हाथ जोड़कर अरुण प्रकाश को प्रणाम किया और सामने सोफ़ा पर बैठ गयीं। बोलीं—

'निष्ठा हमेशा आपके बारे में बातें करती है। इतनी बातें बताईं कि मुझे लगता है, मैं अर्से से आपको जानती हूँ। उसने आपकी मैगज़ीन भी पढ़ने के लिए दी...।' प्राची अरुण प्रकाश की ओर देखकर कह रही थी। अरुण प्रकाश बेटी की तारीफ़ सुनकर गद्गद हो रहे थे।

फिर प्राची ने कहा, 'आपकी बेटी बहुत अच्छी है। लकी भी है कि उसे वैभव

जैसा हस्बैंड मिला। दुनिया में यह सब संयोग से ही होता है...।' फिर अचानक रुक गयी। अरुण प्रकाश क्या कहते। वे मुस्कुराते रहे।

वे देख रहे थे प्राची के कथन में कोई बनावटीपन नहीं है। और न ही वह केवल कहने के लिए कह रही हैं। सामान्य कद-काठी की प्राची वैसे तो साँवली है, पर नाक-नक्श से बहुत आकर्षक-सुघड़, बड़ी-बड़ी बातूनी आँखें, कपड़ों के रंग; उसकी भद्रता और भीतरी स्वभाव बयान कर रहे थे। कहीं आक्रामकता नहीं। न बातों में, न कपड़ों में, न नज़र में। सब कुछ संयत और शालीन। फिर निष्ठा की ओर देखती बोलीं, 'जबसे निष्ठा हमारे घर आयी है...हमारे घर में ख़ुशियाँ ही ख़ुशियाँ हैं। पहले वह आयी, नयी-नवेली दुल्हन बनकर, फिर यहाँ कंसीव किया और प्रणय की किलकारी। हम सब कितने तकदीरवाले हैं। आप तो हैं ही, हम भी बहुत ख़ुश हैं।'

'आंटी आप लोग बातें कीजिए मैं कॉफ़ी बनाकर लाती हूँ।' कहकर निष्ठा उठकर किचन की ओर चली गयी। अपनी तारीफ़ से उसका मन भर आया। आंटी वाकई स्नेह करती हैं। वे केवल किरायेदार हैं, ऐसा व्यवहार उन्होंने कभी नहीं किया।

'आपके बारे में निष्ठा ने बहुत बताया है। यह निष्ठा के लिए ख़ुशी की बात है कि वह आपके यहाँ है। अब तो आपसे मिलकर मैं और निश्चिन्त हो गया कि उसे कोई मदरली ध्यान देता है...।'

'सॉरी, मिस्टर अरुण प्रकाश...मुझे जब निष्ठा ने बताया कि उसकी माँ नहीं है...आई वाज शॉक्ड...आपसे मिलकर लग रहा है कि सारे संस्कार आपने ही उसे दिये हैं। माँ के न रहने पर पिता को माता और पिता दोनों की भूमिका निभानी पड़ती है। बेटे के लिए माँ की भूमिका निभाना उतना चुनौतीपूर्ण नहीं होता, जितना बेटी के लिए पिता को सोचना पड़ता है।' प्राची अरुण प्रकाश के व्यक्तित्व से प्रभावित लगी।

'आप लिखती भी हैं।'

'हाँ, पर मैं ज़्यादातर सामाजिक समस्याओं पर लेख लिखती हूँ...कभी...कभी कहानियाँ भी...।'

'फिर दीजिए हमारी पत्रिका 'एकान्त' के लिए। अभी तो मैं यहीं बैठ कर एडिट कर रहा हूँ। निष्ठा ने बहुत कुछ सिखा दिया है और इन्दौर में बैठकर अखिल सब कुछ सँभाल लेता है...।'

'ज़रूर दूँगी...।' प्राची 'एकान्त' के अंक की ओर देखती है। पत्रिका आगे बढ़ाते हुए अरुण प्रकाश कहते हैं—

'ये आपके लिए है। ज़रूर लिखते रहिए...।'

'आपकी निष्ठा बहुत अच्छी माँ भी है। उसने सारी गृहस्थी बहुत अच्छी तरह सँभाल ली है। वैभव का साथ ख़ूब मिला है। ईश्वर जोड़ा सलामत रखे।'?

प्राची लगातार बोले चली जा रही थी। जैसे ही, प्राची ने अरुण प्रकाश की ओर देखा वे बोले, 'आप ही उसकी गार्जियन हैं यहाँ। हम तो हज़ारों मील दूर हैं। उसके सुख-दुख आपके ही आँगन में हैं।' अरुण प्रकाश प्राची की आँखों में निष्ठा के लिए आश्वस्त देख रहे थे।

फिर निष्ठा की वह बात याद आ गयी कि उनके बच्चों के बारे में कुछ न पूछिएगा, क्योंकि उनकी कोई सन्तान नहीं है। उन्हें बच्चों से बेहद लगाव है। जब भी हमारे घर आती हैं, प्रणय के साथ ख़ूब खेलती हैं। उसके लिए खिलौने, कपड़े लाकर वे ख़ुश होती हैं और हम कभी नहीं रोकते। अरुण प्रकाश सोचते रहे, जो माँ बनना चाहती है, उसे यह सब नसीब नहीं होता, जो नसीबवान होते हैं, वे बच्चों का आकाश आँखभर देखने से पहले ही विदा हो जाते हैं, जो रहते हैं, उनके घोंसले खाली हो जाते हैं, उड़ जाते हैं वे, पर निकलते ही। कोई परिपूर्ण होता होगा, वह बिरला ही होगा।

'निष्ठा से पहले एक परिवार यहाँ रहता था। अमृतसर का था। दोनों एक बैंक में यहाँ न्यूयॉर्क की ब्रांच में थे। प्यार हुआ, शादी हुई। पर तीन-चार साल में ही उन दोनों के बीच तकरार होने लगी। कभी-कभी उनकी आवाज़ें सीलिंग चीरकर हमारी मंज़िल पर पहुँचतीं। बुरा लगता कि इतनी दूर आकर के, प्यार करके भी शान्ति क्यों नहीं मिल पाती...ये पश्चिम-सा जीना चाहते हैं, पर सोच नहीं बदलती, एक-दूसरे को सह नहीं पाते...पता नहीं ये प्यार करते थे एक-दूसरे को, या शरीर के रसायन का उबाल था। उस लड़की ने हमारे घर में कंसीव किया। हमें बहुत ख़ुशी हुई। हमें तो सन्तान नहीं है, पर हमारे मकान में किलकारी गूँजेगी। हमें बहुत अच्छा लगा, पहली बार रौनक नन्हे क़दमों से आयेगी यह सोचकर मैं उसे उसकी पसन्द की चीज़ें बनाकर खिलाती। उन दोनों की तकरार कुछ कम तो हुई, पर ख़त्म नहीं हुई। मैं अपनी ओर से कोशिश करती। पर मुझे लगा, लड़की ही झगड़ालू स्वभाव की होनी चाहिए। उसी की आवाज़ अधिक गूँजती। कुछ खिलाने मैं जब भी जाती तो उसे समझाती कि इस अवस्था में तुम गुस्सा बिल्कुल न करो। अच्छा-अच्छा सोचो...बच्चे पर इसका असर होता है। बोलती, 'वो है ही ऐसा आदमी...मैं तो फँस गयी दीदी...और अब यह नया मेहमान...उसने प्रेम का नाटक किया मेरे साथ, पता नहीं कितनों से किया होगा...मेरा ध्यान ही नहीं रखता...।' 'पर तुम दोनों ने एक-दूसरे को

पसन्द कर अपनी मर्ज़ी से शादी की है न।' मैं कहती तो उसका जवाब होता, 'मेरी मति मारी गयी थी...मुझे लगा था हम एक ही देश हैं, एक ही जगह काम करते हैं, अच्छी गृहस्थी रहेगी। पर यह तो रात-रात भर क्लबों में पैसे उड़ाता है। केवल एक शौक के पीछे पागल है...शराब-शराब और शराब...और भी कुछ है, नहीं मालूम पर, मुझसे उसका मन पहले-सा नहीं लगता। मेरा ध्यान नहीं रखता...पता नहीं क्या होगा दीदी... ।'

'मैं उसे शान्त करती। सब कुछ अच्छा होने की सम्भावना जताती। पर मुझे ही चिन्ता रहती। पता नहीं क्या होगा।'

'उन्हें बेटा हुआ। कुछ दिन तो ठीक चलता रहा। मैं कभी-कभी बच्चे को गोद में लेती। तीनों के चेहरे निहारती। पति-पत्नी के आपसी रिश्ते जैसे थे और बच्चा अपनी नज़र की तलाश में था, अभी। वे दोनों अब भी एक-दूसरे पर चिल्लाते और बच्चा रोने लगता। बड़ी भयावह स्थिति थी। लोग जीवन में दूसरों के बारे में बिल्कुल सहनशील नहीं रह पाते और अपने अहंकार को पालते-पोसते अपने ही अंश की कितनी उपेक्षा कर डालते हैं। मुझे तो बड़ा अफ़सोस होता।

एक दिन अजीब दुर्घटना घटी। रात को सड़क पार करते समय तेज़ रफ़्तार कार ने उसे उड़ा दिया। रात काफ़ी बीत गयी थी। क्लब से वह निकला ही था। पुलिस से ख़बर मिली। सारा सन्दर्भ ही बदल गया...दुनिया बदल गयी। जितना सम्भव था हमने इस लड़की की मदद की।

उस व्यक्ति के इंश्योरेंस की काफ़ी रकम इस लड़की को मिली। उसने पास ही एक मकान ले लिया और वहाँ शिफ्ट हो गयी। पर बच्चे में मेरा मन लग गया था। मैं बार-बार उससे मिलने जाती। साल भर तक तो वह बच्चे के साथ रही, लेकिन बाद में, उसे 'क्रैश' में डाल दिया और काम पर जाने लगी। सबसे अजीब बात तो यह लगी कि इतने हादसे के बावजूद उन दोनों परिवारों से मिलने कोई नहीं आया।

मैं बच्चे से मिलती रही। बच्चा मुझसे मिलता रहा। कभी मुझे लगा कि बच्चे की माँ में 'मदर इंस्टिंक्ट' है ही नहीं। यह महसूस होते ही मेरी ममता घुमड़ने लगती और बच्चा मुझे पाकर ख़ुश हो जाता। हमारे बीच धीरे-धीरे एक रिश्ता बन गया और मैं पहले से अधिक ख़ुश लगने लगी। अजय भी धीरे-धीरे बच्चे से जुड़ने लगे। वह स्कूल जाने लगा और दिन भर हमारे ही घर रहता। शाम को उसकी माँ आकर ले जाती। वैसे अजय बड़े गुमसुम व्यक्ति, पर इस बच्चे की सारी ज़रूरतों का ध्यान रखते। अब तो स्कूल पहुँचाना और वहाँ से लाना अजय का ही काम हो गया था। एक ग़ज़ब का रिश्ता उस बच्चे से हो

गया। उसकी माँ निश्चिन्त-सी हो गयी। केवल शाम को वह फ़ोन करती। बच्चे के साथ उसका रिश्ता बहुत रूखा था, इसलिए वह मेरे साथ बहुत घुल-मिल गया...कहता तो मुझे आंटी था, पर मेरे लिए वह बेटा ही था। कई बार उसकी माँ को हमारा यह रिश्ता सुखद न लगता। उसकी आँखों और बातों से भी यह उजागर हो जाता। पर इसमें उसे सुविधा थी और नुक़सान कुछ नहीं था, वह हम लोगों को जानती थी।

आपकी निष्ठा और वैभव के यहाँ आने पर भी वह लड़का हमारे घर आता था। निष्ठा से मैंने कुछ नहीं छिपाया। यह भी मुझे अपनी बेटी-सी ही है। फिर वह एक कोर्स के लिए बोस्टन गया...हमारी दुनिया फिर सूनी हो गयी। पर अब यह प्रणय आ गया है..., कहकर प्राची ने प्रणय को उठा लिया। प्रणय भी प्राची के साथ ख़ुश रहता है।

अरुण प्रकाश सोच रहे थे, सब अपने-अपने अकेलेपन के मारे हैं। रिश्ते तो हैं पर उसके ताने-बाने उखड़े-उखड़े हैं। हर आदमी उन्हें अधूरा, प्यासा और भटकता हुआ लगता। जिसके पास है कुछ, उसे उसका अहसास नहीं...जिसके पास नहीं, वह तो अपनी इच्छा के लिए क़दम-क़दम भटक ही रहा है। कॉफ़ी कब की ख़त्म हो चुकी थी।

'पापा, आंटी हमारा बहुत ध्यान रखती हैं...लिखती भी हैं—घटना कथाएँ...' 'एकान्त' में दे सकते हैं।'

'वैसे भी मैं सोच रहा था कि वे हर अंक में एक घटना-कथा दें। इसमें यह मालूम होगा कि दुनिया की आर्थिक राजधानी में लोगों का जीवन कैसा है, कितने अकेले हैं यहाँ लोग। कुछ तो स्थितियों के मारे अकेले हैं, कुछ अधिक पाने में ही दूर जाकर अकेले छिटक गये...कुछ दुर्घटनाओं के शिकार हो गये। ऐसे लोग अपने अकेलेपन को जीवनभर ढोते हैं। रिश्तों को वे उस तरह नहीं जी पाते... किसी को देने के लिए उनके पास कुछ नहीं होता, दूसरों से वे पाना चाहते हैं, जो किसी को कुछ दे नहीं सकते, कितने अकेले हैं ये लोग। अरुण प्रकाश कहीं खो गये, कि जो दुनिया से चले जाते हैं, फिर भी साथ रहते हैं और कई बार साथ-साथ रहकर भी एक-दूसरे तक नहीं पहुँच पाते।

इस ब्रीच प्राची के लिए अजय का फ़ोन आया। प्राची के चेहरे पर एक उदासी छा गयी। अनमनी-सी उठी, श्जाना पड़ेगा। फिर आऊँगी। आपसे बात करके अच्छा लगता है।' प्रणय के गाल पर लाड़ की एक थपकी देकर वह ऊपर अपने घर के लिए निकल गयी। निष्ठा दरवाज़े तक छोड़कर 'बाय' कहकर लौट गयी।

निष्ठा प्रणय खाने के लिए कुछ तैयार करने लगी।

अरुण प्रकाश साक्षी की कविताओं में खो गये।

कोई जब अच्छा सुनने वाला मिल जाता है, तो ख़ूब बोलने को मन करता है। प्राची के साथ भी यही हुआ। अरुण प्रकाश एक अच्छे श्रोता हैं। वे बीच में नहीं टोकते, न ही किसी की बात सुनते समय आगे क्या बोलना है, इसकी तैयारी करते हैं, सामान्यतः लोग ऐसे ही होते हैं। अरुण प्रकाश उनमें से नहीं थे। वे पूरे ध्यान से सुनते, प्राची की हर बात को।

अनौपचारिक चर्चाओं में कुछ सनसनीखेज बातें बताने को व्यक्ति लालायित रहता है और यदि प्रतिसाद अच्छा मिला तो इसकी कड़ियाँ जुड़ती चली जाती हैं। यह तो कुछ नहीं, इसे सुनिये, ऐसे एक से बढ़कर एक क़िस्से सामने रखे जाते हैं। प्राची ने बताया कि एक लड़का माइकल सुबह से यहाँ-वहाँ अपने हमउम्र लड़कों से खेलने के लिए भटकता रहता है...घर में अकेला कब तक पढ़ेगा...अकेला क्यों? अरुण प्रकाश की प्रश्नार्थक आँखों के जवाब में प्राची कहती है, उसके माँ-बाप का डाइवोर्स हो गया है। बाप ने मकान इन माँ-बेटे को दे दिया और दूसरी शादी कर हमेशा के लिए यहाँ से चला गया। उस लड़के की माँ क़ैदियों को पढ़ाने जेल जाती है। वहीं एक क़ैदी से उसे प्रेम हो गया और उन दोनों ने शादी कर ली। वह ज़्यादा समय जेल में ही बिताती और लड़का किशोर वय में पहुँच गया...रिश्तों से बँधा, परवरिश से वंचित, आवारा की तरह भटकन और अनिश्चितता में क़ैद...माँ होकर अनाथ-सा, बाप नयी गृहस्थी में उलझा हुआ। अकेली माँ, छिटका क़ैदी, भटकता किशोर...अकेलेपन का त्रिकोण, रिश्तों की उलझन और जीवन का अस्पष्ट-सा सफ़र...अरुण प्रकाश के लिए अविश्वसनीय, अजीब-सा।

प्राची यह बताकर अरुण प्रकाश की आँखों में एक गहन विचार को तैरते हुए देखती है। आगे कहती है, 'उस बच्चे को नहला-धुलाकर खाना खिलाने का मन करता है, पर पता नहीं क्यों ऐसा नहीं कर पाती...उसकी माँ क्या सोचेगी...यह भी मन में आता है कि लोग मुझ निःसन्तान को ऐसा करते समय किस तरह महसूस करते हैं। पर मुझे बहुत बुरा लगता है।...कैसा है न अरुण प्रकाश जी उस स्त्री को बच्चा है तो वह ध्यान नहीं दे पा रही है, बाप अपने में मस्त है।

मैं लालन-पालन करना चाहती हूँ तो मेरे कोई सन्तान नहीं। जिस किरायेदार के बच्चे को प्यार दिया वह चला गया। मुझे लगता है केवल एक बात ज़िन्दगी में ज़रूर साथ देती है—अकेलापन।'

अरुण प्रकाश सोचने लगे, कितने आयाम हैं अकेलेपन के, कितना खालीपन है, प्राची के जीवन में...कितना घटा होगा जो अव्यक्त ही है अभी तक। वे निष्ठा की आने की राह देखते हैं, क्योंकि प्राची के साथ चाहकर भी वे संवाद नहीं कर पा रहे थे और उन्हें बार-बार लगता कि प्राची के भीतर एक अँधेरी सुरंग है, जो उसके घुप्प अँधेरे और घोर अकेलेपन की ओर जाती है। उसमें आक्रोश है अतीत और वर्तमान के प्रति, पर उसके संस्कार कुछ कहने नहीं देते। अरुण प्रकाश ये अच्छी तरह जानते हैं कि कोई व्यक्ति जब विचित्र और सनसनी से भरे उदाहरण देता है, तब उसके भीतर भी अपनी कुछ विसंगति कुनमुनाती रहती है। वे कुछ कह नहीं पा रहे थे, उन्हें ऐसे संवादों में अपनी ओर से कोई रुचि नहीं थी और जानकारी के रूप में जो कुछ मिल रहा था, सुखद नहीं था। उन्हें कई बार लगता कि लोग सुखद जानकारी कम बाँटते हैं, विचित्र और विसंगत में सबकी रुचि होती है।

'अमेरिका में निजी स्वतन्त्रता के नाम पर भी बहुत कुछ विसंगतियाँ हैं... कभी-कभी अजीब लगता है, पर है...' प्राची कहते-कहते रुक गयी और अरुण प्रकाश की ओर देखने लगी। अरुण प्रकाश प्राची को ही निहार रहे थे। अब कौन-सी बात से चौंकने का समय आ रहा, वे सोचने लगे। प्राची को वे ग़ौर से पहली बार देख रहे थे। बड़ी संवेदनशील, दिखने में सामान्य पर आँखों में ग़ज़ब की अभिव्यक्ति निरन्तर, बड़ी-बड़ी आँखें, सुडौल, कपड़े बहुत प्रभावी रंग के, सलवार-कुर्ता प्राची पर ख़ूब फब रहा था। उठने-बैठने का सलीका, प्रौढ़ हो चली देह में भी नजाकत पिरोती प्राची, कभी आँखों से कभी अँगुलियों से ख़ूब बतियाती। तभी प्राची की आवाज़ उभरी...यहाँ पति-पत्नी अक्सर अलग-अलग कमरों में सोते हैं...यह भी कोई निजता हुई?'

यह प्रश्न था या विस्मय, अरुण प्रकाश समझ नहीं पाये। उन्होंने केवल फिर ग़ौर से देखा प्राची को और वे मुस्कुरा दिये, जिसे शायद प्राची ने नहीं देखा। उन्हें पूछने का मन हुआ, वह तो वे नहीं सोच पाये पर जो पूछना चाहते थे, वह भी उनके संस्कारों से बाहर था कि क्या यहाँ बसे भारतीय भी ऐसा करते हैं। पर मन ही मन उन्होंने उत्तर भी तय कर लिया कि यहाँ मकान बड़े-बड़े हैं, सबके

लिए काफ़ी जगह हैं और एक-दूसरे को 'स्पेस' देने के लिए ऐसा कर रहे होंगे। फिर लगा कि ऐसा 'स्पेस' भी किस काम का...कुछ दिनों के बाद तो वह बंजर हो जाता होगा और दोनों के बीच एक 'नो मेंस लैंड' बन जाता होगा...पता नहीं उनकी सोच से परे। लेकिन वे प्राची की बेचैनी, आँखों में भगदड़ और अँगुलियों को बार-बार उलझाकर उलट-पुलट कर देखने की क्रिया को अरुण प्रकाश सामान्य नहीं समझ पा रहे थे। तभी प्राची की आवाज़ से वे हड़बड़ाए—'हम भी अलग-अलग कमरों में सोते हैं...।'

12

निष्ठा ने अपनी कार निकाली। वैभव ऑफ़िस चला गया था। उनके पास मकान किराये का था, पर दोनों के पास अपनी-अपनी कारें थीं। निष्ठा ने बगलवाली सीट पर बेबी सीट फिट कर दी और उसमें प्रणय को रखकर उसकी बेल्ट बाँध दी। निष्ठा द्वारा कार का दरवाज़ा बन्द करते ही प्रणय ने रोने का सायरन बजाया पर निष्ठा जब ड्राइवर सीट पर बैठी तो प्रणय शान्त हो गया। अरुण प्रकाश पिछली सीट पर बैठे थे। पता नहीं निष्ठा ने कैसे अन्दाज़ लगा लिया कि आज पापा बहुत अनमने हैं। उसने सुबह ही तय कर लिया था कि आज पापा को बाहर ले जायेंगे। वैभव से भी बात हो गयी थी। मौसम भी आज ठीक था।

जैक्सन हाइट्स का यह इलाका एशियन लोगों से भरा पड़ा है। हिन्दुस्तानी बड़ी मात्रा में हैं। खासकर पंजाबी और गुजराती। निष्ठा पापा को सब कुछ धीरे-धीरे बता रही थी। भारतीय और पाकिस्तानी पास-पास दुकानें लगाकर बैठे हैं। यहाँ कोई झगड़ा नहीं। एक मटन की दुकान पर बोर्ड लगा था—'झटका मटन,' उसी को सटकर एक मटन की दुकान थी 'हलाल मटन'...एक हिन्दुस्तानी की थी, दूसरी पाकिस्तानी की...बीच में कार्ड बोर्ड का पार्टीशन। दोनों दुकानों के सामने बकरे बँधे थे और एक-दूसरे को देखकर चारा खाने में मगन थे। जो कट गये थे वे उल्टा लटका दिये गये थे। अब यह तय करना मुश्किल था कौन 'झटका' है कौन 'हलाल'।

अरुण प्रकाश मटन नहीं खाते। चिकन उन्हें पसन्द है। पर कभी-कभार। निष्ठा

उन्हें एक ग्रोसरी शॉप में ले गयी। मध्यम आकार की शॉप थी। उसमें दूसरी घरेलू चीज़ों के साथ पैक्ड चिकन, दूध और अंडे भी मिलते। निष्ठा ने प्रणय को झोलीनुमा पॉच में बैठा दिया। वह उसके कन्धों से बँधा था। अरुण प्रकाश को अपनी बेटी कंगारू की तरह लग रही थी। निष्ठा चिकन की कैलरी, दूध की कैलरी के बारे में पापा को बता रही थी। तभी काउण्टर से एक महिला तेज़ी से लपकी और निष्ठा से लिपट गयी—प्रणय समेत। बहुत ख़ुश लग रही थी, निष्ठा से मिलकर। निष्ठा भी गर्मजोशी से मिली और पापा से परिचय कराया, 'ये मेरी फ्रेंड है पापा, मीना...उसी की यह शॉप है। हम हमेशा यहीं से घरेलू सामान खरीदते हैं। हिन्दुस्तान की ही है—जालन्धर से। अब यहाँ सेटल हो गयी है। बिजनेस अच्छा हो गया है...और मीना ये हैं मेरे पापा...।' अरुण प्रकाश ने हाथ जोड़ लिए और अपना नाम बताया।

मीना बहुत उत्साहित थी। शायद कोई भारतीय आता होगा और परिचित भी है तो वह इसी उत्साह से मिलती होगी। जीन की पैंट और लाल रंग की शर्ट में थी वह। पैंतालीस के करीब होगी, पर चपल। सन्तुलित देह, फबने वाले कपड़े, तपाक् से मिलने का स्वभाव और बातों में सधी हुई। अच्छा व्यक्तित्व। उसके दोनों बच्चे भी यहीं काम करते हैं। साथ में, पढ़ाई भी करते हैं। बेटी बाईस की हो गयी है और बेटा अठारह का। दोनों माँ के काम में हाथ बँटाते हैं। दोनों के कॉलेज आगे-पीछे हैं, इसलिए दो में से एक तो माँ के साथ होता ही है। अरुण प्रकाश की हिम्मत नहीं हुई बच्चों के पिता के बारे में पूछने की। वे मीना के पीछे-पीछे चलने लगे मीना ने कहा कि आप इधर बैठिए, तब तक निष्ठा सामान ले लेगी। निष्ठा कंगारू-सी अपनी ज़रूरत की चीज़ें इकट्ठा कर रही थी। अरुण प्रकाश दुकान को कुतूहल से निहार रहे थे।

'पानी लीजिए...।' मीना की आवाज़ थी।

अरुण प्रकाश ने पानी की बोतल ली। प्यास भी लगी थी।

'निष्ठा ने फ़ोन पर बताया कि आप आये हैं...आपसे मिलकर बहुत अच्छा लगा...।' मीना बात आगे बढ़ा रही थी और अरुण प्रकाश 'थैंक्स...थैंक्स' में सिमट रहे थे।

'आप कॉफ़ी लेंगे कि पेप्सी...।' मीना ने पूछा।

'वैसे तो अभी हम घर से आये हैं। कोई ज़रूरत तो नहीं है।' अरुण प्रकाश की कोई इच्छा भी नहीं थी।

'फिर भी आपकी चॉइस क्या है?'

'कॉफ़ी तो मँगवानी पड़ेगी...बाहर से?'

'नहीं यहाँ कॉफ़ी मशीन है...।' कहकर मीना उठी और कॉफ़ी से भरा मग उठा लायी।

'इतनी...? आधी कर दीजिए। इतनी नहीं पी सकूँगा।'

'कोई बात नहीं, जितनी चाहते हैं, उतनी ही लें, बाकी छोड़ दीजिएगा।...मैं तो कोल्डड्रिंक ही लेती हूँ, निष्ठा भी...।'

मीना बातें भी कर रही थी, काउण्टर भी सँभाल रही थी।

'काफ़ी बहुत अच्छी है।' अरुण प्रकाश ने पहला वाक्य अपनी तरफ़ से कहा। अन्यथा वे केवल सुनते या जवाब देते—आवश्यकता होने पर।

इतने में मीना की बेटी वहाँ आयी। उससे अरुण प्रकाश का परिचय मीना ने करवाया। बड़ी विनम्र और सुघड़ लड़की थी। वह तुरन्त निष्ठा आंटी की मदद के लिए आगे बढ़ गयी। वह प्रणव को गोद में लेना चाहती थी। पर प्रणय ने कोई प्रतिसाद नहीं दिया। वह काउण्टर पर लौट आयी।

'सात साल पहले यह शॉप खोली। अब ठीक से चल निकली। अब तो बच्चे भी बड़े हो गये हैं, उनकी ख़ूब हेल्प हो जाती है। पर जगह अभी भी किराए की ही है, इसी में बहुत निकल जाता है, फिर भी अच्छा है। घाटे में नहीं हैं।...पहले मैं किसी ग्रोसरी की दुकान में ही काम करती थी। वहीं सब कुछ सीखा। उस समय तो बच्चे भी बहुत छोटे थे...अब देखें अपनी दुकान कब ख़रीद सकेंगे... पहले मैंने रहने के लिए मकान ख़रीदा...बच्चों का सोचना था न...' मीना लगातार अपने बारे में बताये जा रही थी। निष्ठा को पता था कि वह यही सब बता रही होगी। अरुण प्रकाश 'हाँ-हूँ' के अलावा कुछ न कहते। उन्हें अब इतना तो मालूम हो गया कि पति के बारे में नहीं पूछना चाहिए और न ही वह पति के बारे में अब बतायेगी...

अरुण प्रकाश लौट आये। प्रणय सो गया था। सामान कार में डाल दिया था। रास्ते में निष्ठा ने केवल इतना पूछा, 'क्या कह रही थी—मीना...।'

'कुछ खास नहीं...।' अरुण प्रकाश बोले।

'बहुत बातूनी है...।' निष्ठा ने कहा।

तब तक घर आ गया था। सामान कार में रख छोड़ा और प्रणय को लेकर निष्ठा बेडरूम में प्रणय को सुलाने चली गयी। अरुण प्रकाश टीवी खोलकर न्यूज देखने लगे।

निष्ठा जब लौटकर आयी, तो देखा कि पापा सोफ़े पर ऊँघ रहे हैं। टीवी पर न्यूज़ चल रही है। उसने टीवी बन्द कर दिया। पता नहीं कैसे अरुण प्रकाश की

आँख खुल गयी। शायद टीवी के रिदम में वे थे और आवाज़ अचानक बन्द हो गयी। देखा तो सामने निष्ठा बैठी थी। बोली–

'पापा भीतर जाकर सो जाइए। आराम कीजिए।'

'नहीं ठीक है। शाम को सोना ठीक नहीं।'

'फिर चाय बनाकर लाऊँ...।'

'बिल्कुल बेटा, तुम्हारे हाथ की चाय बहुत अच्छी रहती है। अदरक थोड़ा ज़्यादा डालना, गला गड़बड़ है।' अरुण प्रकाश ने अपनी फ़रमाइश दर्ज कर दी। निष्ठा चाय बनाने के लिए उठी। अरुण प्रकाश कहीं खो गये। जब वे खो जाते हैं तब पता लगाना मुश्किल हो जाता है कि वे आस्था में खो जाते हैं या आज घटी किसी घटना में। निष्ठा को पता है कि पापा दूसरों के दुखी जीवन से किस तरह जुड़ जाते हैं और स्वयं भी संवेदनशील हो जाते हैं। जैसे ही निष्ठा चाय लेकर आयी वे पूछ बैठे, 'निष्ठा, मीना यहाँ आकर मेहनत करके अपना संसार खड़ा करती है, मुझे तो बड़ा आश्चर्य होता है...उसने अपने बच्चों के बारे में बताया पर पति के बारे में कुछ नहीं कहा...।'

'मुझे मालूम था पापा, आपके मन में यह सवाल ज़रूर उठेगा। मीना इतनी बातूनी है, पर इस बात पर बिल्कुल चुप रहती है। दुकान में ख़रीदारी के कारण भेंट हुई। यहाँ एक ही देश के लोग आपस में बहुत घुल-मिल जाते हैं, चाहे उनकी भाषा, जाति, प्रदेश कुछ भी क्यों न हो। एक दिन मैं दोपहर में उसकी शॉप में गयी। दोनों में से कोई बच्चा नहीं था। ग्राहक भी दोपहर में कम होते हैं। मैंने जाना कि वह किसी उधेड़बुन में है। इतनी घनिष्ठता तो थी नहीं। पर उसने कहा 'कॉफ़ी पीते हैं...।' मैंने सोचा आज ज़रूर कोई कोलाहल है भीतर। वैसे वह किसी स्वार्थ से कॉफ़ी नहीं पिला रही थी। पर मुझे लगा, वह आज नितान्त अकेली है, बाहर से भी और भीतर से भी। मैंने हामी भरी। वह कॉफ़ी के बड़े मग भरकर ले आयी।'

मुझे यह तो मालूम था कि वह भारत में एक बड़े बैंक में ऑफ़िसर थी। वहाँ छोड़कर वह यहाँ आ गयी। अमेरिका में उसके पिता, भाई पहले से जमे हुए थे–बिजनेस में। उन्हीं का सहारा लेकर वह यहाँ आ गयी। पर उसने यहाँ आने का जो कारण बताया, मुझे चौंका गया। आज तक मैंने भी उसके पति के बारे में न जाना था, न कभी पूछा। यहाँ आमतौर पर कोई भी ज़िन्दगी के निजी पक्ष पर कम ही बात करता है। पर आज वह अपना अतीत मेरे सामने खोल रही थी–

'हमारा प्रेम-विवाह था। मेरे मिस्टर दूसरे बैंक में अफ़सर थे। हमारी मुलाक़ात हुई। परिचय हुआ। प्यार-सा कुछ हुआ। हमने शादी कर ली। दो बच्चे हुए। ये बैंक के ऑफ़िसर यूनियन के सक्रिय पद पर थे। शायद सेक्रेटरी थे। रात-रात भर कोई न कोई मसला होता और वे अक्सर बाहर रहते। उन दिनों हमारी पोस्टिंग भोपाल में थी। एक की ट्रांसफर होने पर वे दूसरे की करवा लेते...यूनियन का इस तरह फ़ायदा तो उनको मिलता। धीरे-धीरे रात में आने का समय उनका आगे बढ़ता गया और ड्रिंक्स की मात्रा भी बढ़ती गयी। लौटने के बाद निढाल होकर सो जाते। दिन भर झुँझलाते रहते। बच्चों से भी ठीक से बात न करते। घर का सारा काम निपटाकर बच्चों की स्कूल की तैयारी की सारी ज़िम्मेदारी मुझे ही करनी होती और बाद में बैंक के काम। मेरी बहुत खींचतान होती। पर मैं लगी रही। कई दिनों तक जब देर से लौटने का सिलसिला नहीं टूटा, तो मेरे मन में खटका हुआ। मैं कुछ पूछती तो वे झुँझला जाते। इधर-उधर देखकर टके-सा जवाब देकर उठ जाते। मुझे विषैले शंकाओं के साँपों ने घेर लिया। मैं भीतर ही भीतर डरावनी कल्पना करने लगी। बच्चे छोटे थे। मैं अकेली। ऐसी बात भला किससे करेंगे। बैंक में मेरा मन न लगता। मैंने भीतर ही भीतर कुछ निर्णय कर लिया।

एक दिन मैं उनके स्कूटर के पीछे रिक्शे से पीछा करने लगी। बुरका पहन रखा था मैंने। उनका स्कूटर जिस गली में घुसा वह गन्दी-गली थी, बदनाम गली। रिक्शा वाला आना-कानी कर रहा था, खासकर किसी औरत को वहाँ ले जाने पर। मैंने जो दृश्य देखा, उससे मुझे बहुत उबकाई हुई। बता नहीं सकती इतनी गन्दी जगह मेरा पति रात को जाता है—छिः। मैं उसी रिक्शे से लौट पड़ी। न खाना खाया, न सोयी। दरवाज़ा खुला ही छोड़ दिया था, अब क्या लुटना बाकी था। बच्चे सो गये थे। देर रात गये वो आया। वैसे तब अक्सर ही वह पीकर आता, पर आज की दुर्गन्ध असहनीय थी। वह वैसे ही कपड़ों में धड़ाम से बिस्तर पर गिरा। ऐसा कई बार होता था, पर तब मैं ही जूते उतारती और कपड़े बदलती। पर आज मैंने अपनी चादर उठाई और ड्राइंगरूम के सोफ़े पर लेट गयी। रात को नींद नहीं। सुबह जल्दी होती नहीं। आँसू आने को हुए पर बच्चों को देखकर आँखें सख्त हो गयीं।

सुबह मैंने बच्चों को स्कूल तो भेज दिया किसी तरह, पर बैंक नहीं गयी। छुट्टी ले ली। वह देर से उठा। तब तक मैं बेडरूम में गयी ही नहीं। पता नहीं क्या खटर-पटर की उसने। मुझ पर नज़र डाली, 'क्या हुआ।' 'कुछ नहीं'। पर कुछ नहीं का स्वर उसे चुभा। जल्दी तैयार होकर वह निकल गया। मैंने नाश्ते

के लिए पूछा नहीं, उसने जानना भी नहीं चाहा। मैं ऐसी बैठी रही जैसे साँप सूँघ गया हो। कुछ चेतना आने पर मैंने अमेरिका में पापा को फ़ोन किया। हालाँकि वहाँ असमय यह फ़ोन कुछ गलत सन्देश देगा, यह मालूम होते हुए भी मैंने फ़ोन किया...किसे फ़ोन करती, किसे बताती...?'

पापा ने सारी बातें सुनीं। दिलासा दिया। अभी वक़्त ग़ुस्सा करने का नहीं है। दिमाग़ से काम लेने का है। मेरा तो दिमाग़ ही काम नहीं कर रहा था। वे बोले, 'कुछ शिकायत मत करो। कुछ दिन के लिए तुम चारों यहाँ आ जाओ। मैं टिकट भिजवाता हूँ।'

पहले तो वे आने को तैयार ही नहीं थे। पर उनके बैंक में भी उनकी बदनामी दबी ज़ुबान में उठने लगी थी। कुछ इंक्वायरी भी शुरू हुई थी। विरोधी यूनियन के लोग उनके ख़िलाफ़ अधिक सक्रिय हो गये थे और उनकी यूनियन के लोग इनके प्रति उदास हो गये थे। मुझे लगा इन्हें और परिवार को यहाँ से निकालने का यह सही समय है। उनका अपना खाता खाली हो चुका था। मुझे यह समझते देर नहीं लगी कि पानी किस छोर से बहा है।

हमने संयुक्त रूप से लोन पर एक बड़ा फ्लैट लिया था, भोपाल के अच्छे इलाके में। केवल इतनी ही पूँजी हमारे पास थी, जो बैंक के पास किस्तों के लिए गिरवी थी। फिर मेरी कुछ अपनी सेविंग। उनसे उम्मीद करना वैसे भी बेकार था। बहुत परेशानियों में हमने भोपाल छोड़ा। बच्चों का साल ख़राब हुआ। पर उम्मीद बँधी थी कि चलो नये से सब शुरू करेंगे...

हम दोनों ने रिजाइन नहीं किया था। दोनों के बैंक सूचित किये बिना, अनुपस्थिति की इंक्वायरी-प्रक्रिया कर रहे थे। पर इसकी चिन्ता किसे थी। मैं चाहती कि फ्लैट किसी तरह बच जाये। पर इनमें जो बेचैनी मैंने देखी तो लगा कि सब चला जाये, मेरा परिवार बच जाये...बस।

मैं एक शॉप में, कभी किसी रेस्तराँ में काम करती रही। उन्हें काम की कुछ खास चिन्ता नहीं थी। पर किसी बिल्डर के प्रोजेक्ट में सुपरवाइजर का काम करने लगे। पर लगा देश बदल गया आदत नहीं बदली। एक दिन भाइयों ने सीधे-सीधे कह दिया आदत बन्द कीजिए या हमारे घर आना बन्द कीजिए। उन्होंने आना बन्द कर दिया!

अब बच्चे बड़े हो रहे थे। मैं तो काम कर रही थी, पर मेरी गृहस्थी को ग्रहण लग गया था। कई उल्टी-सीधी बातें सुनते। पीना छूटा नहीं था। कंस्ट्रक्शन लाइन के लोगों से उनकी दोस्ती हुई। खाना-पीना होता और एक दिन तो मेरे पैरों तले की ज़मीन ही खिसक गयी। मालूम हुआ कि वह रात 'गे क्लब' में

बिताता है। मेरी सारी उम्मीदें टूट गयीं। पिता और भाइयों ने सँवारा। माँ ने धीरज बँधाया। हालाँकि इन सबकी नाराज़गी झेलकर मैंने शादी की थी।

मैंने मेहनत से दुकान खड़ी की। पापा और भाइयों के सहयोग से मकान ख़रीदा। हम सबकी नागरिकता मिलने के लिए पापा ने कोशिश की। मकान ख़रीदने के बाद उसने डाइवोर्स की अर्जी दी और अमेरिकी क़ानून के अनुसार मकान पर भी अधिकार जताया। हालाँकि किसी भी तरह उसे मिलना नहीं है। केस चल रहा है। वह धमकाता था लगातार पर अब घर में पुलिस की हॉट लाइन लग गयी है। तुरन्त मोबाइल पुलिस आ जाती है। पर मेरा परिवार तो खंडित हो गया...' कहते-कहते मीना की आँखें डबडबा आयीं। तभी दरवाज़े पर उसने बेटी को देखा और वॉशरूम चली गयी।

मीना की बेटी बहुत समझदार है। वह ताड़ गयी कि मम्मी ज़रूर हादसों की बात कर रही थी। दुखी हो रही होगी। जैसे ही, वह वॉशरूम से आयी उसने माँ को बाँहों में भर लिया। बोली, 'कॉफ़ी लाऊँ मम्मा...।'

'हाँ' रूमाल से चेहरा पोंछने के बहाने वह आँखें पोंछ रही थी।

'ये बच्ची बहुत समझदार है। जैसे ही उसे कुछ-कुछ समझने लगा, मैंने सारी बातें उसे बता दीं। अब पिता के बारे में सोचती ही नहीं। एक दिन उसका मामा उसे मज़ाक़ में सिर्फ़ यह कह गया कि ये तो एकदम अपने बाप पर गयी है, पूरा चेहरा उसी का लिया है। किसी एल्बम के फ़ोटो से बात उठी थी। वह अपनी जगह से उठी। एल्बम से फ़ोटो निकाली और स्वयं को अलग कर लिया। फ़ोटो फाड़ दी और पिता को कचरे की टोकरी में डाल दिया। ग़ुस्से से चिल्लाई 'अब किसी ने उस चेहरे से कभी मेरी तुलना की तो मैं प्लास्टिक सर्जरी करवा लूँगी...।' इसके बाद किसी ने वैसी बात नहीं की। वैसे मेरी बिटिया गुस्सैल नहीं है। पर इस मामले में वह बौखला जाती है। उसी का सहारा है मुझे...।'

कॉफ़ी लेकर आ गयी वह। इतने में ग्राहक भी आ गये। बेटी बोली—'मैं देखती हूँ...। आप लोग बातें करें...।'

मीना का चेहरा बुझ चुका था। पर बोझ उतरने जैसा लगा। एक दिन उसने हमें चाय पर घर बुलाया था। मैं और वैभव गये थे। मकान काफ़ी बड़ा था। पर उदास-उदास। आदम कदकुत्ता था। उसे खाने के लिए मांस ही लगता था। डिब्बाबन्द मांस उसको देते थे...सारे घर में उसकी दुर्गन्ध फैलती। मकान के पीछे गार्डन भी था, पर सारे पौधे सूख गये थे। एक उदासी पूरे घर पर छाई हुई थी। बातों से लगता कि अब

भी पति का ख़तरा बरकरार रहता है। सारे घर में सीसीटीवी कैमरे लगे हुए, पुलिस स्टेशन से सीधे हॉट लाइन, केवल फ़ोन करने पर मोबाइल पुलिस हाज़िर और ज़रूरत पड़ने पर यह विशालकाय कुत्ता–पलभर में फाड़कर रख दे। बावजूद इसके इन तीनों पर आतंक का साया होता। बीच-बीच में उसके भाई आते रहते हैं।

निष्ठा बता रही थी–मीना के बारे में...अरुण प्रकाश ने सही सोचा था कि वह अपने संघर्ष में पति की गवाही क्यों नहीं दे रही। उन्हें यह बात भी अच्छी लगती कि लोग निष्ठा के पास अपना दुख उँडेलकर राहत महसूस करते हैं। धीरे-धीरे अरुण प्रकाश यह भी महसूस करने लगे कि आस्था अचानक चली गयी, पर इतनी सुखद यादें छोड़ गयी है। इधर तो साथी दुनिया में हैं, पर अकेलापन रोज़ बेमौत मार रहा है। ऐसा खीझता हुआ अकेलापन सारी देह की पेशियों को नोचता रहता है। यह असह्य है। मीना पर उन्हें तरस आने लगा। थोड़ी देर चुप्पी छाई रही। फिर बोले, 'निष्ठा मैं थोड़ा आराम करता हूँ।'

निष्ठा कहना चाहती थी, 'पापा अब तो शाम उतर आयी है...।' और भी कुछ कहना चाहती थी कि शाम को सोना ठीक नहीं। पर वह कुछ न बोली।

भारी क़दमों से बेडरूम में जाते पापा को देखती रही!

13

अब अरुण प्रकाश का मन नहीं लग रहा था। उन्हें इन्दौर की याद सताने लगी। 'एकान्त', अखिल, सूर्यकान्त याद आने लगे। वैभव के काम पर जाते ही अरुण प्रकाश ने निष्ठा से कहा, 'बेटा काफ़ी दिन हो गये हैं। अब मुझे लौटना चाहिए। अगले हफ़्ते जो भी टिकट मिले, ले लेते हैं।'

'पापा, आप रह जाइए ना मेरे पास...।' निष्ठा कुछ ज़िद करती बोली।

'फिर आऊँगा बेटे। मुझे भी तुम्हारे पास अच्छा लगता है। पर तुम लोगों की भी अपनी ज़िन्दगी है। मेरी वजह से कोई खलल हो, मुझे अच्छा नहीं लगेगा...।'

'कैसी बात कह रहे हैं पापा...मैं बता नहीं सकती कि आपके यहाँ होने से मैं कितनी ख़ुश हूँ...और हाँ वैभव भी यही महसूस करते हैं। वे कम बोलते हैं, पर आपका बहुत आदर करते हैं।'

'सो तो मैं अनुभव करता हूँ।' अरुण प्रकाश आश्वस्त कर रहे थे।

'शाम को बात करेंगे... ।' निष्ठा इस विषय को टालना चाह रही थी। बात शाम तक टल गयी थी।

'वैभव कह रहे थे कि लॉन्ग ड्राइव पर चलेंगे। उनका एक मित्र है, अमृतसर का, जो एक बड़ी कंस्ट्रक्शन कम्पनी चलाता है। वीक एंड उधर गुजारेंगे। एक छोटा-सा द्वीप है, समुद्र के बीच में, वहाँ उसका बहुत बड़ा मकान है। आप दंग रह जायेंगे कि हिन्दुस्तान से यहाँ आकर हमारे लोगों ने अमेरिका में कितनी जगह बनायी है।' निष्ठा दबी आँखों की पापा की सहमति भी तलाश रही थी। उसे मालूम था कि पापा जल्दी जाने की ज़िद करेंगे। लेकिन निष्ठा की इच्छा को देखते हुए उन्होंने हामी भर दी। पर यह बात जोड़ दी कि 'जाने का दिन तय कर टिकट ख़रीद लेंगे। अखिल इन्तज़ार कर रहा है।'

शाम को वैभव के आने के बाद जाने का दिन तय हो गया। इस वीक एण्ड में वैभव के मित्र से मिलने लॉन्ग ड्राइव पर भी जाना तय हो गया।

पता नहीं क्या हुआ अरुण प्रकाश में अजीब तरह की गम्भीरता-सी आ गयी। कुछ बुजुर्गियत भी। जबकि उम्र की ऐसी हालत को वे बहुत पसन्द नहीं करते। अपने परिचितों के ऐसे दिखने पर वे टोकते। परन्तु, अब वह स्वयं ऐसे कैसे हो गये, उन्हें भी नहीं पता। निष्ठा भी महसूस करती है, पर कह नहीं पाती।

लॉन्ग ड्राइव पर जाने से पहले निष्ठा ने सारी तैयारी कर ली। प्रणय की विशेष तैयारी। अरुण प्रकाश के खाने-पीने की चीज़ें। निष्ठा पिछली सीट में बैठी ताकि प्रणय को बेबी सीट में ठीक से पैक कर सके। अरुण प्रकाश गुमसुम। देखते रहे बाहर। छह-छह लेन की चमचमाती सड़कें। न कहीं सिग्नल, न ट्रैफिक-जाम। बस फ्लाईओवर। पर एक फ्लाईओवर चूक गये तो सात-आठ मील का फेरा। कार सरपट भाग रही थी। राइट हैंड ड्राइव। वैभव बड़ी कुशलता से कार चला रहा था। बीच-बीच में वह जानकारी देता चलता। जब वैभव और अरुण प्रकाश बातें करते तो निष्ठा को भीतरी ख़ुशी होती। उसे लगता पापा के मन का स्पीड ब्रेकर उतना हार्ड नहीं रहा और वैभव भी घुल-मिल गया है।

निष्ठा सोचती रही जाति का भेद भी कितनी बड़ी दीवार बन कर खड़ा हो जाता है। पापा कभी मानते नहीं थे, जात-पाँत...उनके कॉलेज के किसी भी जाति के छात्र सीधे हमारे किचेन तक आते थे। वे बड़े उदार और सामाजिक-समता के पक्षधर रहे, पर पता नहीं क्यों मेरी शादी में जाति को लेकर वे आग्रही हो गये। वैभव हर तरह से समर्थ और योग्य है, पर जाति पापा को अपने से एक सीढ़ी कम लगी थी। अब जाकर उनके मन से वह कमी जाती रही है। इसलिए

जब दोनों को बिना हिचकिचाहट के बात करती देखती हूँ तो मुझे बड़ी आत्मीय ख़ुशी होती है। वैभव के मन में भी कुछ ऐसी ही बात तो थी ही कि पापा को कुछ रुकावट थी। पर निष्ठा आज यह क्यों सोच रही है। वह सोच नहीं रही शायद प्रणय को बता रही है। प्रणय इस दुनियादारी से अन्जान गहरी नींद की गोद में था।

'पापा कहीं एक कप कॉफ़ी पीएँ?' वैभव ने अरुण प्रकाश की ओर देखते हुए प्रस्ताव रखा।

'बिल्कुल, मेरा तो कॉफ़ी पीने का मन हो रहा है...।' अरुण प्रकाश ने बहुत सहजता और उत्सुकता से हामी भरी। निष्ठा बहुत ख़ुश हुई।

कार साइड में आ गयी। एक ओर नीला-नीला सागर दूसरी ओर लाइन से कैफेटेरिया थे और बीच से सड़क गुज़र रही थी। बड़ा सुहावना और लुभावना दृश्य था। वैभव काफ़ी के साथ वेफर्स भी ले आया। दूसरा कुछ खाने से अरुण प्रकाश ने मना कर दिया था।

'कॉफ़ी बहुत अच्छी है...।' अरुण प्रकाश ने पहला घूँट लेते हुए कहा।

'यहाँ कॉफ़ी वाकई बहुत अच्छी मिलती है...।' वैभव ने बताया।

निष्ठा को लगा दोनों ने केवल कहने के लिए यह विषय छेड़ा। पर उसे अच्छा लगा कि दोनों के बीच संवाद बढ़ रहे हैं। अरुण प्रकाश अब मुस्कुराते हुए, वैभव से आँखें मिलाते हुए बात करते हैं और अब वैभव की हिचकिचाहट दूर होती जा रही है। वैभव के अपने परिवार से जब कोई आता है तो निष्ठा उनसे खुलकर बात करती है। निष्ठा ने वैभव का परिवार पूरी तरह अपना लिया है।

कॉफ़ी के बाद संवाद अधिक गतिशील हुआ। अरुण प्रकाश समुद्र का पूरा आनन्द उठा रहे थे। छोटे-बड़े जहाज़ समुद्र में निर्विघ्न विचरण कर रहे थे। कुछ लोग बोट के पीछे रस्सी से बँधकर रोमांचकता का रंग अपनी जवानी में भर रहे थे। कई बलून आकाश में उड़ रहे थे। नज़ारा बड़ा ही रोमांचक था। देखते-देखते दूरी कब पीछे छूट गयी पता ही नहीं चला। फिर एक जगह कई कारें लाइन से लगी थीं। उसी लाइन में वैभव ने भी कार लगा दी। नीचे कोई नहीं उतरा। अरुण प्रकाश ने देखा कि एक विशालकाय जहाज़ के जबड़े में सारी कारें समा रही हैं। वैभव की कार भी जहाज़ में प्रवेश कर गयी। जहाज़ के तलघर में कारों की पार्किंग की व्यवस्था थी। कार पार्क करके जहाज़ की पहली मंज़िल पर जब आये, तो लगा कोई मेला लगा हुआ है। रंग-बिरंगे गुब्बारे, संगीत, नृत्य, स्नैक्स, कॉफ़ी और न जाने क्या-क्या। जहाज़ विशालकाय था। वह तीनों कुछ आगे निकल आये।

यहाँ भीड़ कुछ कम थी। पूरा जहाज़ एयरकंडीशंड। जहाज़ की दीवारें काँच की थीं। धूप की चुभन नहीं थी और समुद्र का अथाह नज़ारा था। वैभव और निष्ठा प्रणय के खाने की तैयारी में व्यस्त हो गये। अरुण प्रकाश गहरे नीले समुद्र और नीले आकाश के क्षितिज में कहीं खो गये। इतना सुहाना दृश्य वे पहली बार देख रहे थे। जहाज़ ने हल्का-सा हिचकोला लिया तो अरुण प्रकाश कहीं छिटक गये। लगातार वे क्षितिज में खोये रहे। वे समुद्र और क्षितिज के मिलन में गहरे नीलेपन में कुछ खोज रहे थे। शाश्वत आकाश और गहरे समुद्र की सीमा रेखा की थाह उन्हें न मिलती। पर उन्हें लगता सागर की तरह वे हिचकोले खा रहे हैं और आस्था आकाश की तरह स्थिर है। क्षितिज और सागर का यह मिलन उन्हें अपने जैसा लगा। वे हल्के से मुस्कुराये। निष्ठा दूर से ही उनकी मुस्कान पहचान रही थी। उसने उन्हें भरपूर 'एकान्त' दिया। वैभव को संकेतों में समझा रही थी। अरुण प्रकाश का ध्यान चरम पर था। ये तो अच्छा हुआ कि जहाज़ निरन्तर चल रहा था, समुद्र पर उसका कोई स्टाप नहीं था। इसलिए यात्रियों की आवाजाही नहीं थी। अरुण प्रकाश निर्विघ्न हो अपने 'एकान्त' में हिचकोले ले रहे थे। हर लहर पर उन्हें आस्था दिखाई देती। वे लहरों के साथ उतराते-उठते रहे।

जहाज़ से उतरते समय वही प्रक्रिया, पूरी कार के साथ सब सड़क पर। द्वीप तो छोटा था पर मकान बहुत बड़ा। कॉफ़ी पीने के बाद वैभव के मित्र ने पूरा घर दिखाया। किसी पैलेस से कम नहीं था। तलघर में जिम और मकान के पीछे स्विमिंग टैंक, सामने बड़ा-सा गार्डन। मकान के चारों ओर फलों-फूलों के वृक्ष-पौधे...बहुत सुहाना। इतने बड़े मकान में प्राणी दो ही पति-पत्नी और दो बड़े कुत्ते। उनका ऑफ़िस अद्यावत सुविधाओं से सजा-सँवरा...कुर्सी के दायें-बायें अमेरिका का झंडा...सामने भव्य टेबल...कुर्सी पर ऐसे विराजमान जैसे ओबामा हों...हाँ नौकर कोई नहीं। उनकी उम्र लगभग पैंतालीस के आसपास होगी। पति का व्यवहार कॉस्मोपॉलिटन और पत्नी कस्बाई। पत्नी सुशील, सुन्दर और छरहरी थी। पति की देह जिमवाली थी। पति बात-बात में ऑर्डर देता और पत्नी पालन करती। अरुण प्रकाश को कई बातें खटकतीं पर वे चुप रहते।

उनके घर पर लंच का आयोजन था। अधिकांश खाद्य-पदार्थ नॉनवेज थे। कुछ तो होटल से मँगवाए लगते। बेकरी आइटम तरह-तरह की थीं। शायद बिरयानी घर की बनी हो। वैभव का दोस्त बड़ा जीवन्त, फर्राटेदार अंग्रेज़ी, चपल और हर बात या घटना पर उसके विचार...उसके पोर-पोर से एक सफल इंसान की प्रतीति मिलती। उसकी देह-बोली यह अहसास करवाती कि उसे संसार की हर बात की गहरी जानकारी है। अरुण प्रकाश को बार-बार लगता कि ये आदमी

वैभव का मित्र कैसे हो सकता है। बाद में मालूम हुआ कि वैभव के नये ऑफ़िस के इंटीरियर का कॉन्ट्रेक्ट इसे ही मिला था। वहीं परिचय गाढ़ा होता गया।

वैभव को किसी के घर रात बिताना बड़ा अटपटा लगता है। इसलिए थोड़ी देर बाद ही वापसी की बात छेड़ दी। उसके इस कांट्रेक्टर मित्र ने अपनी नव-विवाहिता पत्नी के लिए एक गिफ्ट की दुकान खोली थी। वह वहीं काम करती। बहुत कम बोलने वाली लड़की। अरुण प्रकाश इससे भी उत्सुकता भरे थे कि दोनों के बीच उम्र का इतना अन्तर, कोई सन्तान नहीं, बातूनी पति और मौन पत्नी। पत्नी बात तो करती पर पूछने पर। अपनी ओर से कोई पहल नहीं। सुन्दर तो थी, पर न बोलती, न हँसती, न कुछ सक्रिय...मृत-सौन्दर्य था उसका।

दुकान बहुत बड़ी। तमाम तरह के गिफ्ट। दुकान में ले गयी निष्ठा। अरुण प्रकाश ने मित्रों को देने के लिए कुछ गिफ्ट ख़रीदे, जिसमें 'स्टेच्यू ऑफ़ लिबर्टी' की अलग-अलग आकार की प्रतिकृति ही अधिक थीं। दुकान में भी चीज़ें दिखाने में उस महिला की कोई रुचि नहीं लग रही थी। ऐसा लगता कि पल-पल वह किसी सोच के केन्द्र में घूम रही है। वह बार-बार निष्ठा को देखती, प्रणय को और वैभव को। अरुण प्रकाश थाह लगाते कि उसकी नज़र इस परिवार से अपनी तुलना करने में व्यस्त है। इतनी सम्पन्नता कि जिसके आगे भौतिकता की कोई सीमा ही नहीं थी। फिर भी, उसकी निगाह में एक खालीपन था, उसकी बातों में उदासी की झलक थी। उसका यौवन असमय मुरझाया एक फूल था। ज्यों वह उस फूल के पार्थिव को उठाकर चल रही हो। अरुण प्रकाश बार-बार उसके चेहरे पर अतीत के निर्णय के ज़ख़्म पाते। एक छिटके हुए पहिये की तरह वह लक्ष्यहीन डगमग के साथ ढलान की ओर लुढ़क जाने को विवश लगी।

लौटते समय निष्ठा ने जो बात बताई, वह उनके कयास को सही साबित कर गयी। यह अंकुश बिल्डर है, कांट्रेक्टर है, इंटीरियर डेकोरेटर है और पता नहीं क्या-क्या है। उसके पिता कोई चालीस साल पहले यहाँ आये थे। तब यह छोटा बच्चा था। चार भाई-बहनों में दूसरे नम्बर का। पढ़ाई में फिसड्डी था, पर व्यवहार में तेज़। उसने बिजनेस अपने पिता से सीखा। निरन्तर यश मिलता गया उसे। पीछे मुड़कर नहीं देखा कभी। व्यवसाय बढ़ाता गया। वैभव बता रहा था कि एक के बाद एक अमेरिकन लड़कियों के साथ वह 'लिव-इन' में रहा। पाँच-सात साल में उन्हें मोटी रकम, सम्पत्ति देकर अलग हो जाता। चालीस पार करने के बाद उसने शादी का मन बनाया। पर उसने एक शर्त रखी, वह ऐसी लड़की से शादी करेगा, जिसे बच्चा न होने पर कोई आपत्ति नहीं। अनाप-शनाप पैसा...हिन्दुस्तान आकर बड़ी-बड़ी गाड़ियों में सैर करता। दूसरी अपेक्षा यह थी

कि उसकी बीवी इंडियन हो, अमृतसर की है तो और भी अच्छा। रिश्तों, मित्रों में उसकी इच्छा चारों ओर फैल गयी। ये लड़की जो उसकी बीवी के रूप में देखी न आपने, वह अमृतसर के पास की एक कस्बे की है। शुरू में ख़ुश लगी थी, पर अब गुमसुम रहती है।

अरुण प्रकाश को अब स्पष्ट हो गया कि वे क्या-क्या सोचा करते थे, यह तो उससे भी आगे की बात निकली। स्त्री के जीवन में शादी जितनी बड़ी बात होती है, उससे भी बड़ी बात है माँ बनने की। उसका स्त्रीत्व माँ बनने में है। ऐसा यदि कोई समझौता हुआ कि उसे माँ नहीं बनना है अर्थात् उसका सारा अस्तित्व ही बिक जाने जैसा है। इतनी सारी दौलत का क्या करेगी...और तो और...ऐसी सोच वाला आदमी बीच राह में कहीं भटका दे तो क्या कर लेगी। इतने सात समुन्दर पार उसके कौन रिश्तेदार यहाँ पहुँचेंगे।...क्या-क्या सोच रही होगी...एक लम्बी 'लॉन्ग ड्राइव' पर निकल गये अरुण प्रकाश। सोचने लगे अमेरिका आने के बाद एक नये हिन्दुस्तान के लोगों से रूबरू हुए। कितनी-कितनी खिड़कियाँ खुलीं। हर खिड़की पर एक अजूबा। लौटते-लौटते जो घटना निष्ठा ने सुनाई उससे उस युवती के अकेलेपन की कल्पना ने अरुण प्रकाश को बुरी तरह जकड़ लिया। हर बार उन्हें अपना अकेलापन बौना लगता। इन लोगों की गूँगी चीख बार-बार अरुण प्रकाश को आहत करती रहीं। अब खिड़कियाँ बन्द भी तो नहीं की जा सकतीं।

लौटते हुए उन्होंने अपनी ओर से कोई संवाद नहीं किया। केवल निष्ठा को सुनते रहे। निष्ठा को लगा कि पापा आहत हो गये हैं। उसने विषय बदल दिया। पर अरुण प्रकाश 'उस' द्वीप से बाहर नहीं आ पा रहे थे।

रात में नींद नहीं आ रही थी। टीवी खोलने से बच्चे जग जायेंगे। इतनी रात गये बाहर जाना भी ठीक नहीं। उन्होंने खिड़की पूरी तरह खोल दी। हवा कुछ ज़्यादा ठण्डी थी। पर उन्हें अच्छा लग रहा था। वे बिस्तर पर करवटें बदलते, खिड़की के पास आते, अन्ततः कुर्सी पर बैठ गये।

बहुत देर तक वे अपने जीवन का खाता-बही जाँचते रहे। डोर पर कितने चले—समय की डोर पर। उन्हें लगा समय कहीं आता-जाता नहीं। वह सूर्य की तरह अपनी जगह पर स्थिर है। उसकी डोर अनन्त है। वैज्ञानिक भी उसकी पूरी लम्बाई नहीं नाप पाये हैं। जो भी जन्म लेता है, उस डोर पर चलता रहता है। होश सँभालते ही समय की डोर पर लड़खड़ाने लगता है। कुछ सन्तुलन ठीक बना

पाते हैं। वे चलते रहते हैं, संघर्ष और उपलब्धियों का बाँस थाम कर। कई गिरते तो नहीं पर संघर्ष ही संघर्ष...कइयों को आगे-पीछे सहारा मिल जाता है और लड़खड़ाहट कुछ थमती है। समय कभी नहीं भागता। वह न अच्छा है न बुरा, निरपेक्ष है वह। आदमी अपने समय को निरपेक्ष नहीं रहने देता। सुविधानुसार वह समय को अच्छा-बुरा करार देता है। समय की डोर पर चलते हुए सुख की चाह में भटक जाता है। कई बार सुख मिल भी जाता है। वह सुखी तो हो जाता है, पर आनन्द की चाह भी उसके भीतर होती है। किसी को बिना गिराए यदि वह डोर पर सन्तुलित चला तो उसे आनन्द की भी अनुभूति होती है। ऐसे बिरले लोग होते हैं। जन्म से मृत्यु तक उसकी वह यात्रा चलती रहती है। अधिकांश लोग गुमनाम ही रह जाते हैं। किसी-किसी सिकन्दर के पाँव के निशान डोर पर छूट जाते हैं। यह डोर एक दिशा है। इसमें केवल एक ही दिशा में आगे बढ़ना है। निश्चित अन्तराल दिन और रात हर आदमी के लिए होती है। परन्तु समय की डोर अखंड है। कोई साथ मिलता है, कोई बिछड़ जाता है। आदमी डगमगाता है, सँवरता है, चलता रहता है।

अरुण प्रकाश दूर तक निकल गये। इतने जीवन की डगमगाहटें, लड़खड़ाहटें और विसंगतियाँ देखीं कि वे यह महसूस करने लगे कि सुख-दुःख, दिन-रात की तरह हैं। आते-जाते रहते हैं ये। और यह भी ये अनुभूतियों के परिवर्तन भी हैं। वे यह भी अनुभव करते रहे कि जीवन की हर चुनौती मनुष्य को कुछ न कुछ सिखाती है, चाहे यश हो या कि अपयश। साथ ही, हर अँधेरे को चीरने के लिए भीतर एक तिरिछ होती है। रोशनी की यह डोर जीवन की डोर से मिल जाती है। हर दिन एक नया सबेरा लेकर आता है। नयी चुनौती सामने खड़ी होती है। मनुष्य समय की डोर पर ठीक से चले तो अगले क़दम पर उपलब्धि हो सकती है। यश में समर्पण, सधा हुआ सन्तुलन होता है और अपयश में कारण होते हैं। केवल स्वयं से बाहर निकलकर इन कारणों की खोज होनी चाहिए। अन्यथा भाग्य, दुर्दिन या किसी और पर पराजय का ठीकरा फोड़कर चलने की कोशिश मनुष्य करता है। अपने भीतर बिरले ही झाँकते हैं। हर प्रतिक्रिया, चाहे वह जय हो या पराजय किसी न किसी क्रिया की प्रतिध्वनि होती है। इसीलिए आगे बढ़ गये मनुष्य ने कुछ अनुशासन, नियम अपने अनुभव से समय की डोर पर अंकित किये हैं। मनुष्य अपनी सुविधानुसार इसका अर्थ लगाता है। कुछ सही अर्थ जानकर आगे बढ़ जाते हैं। कुछ इसे केवल रटकर क़दमताल करते रहते हैं। इस समय की डोर में कोई ट्राफिक नहीं होता। सब अपनी-अपनी डोर के यात्री हैं। आगे बढ़ गये लोगों के अनुभव अन्तरिक्ष में विचरण करते रहते हैं। जिसकी

अनुभूति जितनी तीव्र होती उसका आकलन भी उतना ही सटीक होगा। कुछ क्रिया-प्रतिक्रिया का समीकरण ऊपर से दिखाई नहीं देता लेकिन कहीं न कहीं उसकी परछाईं डोर पर अंकित होती है। लेकिन मनुष्य वहाँ अपनी प्रयोगशाला खोलकर नहीं बैठ सकता। उसे हर दिन स्वयं को साधना होता है। यह अनन्त क्रिया अपने अन्त तक, अनन्त डोर पर करनी होती है।

इतने गहन मन्थन के बाद भी अरुण प्रकाश अपनी रात में नींद का दौर नहीं थाम पा रहे थे। लग रहा था कि यह रात सोने की क्रिया के बगैर ही निकल जायेगी। दिन में इसकी प्रतिक्रिया उन्हें तकलीफ़ देगी, यह भी उन्हें मालूम था। वे उठे और फिर खिड़की के बाहर झाँकने लगे। इतने में एक तेज़ संगीत इधर आता सुनाई दे रहा था। वे चौकस हुए इतनी देर रात, इतना तेज़ संगीत। पास आया तो मालूम हुआ कि कार में से यह आवाज़ आ रही थी। इतना तेज़ म्यूजिक कार से, उतनी ही तेज़ कार की रफ़्तार थी। पर इतना सुनाई दिया कि कोई फड़कता हुआ पंजाबी गाना था। अरुण प्रकाश जाग रहे थे इसलिए देख-सुन सके। परन्तु, सोने वाले तो हड़बड़ाकर उठ बैठेंगे और बाहर कुछ दिखाई नहीं देगा। वे अपनी स्थिति पर शंका करने लग जायेंगे कि उन्होंने कोई डरावना सपना देखा या वाकई हवा में इतना तेज़ संगीत लहरा गया। वे खिड़की से लौट आये। बिस्तर पर अब भी नींद का पता नहीं था। वे कुर्सी पर बैठ गये। बड़ी आरामदेह कुर्सी है। शायद नींद न आने पर आराम से बैठने के लिए है। पास ही, छोटा टेबल है और लैम्प भी। कुछ पत्रिकाएँ और पुस्तकें भी हैं। पर कहीं मन नहीं लग रहा था। आज वे अकेलापन महसूस तो कर रहे हैं, साथ ही, दूसरों के अकेलेपन ने उनके भीतर भीड़ भर दी है। वे आँखें मूँद लेते हैं।

उन मुँदी आँखों में इन्दौर दिखता है। मालवीय नगर के श्रीकृष्ण शर्मा अचानक याद हो आते हैं। बार-बार अपने इकलौते बेटे वरुण का ज़िक्र करते कभी न अघाते। कितना प्रतिभाशाली है, परिश्रमी है, सुशील और कुशाग्र है। किस तरह उन्होंने उसे ऑक्सफोर्ड में पढ़ाया। कितना पैसा लगा और वरुण ने कैसे अपनी मेहनत से सफलतापूर्वक पढ़ाई पूरी की और अमेरिका की एक बड़ी कम्पनी में ऊँची नौकरी पायी।

श्रीकृष्ण शर्मा इन्दौर के बहुत बड़े कारोबारी थे। मालवीय नगर में उनका सबसे बड़ा और बड़ा ही ख़ूबसूरत मकान है। वे बड़े उत्साह से बताते हैं कि ज़मीन कैसे ख़रीदी, मकान बनाने में तीन साल लग गये। पूरी एक मंज़िल वरुण के लिए...सारी सुख-सुविधा से लबालब...स्वयं ग्राउंड फ्लोर में और दूसरी मंज़िल खास मेहमानों के लिए। उनका सपना था कि वरुण कुछ दिन काम करके भारत लौट

आयेगा और कारोबार की विरासत सँभालेगा। शर्मा जी को भी यह कारोबार अपने पिता से विरासत में मिला था। उन्होंने उसे नयी ऊँचाई दी। भव्य मकान बनवाया। वरुण के लिए योग्य वधु की तलाश शुरू हुई। तभी-कभी वरुण का फ़ोन आया।

फ़ोन सुनकर शर्मा जी अवाक् रह गये। श्रीमती को सुनाया तो उन्हें विश्वास ही नहीं हुआ, 'ये क्या हो गया। हमारे संस्कारों में कोई कमी रह गयी थी क्या ...कि ऐसा निर्णय वरुण ने ले लिया। 'शर्मा जी कहते, 'मुझे तो पहले ही लग रहा था कि जिस तेज़ गति से वह भाग रहा है, ज़रूर कहीं दिशा भटक जायेगा। पर ठोकर लगने पर सावधान होकर चोट ठीक नहीं की जा सकती। कई दिशाएँ ऐसी होती हैं, जहाँ से लौटना आसान नहीं। आगे ही बढ़ते रहना होता है।' दोनों पति-पत्नी किंकर्तव्यविमूढ़।

जब वरुण ने अपना कारोबार शुरू किया था, तब शर्मा दम्पत्ति अमेरिका गया था। वरुण बेटे का कारोबार और वैभव देखकर वे दोनों कितने ख़ुश हुए कि वरुण तो बाप से सवाई निकला...उसका यश माँ-पिता की आँखों में नहीं समा रहा था। पन्द्रह दिन के लिए गये थे और पूरे एक महीना रहे। लौटते समय पीठ पर बेटे के यश की बड़ी-सी गठरी थी, पर उसका बोझ बिल्कुल नहीं था। बस ख़ुशियाँ ही ख़ुशियाँ...वे यह भी भूल गये थे कि इन्दौर के कारोबार की विरासत वरुण को सौंपनी है। वरुण ने सौ गुनी नयी परम्परा अपने बलबूते पर खड़ी की थी। 'बेटा किसका है, वह बार-बार पत्नी को याद दिलाते रहते। फिर वे कहते, हमने तो उसे खुले आसमान का चाँद दिखाया था, उसने तो चाँद छूकर दिखा दिया। 'पत्नी मन ही मन ख़ुश होकर शर्मा जी की बात की हामी भरती। कहती, 'बचपन में कितना शरारती था न...पर कोई झगड़ा वह घर नहीं लाया...बहुत होशियार है मेरा वरुण, पर थोड़ा भोला है। किसी की बातों में जल्दी आ जाता है। उसे अभी भी अपना अच्छा-बुरा नहीं समझता। भोला है... ।' 'भोला-वोला कुछ नहीं अमेरिका में इतना ऊँचा उड़ रहा है, कोई बच्चों का खेल है क्या...' वे समय-समय पर वरुण की दुहाई देते रहते।

...पर यह फ़ोन। 'मैं कहती न थी कि वरुण पर कुछ लगाम ज़रूरी है... ।' फिर शर्मा जी अनमने होकर कहते हमें वरुण से यह उम्मीद सपने में भी नहीं थी।

वरुण की शादी के बारे में वह फ़ोन था। वरुण एक अमेरिकन लड़की, नहीं, महिला से शादी कर रहा था, जो उससे चार साल बड़ी है। वह तलाकशुदा है और उसके दो बच्चे हैं। छोटे होने के कारण दोनों माँ के साथ रहेंगे। वरुण का अपना कारोबार शुरू होने से पहले वे दोनों एक ही कम्पनी में काम करते थे। साथ-साथ काम करते हुए वरुण का और उस अमेरिकन महिला का प्रेम इतना

परवान चढ़ा कि महिला के पति ने तलाक ले लिया। वरुण के पास सुख-सुविधाएँ बहुत अधिक थीं। कोर्ट मैरिज हो गयी।

रोज़ वरुण को फ़ोन करने वाले माँ-बाप शादी में तो गये ही नहीं, अब उखड़ी-उखड़ी बात करते हैं। कई बार तो फ़ोन भी नहीं उठाते। वरुण तबीयत की पूछताछ करता है, लेकिन ठीक से बात शादी के बाद कभी नहीं हुई। दिन बीते, महीने बीते, साल बीते।

श्रीकृष्ण शर्मा का मन कारोबार से उचट गया। करोड़ों का मकान है। दूसरी सम्पत्ति से भी लाखों की आय है। पर यह सब किसके लिए। बस बचपन से शायरी का शौक़ रहा। याद रहती है, शायरी समय पर बहुत अच्छी तरह कह पाते हैं। कारोबार बन्द कर दिया उन्होंने...बस शायरी। अपने करीबी मित्र विजय वर्मा को तो वे अक्सर सुनाते। बार-बार खाने पर बुलाते, भावनाएँ जताते। विजय बड़े संवेदनशील व्यक्ति हैं। साहित्य में गहरी रुचि। ख़ासकर उर्दू साहित्य में। दोनों की खूब छनती। शर्मा जी वर्मा को अपनी हर बात बताते। विजय वर्मा बहुत पारखी और दुनिया को अपनी नज़र से देखते हैं। वरुण की अनचाही शादी का विष धीरे-धीरे शर्मा जी के भीतर से उतारा। वे पूर्ववत् तो नहीं हुए पर अब सामान्य लगने लगे। बातचीत शुरू हुई वरुण से। वरुण को सुखद लगा। शादी के पाँच वर्षों तक रात-दिन शर्मा जी बेटे द्वारा उठाये गये ग़लत कदम का ज़हर झेलते रहे। अब कुछ शिथिल हुआ भीतर सैलाब।

शर्मा जी की पत्नी को वरुण की बहुत याद आती है। पर कहने में हिचकिचाती हैं। अब जब फ़ोन आता है तो वह चाहती हैं कि उसके हाल-चाल शान्ति से पूछे। तबीयत जाने। पर कुछ कह नहीं पातीं। पर एक दिन जब शर्मा जी भावुक होकर वरुण से बात कर रहे थे, तो वह भी अपनी ममता रोक नहीं सकीं। फ़ोन के पास आकर खड़ी रही। इन्तज़ार कर रही थीं कि उन्हें भी मौक़ा मिले। मौक़ा मिला। वरुण कह रहा था, पापा ने यहाँ आने की बात मान ली है। मम्मा आप लोग मुझे माफ कर देना। मैंने आप लोगों की बात नहीं सुनी, पर मैं तो आप ही का बेटा हूँ। आशीर्वाद के बिना बेचैन ही रहूँगा...।' माँ केवल सुन रही थी और शर्मा जी को निहार रही थी। शर्मा जी कुछ अच्छे मूड में दिख रहे थे। वे 'हाँ-हूँ' करते रहे। उन्हें शर्मा जी के निर्णय का इन्तज़ार था। फ़ोन रखते ही शर्मा जी की ओर देखा। उन्होंने शान्त स्वर में एक ही बात कही, 'चलेंगे।'

नेट पर एग्जिक्यूटिव क्लास के टिकट आ गये।

इस बार की यात्रा पहली यात्रा से बोझिल थी। नयी बहू से मिलेंगे। अमेरिकन बहू। कुतूहल कतई नहीं था। केवल वरुण का मन रखने के लिए दोनों चले गये।

वरुण ने सारी व्यवस्था बहुत अच्छी की। उसका घर पहले की तुलना में और अच्छा वैभवपूर्ण था। वरुण ख़ुश था। पर बहू से बात नहीं हो पाती। अमेरिकन बच्चों से जुड़ाव का कोई कारण ही नहीं था। किसी और के दादा-दादी के पोते-पोतियों को प्यार देना यह आसान बात नहीं है। बच्चे सुबह स्कूल चले जाते। वरुण मियाँ-बीवी काम पर। शाम को उनके अपने-अपने काम। बहू शाम में, साथ में खाना न खाती। उसे रोज़ ड्रिंक्स की आदत थी। आये दिन कोई न कोई पार्टी। वरुण माँ-पिता की भावनाएँ सँभालने की कोशिश करता पर सम्बन्ध और व्यवहार में फ़र्क़ आ गया था। एक हफ़्ते में ही वे लौट आये। फिर कभी न जाने के लिए।

एक दिन श्रीकृष्ण के वाट्सएप पर वरुण का एक लाइन का सन्देश आया, 'मेरा तलाक हो गया...।'

सुबह जब निष्ठा पापा के कमरे में गयी तो देखा पापा कुर्सी पर ही सो गये हैं। बिस्तर पर अनगिनत बड़ी-बड़ी सलवटें। वैसे साढ़े सात बज चुके थे। फिर भी कुछ सोच कर चाय वापस ले गयी। सोचती रही, 'पापा इतनी देर तक तो कभी सोते नहीं...।'

14

अरुण प्रकाश फ्लाइट के उड़ान भरने से पहले ही नींद के हवाले हो गये थे। फ्लाइट पकड़ने की झंझटें, इमीग्रेशन, लगेज वेटिंग समय की थकान

के साथ भीतरी थकान भी नींद को हवा दे गयी। वापसी-यात्रा में बहुत कुछ साथ होता है तो बहुत कुछ छूट भी जाता है। इस बार वे निष्ठा और प्रणय का साथ छोड़कर बहुत दूर जा रहे थे, भले वह स्वदेश हो। पर हाँ, वे अपने दामाद वैभव को बसाकर जा रहे थे। जिसे वे पराया समझ रहे थे, वह अपनेपन के बहुत करीब निकला। निष्ठा सुखी रहेगी, जीवन भर, वे निश्चिन्त थे। प्रणय एक समर्थ पिता के साया में रहेगा, वे आश्वस्त हुए। वैभव के बारे में जितना निष्ठा ने बताया था, उससे कहीं विशिष्ट इंसान के रूप में अरुण प्रकाश ने महसूस किया। प्रणय के साथ उनका मन लग गया था। निष्ठा और वैभव ने कितना आग्रह किया था कि रुक जायें, पर उन्हें लगा कि काफ़ी दिन हो गये अब चलना चाहिए। जब कोई चाहे कि रुकना अच्छा लगता है, तभी वहाँ से निकलना सही समय की रेखा होती है, यह अरुण प्रकाश का अपना गणित है। इस गणित के आड़े प्रणय की माया भी नहीं आयी।

निष्ठा को लेकर वे बहुत संवेदनशील रहे। सन्तान को लेकर हर व्यक्ति ऐसा होता है। पर उनके मन में एक डर भी था। विदेश में बेटी ब्याहने की कई चुनौतियों के बारे में वे सुन चुके थे। इसलिए उनके मन में अदृश्य ख़तरे और भयानक हिचकिचाहट थी। उन्हें बार-बार अपने दूर के एक रिश्तेदार की बेटी की स्थिति कचोटती रहती। बड़ी धूम-धाम से शादी हुई थी। दिल खोलकर उन्होंने ख़र्च किया था। रिश्तेदारों में उन्होंने अपनी बढ़ी हुई साख का अनुभव किया था। ख़ुश थे। तभी बेटी अमेरिका से लौट आयी। जो उसने बताया वह कुछ ही दिनों में सारे रिश्तेदारों, परिचितों के बीच फैल गया। ऐसी बातों के पैर नहीं, पंख होते हैं। वे अबाधित उड़ानें भरती हैं। इनकी गति और व्याप्ति कल्पनातीत होती है। अरुण प्रकाश तक जब यह ख़बर पहुँची तब उनकी रोंगटे खड़े हो गये। तब निष्ठा का विवाह नहीं हुआ था, पर उनकी चिन्ता दुगनी हो गयी। निष्ठा अमेरिका में पढ़ रही थी...अपनी बेटी के साथ ऐसा हुआ तो...वे विचलित हो जाते। उस रिश्तेदार की बेटी कभी अमेरिका न लौटने के लिए वापस आ गयी थी। जिस व्यक्ति से उसकी शादी हुई थी वह पहले से एक अमेरिकन लड़की के साथ रह रहा था...फिर क़ानूनी दाँव-पेंच और न जाने क्या-क्या कहानियाँ चारों ओर फैलती रहीं पर उस परिवार पर क्या गुज़री यह अरुण प्रकाश बहुत तीव्रता से अनुभव कर रहे थे। जब निष्ठा ने प्रस्ताव रखा तो उनका मन भीतर से हिल गया। निष्ठा के लिए वह अपने मन से समझौता कर दिलासा देते रहे कि जो बात अपने हाथ में नहीं होती, उसे समय पर छोड़ देना चाहिए। पर अपनी आश्वस्त के लिए वे निरन्तर चौकस रहते। आज लौटते

समय निष्ठा को लेकर उनकी चिन्ता ने विराम पाया। यह महसूस किया कि आस्था जहाँ भी होगी, ख़ुश ही होगी। अब उन्होंने यह भी अनुभव किया कि आस्था उनके अपने भीतर ही है। उनके हर 'एकान्त' में है, नींद में है, जागरण में है। अरुण प्रकाश गहरी नींद में हैं।

नींद में क्यों न हों...रात 11:00 बजे वैभव ने जे एफ केनेडी एयरपोर्ट, न्यूयॉर्क में छोड़ा था। निष्ठा की आँखें भर आयी थीं। उसे अभी आने और जाने की रस्मों के गणित मालूम नहीं थे। मासूम होना कितना निर्विघ्न समय का गवाह होता है। भारी क़दमों से वे ट्रॉली धकेलते हुए आगे बढ़ रहे थे और मुड़-मुड़कर पीछे देख लेते। निष्ठा के हाथ निरन्तर लहराते रहे थे, वैभव भी यदा-कदा साथ दे देता। अगले मोड़ से उन्हें आगे बढ़ना था और पिछले सारे दृश्य अचानक कट गये। समय के दृश्य तो इस तरह कभी नहीं कटते। कितने ही मोड़ आयें, हर मोड़ पर यादों के पत्थर विगत का पुलिन्दा थामे खड़े रहते हैं।

इस बार की उड़ान में कोई कुतूहल नहीं था, अरुण प्रकाश के मन में। इसीलिए शायद नींद भी अनायास ही आ गयी। नींद में उनके होंठ कुछ कहना चाहते, अँगुलियों में कुछ कम्पन उभरता...कोई दृश्य गहरी नींद में अचानक उछला। वे दार्जिलिंग गये हैं। उम्र के अन्तिम पड़ाव पर। बच्चों की शादियाँ हो चुकी हैं। वे सब अच्छी तरह से जीवन में जम गये हैं। स्वयं अरुण प्रकाश रिटायर हो चुके हैं। जीवन भर संघर्ष कभी थमता नहीं। पर अब वे समय खोना नहीं चाहते। आस्था का साथ बहुत सुखद तो लगता ही है। ख़ूब घूमे-फिरे, प्रकृति का नज़ारा देखा। टाइगर हिल गये भोर में और हिमालय पर पड़ती सूर्य-किरणें देखकर दंग रह गये। पूरा आकाश स्वर्णिम रंग में नहाया था। सूर्योदय के साथ सफ़ेद-शुभ्र-धवल हिमालय की दूर-दूर तक फैली सफ़ेद-शुभ्र पर्वत शृंखला बहुत मोहक लग रही थी। लगता बस देखते ही रहें। जहाँ-जहाँ आस्था की नज़र जाती अरुण प्रकाश वहाँ-वहाँ गौर से आँखें गड़ाकर देखते, ज्यों वहाँ कोई मोती छिपा हुआ हो। साथ इतना रूहानी, बस वे ऐसे में विदेह हुए जाते रहे। बातें, बातें और बातें। विषय, विषय में क्या रखा है, जिस पर भी बात शुरू होती वह स्वर्गिक पथ पर ही ले जाती। लौटकर नाश्ता, विश्राम और शाम को चाय के बागानों में दूर-दूर तक हरियाली में खोते-खोजते स्वयं को समय के झुरमुट में भटक जाते। होटल में लौटकर आज क्या बात हुई पता नहीं, इस पिघलती उम्र में भी उन्हें आस्था के प्रति एक खिंचाव भीतर से उठा और उन्होंने आस्था को बाँहों में कस लिया। आस्था अशब्द। आँखों में

केवल एक शब्द...यह क्या है। पर उस शब्द को स्वर नहीं मिला। और अरुण प्रकाश ने उसे पढ़ लिया। कसाव और गहरा हो गया। उम्र विसर्जित हो गयी और दोनों ने अपने भीतर किशोर-सा रसायन बहता महसूस किया। आज अरुण प्रकाश ने अनुभव किया कि आँखों के आसपास भले झुर्रियाँ छा जायें, आँखें कभी नहीं बुढ़ातीं। वे दोनों एक-दूसरे में डूब गये। जब जागे तो रात के भोजन का समय हो गया था। खाना खाया। दोनों ने जमकर आइसक्रीम का आनन्द उठाया। हालाँकि बाहर ठण्ड थी और भीतर अरुण प्रकाश शुगर के कोलाहल में थे। पर आज सब विसर्जित। कोई वर्जना नहीं, क्योंकि कल सुबह 10:00 बजे बागडोगरा से फ्लाइट पकड़नी है। जल्दी उठकर टैक्सी से वहाँ जाना है। नींद होनी चाहिए पूरी। वे सो गये...

अरुण प्रकाश को लगा कि उनके सीने में दर्द उठा है—बेपनाह...आस्था को छूना चाहते हैं। दूरी ज़्यादा नहीं है, पर हाथ की लम्बाई सिकुड़ गयी है, चाहकर भी इतनी सी दूरी वे नाप नहीं पा रहे हैं। सीने को एक झटका लगा। कोई चिंगारी उनके सीने में चमकी...मुँह से चीख नुमा हिचकी आयी, हाथ छटपटाते से रहे आस्था को छू नहीं पाये...निस्तेज हो गये। अरुण प्रकाश को लगा वे मृत्यु के एकदम करीब आ पहुँचे हैं। ऐसे में आस्था को वे केवल देखते रह गये। उन्हें लगा अब वह आँखों की हलचल खो चुके हैं। शरीर पूरा निढाल होकर अकड़ गया है। आस्था से बहुत दूर निकल गये हैं...

एक हड़बड़ाहट, बेचैनी और चीख के साथ उनकी आँख अचानक खुली। अकचकाकर उन्होंने आसपास देखा। बाहर सूर्य-किरणें भीतर तक चुभ रही थीं। विमान के ए सी के बावजूद उनके माथे पर पसीने की बूँदें उभर आयी थीं। भौचक हो पास की सीट की ओर देखा।

'आर यू ऑल राइट..?' बगल वाली सीट पर बैठी महिला ने कुतूहल से पूछा।

'यस...यस...हाँ...ऑल राइट...ओके...।' पता नहीं क्या-क्या बोल रहे थे। पास वाली महिला ने ऊपर की बटन दबायी। एयर होस्टेस से पानी मँगवाया और अरुण प्रकाश को दिया।

'आर यू ओ.के.?' महिला ने फिर पूछा। वह भारतीय थी। उसकी आँखों की सहानुभूति से अरुण प्रकाश सँवर गये।

'शायद सपना था कोई...? आपकी नींद में।' महिला ने फिर बात की।

'हाँ...सॉरी आपको डिस्टर्ब किया।'

'एब्स लूटली नॉट...बट यू आर ओके ना।'

'हाँ' कहकर अरुण प्रकाश अन्तर्मुखी हो गये और आँखें नीची कर लीं।

वह महिला भी अपनी अंग्रेज़ी पुस्तक में खो गयी।

अरुण प्रकाश अपनी मृत्यु का सपना देखकर चौंक गये थे। जीवन के समाप्त होने पर क्या शुरू होता होगा...कोई नहीं जानता। जो कुछ भी कहा जाता है, पुनर्जन्म, स्वर्ग-नरक...सब पीछे बच गये लोगों के कयास हैं। तमाम ग्रन्थों के हवाले से सब व्याख्याएँ बनायी जाती हैं। अरुण प्रकाश सोचने लगे आस्था के देहान्त के बाद वह कहाँ होगी...शरीर तो पंचतत्व में विलीन हो गया। प्राण कहाँ गये होंगे। देह से निकल आदमी कहाँ जाता होगा...यह केवल रहस्य है। जो कुछ भी कहा जाता है, वह किसी के वापस लौटने के अनुभव नहीं हैं।

हाँ, एक बात इसमें ज़रूर है कि स्वर्ग-नरक, पाप-पुण्य की संकल्पनाएँ मनुष्य को एक व्याकरण सौंपती हैं। एक ढाँचा मिलता है, जीने का। सभी धर्म इसे आत्मसात करते हैं। अरुण प्रकाश यही जीवन भर करते रहे कि अपने सुख के लिए किसी को दुखी न किया जाये और किसी भी स्थिति में अनुचित सम्पत्ति से बचा जाये, इतना छोटा-सा सूत्र उन्हें आनन्दित करता रहा, पर आस्था का चला जाना इस तरह अचानक किस कर्म की प्रतिध्वनि थी। कुछ के लिए तो कोई न कोई उत्तर ज़रूर मिल जाता है कि पिछले जन्म का कोई हिसाब है। पर अरुण प्रकाश को आगे-पीछे का कोई सन्दर्भ नहीं होता वे केवल वर्तमान पर चलते हैं। वे बहुत-बहुत अकेले और बेचैन थे। पर अपनी दहलीज से बाहर निकलकर जब उन्होंने देखा कि इतनी बड़ी दुनिया में कई-कई लोग उनसे भी अधिक निपट अकेले हैं, बेचैन हैं, ठगे गये हैं, स्थितियों और अपने ही स्वजनों से...तब उन्हें अपना अकेलापन छोटा लगने लगा। वे स्थितियों को अन्य कोणों से देखने के बारे में सोचने लगे। अपनी मृत्यु का आज का सपना उन्हें बहुत कुछ बता गया और किसी की कही बात वे बार-बार नये सिरे से सोचने को विवश हो गये कि 'सवाल यह नहीं कि मृत्यु के बाद जीवन मौजूद है या नहीं। असली सवाल यह है कि आप मौत से पहले जीवित हैं या नहीं...' बस यही वाक्य अरुण प्रकाश के मन में तैरता रहा और उन्होंने एक बात सोच ली कि 'एकान्त' को जीवंत पत्रिका बनाया जाये। लोग जोड़े जायें, पाठक बढ़ाए जायें। नये आत्मविश्वास के साथ वह अपने आपमें कायाकल्प का अनुभव करने लगे। वैसे पुनर्जन्म में उस तरह से उन्हें विश्वास नहीं है, लेकिन आज उन्हें लगने लगा कि सपने में उनकी मृत्यु ने वास्तविक रूप में पुनर्जन्म दिया। वे उस महिला की ओर देख रहे थे, जिसने

उन्हें ख़ौफ़नाक सपने से हड़बड़ाकर जागने पर पानी का गिलास थमाया था। अब वह गहरी नींद में थी...उसकी मुख-मुद्रा से लग रहा था वह सुखद सपने की गिरफ्त में है। चेहरे पर मुस्कुराहट-सी फैली थी।...चलो कोई तो सुखद सपने में है, सोचकर अरुण प्रकाश ने विमान की खिड़की का पर्दा ऊपर चढ़ा दिया और सोचने लगे सपनों की दुनिया भी कितनी अजीब है। नीचे पृथ्वी हज़ारों लाखों वर्षों से घूम रही है। वैज्ञानिक कितनी सही जगह से उड़ते हैं और वांछित जगह उतरते हैं। यह भी कभी सपने के रूप में रहा होगा। इसे पाने में कितनों ने, कितने ही दिन-रात लगाये होंगे। अरुण प्रकाश को लगा बुद्ध ने सारी दुनिया की पीड़ा हरने के लिए तप किया...क्या अरुण प्रकाश स्वयं का दुख सहकर बाहर आ सकेंगे...

सामने स्क्रीन पर विमान इराक के ऊपर चलता दिखाई देने लगा था। अरुण प्रकाश ने नीचे झाँककर देखा लाल-पीली ज़मीन दिखाई दे रही थी। उन्हें याद आया इराक-अमेरिका का वह युद्ध। टीवी पर लाइववार सारी दुनिया देख रही थी। विनाश लीला का आधुनिक संस्करण। एक तानाशाह ने कितने प्राणों की बलि चढ़ा दी। मिसाइलें, पौराणिक तीरों की तरह आकाश को भेदते। अरुण प्रकाश सोचते रहे इतने हज़ारों लोगों ने अगले-पिछले जन्म में क्या अपराध किये होंगे, जिन्हें असमय मृत्यु के जबड़े में समा जाना पड़ा। जीवन में कितने ही अगम दृश्य हैं, जो आसानी से नहीं सुलझते, पर बहुत सारे सुगम कार्य भी हैं, जो छोटी-बड़ी बातों को सुलझा सकते हैं। अरुण प्रकाश जीवन-मृत्यु की स्थितियों को सोचते हुए पता नहीं कब नींद के हवाले हो गये।

पता नहीं क्यों अरुण प्रकाश आजकल मृत्यु के बारे में अनायास ही सोचने लगते हैं। नींद से भी डरने लगे हैं। एक उम्र तक पहुँच कर बहुत सारे अयाचित ख़याल मन में आते रहते हैं।

उनका विमान रात 11:00 बजे छत्रपति शिवाजी अन्तरराष्ट्रीय विमानतल, मुम्बई में उतरा। नींद हावी थी। उतरना था बाहर। लगेज लेना था। उससे पहले वे इमीग्रेशन काउण्टर पर गये। पासपोर्ट आगे बढ़ाया। एक बैग काँधे से टँगा था। बार-बार फिसल कर नीचे आ जाता और वे उसे ठीक करते...इतने में काउण्टर की दूसरी ओर से आवाज़ आयी, 'नेम प्लीज़' अरुण प्रकाश इधर-उधर देखने लगे। उनके पीछे एक महिला क़तार में थी। उसने एक मुस्कान बिखेरी और काउण्टर की ओर इशारा किया। अरुण प्रकाश ने भीतर झाँका। निर्विकार। अजनबी अपने आपसे। भौचक। कुछ नहीं सूझ रहा था। अपना नाम भी नहीं। अजीब स्थिति। नींद के कारण? या और कुछ। अन्दर के इमीग्रेशन ऑफ़िसर ने

पासपोर्ट को उलट-पुलट कर देखा और फॉर्म पर किये दस्तखत का मिलान करते हुए बोला, 'अरुण प्रकाश...?' अरुण प्रकाश निर्विकार उसे देखते रहे। ऑफ़िसर ने फ़ोटो और अरुण प्रकाश के चेहरे को निहारा और फटाक् से सील ठोंक दी और बोला, 'नेक्स्ट।'

अरुण प्रकाश ने पासपोर्ट लिया। बैग में डाला और धीरे-धीरे आगे बढ़ गये। उन्हें बेल्ट नम्बर 8 से अपना लगेज लेना था। अभी समय था, बैग आने में। वे पास की कुर्सी पर बैठ गये और सोचने लगे आज अपना नाम कैसे भूल गये। क्या हो गया। पहले ऐसा कभी नहीं हुआ।

दिमाग़ पर ज़ोर देने पर उन्हें एक घटना याद आयी। उनका एक कश्मीरी मित्र था। बेटे के पास अमेरिका गया था। पति-पत्नी साथ थे। लौटते समय इसी तरह इमीग्रेशन काउण्टर पर ऑफ़िसर ने नाम पूछा था। वे कोहनी का आधार बनाकर, ठुड्डी टिकाकर भीतर देख रहे थे। नाम पूछा तो मुड़कर पीछे पत्नी को देखा। पत्नी आश्चर्यचकित, अपना नाम क्यों नहीं बता रहे। उन्होंने फिर ऑफ़िसर की ओर देखा। ऑफ़िसर ने फिर नाम पूछा। पर इस बार ऑफ़िसर के ध्यान में आया कि पैसेंजर की आँखों की पुतलियाँ स्थिर हैं, वे एकटक देख रहे हैं। ऑफ़िसर कुछ परेशान हुआ। पर वे मित्र कहीं नहीं देख रहे थे। उनकी आँखें पथरा गयी थीं। पत्नी ने बाँह़ पकड़ कर हिलाया तो वे धड़ाम से गिर पड़े। एक भगदड़। कोलाहल। डॉक्टर। सब बेकार। हार्ट फेल।

अरुण प्रकाश के अवचेतन मन में यह घटना भीतर तक उतर चुकी थी। कई बार वे आस्था को सुना चुके थे। ऑफ़िसर के पूछने पर उन्होंने आस्था की ओर देखना चाहा। वहाँ आस्था कहाँ से होती। पलभर उन्हें लगा कि वे कौन हैं, क्या नाम है? आस्था के बिना उनकी अपनी पहचान कुछ भी नहीं थी। फिर एक अप्रत्याशित घटना को सोच, सिहर गये। मित्र के साथ उनकी पत्नी थी। मेरे साथ तो कोई नहीं, कैसे होता...पता नहीं कब तक वह अपना नाम सोचते रहे। तन्द्रा टूटी तो बेल्ट नम्बर 8 की भीड़ छँट चुकी थी। दो बैग पता नहीं कितनी बार चक्कर काट चुके थे। वे उठे और ट्रॉली पर दोनों बैग रखकर बोझिल कदमों से बाहर आ रहे थे। बाहर आते समय आदमी की नज़र अपने लोगों पर घूमती है। पर अरुण प्रकाश बेमन से, निर्विकार, कुछ सोचते हुए बाहर आये। अचानक किसी की ओर बिना देखे थम गये। उन्हें लगा कोई पुकार रहा है...मामा...मामा। पर सचमुच ही राजेश उन्हें आवाज़ दे रहा था।

15

सुबह राजेश निकल गया काम पर। उसके जाने से पहले अरुण प्रकाश ने राजेश को निष्ठा द्वारा भेजी गयी टी-शर्ट दी। राजेश ने आदर से ली और थैंक्स भी कहा, पर नज़रें नहीं मिलाईं। अपने कमरे में ही टी-शर्ट रख दी और अपनी सैक उठाकर चल दिया। आज उसने अपनी माँ अनुपमा को 'अच्छा' भी नहीं कहा। अनुपमा रोज़ की तरह दरवाज़े पर खड़ी थी, पर उसने पलटकर देखा ही नहीं। अनुपमा राजेश को लिफ्ट में जाते हुए देखती रही।

आज अरुण प्रकाश बहुत देर से उठे। रात में नींद नहीं हो पायी थी। ऊपर से जेटलैग। समझ में नहीं आ रहा था कब दिन है, कब रात। खाने के समय की घड़ी बिगड़ गयी थी। इस समय के परिवर्तन को शरीर झेलने की कोशिश कर रहा था। पर पेट और सिर भारी थे। चूँकि चाय आ चुकी थी और राजेश के काम पर जाने का समय हो गया था, अरुण प्रकाश उठ बैठे थे। निष्ठा द्वारा भेजा गया उपहार तो राजेश के हाथों में ही देना था। राजेश के जाते ही अनुपमा भाई के लिए उनका पसन्दीदा खाना बनाने में जुट गयी। अरुण प्रकाश बिस्तर पर लेटे-लेटे ही अख़बार पढ़ रहे थे। देश में, राज्यों के चुनाव अभी-अभी ख़त्म हुए थे। तरह-तरह की ख़बरें। कई राज्यों में संयुक्त सरकारें थीं। परस्पर विरोधी और एक-दूसरे के ख़िलाफ़ चुनाव लड़ी पार्टियाँ साथ मिलकर सरकारें बना रही थीं। अरुण प्रकाश एक लम्बे समय के बाद अख़बार पढ़ रहे थे। अधिकांश ख़बरें राजनीति की ही थीं। वैसे आजकल नींद से उन्हें कुछ डर का फोबिया-सा हो गया है। बड़े उल्टे-सीधे सपने आते हैं। लेकिन लम्बी-यात्रा की थकान और टूटती नींदों के चलते वे पता नहीं कब सो गये। इतने में अनुपमा दूसरी चाय लेकर आयी। अरुण प्रकाश को सुबह दो बार चाय पीने की आदत है। अरुण प्रकाश को सोता देख अनुपमा ने धीरे से छाती पर रखे अख़बार को हटाया और चाय वापस ले गयी।

अनुपमा ने अरुण प्रकाश को नहीं जगाया। ख़ुद भी खाना नहीं खाया। अरुण प्रकाश लगभग तीन बजे उठे। तब थोड़ी देर बाद दोनों खाने पर बैठे। खाने पर लगातार निष्ठा की बातें होती रहीं। उसके पति वैभव और बेटे प्रणय की बातें होती रहीं।

भोजन के बाद अरुण प्रकाश ने अपनी बैग खोली।

'जाते समय तो एक बैग थी, लौटते में दो...?' यूँ ही अनुपमा पूछ बैठी।

'हाँ, निष्ठा ने पता नहीं क्या-क्या भर दिया है।' एक पैकेट निकालते अरुण प्रकाश ने कहा। पैकेट का स्टीकर हटाते हुए बोले, 'यह तुम्हारे लिए निष्ठा ने भेजा है।'

अनुपमा ने पैकेट खोला—साड़ी थी। साड़ी?...अमेरिका से?।...पर निष्ठा ने मेरी पसन्द का पूरा ध्यान रखा।' अनुपमा खिल उठी।

'अमेरिका में सब मिलता है। न्यूयॉर्क का जैकसन हाइट्स का बाज़ार तो इंडियन चीज़ों से ही भरा पड़ा है। वहाँ इंडियंस की सारी ज़रूरतों का सामान मिलता है। यहाँ तक कि दीवाली के दीए और पटाखे भी मिलते हैं।...पर यह सब हमारे देश से नहीं चीन से आता है। है न अजीब बात, अमेरिका में हिन्दुस्तानियों के लिए ज़रूरी चीज़ें चीन से आती हैं। कमाल है, तुम्हारी ये साड़ी भी चीन में बनी है...उस बाज़ार पर पंजाबी और गुजराती व्यापारियों का कब्ज़ा है...।' अरुण प्रकाश बताये जा रहे थे। वैश्वीकरण शब्द का उल्लेख किये बिना वे दुनिया की व्यापारिक स्थिति और अर्थव्यवस्था पर कुछ कह रहे थे।

अनुपमा का ध्यान प्रकाश की बातों पर नहीं था। वह साड़ी को उलट-पलटकर देख रही थी। अचानक उसका ध्यान निष्ठा पर केन्द्रित हो गया। मन कुछ उदास हो गया। अरुण प्रकाश हालात को बहुत जल्दी भाँप जाते हैं। आदमी के चेहरे के भावों से वे विषय का पता लगा लेते हैं। उन्होंने निष्ठा की बात छोड़कर राजेश के बारे में जानना चाहा।

'राजेश की शादी के बारे में क्या हुआ...कहीं कोई बात चली?' अरुण प्रकाश ने बहन अनुपमा से जानना चाहा। वैसे भी अरुण प्रकाश जब परिवार में होते हैं तब परिवार की बातें करते हैं। पता नहीं कैसे वे अमेरिका में चीनी वस्तुओं की बात छेड़ बैठे। वैसे साहित्य के साथ उन्हें आसपास की सारी बातों में रुचि रहती है। पर परिवार में पारिवारिक।

'बस कोशिश चल रही है...पर अभी कोई रिश्ता ठीक नहीं मिल पाया।' अनुपमा ने साड़ी डाइनिंग टेबल पर रख दी। उसकी अँगुलियाँ आपस में उलझ गयीं। आँखें शून्य में और आवाज़ को ग्रहण लग चुका था। फिर धीरे से बोली 'उसके पिता होते तो अब तक कुछ न कुछ हो गया होता...।'

'पर मैंने भी तो कुछ रिश्ते सुझाए थे....'

'उनमें से दो ने पलट कर जवाब नहीं दिया और एक का रिश्ता राजेश को ठीक नहीं लगा...बस जैसे थे।'

'आजकल बच्चों की शादी-ब्याह का मामला बहुत मुश्किल हो चला है। रिश्तेदार नौकरियों के सिलसिले में पता नहीं कहाँ-कहाँ चले गये...दूर-दराज में बस गये। एक-दूसरे से सम्पर्क नहीं रह पाता। लोग अपनी दुनियादारी में उलझ गये हैं। बच्चे देखते-देखते बड़े हो जाते हैं। पहले पढ़ाई की चिन्ता, फिर नौकरी की, फिर शादी की... ।' अरुण प्रकाश ने पूरा पहाड़ा ही पढ़ डाला।

'राजेश बहुत अलग तरह का लड़का है। बहुत शान्त और कम बोलने वाला... ।'

'मैरिज ब्यूरो में नाम लिखवाया... ।'

'हाँ यह भी किया...पर कोई ख़ास रिश्ता नहीं आया। जो आये उनके बारे में राजेश उत्सुक नहीं था... ।' अनुपमा अफ़सोस जताते बोली।

'अख़बारों में आजकल काफ़ी विज्ञापन भी आते हैं... ।'

'पर राजेश को यह पसन्द नहीं... ।'

'एक बात कहूँ, बुरा मत मानना...राजेश मल्टीनेशनल में काम करता है, अच्छी सैलरी है, मुम्बई जैसे महानगर में अपना फ्लैट है। फिर भी शादी के लिए, वह भी लड़के की शादी के लिए इतनी परेशानी है...बात तो बन जानी चाहिए।' अरुण प्रकाश आशा जगाते बोले।

'आप ही कुछ करो भैया।' अनुपमा आग्रह करती हुई बोली।

'अब तो बच्चे बड़े हो गये हैं...उन्हें भी अपने बारे में तय करना चाहिए।'

'बात तो सही है आपकी...पर जहाँ रिश्ता पसन्द आता है उन्हें राजेश की सैलरी कम महसूस होती है...जहाँ सैलरी का चक्कर नहीं वहाँ हमें पसन्द नहीं आता... ।'

'पर कहीं न कहीं ठहरकर सोचना चाहिए न...राजेश तो बत्तीस का हो ही गया होगा...'

'चौंतीस में पहुँच गया है... ।'

'अच्छा आजकल लड़के-लड़कियाँ एक ही जगह काम करते हैं, कभी-कभी एक-दूसरे को पसन्द भी कर लेते हैं, ऐसे में ठीक लगे तो बहुत असमंजस में मत रहना... ।' अनुपमा अरुण प्रकाश को ताकते रही।

अरुण प्रकाश समझ रहे थे। अनुपमा कुछ पुराने ख़यालों की है। जात-पाँत मानती है। पर वे भी तो शुरू में बहुत उत्सुक नहीं थे। बोल पड़े, 'अब देखो न शुरू में मैं निष्ठा की शादी को लेकर बहुत अनुकूल नहीं था, इस रिश्ते के बारे में, पर अब तो लगता है, इससे अच्छा रिश्ता हो ही नहीं सकता था।'

अनुपमा भाई की ख़ुशी को समझ रही थी। वह एकबारगी गौर से देखकर

आँखें झुका गयी। कैसे कहे कि एक रिश्ता यहाँ भी अच्छा हो सकता था। वह मौन हो गयी। लगा इस संवाद का कोई निष्कर्ष तो है नहीं।

अरुण प्रकाश ने फिर पहल की, 'कहीं राजेश को कोई लड़की पसन्द तो नहीं...तुमने कभी थाह ली...।'

'तुमको तो मालूम है, राजेश मुझसे कुछ नहीं छिपाता। वह बहुत कम बोलता है। लेकिन छुपाता कुछ नहीं। हाँ, एक बात तुम्हें बता दूँ कि एक लड़की को वह पसन्द करने लगा था। हमारे घर भी आयी थी वह। सौम्या कुलकर्णी। मराठी थी। उसके बारे में राजेश ने मुझे बताया था। यह भी कहा था कि वे एक-दूसरे को पसन्द करते हैं। चूँकि एक ही जगह काम करते थे, तो एक-दूसरे को अच्छी तरह जानते भी थे। स्वभाव, पसन्द-नापसन्द। बस एक ही बात बताई थी उसने कि वह हमसे बड़े घर की बेटी है। पिता बड़ी फर्म में इंजीनियर हैं। हीरानन्दानी में उनका बड़ा-सा फ्लैट है। पिता के पास मर्सडीज़ कार है। मॉडर्न परिवार है। राजेश का बात करने का तरीका ऐसा था कि उसे यह रिश्ता पसन्द है। पर मैं ही डरी-डरी थी कि इतने बड़े घर की बेटी का यहाँ निबाह कैसे होगा। पर सौम्या ने ही कहा, मुझे इन सारी बातों का कोई आकर्षण नहीं। राजेश और मैं दोनों मिलकर वह सब हासिल कर लेंगे जो हमारी ज़रूरतें होंगी...। मुझे लगा यह लड़की या तो दृढ़ विश्वासी या राजेश के बहुत प्यार में है। तमाम किन्तु-परन्तु दिमाग़ में उभरते, पर मैंने अपनी स्वीकृति दे दी...। पर सौम्या के पिता ने इसके लिए अपनी सम्मति नहीं दी। इकलौती बेटी, अकूत सम्पत्ति, पाँच-सितारा आदतें और स्टेटस में बड़ा अन्तर उन्हें इजाज़त नहीं दे पाया। उन्होंने बेटी को बहुत समझाया। शुरू में वह नहीं मानी, लेकिन उसके पिता ने उसका तबादला नोएडा में करवाने में सफलता पा ली। कुछ दिन तो राजेश के साथ मोबाइल पर सम्पर्क रहा। पर धीरे-धीरे कम हो गया। सौम्या ने ही सम्पर्क घटाया। बाद में, मालूम हुआ वह किसी आईजी के बेटे के साथ आजकल घूमती है। उसके पिता को यह भी मालूम हुआ कि वह इनकी तुलना में बहुत निचली जाति का है, पर उस परिवार का रसूख सारी असमानता काटकर स्थिति को विवाह तक पहुँचा चुका था। बस तबसे ही राजेश हमेशा 'एकान्त' में रहता है। उसे हर चीज़ से जैसे विरक्ति हो गयी हो। अब तो शादी की बात को उड़ा देता है।' अनुपमा ने राजेश की सारी मनःस्थिति बयान कर दी थी। अनुपमा की आँखें भर आयी थीं।

अब अरुण प्रकाश भी सलाह या सुझाव देने की स्थिति में नहीं थे। एक मौन दोनों के बीच निरन्तर तैर रहा था। अरुण प्रकाश जान रहे थे कि अनुपमा के मन में क्या चल रहा है। पर अब वे भी व्यथित और बेबस थे। उन्होंने कहा

मैं नहा लेता हूँ, एक दोस्त से मिलने जाना है। अनुपमा ने ज्यों सुना ही नहीं। उसे यह भी भान नहीं रहा कि अब विषय का संवाद टूट चुका है। पर वह टूटे तार जोड़ने और जा चुके अतीत को टटोलना चाहती थी...'भैया कैसी है निष्ठा...?' सच कहूँ मुझे तो निष्ठा जैसी बहू की तलाश थी...।'

16

अमेरिका से लौटने के बाद मुम्बई में अरुण प्रकाश ने तीन दिन का समय रखा था। एक दिन बहन अनुपमा के साथ पारिवारिक बातों के लिए जिसमें राजेश की शादी की चर्चा शामिल थी। एक दिन विजय के लिए और एक दिन जेटलैग से मुक्ति के लिए। राजेश वाले मामले का सिर-पैर खोजना था। अनुपमा निष्ठा को बहू के रूप में चाहती थी, यह तो अब अरुण प्रकाश जान ही चुके थे। पर निष्ठा को ख़ुश पाकर उन्हें कोई अफ़सोस नहीं है। राजेश के लिए कुछ चिन्तित ज़रूर हैं।

आज अरुण प्रकाश ने विजय को फ़ोन किया। विजय उछल गये। बस उन्होंने समय तय कर लिया—'शाम छह बजे होटल 'कंदील' फोर्ट : शार्प, एक बात और बता दी कि आज एक बड़े पत्रकार दोस्त को भी डिनर पर शामिल करेंगे। तुम्हें भी उनसे मिलकर बहुत अच्छा लगेगा। भई वो लेखक भी है, केवल पत्रकार नहीं।...अरुण प्रकाश को मना तो करना ही नहीं था। विजय प्रताप ने एक बात और जोड़ दी, आज इस तैयारी में आना कि रात को सिस्टर के घर दस्तक न देनी पड़े...यह प्रस्ताव अरुण प्रकाश को बहुत अच्छा लगा, क्योंकि थोड़ी भी ड्रिंक लेने के बाद वे घर-रिश्तेदारी को दूर रखना बेहतर समझते हैं। यह बात इन्दौर से विजय प्रताप जानते रहे हैं। अरुण प्रकाश के लिए यह अच्छा लगा।

विजय प्रताप क्लब में जा सकते थे। पत्रकार मित्र भी प्रेस क्लब में ले जा सकते थे। पर आज उन्होंने फोर्ट स्थित 'कंदील' को चुना, क्योंकि मुम्बई में संघर्षों के दिनों में वे यहाँ बैठा करते और मुम्बई में अरुण प्रकाश के साथ पहला डिनर उन्होंने यहीं लिया था। अरुण प्रकाश को वहाँ का डिनर बहुत अच्छा लगा

था। विजय को यह याद था। विजय की ख़ूबी यह थी कि वे मित्रों की पसन्द को ज़्यादा महत्त्व देते।

अरुण प्रकाश जब 'कंदील' पहुँचे, तब तक विजय आ चुके थे। हमेशा के स्थान पर वे अपने मित्र के साथ पहुँच चुके थे। परिचय हुआ—सिद्धार्थ से। बुल्कारियन दाढ़ी, सधी हुई आँखें, मोटा चश्मा, जीन की पैण्ट और सफ़ेद हाफ शर्ट। बड़ी गम्भीरता से मिले। कुछ ही देर में अपरिचय समाप्त हो गया। एक पत्रकार और दूसरे सम्पादक...पत्रकार राजनीति के एकदम करीब और सम्पादक साहित्य और संवेदना के करीब...दोनों में ख़ूब बातें शुरू हुईं और विजय गवाह होने का आनन्द उठाते रहे।

विजय प्रताप ने अपने जीवन में बहुत संघर्ष किया। बहुत यश और पैसा कमाया। अब वे ज़िन्दगी को साक्षी भाव से देखते हैं। उनके ज़्यादा दोस्त नहीं हैं, पर जो हैं वे बहुत करीबी हैं। अरुण प्रकाश उनमें से एक हैं। सिद्धार्थ का परिचय कारोबार के सिलसिले में हुआ था। सिद्धार्थ ही विजय को बताते कि अब पत्रकारिता अख़बार और टीवी तक सीमित नहीं रही। अब पत्रकारिता ने पूरी ज़िन्दगी को अपने में लपेट लिया है। सिद्धार्थ का परिचय तो विजय से हुआ पर वह मात्र संयोग था। किसी कार्यक्रम में मिले, फिर पार्टियों में, कभी फ़िल्मी पार्टी में और प्रगाढ़ता बढ़ती रही। सिद्धार्थ के पास राजनीति और फ़िल्मी दुनिया की जानकारी का जखीरा है। विजय को दोनों क्षेत्रों से बेहद जिज्ञासा हमेशा बनी रहती है।

अब तीनों के बीच एक और साम्य यह था कि तीनों का ब्राण्ड एक ही हो गया—'रेड लेबल'। विजय ने ऑर्डर दिया और धीरे-धीरे अपरिचय दूर होता गया। ऑर्डर रिपीट होने तक बातें ठहाके तक पहुँचती चली गयीं। अरुण प्रकाश बहुत सुविधा में नहीं रह पाते ऐसे डिनर में, पर आज वे बहुत हल्कापन महसूस कर रहे थे। घटनाओं की जितनी खिड़कियाँ उन्होंने अभी तक देखी थीं, महसूस की थीं, उनसे भिन्न राजनीति के जो दृश्य सिद्धार्थ सुना रहे थे, वे अरुण प्रकाश के लिए सर्वथा नये और अनसुने थे।

'राजनीति अब करवट बदल रही है...पारम्परिक रूप की राजनीति अपना केंचुल छोड़ रही है। अब यह कारपोरेट बिजनेस की तरह उभर रही है। सिद्धान्त, आदर्श और आचरण जैसी बातें तो वैसे भी इतिहास जमा हो गयी हैं। अब राजनीति में मूल्यों का जो ह्रास हुआ वह तो है ही, पर इससे ऊपर इसमें एक मैनेजमेंट ने प्रवेश किया है। चुनाव जीतना एक इवेंट हो गया है...।' सिद्धार्थ बहुत बारीकी से, सिलसिलेवार यह पक्ष उजागर कर रहे थे। आख़िर लगभग

चालीस वर्षों से सिद्धार्थ चीफ़ पॉलिटिकल ब्यूरो का पोर्टफोलियो सँभाल रहे हैं।

'तो अब क्या पारम्परिक सभाएँ, प्रचार, भ्रष्टाचार ख़त्म हो रहा है...?' अरुण प्रकाश की जिज्ञासा।

'बिल्कुल नहीं, उसका स्वरूप बदल रहा है। सभाओं और प्रचारों में नयी तकनीक का समावेश हो गया है। पब्लिक मीडिया, इलेक्ट्रॉनिक मीडिया, अख़बार, बैनर, प्रचार सामग्री में आमूलचूल परिवर्तन आया है। चुनाव प्रचार अब मैनेजमेंट के नये गुरुओं के पाले की बात है।' सिद्धार्थ कुछ आगे बढ़ कर बात कर रहे थे। उनका विषय था। उन्हें उसमें रुचि भी थी।

फिर उन्होंने बताया कि किस तरह पिछले चुनावों में सभाओं का मैनेजमेंट किया गया, 'सब कुछ बहुत बड़े पैमाने पर सोचा गया। नारा ऐसा कि सबकी जुबान पर चढ़ सके। बैनर, पोस्टर पर चेहरों की भीड़ न हो। पंच लाइन ऐसी कि तत्काल दिमाग़ में उतर जाये। मुख्य नेता इधर भाषण कर रहा है, उधर देश-प्रदेश में टीवी के सारे चैनल लाइव दिखा रहे हैं। अपना कार्यक्रम दिखाने के लिए भरपूर रकम चैनल मालिकों के पास पहुँचती रही और विरोधियों की छोटी ख़बर भी न पहुँच पाये इसके लिए दुगनी रकम...सारा प्रचार-तंत्र ख़रीद लिया गया। इलेक्ट्रॉनिक और प्रिंट मीडिया पर छा गये। बोर्ड, बैनर, पोस्टर की महत्त्वपूर्ण जगहें बुक हो गयीं। किसी ने कुछ प्रदर्शित करने की कोशिश की तो फाड़ दिया गया, ज़रूरत पड़ने पर पोस्टर लगाने वालों को ही ख़रीदा गया। नहीं मानने पर उसके कपड़े फाड़ने में भी कोई हिचकिचाहट नहीं...चारों ओर पैसा, प्रचार और पार्टी का बोलबाला। एकाध दबंग उम्मीदवार को कुछ जगह अपने बलबूते पर मिल पाती। सब कुछ बड़े पैमाने पर मैनेज होता है। पेड न्यूज़ अब पुरानी बात हो गयी। टीवी चैनलों के प्राइम टाइम भी ख़रीदे जाते हैं और जितने नये माध्यम आ रहे हैं, पैसों से हथिया लिए जाते हैं। लोगों को लगता है छा गये चारों ओर। पर चारों ओर नोटों की छाया में यह सब लड़ा जाता है।'

'तो जनतंत्र का क्या होगा...सामान्य लोगों की उम्मीद किन पर लगेगी...।' अरुण प्रकाश सहज प्रश्न कर गये। फिर उन्हें लगा कि यह तो बचकाना प्रश्न होगा। पर प्रश्न तो था।

'यह तो सदियों से हो रहा है। लोगों के नाम पर सत्ता हासिल की जाती रही है और लोग भुला दिये जाते हैं। जनतंत्र में लगता है, यह और भी चालाकी से किया जाता है। सत्ता और व्यापार की साँठ-गाँठ कोई नयी बात नहीं रही। अब

सत्ताएँ तलवार से नहीं पैसों के दम पर हासिल की जाती हैं। लोगों को कौन पूछता है...।' सिद्धार्थ पूरे आवेग से बोल रहे थे।

'भीड़ जो जय-जयकार या मुर्दाबाद करती है...?'

'सब प्रायोजित है। देश में गरीबी और बेरोज़गारी बहुत है। हर सभा के लिए हज़ार-डेढ़ हज़ार युवक एक हज़ार रुपये रोज़ से बसों में बिठाकर लाये जाते हैं। उन्हें काम समझाया जाता है। उनके खाने-पीने और ठहरने का इन्तज़ाम किया जाता है। अब यह सब भी ठेके से दिया जाता है...(अरुण प्रकाश की ओर देखते हुए) इवेंट मैनेजमेंट...। बड़ी-बड़ी विज्ञापन की कम्पनियाँ अब यह काम करती हैं। राजनीति लोगों की समझ से बहुत आगे निकल चुकी है...।'

'पर इतना पैसा आता कहाँ से है?' अरुण प्रकाश बोले।

'पैसा वहीं से, स्थानीय रूप से या तो आस-पास से पहले ही जमा रहता है। समय आते ही इस्तेमाल होता है। इसका फाइनेंशियल मैनेजमेंट होता है। बिल्डर्स, प्रमोटर्स, बड़े उद्योगपति, व्यापारी इसमें अपनी भूमिका निभाते हैं, सरकार बनने पर तिगुना-चौगुना वसूल करते हैं। कई बार बड़ी धाँधली भी होती है। एक मन्त्री को अपने चुनाव क्षेत्र में चुनाव जितवाने के लिए केन्द्रीय समिति ने पचास करोड़ भिजवाए। नेता को लगा कि अपने चुनाव क्षेत्र में उनका दबदबा है, वैसे ही सारी विधानसभा की सीटें ज़िले भर से चुन ली जायेंगी...पैसा क्यों बर्बाद करें। सभी विश्वसनीय लोग हैं...पर ज़िले की एक ही सीट मिल पायी। सात सीटों से हाथ धोना पड़ा। प्रभावित उम्मीदवारों की शिकायत पर जाँच हुई। उन्हें सारा पैसा लौटाना पड़ा...बड़ा दिलचस्प खेल है, यह सब।' सिद्धार्थ ये सारी बातें बहुत विश्वसनीय ढंग से बता रहे थे। वे स्वयं कई निर्वाचन क्षेत्रों में रिपोर्टिंग के लिए जा चुके थे। उन्हें प्रत्यक्ष अनुभव था, यह विजय प्रताप को मालूम था।

सिद्धार्थ ने कई क़िस्से सुनाये। अरुण प्रकाश हैरत से देख-सुन रहे थे। कई बातें उन्हें मालूम थीं, पर प्रत्यक्ष फील्ड से कोई बता रहा है, यह उनके लिए नया था। उन्होंने देखा कि कई नेता किस्म के लोग होटल में आ रहे हैं। उनकी चाल-ढाल गाँव-कस्बों की है। वे आजकल लिनन के कपड़े पहनते हैं। आमतौर पर। पैण्ट और फुल शर्ट। शर्ट पैण्ट में 'इन' नहीं करते, और शर्ट ऊँची रखते हैं। उन्हें इस होटल में मुम्बई के कुछ व्यापारीनुमा व्यक्ति लेकर आये। उनके लिए टेबल रिज़र्व थी। उनकी बातचीत बड़ी गहन और गोपनीय किस्म की लग रही थी। सब एकाग्र थे।

सिद्धार्थ ने धीरे से बताया, 'ये देखिए, नये-नये चुनकर आये हैं। सारी तरकीबें और चालाकियाँ ये दलाल इन्हें सिखा देंगे।'

अरुण प्रकाश को काफ़ी बातों का अन्दाज़ा तो था, पर काफ़ी नयी बातें देख-सुन रहे थे। विजय प्रताप मन्द-मन्द मुस्कुरा रहे थे। बहुत ख़ुशनुमा शाम थी। रात के ग्यारह बज रहे थे। भीड़ धीरे-धीरे छँटने लगी थी। अरुण प्रकाश ने देखा कि दलालनुमा व्यक्ति ने नये आये नेतानुमा लोगों का बिल चुकाया। अपने पाँच में से पाँच सौ के नोटों का बंडल निकाला और बिल के लिए बेयरे को बंडल ही थमा दिया। सब 'चूर' थे। बेयरे ने हिचकिचाते हुए बंडल से बिल की रकम ली। बंडल पाँच में ठूँसी। बेयरा जब तक बिल और बकाया पैसे लेकर आये, तब तक ये सब लोग होटल से बाहर थे।

विजय प्रताप ने आँखों से इशारा किया और ये तीनों भी होटल से बाहर थे।

अरुण प्रकाश की जब आँख खुली तो उन्होंने अपने आपको नयी जगह पर पाया। अचानक उन्हें याद आया कि रात में वे सिद्धार्थ के घर पर रुक गये।

हाथ-मुँह धोकर कमरे से बाहर निकले तो देखा कि सिद्धार्थ ड्राइंगरूम में टीवी पर समाचार देख रहे हैं और अख़बार भी पढ़ रहे हैं। अरुण प्रकाश के आते ही उठ खड़े हुए, 'गुडमॉर्निंग' कैसी रही नींद...।'

'एकदम शानदार...'

'कल रात को विजय ने आपके रूप में एक मित्र दिया...अच्छा लगा। आपके बारे में उसने पहले ही बहुत बता रखा था। आप अच्छे लेखक हैं, सम्पादक हैं और विजय के इन्दौर के दिनों के मित्र हैं। जितना आपके बारे में बताया गया था, उससे अधिक सौम्य मैंने आपको पाया। आपने मेरे यहाँ रात गुजारने के आग्रह को स्वीकार किया यह भी अच्छा लगा। आप रुकिये मैं आपके लिए चाय लाता हूँ...।' सिद्धार्थ उठ रहे थे तभी अरुण प्रकाश को लगा कि सिद्धार्थ अकेले हैं।

'आराम से ले लेंगे, क्या जल्दी है? 'अरुण प्रकाश ने केवल कहने के लिए कहा था, यह बात सिद्धार्थ भी जानते थे।

सिद्धार्थ किचन में गये। तब तक अरुण प्रकाश ड्राइंगरूम में नज़र घुमा रहे थे। दीवारों पर पुस्तकों की रैक लगी थी। खचाखच किताबें। चारों ओर पत्रिकाओं और अख़बारों का बेतरतीब ढेर। कुछ फ़ाइलें, डायरियाँ, फ़ोन, मोबाइल, पेन यहाँ-वहाँ बिखरे पड़े थे। कुछ सम्मीन-चिह्न भी ध्यान खींच रहे थे। फिर उनका ध्यान एक कोरी दीवार पर दो तस्वीरों की ओर गया। उस दीवार पर और कुछ नहीं था, सिवा दो तस्वीरों के, एक महिला की और एक नौ-दस

साल के बच्चे की...तस्वीरों पर हार चढ़े थे। अरुण प्रकाश गौर से देख रहे थे और कयास लगा रहे थे तभी सिद्धार्थ ने प्रवेश किया। तस्वीरों को देखते अरुण प्रकाश से बोले, 'ये तस्वीरें मेरी पत्नी और बेटे की हैं...।' कहकर उन्होंने चाय के मग टेबल पर रख दिये।

अरुण प्रकाश गुमसुम चाय पीने लगे। तभी सिद्धार्थ की आवाज़ आयी, 'बेटा मेरा दस साल का था। पढ़ाई में तेज़। स्कूल के मेडिकल चेकअप में डॉक्टर को कुछ सन्देह हुआ और उसकी गहन जाँच की तो मालूम हुआ, उसे ब्लड कैंसर है। प्रारम्भिक अवस्था में था। हम हिल गये। दहल गये। उपचार किया जाना था। सब किया। पर वह इतनी जल्दी फैल गया कि हम कुछ नहीं कर पाये। एक काला साया हमारे जीवन को लील गया। मेरा तो सारा जीवन ही कट गया। मैं हताश हो गया। निधि को तो ज्यों साँप सूँघ गया। वह भीतर-बाहर छटपटाती रही। मुझे ही सँभलना पड़ा। हम दोनों जर्नलिज्म में। निधि अंग्रेजी अखबार में, मैं टीवी में। हमारा काम बहुत ज़्यादा दिन दुःख में डूबे रहने की इजाज़त नहीं देता। लड़खड़ाते हुए हमने अपना काम सँभाला। रात और दिन बेटे का चेहरा दिलोदिमाग़ पर छा जाता।

बेटे के चले जाने के बाद निधि स्वभाव में कुछ कठोर होती गयी। मैं उसे समझता-समझाता। पर वह नेताओं, अंडरवर्ल्ड, बिल्डर और असामाजिक तत्त्वों को लेकर स्टोरीज तैयार करती। वैसे भी क्राइम कॉलम की वह विशेषज्ञ मानी जाती। वह कई भ्रष्ट लोगों के काले-कारनामे 'क्राइम डायरी' में छापती। उसे धमकी भरे कॉल्स आते। वह बहुत निडर थी। बेटा खोने के बाद वह कठोर हो गयी थी। मैं उसे संकेत करता पर टोका नहीं कभी। पर मुझे अदृश्य डर खाये जा रहा था।

एक दिन ठाणे के वाग्ले इस्टेट को जाने वाले हाईवे क्रासिंग के पास एक बहुत बड़े बिल्डिंग कॉम्प्लेक्स की बारहवीं मंज़िल का एक हिस्सा स्लैब समेत ढह गया। बिल्डिंग निर्माण अवस्था में थी। मज़दूर काम पर थे। इस हादसे में चौदह लोगों की मृत्यु हो गयी। इसमें काम करने वाले अधिकांश मज़दूर बिहार से थे। मीडिया ने दूसरे दिन इसे खूब उठाया।

तब मालूम हुआ कि ग्यारह मंज़िल तक की ही अनुमति थी।। बिल्डर ने ग़ैर-क़ानूनी ढंग से बाकी मंज़िलें चढ़ा दी थीं। दिन भर चैनल चिल्लाए, दूसरे दिन कोई और ख़बर जगह ले चुकी थी।। निधि ऐसे समाचारों की तह तक जाती। उसकी स्टोरी से कोई छोर न छूटता और वह किसी को न छोड़ती। उसने कारपोरेशन, कलेक्टर ऑफ़िस, सीमेंट कम्पनी, कॉन्ट्रेक्टर, आर्कीटेक्ट, कामगार

सबसे मुलाक़ात की। बिल्डर और उसके पार्टनरों से मिलने की कोशिश की। कोई नहीं मिला। जिन्होंने फ्लैट बुक किये थे, उनसे भी मुलाक़ात की। उसने इस सारे काम के लिए पाँच दिन दिये। साथ में फ़ोटोग्राफर भी था। उसका सोचना था कि अख़बार की रिपोर्टिंग स्थायी और व्यापक होती है। टीवी पर देखकर लोग, प्रशासन और सारे सम्बन्धित भूल जाते हैं। अख़बार में छपी बात कई दिनों तक चर्चा में रहती है। उसका यह भी सोचना था कि अंग्रेजी अख़बारों की पहुँच प्रशासन, सरकार के शीर्ष तक अधिक होती है। इसे नज़रअन्दाज़ करना आसान नहीं होता।

निधि ने सारी मेहनत की। अन्तिम सामग्री जुटाने के लिए वह ठाणे गयी। लौटते समय मुलुंड की ओर जाने वाली सड़क पर थोड़ी ही सुनसान जगह पर दो बाइक सवार पास आये। निधि का ध्यान नहीं था। पीछे बैठे व्यगक्तिक ने करीब से निधि पर पिस्तौल से गोलियाँ दागीं। कुछ समझ में आये, इससे पहले ही वह फरार हो चुके थे। निधि की कार रफ्तार में थी। गोलियाँ काँच तोड़कर निधि की कनपटी के आर-पार हो गयी थीं। कार डिवाइडर से टकराई, उछली और धड़ाम से गिरी। लोग दौड़े निधि को बाहर निकाला गया। तत्काल पास के हॉस्पिटल ले जाया गया। पर उसकी साँस थम चुकी थी। आज वह अकेली थी। रोज़ साथ रहने वाला फ़ोटोग्राफर भी नहीं था। अख़बार ने सारे हादसे की ख़बर हेड लाइन के रूप में फ्रंट पेज पर छापी। सन्देह बिल्डर पर जा रहा था। 'स्टोरी' आने से पहले ही निधि 'खबर' बन गयी...।' सिद्धार्थ ने ज्यों एक सांस में निधि की सारी बात बयान कर दी। अरुण प्रकाश, सिद्धार्थ के पास वाले सोफ़े पर बैठ गये। कुछ नहीं बोल पा रहे थे। केवल काँधे पर हाथ रखा। सिद्धार्थ का हाथ हाथ में लिए रहे। आँसू छलके और सूख गये।

रात के सिद्धान्त और सुबह के सिद्धान्त में ज़मीन-आसमान का अन्तर था। सारी दुनिया-जहान की खोज-ख़बर रखने वाला सिद्धार्थ अवाक् हो गया था। उसकी आँखें अन्धी खाइयों की तरह डरा रही थीं। उसके जबड़े कस गये थे। आवाज़ भीतर ही भीतर घुट रही थी। सिद्धार्थ चुप थे।

इतने में काम वाली आयी। वह दूसरे कामों के साथ नाश्ता बनाने में जुट गयी। अरुण प्रकाश ने कहा भी बाहर नाश्ता ले लेंगे।

'आप तैयार हो जाओ...' कहकर सिद्धार्थ तैयार होने चले गये। अरुण प्रकाश ने देखा कि पूरा घर बहुत सलीके से सजा हुआ था। ऐसा लग ही नहीं रहा था कि यह घर स्त्री के बिना है। खिड़की से समुद्र दिखाई दे रहा था। समुद्र पर कई जहाज़ हिल-डुल रहे थे।

अरुण प्रकाश सोचते रह गये। संघर्ष कितना किया होगा, सिद्धार्थ ने, पर उसे क्या मिला, केवल वीरानी...बेटे को कैंसर लील गया और पत्नी को व्यवस्था मार गयी। कितनी अकेले हैं, सिद्धार्थ...कल जो वे तमाम बातें बता रहे थे, वह भी सच थीं और आज जो उनका एकाकीपन है, यह भी सच है। कई बार लगता है कि परस्पर विरोधी सच का हर हिस्सा भी सच ही होता है। हम किस छोर से देखते, महसूस करते हैं, इस बात पर काफ़ी कुछ निर्भर होता है। अरुण प्रकाश तैयार होकर ड्राइंगरूम में सोफ़े पर अख़बारों पर नज़र दौड़ा रहे थे। साथ ही, उनके ध्यान में यह भी आ रहा था कि इतना ऐश्वर्यशाली यह फ्लैट सीधे समुद्र की ओर खुलने वाली खिड़की, सब कुछ है वहाँ पर एक उदासी, बुझी-बुझी-सी हवा, चुभने वाली यादें और टूटी हुई ज़िन्दगी के गवाह सिद्धार्थ...कितना साम्य है; सिद्धार्थ के और मेरे जीवन में...पर सिद्धार्थ अधिक अकेले हैं, अधिक दुखी हैं...ये क्या हो गया है अरुण प्रकाश को कि आये दिन दूसरों से अपनी तुलना करते रहते हैं। आज उन्हें एक बात और भीतर तक छू गयी कि इस दुनिया में हर किसी के भीतर कोई न कोई दुख छुपा होता है। किसी का छोटा, किसी का बड़ा...कोई अपनी आपाधापी में इसे कहीं भुलाना चाहता है, कोई भुला नहीं पाता। पता नहीं क्यों पहली ही मुलाक़ात में अरुण प्रकाश के मन में सिद्धार्थ के लिए भीतर से हमदर्दी तो थी ही, मित्रता का भाव तीव्रता से जाग उठा। इस उम्र में मित्रता का ऐसा स्फुरण कम ही होता है। शायद दुख के पुल पार करते हुए दोनों पुल के बीच में मिले हों। नीचे बाढ़ है, किनारे धसक रहे हैं और वे दोनों वर्तमान में खड़े हों।

सिद्धार्थ तैयार होकर आये। एकदम तैयार। फुर्तीले। शानदार कपड़े, नयी पसन्द के। करीने से उनकी फ्रेंच दाढ़ी बड़ी प्रभावी लग रही थी। नाश्ता तैयार था।

'आपके बारे में मुझे विजय ने सब कुछ बताया कि आप किस तरह अकेले हो गये हैं... ।' सिद्धार्थ ने केवल इतना ही कहा और दोनों अपने-अपने 'एकान्त' में चले गये।

'ये तो जीवन के कुछ ऐसे हिस्से हैं, जिन्हें हम थाम नहीं पाते। हमें इसके साथ ही आगे चलना होता है।' सिद्धार्थ आगे बोलना चाह रहे थे कि अरुण प्रकाश खिड़की से बाहर हिलोरें लेते हुए समुन्दर में खो गये। लगा उन्हें कि उनका मोती समय के इसी समन्दर के नीचे किसी सीपी में बन्द है। पर इतने गहरे समन्दर में वे अपना मोती कैसे ढूँढ़ पायेंगे।

'मैं भी पहले कविता-कहानी लिखता था... ।' सिद्धार्थ के इस वाक्य ने अरुण

प्रकाश की तन्द्रा तोड़ी। वैसे सिद्धार्थ ने अरुण प्रकाश को अपना मोती ढूँढ़ने के लिए खिड़की से समन्दर सहित भीतर लाना ज़रूरी समझा...

अरुण प्रकाश खिड़की से भीतर लौट आये। दोनों की आँखों में बहुत गहरे मोती की तलाश थी।

'अब भी लिखते हैं—कहानी-कविता...?' अरुण प्रकाश वर्तमान में जुड़ते हुए बोले।

'नहीं...कुछ दिन बाद मैंने महसूस किया कि ये साधन मुझे बहुत कारगर नहीं लग रहे हैं। कुछ नहीं होगा, यह सब लिखने से। अब इसके पाठक बहुत कम रह गये हैं। एक समय था कि पाठक केवल समय पार करने के लिए नहीं पढ़ता था, उसमें ललक भी थी, किसी घटना, पात्र, स्थिति से जुड़ने की। अब भाग-दौड़ ने एक बेचैनी दी। बेचैनी सारा समय सुविधाएँ जुटाने में लग गयी है। ऐसे में मुझे लगा कि पत्रकारिता के माध्यम से मैं कुछ कह सकूँगा—कर सकूँगा। मैंने मीडिया—टीवी ज्वाइन कर लिया। बस यहीं सिमट कर रह गया...कविता -कहानी पीछे छूट गयी। पर निधि मिली। उसने मेरी ज़िन्दगी की कविता लिखी, कहानी छोड़ गयी...'बट इट इज़ पार्ट ऑफ़ लाइफ...।' कहकर उन्होंने कॉफ़ी का मग उठाया और अरुण प्रकाश को देखकर मुस्कुरा दिये।

अरुण प्रकाश दीवारों पर नज़र दौड़ा रहे थे।

'यह फ्लैट निधि के प्रयासों से सरकारी कोटे से मिला है। वह समय को साधना जानती थी। नहीं तो, इतनी खास जगह इतना बड़ा और अच्छा फ्लैट मेरे लिए सपना ही होता।...और ज़िन्दगी का एक टूटा हुआ सपना अचानक मेरे लिए छोड़ गयी...।' वे कुछ भावुक हो गये।

'आपके सामने सारी ज़िन्दगी पड़ी है...एक बात पूछूँ....'

...सिद्धार्थ समझ गये अरुण प्रकाश क्या कहने वाले हैं। उन्होंने जाने-पहचाने प्रश्न का इन्तज़ार करते हुए शान्त आँखों से हामी भरी।

'फिर कभी...।' अरुण प्रकाश से पूछने का इरादा छोड़ते हुए कहा।

सिद्धार्थ उनके प्रश्न को समझ गये थे। ख़ुद ही बोले, 'कई मित्र, रिश्तेदार शादी की सलाह देते हैं। पर जीवन में कई सपने ऐसे होते हैं, जिन्हें हम जोड़ नहीं पाते। सपने ख़्वाहिशों की कड़ियाँ कभी नहीं जोड़ते...असली ज़िन्दगी में भी। फिर यदि किसी तरह जुड़ भी गया तो मेरे सामने हमेशा एक डर बना रहता है कि मेरा भी हाल यदि व्यवस्था ने निधि की तरह कर दिया, तो उस सपने का क्या होगा जो मैं नये सिरे से सजाने की कोशिश करूँगा...व्यवस्था पहले ही अधिक क्रूर और धूर्त हो चुकी है और मैं निधि के काम को ही आगे

बढ़ाना चाहता हूँ...ये बिल्डर, ये लैण्ड माफिया, अंडरवर्ल्ड ये सब व्यवस्था के बाहरी चेहरे हैं। असली दिमाग़ तो सफ़ेदपोश हैं। वह भीड़ में घुल-मिल गया है। मुखौटे लगाकर रहता है। मन्त्रालय में बैठता है। आये दिन टकराना पड़ता है...कभी कुछ मेरा हाल निधि की तरह हो गया तो...? मैंने अब उस तरह के सपने सँजोने छोड़ दिये हैं, टूटने के डर से...मैं अपने आपको फोबिया में नहीं धकेलना चाहता...।' सिद्धार्थ, अरुण प्रकाश के प्रश्न, जो पूछा नहीं गया था, उसका भी लम्बा उत्तर दे गये। अरुण प्रकाश को लग रहा था कि सिद्धार्थ की बात सही है।

अरुण प्रकाश के लाख मना करने पर भी सिद्धार्थ अपनी गाड़ी से उन्हें छोड़ने निकल पड़े। यह कहकर कि उन्हें उसी इलाके में काम है। उन्होंने यह भी कहा कि सुबह सबर्ब में जाना उल्टी यात्रा है। सारी मुम्बई सुबह मन्त्रालय की ओर दौड़ती है, इसलिए भीड़ इधर आती है और अँधेरी की ओर जाने वाली सड़क खाली होती है। बात कुछ भी हो, सिद्धार्थ, अरुण प्रकाश को घर तक छोड़ना चाहते थे।

मन्त्रालय को पार करते हुए सिद्धार्थ बता रहे थे कि इस इमारत में आग लगी थी। क्या-क्या दस्तावेज़ खाक होने की ख़बरें आयी थीं। सामने ही कई मन्त्रियों के निवास हैं...इसी एयर इंडिया की बिल्डिंग पर हमला हुआ था। मरीन ड्राइव का सुहाना रास्ता अरुण प्रकाश को बड़ा रोमांचक लगा। सिद्धार्थ की मारुति की एस-क्रॉस कार बड़ी गर्वीली, उसमें हल्की आवाज़ में रविशंकर की सितार और बहुत अच्छा डेक, संगीत बड़ा लुभावना...पता नहीं क्यों दोनों बातें बहुत कम कर रहे थे। शायद भीतरी संवाद अधिक थे। दोनों अपनी-अपनी दुनिया में खोए हुए थे।

हाजी अली से गुज़रते हुए सिद्धार्थ ने कहा, 'विजय कमाल के व्यक्ति हैं। दूसरों को ख़ुशी देने का कोई अवसर नहीं छोड़ते। आज उन्होंने आपसे मिलवाया, एक नया दोस्त दिया। लगता है, मैं आपको बरसों से जानता हूँ। आप नहीं जानते होंगे, पर आपके बारे में मैं बहुत कुछ जानता हूँ।

'कई बार किसी को जानने के लिए बरसों लग जाते हैं और कई बार हम किसी को बहुत जल्दी समझ लेते हैं। विजय प्रताप के साथ मैंने वर्षों तक काम किया है।...लेकिन मुम्बई आ जाने के बाद वह और ज़्यादा करीब आ गया। मेरे हर सुख-दुख का साथी। मुझे जब मालूम हुआ कि वह रिजाइन करके मुम्बई जा

रहा है, मैं मायूस हो गया था कि मुम्बई में मेरा दोस्त खो जायेगा...पर हम अधिक करीब आ गये। और आज तो उसने आपके रूप में एक शानदार उपहार ही दिया है... ।' अरुण प्रकाश मन से बात कर रहे थे। कोई औपचारिकता नहीं थी।

अरुण प्रकाश, अनुपमा के घर पहुँचने का रास्ता बताते रहे। कुछ ही देर में गाड़ी बिल्डिंग के नीचे खड़ी थी।

'चलिए एक कॉफ़ी पीते हैं। अनुपमा से परिचय भी हो जायेगा।' अरुण प्रकाश ने कहा।

सिद्धार्थ ने घड़ी देखी, बोले, 'मुझे अँधेरी जाना है, किसी से मिलने, देर हो जायेगी। अब तो मिलते ही रहेंगे...आप जब भी मुम्बई आयें, ज़रूर ख़बर करें... वैसे विजय प्रताप से ख़बर मिल ही जायेगी और हाँ, कभी मैं इन्दौर आऊँगा, विजय को लेकर। इतनी तारीफ़ की है इन्दौर की कि ज़रूर कार्यक्रम बनेगा।' कहकर सिद्धार्थ ने हाथ आगे किया। हाथ मिले और फिर लहरा गये।

17

ट्रेन इन्दौर के लिए रवाना हो गयी। इस बार अनुपमा की चिन्ता लेकर अरुण प्रकाश यात्रा पर थे। राजेश आया था, स्टेशन पर। कुछ गुमसुम-सा ही रहा, जितने समय था। अरुण प्रकाश को कई बातें समझ में नहीं आ रही थीं। शादी-ब्याह का मामला ही ऐसा होता है। अकेले ने कुछ नहीं करना था। शादी एक-सामाजिक प्रक्रिया है। अकेला व्यक्ति कुछ नहीं कर सकता। अनुपमा की चिन्ता वे समझते हैं, राजेश भी अच्छा लड़का है, पर समस्या कहाँ है, वे समझ नहीं पा रहे। उन्हें मुम्बई की ही लड़की चाहिए। शादी में दो परिवारों का मेल वहाँ नहीं हो पा रहा था। कुछ करना चाहिए। वे इसी सोच में थे कि अनुपमा का कॉल मोबाइल पर आया। बस, ट्रेन में ठीक से बैठ गये या नहीं, यही बात होनी थी। मन तो हुआ अरुण प्रकाश का, पर विषय नहीं छेड़ा।

तुरन्त इन्दौर से अखिल का फ़ोन आया। रवाना हुए? सब ठीक है?... इन्तज़ार है...जल्दी आइए। बाद में, सूर्यकान्त का फ़ोन–हाल–समाचार और इन्तज़ार। विजय प्रताप का फ़ोन। आसपास के यात्री चकित। पता नहीं कौन है। फ़ोन पर फ़ोन...

विजय प्रताप से लम्बी बातें हुईं। इन्दौर आने की भी बात हुई। सिद्धार्थ

को लेकर विजय से अरुण प्रकाश की लम्बी बात हुई। अच्छा लगा मिलकर और एक मित्र मिलने की ख़ुशी भी ज़ाहिर की।

इन्दौर स्टेशन पहुँचने पर अरुण प्रकाश ने राहत की साँस ली। एक यात्रा पूरी हुई। स्टेशन पर सूर्यकान्त ने गले से लगाया और अखिल ने पैर छुए। अखिल सक्रिय हो गया—लगेज के इन्तज़ाम में...कुली, टैक्सी की चिन्ता अरुण प्रकाश को नहीं करनी थी। बहुत अच्छा लगा, इन्दौर लौटकर। सूर्यकान्त से कितनी बातें करें न सूझता। बातें और बातें। सूर्यकान्त घर तक आये।

मकान के सामने का बग़ीचा लहराने लगा था। फूल ख़ूब खिले थे। कई नये पौधे लगे थे। पुरानी-नयी डालियों के साथ थे। अरुण प्रकाश अखिल की ओर मुस्कुराने लगे, कन्धे पर हाथ रखा और पीठ थपथपाने लगे, 'बहुत अच्छा, तुमने तो बग़ीचा बहुत शानदार ढंग से रखा है।' अखिल उन्हें देखकर मुस्कुराया। मकान में पैर रखते ही उन्हें लगा कि आस्था, दौड़कर आयेगी...पर इस बार वे उदास नहीं थे। सूर्यकान्त ने टिप्पणी भी की—

'अमेरिका का पानी खूब चढ़ा है आप पर। तबीयत सुधार कर आये। अच्छा लगा। वहाँ का दाना-पानी पसन्द आया या बेटी के प्यार ने चेहरे पर लाली जड़ दी है।'

'ऐसा कुछ भी नहीं। जैसा गया था, वैसे ही लौटा हूँ। यह सब आपकी नज़रों का कमाल है।' अरुण प्रकाश सूर्यकान्त के स्नेह को ख़ूब जानते हैं। उनके कहने के तरीके भी बहुत सकारात्मक होते हैं। एक बार सूर्यकान्त ने कहा था, जब भी किसी से बहुत दिनों बाद मिलो तो कहो आज तो आप बिल्कुल शानदार लग रहे हैं। तबीयत पहले से अभी बहुत अच्छी है...फिर कहते कि ऐसा कहने से अगले व्यक्ति का मन अच्छा हो उठता है। हमें कुछ करना नहीं पड़ता और ख़ुशियाँ फैलने लगती हैं।

अरुण प्रकाश को सूर्यक़ान्त की ये बात याद आयी और मन ही मन मुस्कुरा लिए...सूर्यकान्त का यह सूत्र आज उन्हीं पर आजमाया जा रहा था।

अरुण प्रकाश ने जूते खोले और घर का एक चक्कर लगा आये। सब कुछ यथास्थान। पिछवाड़े पपीता और शरीफा के फल लगभग लदे थे। अखिल ने उनकी अनुपस्थिति में घर का ध्यान बहुत आत्मीयता से रखा था।

जाते समय अरुण प्रकाश ने आस्था के फ़ोटो पर ताज़े फूलों का हार चढ़ाया था। फूल सूख कर गिर गये थे। केवल धागा बचा था, जिसे अखिल ने हटा दिया था। वे फ़ोटो के पास गये। थोड़ी देर खड़े रहे और जेब से रूमाल निकालकर काँच पर जमी धूल पोंछने लगे। अखिल झट् भीतर गया और एक कपड़ा लेकर आ रहा था तो सूर्यकान्त ने इशारे से रोक दिया। चन्द क्षणों बाद वे सूर्यकान्त की बगल में बैठ गये और बोले–

'अब आस्था पर हार नहीं चढ़ेगा...।'

सूर्यकान्त को आश्चर्य हुआ। वे इस बात का मतलब समझना चाह रहे थे। लेकिन उन्होंने यह भी देखा कि आज अरुण प्रकाश की इस आवाज़ में उदासी, निराशा या दुख नहीं है। फिर भी सूर्यकान्त इस वाक्य का अर्थ जानना चाह रहे थे। अरुण प्रकाश की ओर देखा। वे निश्चयपूर्ण स्थिति में थे, दृढ़ थे। पर कोई रोष, अफ़सोस या अन्यथा बात नहीं थी, उनके चेहरे पर। फिर ख़ुद ही बोले, ऐसा ही अच्छा लगता है...।'

सूर्यकान्त और अखिल ने क्या सोचा पता नहीं। पर अरुण प्रकाश सोचते रहे...आस्था का पूरा चेहरा दिखाई नहीं देता हार से। हार तो श्रद्धा का प्रतीक है। वह तो भीतर है ही। बस पता नहीं कैसे मुँह से निकल गया। वे यह भी सोचते रहे कि यह निरन्तर बताने की क्या ज़रूरत है कि आस्था नहीं है, जबकि वह निरन्तर मेरे साथ है।

एक मौन रहा उन दोनों के बीच। तभी अखिल चाय लेकर आया। चाय लेते हुए अरुण प्रकाश ने पूछा, 'तुम क्यों लाए, वो कामवाली नहीं है क्या आज...?'

'मैंने ही उसे मना कर दिया था। मैं अकेला ही था, मैं ही सारा काम कर लेता था। फिर मेरे पास समय भी था।' अखिल ने स्थिति स्पष्ट की।

'क्या शानदार चाय बनायी है, अखिल तुमने...'

'अखिल का हर काम अच्छा है। आप नहीं थे तो मैं यहाँ आता था कभी-कभी...कितना मन लगाकर काम करता है। निर्णय भी स्वयं लेता है। भई कमाल का लड़का है...।' सूर्यकान्त अखिल की मुक्त-कंठ से सराहना कर रहे थे।

अखिल चुपचाप विनम्र भाव में संकोच ओढ़े खड़ा रहा।

'तुम्हारी चाय कहाँ है?' सूर्यकान्त ने पूछा।

'मैं चाय नहीं पीता। मैंने अपने लिए नीबू-पानी बनाया है। नीबू का पेड़ पिछवाड़े ही है। नीबू भी ख़ूब लगे हैं।' अखिल ने बताया।

सारी बातें होती रहीं। सूर्यकान्त घर से टिफिन लाये थे, दोनों के लिए। ख़ुद यह कहकर चले गये कि पत्नी खाने पर राह देखेगी।

सूर्यकान्त के जाते ही अखिल ने 'एकान्त' का नया अंक उनके सामने रख दिया।

'वाह अखिल क्या बात है। बड़ा शानदार कवरपेज है। किसकी पेंटिंग है यह?'

'भाऊ समर्थ की।'

'नागपुर गया था। वहाँ एक मित्र के घर फ्रेम में मढ़ी थी। मुझे अच्छी लगी और मैं मित्र से माँगकर ले आया। उसे बताया कि यह मुखपृष्ठ के लिए अच्छी रहेगी।' अखिल बता रहा था।

अरुण प्रकाश को लगा कि अखिल मेहनती ही नहीं, पारखी भी है। मेरी पसन्द जानता है और स्वयं निर्णय भी ले सकता है।

अखिल की मदद से यह अंक उत्कृष्ट बन पड़ा है। मन ही मन अरुण प्रकाश अखिल के काम से बहुत सन्तुष्ट थे। 'एकान्त' को निहारते और अखिल को देखते। अखिल अरुण प्रकाश के स्नेह और सराहना से गद्गद था। पर वह बहुत विनम्र है। बिना शब्दों का प्रयोग किये अपनी मुद्रा से उसने अरुण प्रकाश की सराहना को स्वीकार किया। अरुण प्रकाश सृजनात्मक काम में सराहना को बहुत ज़रूरी और महत्त्वपूर्ण मानते हैं। कला, साहित्य और संगीत में सराहना खाद-पानी का काम करती है। भीतरी गुणों को विकसित, पल्लवित, पुष्पित और फलित करने की कला में अरुण प्रकाश निपुण हैं। उनका मानना है कि व्यक्ति के गुणों के विकास में सही समय पर उचित सराहना नव-चैतन्य का संचार करती है। ऐसा नहीं करने से पौधा सूख जाता है। टेढ़ा-मेढ़ा हो जाता है, उसके फूल में मौलिक आकर्षण नहीं होता। अखिल को उन्होंने पूरी आज़ादी दी है। अखिल द्वारा निकाला गया यह दूसरा अंक है, जो पहले से बेहतर है।

अखिल ने स्वयं ही कुछ कारोबारियों, बैंक, उपक्रमों से सम्पर्क किया और कुछ निधि जुटा ली। अरुण प्रकाश जो निधि तय कर गये थे, उससे अधिक रकम उसने ख़र्च की। इसके लिए बाज़ार का रुख किया। इस काम में भी वह निपुण निकला। अरुण प्रकाश ने उसे पूरी तरह पूरी छूट दी है। अखिल स्वयं अपनी सीमाएँ निर्धारित करता है। बिना चर्चा के दोनों के बीच अद्भुत तारतम्य है। इसीलिए 'एकान्त' समय पर आ सकी और अरुण प्रकाश की पसन्द पर खरी उतर सकी। काग़ज़, प्रिंटिंग, प्रूफ और सम्पादन पर अरुण प्रकाश बहुत ख़ुश थे।

'पत्रिका डिस्पैच हो गयी...?' अरुण प्रकाश ने पूछा

'नहीं, आपके देखने के बाद भिजवा दूँगा...।' अखिल ने कहा।

'चलो कल ही रवाना कर दो...।'

'जी।'

खाना खाते समय 'एकान्त' को लेकर कई बातें होती रहीं। अरुण प्रकाश ख़ुश थे। अखिल सन्तुष्ट हुआ।

आराम करने वे बेडरूम में गये। चादर धुली हुई। हर चीज़ व्यवस्थित रखी हुई। एक छोटे-से फ्लावर पॉट में गुलाब का फूल इतरा रहा था। अरुण प्रकाश का मन खिल उठा। 'वाह, अखिल तुमने तो कमाल कर दिया...।'

अरुण प्रकाश लेटे-लेटे पत्रिका पलट रहे थे। मुखपृष्ठ पर भाऊ समर्थ की पेंटिंग भायी। वे विभिन्न कोणों से उस पेंटिंग को देख रहे थे। भाऊ समर्थ की एब्सर्ड पेंटिंग में आकृतियाँ हैं भी और नहीं भी। देखने वाला खुद आकृति गढ़ता है। हाँ आँखें बड़ी ख़ूबसूरत थीं। चेहरे के भीतर चेहरे, विभिन्न भंगिमाएँ, रंग, संयोजन अद्‌भुत...देखें तो देखते रह जायें। ग़ज़ब का आकर्षण। अमेरिका जाते समय उन्होंने अखिल से कहा था कि अगले अंक से अखिल का नाम सम्पादन-सहयोग के रूप में नहीं, सहायक सम्पादक के रूप में जायेगा। लेकिन अखिल ने वैसा नहीं किया। संकोचवश। अरुण प्रकाश को अच्छा इसलिए लगा कि सामान्य व्यक्ति जिसे पाना चाहता है, अखिल उससे कुछ अलग है। उन्होंने सोच लिया कि अगले अंक में वे स्वयं उसे सहायक सम्पादक बना देंगे और आगे वही चल निकलेगा।

अरुण प्रकाश पत्रिका की प्रारम्भ की ही कविता पढ़ने लगे। पढ़ते चले गये :

'वह रात
नदी की रात थी
हर कलकल
शब्दों में ढलकर
कविता-सी बहती रही
रात भर निरन्तर।' अरुण प्रकाश पढ़ते गये—
'पौ फटने पर
सारी बस्ती ही
गागर भर-भरकर
अपनी प्यास

बुझाती रही
फिर भी नदी
कुँआरी ही रही
क्योंकि
नदी कभी नहीं सूखती
नदी, इस बस्ती की पूर्वज है।'

अरुण प्रकाश ने ये कविताएँ पढ़ीं। नाम पढ़ा—साक्षी कितना अच्छा नाम है—दुनिया, हालात और सबको यहाँ तक स्वयं को भी साक्षी-भाव से देखना...पर लगता है—साक्षी नदी में बहुत गहरे उतर गयी है। न्यूयॉर्क में ही इन कविताओं को ऊपर-ऊपर पढ़ा था अरुण प्रकाश ने। पर छपने पर उसका प्रभाव और बढ़ गया। निष्ठा को भी ये कविताएँ अच्छी लगी थीं। निष्ठा की कविता की समझ पर पिता के रूप में भी उन्हें गर्व हुआ।

अरुण प्रकाश को अखिल के सम्पादन पर भी सुखद आश्चर्य हुआ। उन्होंने केवल दो कविताएँ न्यूयॉर्क में पढ़ी थीं—साक्षी की बाकी कविताएँ अखिल के विवेक पर सौंपी थीं। अखिल ने कविता पर लिखे पते व मोबाइल नम्बर पर सम्पर्क किया। साक्षी का परिचय किया प्राप्त किया और फ़ोटो भी। परिचय छापा और तस्वीर भी। कविता के अनुरूप कुछ चित्र भी छापे। कुल मिलाकर साक्षी और उसकी कविताएँ पत्रिका का मुख्य आकर्षण बन गयीं। अरुण प्रकाश ने परिचय पढ़ा और पाया कि साक्षी नेशनल कॉलेज, भोपाल में साहित्य विभाग की प्रमुख हैं। भोपाल तो तालों का शहर है और ये सारी कविताएँ तो नदी की हैं। ज़रूर साक्षी ने बहती नदी का पानी अनुभव किया होगा। ठहरे पानी के बारे में उसने कुछ नहीं लिखा था। साक्षी का फ़ोटो भी छपा था। आमतौर पर महिलाएँ जन्म तारीख़ कहीं नहीं बतातीं, तारीख़ बता भी दें तो साल अदृश्य ही रहता है। फ़ोटो से यह मालूम नहीं होता कि वह नया है या पुराना...पर यहाँ सब कुछ स्पष्ट है। अरुण प्रकाश को लगा कि कविताएँ तो बहुत परिपक्व हैं, फ़ोटो में भी साक्षी बड़ी प्रभावी और गर्वीली लगती है। शिक्षा तो पीएच.डी. तक है। अरुण प्रकाश क्यों इतनी बारीकी से देख रहे हैं...कविताएँ जो अच्छी हैं। उन्होंने अगली कविता पढ़ी :

'सागर में
विसर्जित होती नदी
कितनी सन्तुष्ट, शान्त और थिर लगती है
पीछे छूट रहे हैं

ऊँचे-ऊँचे पहाड़
विशाल वृक्ष
लहराती हुई धरती
जंगल, बस्ती और जीवन
पक्षियों की चहचहाहट
और अपनी कलकल भी
छोड़ आती है नदी
अपने पीछे...।'

फिर ठहर गये अरुण प्रकाश लम्बी कविता की अन्तिम पंक्तियों में :

'सागर में रहकर भी
नदी
कभी-कभी केवल नदी होती है।'

अरुण प्रकाश दसों कविताएँ पढ़ गये। केवल नदी पर इतनी कविताएँ और भीतरी संवेदना को समझती हुई। कविताएँ भीतरी संवेगों की प्रतिनिधि होती हैं। व्यक्ति की पहचान कविताएँ कराती हैं। एक लम्बे समय के बाद एक-साथ इतनी कविताएँ पढ़ने का उनका पहला मौक़ा था। हर पंक्ति को उन्होंने गम्भीरता से पढ़ा-समझा। परिचय फिर एक बार देखा और फ़ोटो निहारा। कुछ लम्बा अंडाकार मुखमण्डल, मुखर रतनारी आँखें, आकर्षक प्रभामण्डल, गहरे काले बाल, विशिष्ट कोण से खींचे गये फ़ोटो में ये सारी बातें उभर कर आ रही थीं। पता नहीं क्यों अरुण प्रकाश को लग रहा था कि इस रचनाकार के व्यक्तित्व में कहीं संघर्ष की एक लम्बी नदी बह रही है। वे पत्रिका और चश्मा बगल में रखकर पता नहीं कब सो गये। लम्बी-यात्रा की थकान में थे वे या कविता के चिन्तन में, अभी साफ़ नहीं हो पा रहा था।

18

सूर्यकान्त आज सुबह अरुण प्रकाश के घर आये। उन्हें यह देखकर सुखद आश्चर्य हुआ कि अरुण प्रकाश में इस यात्रा के बाद ग़ज़ब का परिवर्तन हुआ है। उनमें वही पुराना उत्साह, जोश और चेहरे पर दृढ़ता और प्रसन्नता झलकने लगी है। उदासी कहीं हवा में छोड़ आये, लगता है। 'एकान्त' में पूरा

ध्यान। सूर्यकान्त को यह सब देखकर बहुत खुशी हुई। वे लिखने में भी मदद करते, सलाह तो उनकी थी ही।

अगले अंक की तैयारी चलने लगी थी। तभी अखिल ने बताया कि दीदी निष्ठा का फ़ोन आया था कि वे हर तिमाही में सात सौ डॉलर आपके खाते में रेमिट करेंगी और की ज़रूरत पड़ने पर भेज सकेंगे। अभी सात सौ डॉलर भेज दिये हैं।

'मैंने मना किया था उसे...अब तो अखिल, बाहर से भी कुछ मदद तुम ले आये हो। सूर्यकान्त कह रहे थे कि कुछ सरकारी विज्ञापन भी जुटा लेंगे, फिर निष्ठा से लेने की क्या ज़रूरत...।'

अखिल इस पर क्या कहता। सूर्यकान्त बोले, 'आप अलग से इसका फण्ड बनाइए। बैंक में अलग खाता खोलिए...।'

'आप ठीक कह रहे हैं। मुझे लगता है कि अब रचनाकार को नाम मात्र ही सही कुछ पारिश्रमिक देना चाहिए। ग्राहक भी बढ़ रहे हैं। हम इसे और शानदार ढंग से निकालेंगे। रंगीन पृष्ठ बढ़ाएँगे। हमारा अखिल है न...पत्रिका चमका देगा वह।' अरुण प्रकाश ने अपनी बात रख दी। उत्साह था, ख़ुशी भी है अब।

सूर्यकान्त सोचते रहे कि बेटी ने तैयार करके भेजा है। अरुण प्रकाश आस्था के चले जाने के बाद अवसाद में चले गये थे। पर उनका लौटना कायाकल्प होकर आना है। निष्ठा ध्यान भी रखती है कि अरुण प्रकाश का भीतरी बल बना रहे। पिछले दो दिनों में उन्होंने पूरी पत्रिका पढ़ डाली। प्रूफ़ की एक भी गलती नहीं। अखिल ने मन लगाकर काम किया है। उसका सम्पादन, पृष्ठों का सौन्दर्यीकरण, लेखकों के परिचय, फ़ोटो और कुल मिलाकर प्रस्तुतीकरण बहुत अच्छा लगा, अरुण प्रकाश को। एक दिन अरुण प्रकाश को सम्पादक की हैसियत से पत्र मिला। बहुत साफ़-सुथरे अक्षरों और सधी हुई भाषा में पत्र लिखा गया था। हालाँकि अब पत्र लिखने का चलन कम हो गया है, सारा काम मोबाइल, मेल और एसएमएस पर चला गया है। उसकी पहुँच तेज़ हो गयी है, तत्काल भी। पत्र में देर लगती है। फिर भी यह पत्र अरुण प्रकाश के नाम आया था, सम्पादक के रूप में...

पत्र 'सम्पादक जी' को सम्बोधित था, जिसमें सम्पादकीय पर विशेष प्रतिक्रिया थी और सभी दस कविताएँ एक-साथ छापने के लिए धन्यवाद था। पत्र सन्तुलित और संक्षिप्त-सा था, फिर भी भेजने वाले की मानसिकता पढ़ी जा सकती थी। अरुण प्रकाश को पत्र बहुत अच्छा लगा। ऊपर टिप्पणी डाल दी—'पाठकों के पन्ने' के लिए। नीचे नाम पर ध्यान गया—'साक्षी'। पलभर वे कविता और पत्र के ताने-बाने को जोड़कर व्यक्तित्व की थाह लेने की कोशिश

करने लगे। फ़ोटो उनकी आँखों के सामने साकार नहीं हो रहा था। मन हुआ कि 'एकान्त' का वह अंक उठाकर एकबारगी नज़र घुमा लें। लेकिन स्वभावगत गम्भीरता ने इसे औचित्यहीन समझा।

अगले अंक में साक्षी की कविताओं पर एक पंक्ति की टिप्पणी अरुण प्रकाश ने कर दी। हालाँकि साक्षी की और कविताएँ भी प्रकाशन के लिए आयी थीं। वैसे कविताएँ अच्छी थीं, अखिल ने छाँटकर रखी भी थीं, लेकिन अरुण प्रकाश का सोचना था किसी लेखक को लगातार अंकों में देने से बचना चाहिए। अपवादों की बात और है। फिलहाल साक्षी अपवाद के अन्तर्गत यहाँ नहीं थी।

साक्षी ने जैसे ही अगले अंक में अपना पत्र छपा देखा और सम्पादकीय में अपनी कविताओं पर टिप्पणी देखी वह अपने आपको नहीं रोक सकी। हिम्मत करके फ़ोन लगा ही लिया। अरुण प्रकाश का मोबाइल नम्बर पत्रिका में जाता है।

कोई अनजान कॉल देखकर अरुण प्रकाश ने इसे नज़रअन्दाज़ किया। थोड़ी देर बाद फिर रिंग बजी। इस बार अरुण प्रकाश ने फ़ोन उठा लिया।

'प्रणाम। मैं साक्षी बोल रही हूँ।...अरुण प्रकाश जी से बात हो सकती है?'

'बोल रहा हूँ।'

'सर मैं साक्षी बोल रही हूँ...आपने 'एकान्त' के, इस अंक में छापा है।' साक्षी का कुतूहल बढ़ रहा था।

'हाँ जानता हूँ...कहिए क्या बात है?...'

'सर, आपने मेरी कविताएँ पसन्द कीं, मेरे लिए सौभाग्य की बात है। मैं आपके लेख और सम्पादकीय पढ़ती हूँ। सबकी एक फ़ाइल भी मैंने बना रखी है। आपके लेखन से मैं बहुत प्रभावित हूँ। आपकी पत्रिका का नाम भी 'एकान्त' है। अकेलापन दूर होता है उससे...।' साक्षी सिलसिलेवार सब बता रही थी। भीतरी उतावलापन उसने ऊपर नहीं आने दिया। लेकिन अरुण प्रकाश समझ रहे थे। नदी, अकेलापन 'एकान्त', ये शब्द कुछ फुसफुसा रहे थे। वे केवल सुन रहे थे।

अन्त में, साक्षी ने कहा, 'कभी इन्दौर आने पर आपसे मिलना चाहूँगी। फ़ोन करूँगी सर।'

'ठीक है, जब भी आयें, ज़रूर ख़बर करें।' फ़ोन कट गया।

अरुण प्रकाश का ड्राइंगरूम अब 'एकान्त' का ऑफ़िस बन गया। उसी हिसाब से

कुर्सी, टेबल, अलमारी आदि का रखरखाव हो गया। फ़ोन, टीवी आदि यथास्थान रख दिये गये। अखिल के लिए भी पास में ही एक टेबल लग गया। बाकायदा लगभग परिपूर्ण ऑफ़िस। अखिल और अरुण प्रकाश का अपना-अपना लैपटॉप। अब अरुण प्रकाश ई-मेल आदि कर लेते, नेट पर कुछ खोजना भी सीख गये थे।

इसी बीच अखिल को पत्रकारिता में पीएच.डी. के लिए यूजीसी की फेलोशिप घोषित हुई। अखिल पास के ही कस्बे से है। घरेलू स्थितियाँ सामान्य ही हैं। फेलोशिप से उसे सहारा मिला और आर्थिक लाभ भी। वह पार्ट टाइम काम, एक अख़बार के लिए करता था। मुख्य रूप से प्रूफ़ पढ़ने का काम। अरुण प्रकाश की प्रेरणा, मदद और स्नेह से वह यहाँ तक पहुँचा था। अब तो रिसर्च भी करना है। एक दिन उसने फेलोशिप की ख़बर दी, चरण छुए, आशीर्वाद पाया अरुण प्रकाश का। फिर धीरे से बोला,

'सर, फेलोशिप की रकम अच्छी है। मैं सोचता हूँ कि यूनिवर्सिटी के पास एक कमरा ले लूँ। पर 'एकान्त' का काम पूर्ववत् करता रहूँ। अख़बार का काम छोड़ दूँगा। आपका आशीर्वाद बना रहे।' अखिल एक साँस में बोल गया। भीतर ही भीतर वह इस अहसास से मुक्त भी नहीं था कि अरुण प्रकाश ने उसे आर्थिक, भावनात्मक और पढ़ाई में आगे बढ़ने के लिए सहारा दिया। वह जानता था कि यहाँ अरुण प्रकाश की अमेरिका-यात्रा के दौरान केवल 'केयर टेकर' नहीं था। उसे इस बात का भी अहसास था कि दूसरी जगह जाने से अरुण प्रकाश थोड़े खिन्न होंगे। पर उन पर अधिक बोझ न पड़े यह अहसास ही इस प्रस्ताव को आगे बढ़ा गया।

'देखो अखिल, मैं किसी तरह के रिश्ते में तुम्हें नहीं बाँधना चाहूँगा...पर एक बात ज़रूर कहूँगा कि यदि तुम्हारा लाभ होगा, तुम्हारी उन्नति होगी, कैरियर बनेगा तो सबसे ज़्यादा ख़ुशी मुझे होगी...साथ ही, यदि यहाँ रहने में तुम्हें कोई तकलीफ़ है, संकोच है किसी भी तरह का, आज़ादी में कोई बाधा है या बाहर तुम्हें बेहतर जीवन की सँभावनाएँ दिखती हैं तो मैं बिल्कुल नहीं रोकूँगा...यदि ऐसा नहीं लगता तुम्हें तो मैं चाहूँगा कि तुम अपनी पूरी आज़ादी के साथ, मेरे साथ रहो...।' अरुण प्रकाश यह सब कहते हुए अखिल से आँख नहीं मिला पा रहे थे।

अखिल अरुण प्रकाश की आवाज़ और झुकी आँखों से झाँकता पानी की हल्की लकीरों का अर्थ बखूबी समझ रहा था। उसने धीरे से कहने की कोशिश की, 'मेरे कारण आपको कोई असुविधा न हो...'

'चुप कर...एक दूँगा...' हाथ ऊपर उठाकर ज़ोर से बोले और अखिल को

गले लगा लिया। दोनों लगभग रुआँसे से हो गये। अखिल ने पैर छुए। आँखें चुराईं और झट् बोला 'मैं चाय लाता हूँ...।'

आज उन दोनों के बीच एक नये रिश्ते ने जन्म लिया। यह दुनियावी रिश्ता नहीं था। यह रिश्ता उन्हें भीतर तक जोड़ गया। जीवन में कुछ घटनाएँ पुल बन कर आती हैं और जन्म-जन्मान्तर तक जोड़ जाती हैं। मनुष्य ऐसे रिश्तों में कई बार खुद को पा जाता है। अभी, आजकल ख़ून के रिश्तों में भी कई बार पुल टूट जाते हैं, कई बार पुल बन ही नहीं पाते। मित्रों के रिश्ते अधिकांशतः लाभ-उन्मुख होते जा रहे हैं। विशुद्ध सुख-दुख की मित्रता बिरली रह गयी है। अरुण प्रकाश चाय के आने तक इन्हीं बातों के बीच थे।

इसी बीच सूर्यकान्त आ गये। साथ में, एक थैली थी, नाश्ता होगा या और कुछ...थैली भर उनकी मित्रता अरुण प्रकाश का सम्बल थी। अखिल चाय लेकर आया। दो कप। एक अरुण प्रकाश के लिए दूसरा...सूर्यकान्त के लिए...सूर्यकान्त ने पूछा, 'तुम्हारी चाय?' अखिल बोला, 'लाता हूँ।'

अरुण प्रकाश को मालूम था कि उसने दो ही कप चाय बनायी थी। पर सूर्यकान्त के आते ही दूसरा कप उन्हें दे दिया। अपने लिए फिर बना रहा होगा। सूर्यकान्त पूछते रह गये कि मैंने घर में क़दम रखा और चाय हाज़िर...क्या बात है। कैसे बतायें अरुण प्रकाश कि अखिल जो करे सो कम है।

सूर्यकान्त अरुण प्रकाश से उम्र में बहुत बड़े हैं। लगभग बीस साल बड़े, लेकिन मैत्रीभाव ऐसा है, जैसे बचपन साथ गुज़ारा हो। अपने समय में ख़ूब लिखा, कई पुस्तकें छपीं। अभी कुछ कम लिखते हैं। पर सक्रियता कम नहीं। पत्नी बड़ी उत्साही। बहुत अच्छा खाना बनाती हैं। अरुण प्रकाश को उनके हाथ का खाना बहुत अच्छा लगता है। दोनों का स्वभाव बहुत अच्छा। बस एक कमी है, उनकी कोई सन्तान नहीं है। बहुत अकेलापन अनुभव करते हैं। पर अरुण प्रकाश के साथ ख़ूब छनती है। अरुण प्रकाश के इन्दौर आने से सबसे ज़्यादा खुशी उन्हें ही हुई थी। सूर्यकान्त, अरुण प्रकाश को भीतर तक चाहते हैं।

जब आस्था का निधन हुआ था, तब सूर्यकान्त ने ही अरुण प्रकाश को थामा था। बच्चों को सँवारा था। अरुण प्रकाश को विलाप से खींचकर सामान्य रूप से खड़ा किया था। सूर्यकान्त, अरुण प्रकाश के मित्र, भाई, पिता, अभिभावक सब कुछ हैं। संसार में ऐसे मित्र बिरले ही हैं। लेन-देन और कामचलाऊ दोस्ती नहीं थी उनकी। उन्हें इस बात की ख़ुशी है कि अमेरिका से बदला हुआ दोस्त लौटा है। दुःखी, खिन्न, निराश, हताश अरुण प्रकाश का कायाकल्प एक सक्रिय, संकल्पपूर्ण, समर्पित व्यक्ति के रूप में देखना सूर्यकान्त के लिए सुखद आश्चर्य से कम नहीं।

वे हमेशा चिन्तित रहते कि अकेले कैसे समय काटेंगे। हताशा के कहीं शिकार न हो जायें। ऊपर से दोनों बच्चे साथ नहीं हैं। पर सूर्यकान्त अब आश्वस्त हैं। पहले से अधिक ऊर्जावान होकर लौटे हैं अरुण प्रकाश...अखिल भी पूरी तरह जुड़ गया। 'एकान्त' माध्यम बन गया सक्रिय रहने का। सूर्यकान्त को यह ख़तरा भी डरा रहा था कि अरुण प्रकाश यदि पूरे ठण्डे पड़ गये तो 'एकान्त' ठिठुर जायेगा, फिर उसमें ऊष्मा-ऊर्जा भरना असम्भव हो जायेगा। अब सब ठीक है।

सूर्यकान्त ने सामाजिक रूप से एक एकांकी जीवन जिया है। वे भले यह कहते रहे कि बिगड़ैल सन्तान से निःसन्तान ही भले...पर शादी-ब्याहों पर, छठी और दूसरे छोटे-बड़े आयोजनों पर मन-मारकर बैठना क्या होता है, कोई सूर्यकान्त से पूछे। युवावस्था में हम उम्र के लोग बच्चे के बारे में अनजाने ही पूछ लेते तो लगता कोई चिढ़ा रहा है। ख़ासकर उनकी पत्नी के भीतर एक टीस उभरती और दोनों लहूलुहान हो जाते। उस अवस्था में भी उन्होंने ऊपर से ही क्यों न हो, हँसते-हँसते समय को पार किया। उदासी और हताशा उनके लिए अभिशाप लगता है। उन्हें डर था कि अरुण प्रकाश इसके गर्त में तो नहीं जा रहे। पर नहीं वे उबर गये इससे। उन्हें डर था कि उनका भीतरी एकाकीपन कहीं 'डिप्रेशन' तक तो नहीं पहुँचा देगा उन्हें। किसी से बात नहीं, कोई संवाद नहीं, चुपचाप, विरक्त और दुनिया से मुँह फेर लेने की बात करने वाले अरुण प्रकाश अब नये मित्र बनाने में ख़ुशी अनुभव करते हैं। पुराने परिचितों, विद्यार्थियों को खोज-खोज कर बात करते हैं। बागवानी में काम करते हैं। आहाते में नये पेड़ लगा रहे हैं। रंग-बिरंगे फूलों के पौधे लगा रहे हैं। यह सब बदले हुए अरुण प्रकाश, सूर्यकान्त को दिख रहे हैं। अब शाम को या तो सूर्यकान्त इधर आते या अरुण प्रकाश सूर्यकान्त के घर चाय पीने जाते। आज की चाय भी इन्हीं विचारों से पूरी हुई। सूर्यकान्त यही सब सोचते रहे, अरुण प्रकाश किसी फ़ाइल में खोए हुए थे। अखिल उनकी मदद कर रहा था।

'एकान्त' का नया फर्नीचर कैसा लगा?' अरुण प्रकाश ने सूर्यकान्त से पूछा।

'शानदार...धीरे-धीरे आपका ड्राइंगरूम 'एकान्त' के परिपूर्ण ऑफ़िस में तब्दील हो रहा है।'

'इसे और अच्छा बनाना है...।' आस्था के मुस्कुराते हुए फ़ोटो की ओर देखते हुए अरुण प्रकाश बोले।

'फिलहाल तो ठीक है। अब ऑफ़िस तो लगता है...। एक कमी लग रही है। पूरे मकान की सफ़ेदी करवानी है।' अरुण प्रकाश ने दीवालों की ओर देखते हुए कहा।

सूर्यकान्त को लगा मकान की सफ़ेदी कुछ कारणों से ही ज़्यादातर होती है। एक तो वाकई बहुत ख़राब हो गयी हों। दूसरे घर में कोई शुभ कार्य हो और तीसरे आदमी के पास कुछ पैसा हो और भरपूर उत्साह हो। अरुण प्रकाश के मामले में पहली दो बातें बिल्कुल नहीं हैं। पैसों के बारे में पता नहीं पर अरुण प्रकाश भरपूर उत्साह में हैं, इसमें कोई शक नहीं है। उन्होंने अपना मन्तव्य देते हुए कहा, 'बाकी दीवालें कुछ दिन चल जायेंगी। आपकी इच्छा है तो ड्राइंगरूम ज़रूर करवा लीजिए। अब यहाँ बाहर वालों की आवाजाही बढ़ रही है...।' सूर्यकान्त अपनी बात को बल देने के लिए यह भी जोड़ गये, 'अब पत्रिका में विज्ञापन भी छप रहे हैं तो थोड़ा व्यावसायिक लिहाज़ से भी देखा जाना चाहिए।'

सूर्यकान्त को अरुण प्रकाश का उत्साह देखकर बहुत ख़ुशी हुई। उन्होंने आस्था की फ़ोटो की ओर देखा और मानो आश्वस्त हुए कि आस्था जी भी यह निर्णय सुनकर मुस्कुरा रही हैं।

19

सिद्धार्थ के फ़ोन ने अरुण प्रकाश को कुतूहल से भर दिया। इन्दौर लौटने के बाद मुम्बई से सिद्धार्थ का यह पहला फ़ोन था। सिद्धार्थ को अरुण प्रकाश ने 'एकान्त' का अंक भेजा था। सिद्धार्थ ने कुछ दिनों बाद वह अंक देखा और साक्षी की कविताएँ पढ़कर अभिभूत हो गया। उन्होंने अरुण प्रकाश को फ़ोन मिलाया। बहुत उत्साहित थे सिद्धार्थ–

'अरुण प्रकाश जी 'एकान्त' के लिए बधाइयाँ। बहुत ख़ूबसूरत अंक है। आपका सम्पादकीय एकाकीपन पर है। बहुत भीतर तक छू गया। मैं आपको विशेष बधाई देना चाहूँगा, कुछ कविताओं के लिए–नदी की कविताओं के लिए–लाजवाब कविताएँ हैं। कवयित्री साक्षी को पत्र लिखने का मन हुआ। पत्र तो नहीं लिख पाया। पर, मोबाइल पर बधाइयाँ दीं। बहुत सुलझी हुई लगीं साक्षी... उन्होंने मेरी बधाइयों को विनम्र धन्यवाद कहा। मुझे उनकी भाषा, प्रतिक्रिया का तरीका और विनम्रता भा गयी। इन कविताओं को पढ़कर मुझे अपने पुराने दिन याद आ गये। फिर कविताएँ लिखने का मन करता है..।' सिद्धार्थ साक्षी की कविताओं पर निरन्तर बोलते रहे और अरुण प्रकाश गौर से सुनते रहे।

'आप कविताएँ लिखिए, मुझे भेजिए...ये हमारी पत्रिका के लिए गर्व की बात

है कि इसमें छपी कविताओं ने आपको कविता लिखने के लिए प्रेरित किया... कब तक भेजेंगे?' अरुण प्रकाश ने तकाजे के स्वर में कहा।

'मुझे लगता है, अभी के हालात में कविता ही मुझे उबार सकती है। हालाँकि मैंने पहले कुछ कहानियाँ भी लिखी हैं, पर फिलहाल कहानी लिखने का सब्र मैं शायद खो चुका हूँ। पर कविताएँ लिखूँगा और आपको भेजूँगा। एक बात मैं कह दूँ यदि वाकई में कविता लिख सकूँगा तो इसका श्रेय आपको होगा...' सिद्धार्थ ने सहजता से कह दिया।

'परन्तु', अरुण प्रकाश ने चुटकी ली, 'सिद्धार्थ जी बरगलाइए मत मुझे... वो तो भला हो साक्षी का कि कविताएँ ऐसी दीं कि आपने आज मुझे फ़ोन तो किया। मैं तो समझ रहा था कि आपने मुझे भुला ही दिया...।'

'मैं आपको कैसे भुला सकता हूँ। जब भी विजय से मुलाक़ात होती है आपकी चर्चा ज़रूर होती है। रही बात साक्षी की, तो कह दूँ मैंने न तो उन्हें देखा है, न ही उन्हें जानता हूँ। बस कविताएँ अच्छी लगीं और मैंने अपनी बात आप तक पहुँचाई। बस। और कुछ नहीं...।'

'सिद्धार्थ जी, जाने भी दीजिए, उस अंक में और भी कविताएँ, कहानियाँ हैं...।'

'अरुण प्रकाश सर, आपने तो बहुत गम्भीरता से ले लिया। सचमुच मैंने इतना विचार नहीं किया था। बस लगा और आपसे बात कर ली...।' सिद्धार्थ इस विषय को विराम देने के मूड में लगे।

'मैं भी हल्के-फुल्के ही बात कर रहा हूँ। पर अब आप गम्भीरता से मेरी बात को सुनें। अब आप पन्द्रह-बीस दिनों के भीतर कुछ कविताएँ या कहानी ज़रूर भेजें...।'

'मैं तो कहानी लिखना चाहता हूँ, पर शायद बैठ नहीं पाऊँगा, लम्बे समय तक...मुझे लगता है मेरी कहानियाँ व्यवस्था पर होंगी, तीखे व्यंग्य के साथ। पर मैं कविताएँ देना चाहता हूँ, भीतरी गुबार को निकालना भी है...।'

'मुझे बेसब्री से इन्तज़ार रहेगा। फ़ोन पर सम्पर्क में हम रहेंगे। आज बहुत अच्छा लगा। मुम्बई की वह छोटी-सी मुलाक़ात ताज़ा हो आयी।' अरुण प्रकाश मन से बोल रहे थे।

अरुण प्रकाश अगले अंक की तैयारी में लगे थे। फ़ाइल से एक-एक कर रचनाएँ निकालते और अपनी टिप्पणी डालते जाते। अगले अंक में अमेरिका में मिले

कुछ रचनाकारों की कविताएँ तो वे दे ही रहे थे। साथ ही, वे अमेरिका में देखे भारतीय लोगों के कुछ विसंगत जीवन की त्रासदियों को भी शामिल कर रहे थे।

तभी फ़ोन आया। साक्षी का फ़ोन था।

'मैं इन्दौर आयी हूँ। सयाजी होटल में रुकी हूँ। इन्दौर के होलकर कॉलेज में एक सेमिनार है इसमें भाग लेने के लिए आयी हूँ। मुझे एक पेपर पढ़ना है। कल दोपहर बारह बजे यदि आपको समय हो तो मैं मिलना चाहूँगी।'

'हाँ, आइए। मैं कल हूँ। आपके पास पता है?'

'जी, हाँ, पत्रिका की कॉपी मेरे पास है। वही पता है न...।'

'हाँ, वही है। आइए मैं इन्तज़ार करूँगा...।'

अरुण प्रकाश अपने काम में खो गये। अखिल से पूछा, 'साक्षी जी की कोई रचना आयी है?

'हाँ आयी है।' तुरन्त फ़ाइल से कविता निकालकर अरुण प्रकाश को दे दी।

'इसे दो अंक बाद देंगे। एक लेखक को लगातार छापना न तो हमारे लिए ठीक है और न ही लेखक के लिए। रचना कितनी भी अच्छी क्यों न हो।'

अखिल, अरुण प्रकाश की हर छोटी-बड़ी सूचना का बहुत ध्यान से पालन करता है।

पत्रिका में दिनोंदिन निखार आ रहा था। कुछ बड़े लेखक इससे जुड़ रहे थे। कई बड़े दूसरे लेखकों के पास भी प्रतियाँ जा रही थीं। लेखक समुदाय में इसका अच्छा स्वागत हुआ। पाठक भी बढ़ रहे थे। कुछ सरकारी अनुदानों की जानकारी अखिल ने नेट से प्राप्त की। सम्पर्क किया गया और साल भर तक विशिष्ट रकम मिलने लगी। पत्रिका का रजिस्ट्रेशन पहले ही हो चुका था, अब डाक से न्यूनतम टिकट पर भेजने का रजिस्ट्रेशन भी हो गया। कुल मिलाकर 'एकान्त' का विस्तार सही ढंग से हुआ। 'एकान्त' की उड़ान तेज़ी से हुई। अब लगता है, कुछ स्थिरता आ गयी है। केवल इसे बरकरार रखना है। इस सारी सफलता के पीछे अखिल का योगदान बहुत विशेष रहा। पत्रकारिता का उसका अनुभव, सतत नये की खोज, कम्प्यूटर का ज्ञान और कुछ कर गुज़रने के लिए उसके समर्पण ने 'एकान्त' को एक ऊँचाई दी। अरुण प्रकाश निश्चिन्त हुए, सन्तुष्ट हुए।

अरुण प्रकाश ने निष्ठा से फ़ोन पर कह दिया कि अब पैसे भेजने की आवश्यकता नहीं है। काम ठीक ढंग से चल रहा है। शहर के एक नामी व्यावसायिक कारोबारी ने हर अंक के लिए बड़ी रकम की व्यवस्था कर दी है और उसका नाम संरक्षक के रूप में जा रहा है। अखिल के परिश्रम से हम यहाँ

तक पहुँच गये। अखिल का सोचना है कि अब इसे मासिक पत्रिका के रूप में परिवर्तित करें। सब कुछ बताया अरुण प्रकाश ने पर निष्ठा नहीं मानी। हर माह एक निश्चित रकम वैभव भेजता ही रहा।

एकाकी अरुण प्रकाश काम के बीच घिर गये। कई कार्यक्रमों में विशेष आमन्त्रित के रूप में जाने लगे। विविध विषयों पर बोलने लगे। वे इन्दौर के विशिष्ट लेखक-सम्पादक के रूप में जाने जाने लगे। उनके चेहरे पर सक्रियता की परत चढ़ आयी। एक चपलता पैरों ने पायी, हाथ में कलम निरन्तर सक्रिय, नज़र अगली योजनाओं पर...सूर्यकान्त ने अरुण प्रकाश के व्यक्तित्व में एक नये व्यक्ति का उदय महसूस किया। वे सोचते रहे, व्यक्ति जब घर से बाहर निकलकर नयी दुनिया देखता है तो जाने-अनजाने उसमें तमाम परिवर्तन हो जाते हैं।

सूर्यकान्त, अरुण प्रकाश को लेकर ख़ुश थे। उन्होंने निष्ठा से बात की और पूछा—तीनों की कुशलक्षेम। फिर निष्ठा ने पापा के हाल-चाल पूछे। अब तक सूर्यकान्त ने मुद्दे की बात शुरू नहीं की थी। निष्ठा को भी लगा कि कोई ख़ास बात होगी। आमतौर पर अंकल फ़ोन नहीं करते। अचानक वह चौंक भी जाती, पापा जी की तबीयत तो ठीक है न। पर सूर्यकान्त की आवाज़ से ऐसा आभास न होता। सूर्यकान्त ने बात आगे बढ़ाई, 'बेटी तुमने क्या करिश्मा कर दिया, तुम्हारे पापा की ज़िन्दगी बदल दी तुमने...तुम्हारी माँ के जाने के बाद वे पूरी तरह टूट गये थे, निराश और हताश थे। अमेरिका क्या गये, नया उत्साह लेकर आये...बेटा तुमने कमाल कर दिया...'

'अंकल मैंने कुछ नहीं किया। सब कुछ पापा के भीतर पहले से है। वे बुझे-बुझे से थे, यहाँ आकर वे कई लोगों से मिले। मिलकर उन्होंने क्या सोचा नहीं पता। पर मुझे लगता है, उनका उत्साह लौट आया है।' निष्ठा क्या बोले पापा के बारे में । वह ज़्यादा सुनना चाहती थी।

'बेटा तुमने एक बहुत बड़ा काम किया है। तुम्हारी ख़ुशहाल ज़िन्दगी देखकर वे बहुत सन्तुष्ट हुए। बार-बार तुम्हारी, वैभव की और प्रणय की बातें करते रहते हैं। वैभव ने तो उनका दिल जीत लिया है...।'

निष्ठा की आँखें भर आयीं। जीवन में उसकी यही इच्छा थी कि पापा वैभव को मन से स्वीकार करें और ख़ुश रहें। पापा को वह कभी उदास नहीं देखना चाहती। पापा ख़ुश तो निष्ठा ख़ुश। उसे और आगे कुछ सुनने की चाह थी। पूछा, 'एकान्त' पत्रिका ठीक है न अंकल?'

'मैंने यही बताने के लिए फ़ोन किया था कि तुमने अपने पापा को 'एकान्त' के लिए जो आर्थिक आधार दिया वह अरुण प्रकाश को सँवार गया। अब वे

इसी को और आगे बढ़ाते रहने पर ही सोचते रहते हैं।' सूर्यकान्त ने यह बात भी बता दी।

'कोई बड़ी बात नहीं है अंकल। वैभव भी ख़ुश है कि वह कुछ कर सक रहा है। मेरे लिए पापा की ख़ुशी सबसे बड़ी बात है...।'

'आजकल ऐसा कौन सोचता है बेटी...अमेरिका की ज़िन्दगी के बारे में कितनी बातें सुनायी अरुण प्रकाश ने, पर तुम्हारे भीतर तुम्हारी माँ के संस्कार हैं...हमेशा ख़ुश रहो बेटी...।' सूर्यकान्त का गला भर आया, इसे निष्ठा महसूस कर रही थी।

'अंकल आप हैं तो हम यहाँ निश्चित हैं। कभी-कभी फ़ोन कर लिया कीजिए मुझे बहुत अच्छा लगेगा।

'ज़रूर बेटा, तुम भी पापा को फ़ोन करते रहना। वे तुम्हारे फ़ोन की राह देखते हैं। फ़ोन आने पर एक-एक बात मुझे बताते हैं...।'

'थैंक यू अंकल...।' खुशी और पापा की याद ने निष्ठा का गला भारी कर दिया।

सूर्यकान्त को निष्ठा पर गर्व है।

सुबह-सुबह सूर्यकान्त, अरुण प्रकाश के घर पहुँचे। हमेशा की तरह थैला था उनके पास। आज वे रिक्शा से आये थे। बाहर रिमझिम बारिश थी। घर पास ही तो है, फिर भीग जाते इसलिए ऑटो से आये।

थैला टेबल पर रखा। पूछा, 'नाश्ता हो गया?'

'नहीं...।'

'गुड...अब बनवाना भी नहीं।'

'क्या बात है...।'

'देखते नहीं, बाहर बारिश है। इस मौसम की पहली बारिश...गरम-गरम भजिए और पोहे लाया हूँ।'

'...क्या आप हमेशा कुछ न कुछ लाते ही रहते हैं...।'

'अखिल कहाँ है?'

'बाहर गया है...नहीं....नहीं भीतर ही होगा। आजकल वह अपने पीएच.डी. के काम में भी लग गया है।'

'बहुत अच्छा...। (आवाज़ देते हैं) अखिल...।'

'जी...।' अखिल तुरन्त आ गया।

'जल्दी से तीन प्लेट लाओ...तीसरी मेरे लिए भी। मैंने भी नाश्ता नहीं किया है।'

अखिल भीतर गया तो अरुण प्रकाश को ग़ौर से देखते हुए सूर्यकान्त बोले, 'कहीं बाहर जाना है?'

'क्यों...?' अरुण प्रकाश अचानक बोल पड़े।

'नहा-धोकर, साफ़-सुथरे, इस्त्री किये हुए कपड़े पहन कर बैठे हैं। मुझे लगा कहीं बाहर जाना है।'

'नहीं, ऐसी कोई बात नहीं है।'

तीनों नाश्ता करने लगे। सूर्यकान्त ने देखा कि दीवालें शानदार ढंग से पुती हुई हैं। सोफ़े के सामने की दीवाल हल्के नीले रंग की है। शान्त और गम्भीर। दीवाल पर केवल एक चित्र लगा है—भाऊ समर्थ की पेंटिंग, जो पिछले 'एकान्त' के मुखपृष्ठ पर छपी है। चित्र ऐसा है कि घण्टों देखते रहें। जी तो भरता ही नहीं, देखने वाला अपनी कल्पना से अलग-अलग कोण से पेंटिंग को नये आकार में महसूस करता है।

टेबल पर टेबल लैम्प। विशिष्ट स्टेशनरी। टेबल कैलेण्डर...पता नहीं क्या-क्या... पर अरुण प्रकाश की उत्साहित तरंगों को महसूस किया जा सकता था।

नाश्ते के बाद सूर्यकान्त उठ खड़े हुए।

'कहाँ चल दिये...? बारिश रुक गयी है। निकल पड़ता हूँ—घर...।'

'एक कप चाय पीकर जाइए। इस मौसम में चाय का मज़ा ही कुछ और है...।' अरुण प्रकाश ने सूर्यकान्त को रोक लिया।

सूर्यकान्त ने देखा, आज अरुण प्रकाश कुछ ज़्यादा ही ख़ुश हैं, उत्साहित हैं। बातें कर रहे हैं। सूर्यकान्त को बहुत अच्छा लगा। चाय पीकर वे चल दिये।

20

डोअर बेल बजी। अरुण प्रकाश ने 'अखिल' आवाज़ दी। कोई हलचल नहीं। फिर घड़ी देखी। लगभग बारह बज रहे थे। अरुण प्रकाश उठे। दरवाज़ा खोला। सामने प्रणाम की मुद्रा में हाथ जोड़े खड़ी आकृति ने कहा, 'मैं...।' आगे अरुण प्रकाश बोले, 'साक्षी जी आइए।'

'आपको मेरा नाम भी याद है...।' साड़ी सँभालती हुई भीतर आती साक्षी ने कहा।

साक्षी बैठ गयी सोफ़े पर। अरुण प्रकाश अपनी कुर्सी पर। साक्षी चारों ओर देख रही थी, जैसा कि आमतौर पर नये कमरे में आते ही व्यक्ति करता है। सामने की दीवार पर पिछले अंक के मुखपृष्ठ के फ़ोटो को साक्षी बार-बार निहार रही थी। फिर उसने देखा कि अरुण प्रकाश की बायीं ओर दीवार घड़ी लगी थी और दायीं ओर एक स्त्री का चित्र लगा था। बड़ा लुभावना, मोहित करती आँखें...उस चित्र को देखते-देखते साक्षी कुछ सोचने लगी। तभी अरुण प्रकाश बोले, 'मेरी पत्नी आस्था...अब नहीं है...।' 'ओह। सॉरी...।' कहकर साक्षी ने आँखें झुका लीं।

कामवाली पानी लेकर आ गयी।

'अखिल कहाँ है?' अरुण प्रकाश ने पूछा।

'बाहर गये हैं...।' कामवाली ने बताया।

'कहाँ?'

'नहीं मालूम...।'

'कब गया अखिल'

'आप जब बाथरूम में थे...।'

'ओके...'

कामवाली चली गयी और थोड़ी देर में चाय लेकर आयी।

'अब बताइए...कैसे आये हैं?'

'मैंने फ़ोन पर कहा था न कि एक सेमिनार में आना हुआ। इन्दौर का कार्यक्रम बनते ही आपसे मिलने का मन हुआ, इसलिए आपको फ़ोन किया था।

'बहुत अच्छा...। आपकी कविताएँ मैंने अमेरिका में पढ़ीं...।'

'अमेरिका में?'

'हाँ, मैं कुछ दिनों के लिए अमेरिका गया था। बेटी के पास। उस समय के अंक की फ़ाइल मेरे पास थी। सबसे पहले आपकी रचनाएँ मेरी बेटी निष्ठा ने पढ़ीं। उसे बहुत अच्छी लगीं और मुझे भी। मैंने अखिल को इस बारे में बता दिया था।'

'आपने बहुत अच्छी तरह छापीं कविताएँ...मैं बता नहीं सकती कि मुझे कितनी प्रेरणा मिली है।'

'कविताएँ ही अच्छी हैं...कोई भी छापता।' यकायक अरुण प्रकाश का सम्पादक सतर्क हो गया, 'लेखक से उसकी रचना की बहुत अधिक तारीफ़ नहीं करनी चाहिए!'

'धन्यवाद सर, मैं वाकई प्रेरित हुई...।' साक्षी अभिभूत है।

'मेरे एक मित्र हैं, सिद्धार्थ...मुम्बई में रहते हैं। उन्हें कविताएँ बहुत अच्छी लगीं।' अरुण प्रकाश ने कहा।

'हाँ, उनका फ़ोन आया था, और भी फ़ोन आये थे। आपने भी 'पाठकों के पत्र' में कई प्रतिक्रियाएँ छापीं। सब आपकी कृपा है सर...।' साक्षी सोच-सोचकर बोल रही थी। पहली मुलाक़ात है। कोई ऐसी-वैसी बात न निकल जाये। कुछ संकोच था, कुछ मिलने का रोमांच। अरुण प्रकाश के व्यक्तित्व ने साक्षी को छुआ। खिचड़ी बाल, करीने से ट्रिम की गयी दाढ़ी। बारीक चौकड़ी का हाफ शर्ट, इन की हुई। पैरों में सैंडिल, आँखों पर मोटा चश्मा। सब कुछ सन्तुलित। वह आस्था की फ़ोटो को देख कुछ द्रवित हुई और विशिष्ट निगाहों से अरुण प्रकाश को देखते हुए बोली, 'सर, सबसे पहले मैंने आपको आज से आठ साल पहले नागपुर यूनिवर्सिटी में सुना था। बहुत भीड़ थी, लगभग सौ सहभागी तो रहे होंगे। हॉल भरा था। आपका वक्तव्य सर्वश्रेष्ठ था। मेरी ही नहीं, सबकी यही राय थी। आप कभी विषय के बाहर नहीं गये और शैली ऐसी थी, उदाहरण ऐसे थे कि पलभर के लिए भी किसी का ध्यान इधर-उधर जाने का सवाल ही नहीं था। आवाज़ का उतार-चढ़ाव बड़ा ग़ज़ब का था। समा बाँध दिया था आपने।'

'शायद आपको याद नहीं होगा सर, जब आपका सत्र समाप्त हुआ, तब हॉल के बाहर मैं आपको मिली थी। सर, वह रिफ्रेशर कोर्स था। मैं भोपाल से आयी थी।' साक्षी याद दिलाने की कोशिश कर रही थी।

'आप साक्षी शर्मा तो नहीं?'

'जी मैं वही हूँ...।'

'फिर आपने अपना नाम आधा क्यों कर लिया—केवल साक्षी?'

'बस यूँ ही सर...छोटा लगे इसलिए...।'

'मुझे अब लगता है कि आपसे मुलाक़ात तब हुई थी। पर उस समय की तुलना में आप दुबली लग रही हैं...शायद...याद नहीं...।' दरअसल अरुण प्रकाश पहले मोटी शब्द का इस्तेमाल करना चाहते थे। पर स्त्रियों की देह के बारे में कुछ कहना उन्हें ठीक जान नहीं पड़ता। दुबला कहने में कोई असमंजस नहीं था।

'दरअसल वजन बहुत बढ़ गया था। मैंने मुश्किल से कम किया है।' सकुचाते हुए साक्षी बोली।

'पर अब तो ज़ीरो साइज़ हो गया है...।' अरुण प्रकाश ने हल्के-फुल्के ढंग से कहा।

'अब मुझे बहुत अच्छा लगता है।' साक्षी ने कहा।

'अच्छा अब आपका कार्यक्रम कैसा है।' अरुण प्रकाश कार्यक्रम तय करने में निपुण हैं।

'मुख्य काम तो हो गया...इन्दौर में आपसे मिलना मेरा मुख्य उद्देश्य था। बहुत दिनों से खासकर नागपुर में आपको सुनने के बाद, जहाँ भी आपका नाम देखती, अपनी फ़ाइलों में रख लेती।' साक्षी ने फ़ाइल अरुण प्रकाश की ओर बढ़ा दी।

अरुण प्रकाश हैरत से अपने पुराने लेख, कविता को देखने लगे। बोले 'इनमें से तो अधिकांश मेरे पास भी नहीं हैं। इनकी पांडुलिपि भी पता नहीं, कहाँ होगी।'

'आप रख लीजिए...।' साक्षी ने बहुत उदारता से कहा।

'नहीं यह तो आपकी धरोहर है...। इतना अच्छा जतन तो शायद मैं भी न कर पाता।' अरुण प्रकाश ने धन्यवाद के साथ फ़ाइल लौटा दी।

'योर...' कहते हुए साक्षी ने फ़ाइल अपने बैग में रख ली।

अरुण प्रकाश सोच रहे थे कि वाकई साक्षी उनसे मिलने का कार्यक्रम बनाकर आयी थी। उन्हें अच्छा लगा। साक्षी का व्यक्तित्व बहुत प्रभावी लगा। नारी सुलभ सौन्दर्य के साथ अपने आपको प्रस्तुत करने की मौलिक कला साक्षी के पास है। अपरिचित पुरुष से बात करते समय उसकी सूझ-बूझ, सतर्कता, सन्तुलन, पहल और मुखमुद्रा उसे दूसरों से अलग बनाती है। अरुण प्रकाश की नज़र से उसकी यह विशेषता छिपी नहीं थी।

फ़ाइल की इसी लेन-देन के दौरान अखिल ने हॉल में प्रवेश किया। आते ही साक्षी को नमस्कार किया। अरुण प्रकाश ने अखिल से साक्षी का परिचय कराया, 'ये हैं अखिल...इस पत्रिका के सहायक सम्पादक...आपकी कविता की ख्याति के पीछे इन्हीं का हाथ है। इन्होंने ही प्रस्तुतीकरण की संकल्पना और अंजाम दिया है। पत्रकारिता इनका मुख्य विषय है। अभी ये पत्रकारिता में पीएच.डी. कर रहे हैं। और अखिल यह बताने की ज़रूरत नहीं कि ये साक्षी जी हैं...।'

'केवल साक्षी...'जी' मत लगाइए।' साक्षी ने बहुत शुद्धभाव से कहा।

'ठीक है, तो आप भी मुझे सर मत कहा कीजिए...।' अरुण प्रकाश ने यूँ ही कह दिया।

'ये तो सौदेबाज़ी हो गयी...।' कहकर साक्षी ने अपने मुँह पर हाथ रख लिया और आवाज़ निकली, 'सॉरी, ज़्यादा बोल गयी...।'

साक्षी का ज़्यादा बोलना अरुण प्रकाश को भा गया। पहल करती है साक्षी अच्छी तरह तमाम सीमाओं के साथ और हाजिरजवाबी भी है, जो उसकी भीतरी कुशाग्रता को प्रतिध्वनित करती है।

'अच्छा अखिल सुबह-सुबह कहाँ चले गये थे...?' अरुण प्रकाश काफ़ी देर से पूछना चाह रहे थे।

'लाइब्रेरी चला गया था। कुछ पुस्तकें चाहिए थीं। लौटते में सब्ज़ी भी लेता आया। आप बाथरूम में थे। रात को बताना भूल गया था।' अखिल समय का हिसाब दे रहा था।

'ठीक है...ठीक है...कोई बात नहीं। अब एक काम करेंगे...खाना बाहर खाएँगे। अपने लेखक को हम कुछ दे नहीं पाते—खाना तो खिला सकते हैं।' अरुण प्रकाश ने अखिल को भी साथ चलने को कहा।

अखिल भीतर गया और तुरन्त आया, 'कामवाली ने सारा खाना बना दिया है। आप जाइए मैं घर ही खा लूँगा।'

'कामवाली कब गयी?'

जब आप फ़ाइल देख रहे थे कतरनों की, तब वह यह बताने आयी थी कि जा रही है।' उत्तर साक्षी ने दिया था।

'अच्छा अखिल मैं आता हूँ। तुम ठीक से खाना खा लेना। मैं जल्दी लौटूँगा... ।' कहकर अरुण प्रकाश कार की ओर बढ़ गये। पीछे-पीछे साक्षी भी चल दी।

उन दोनों को एक-साथ जाते देखना अखिल के लिए बहुत सुखद था।

पास के ही 'आँगन' रेस्तराँ में वे भोजन के लिए गये। साक्षी के लिए यह नया था, इसलिए अरुण प्रकाश के पीछे-पीछे हो ली। अन्दर एसी कमरे में दोनों बैठे। पहले साक्षी की पसन्द पूछी, उसके 'कुछ भी चलेगा' कहने पर अरुण प्रकाश ने ऑर्डर दे दिया।

'आसपास में यह एक अच्छी होटल है।' अरुण प्रकाश को कुछ तो कहना था। बेयरा आ गया। पानी कौन-सा दूँ। साक्षी की ओर देखते हुए उन्होंने कहा, 'बिसलेरी'।

बहुत इधर-उधर नहीं देखना पड़ा। सूप जल्दी ही आ गया।

एक चुप्पी उन दोनों के बीच रही। दोनों वैसे तो पहली बार मिल रहे थे, पर दोनों को लग रहा था—परिचय पुराना है।

बात साक्षी ने ही शुरू की, 'पत्नी का कैसे क्या हो गया, अचानक... ।'

'हाँ अचानक ही हुआ। हार्टफेल। माइक पर बोलते हुए। वाइस चांसलर थीं।' अरुण प्रकाश की आँखें भर आयी थीं।

'सॉरी, मैंने आपको आहत किया... ।' साक्षी और जानना चाहती थी। पर रुक गयी।

'नहीं ऐसी कोई बात नहीं...स्थितियाँ आदमी के बस में नहीं होतीं।' अरुण प्रकाश सामान्य होने की कोशिश करने लगे।

एक चुप्पी।

'दरअसल, मैं बहुत चुनौतियों से गुज़र रही हूँ। हस्बैंड को कैंसर है...। इलाज चल रहा है। वह एक बैंक में मैनेजर हैं। लम्बी छुट्टी पर ही हैं। मेरा बाहर आना-जाना मुश्किल है। वो तो मदर-इन-लॉ घर पर हैं तो सँभाल लेती हैं। फिर कॉलेज जाने वाले दो बच्चे हैं। एक बेटा एक बेटी। बस ऐसे ही चल रहा है। बहुत दबाव है...। पर सब करना पड़ता है...।' साक्षी टिशू-पेपर लेकर चेहरे पर घुमाने लगी।

'आजकल तो इलाज में काफ़ी नयी-नयी बातें आ गयी हैं। इलाज पहले की तुलना में काफ़ी सुधर गया है। ठीक हो जायेंगे।' अरुण प्रकाश इससे अधिक कुछ नहीं कह पाये।

'लेट अस होप...।' संक्षिप्त-सा प्रतिसाद साक्षी का।

अचानक साक्षी सँवर गयी। सेमिनार और कविता की बातें करने लगी। साक्षी की इस हालत पर अरुण प्रकाश क्या कहते। वे नदी की उपमा और स्त्री के बहाव को साक्षात् देख रहे थे।

भोजन के बाद अरुण प्रकाश ने साक्षी को होलकर कॉलेज तक छोड़ दिया। रास्ते में उनकी कोई ख़ास बात नहीं हुई। बस ट्रैफिक, बढ़ती गाड़ियाँ, प्रदूषण आदि, पहली मुलाक़ात में गैरज़रूरी विषयों पर बातें होती रहीं।

21

अखिल 'एकान्त' पत्रिका के अगले अंक की फ़ाइल लेकर आया। रोज़ सुबह नाश्ते के बाद लगभग 10:00 बजे अरुण प्रकाश और अखिल बैठते हैं, साथ-साथ। 'एकान्त' की सामग्री, लेखकों से सम्पर्क, विज्ञापनों की व्यवस्था, नये ग्राहकों के लिए प्रयास, प्रेस के कामकाज और अन्त में वित्तीय स्थिति पर चर्चा होती है। पर रोज़ तो 'एकान्त' की सामग्री के बारे में ही अधिकतर बातें होती हैं। सुबह के 2 घण्टे अरुण प्रकाश ने केवल इसी के लिए निर्धारित कर दिये हैं। ऑफ़िस टाइम की तरह दोनों बैठते हैं।

'तुम्हारी पीएच.डी. का काम कैसा चल रहा है?' अरुण प्रकाश ने कई दिनों बाद इस विषय पर बात की।

ठीक है, इसी सिलसिले में मैं कल सुबह गया था। मालूम हुआ कि पत्रकारिता पर हिन्दी के अलावा अंग्रेज़ी में भी कुछ नयी किताबें यूनिवर्सिटी की लाइब्रेरी में आयी हैं। एक किताब तो मुझे इतनी उपयोगी और अच्छी लगी कि मैंने आज सुबह ही 'एमेज़ॉन' में ऑर्डर कर दिया है। अखिल अपनी पीएच.डी. को लेकर बहुत गम्भीर और समर्पित है, यह तो उसकी बातों से भी मालूम होता ही है।

'अखिल, 'एकान्त' अब जमती जा रही है इसे नयी चमक और विस्तार देने में तुमने कोई कसर नहीं छोड़ी। ख़ासकर जब मैं यहाँ नहीं था तब भी तुमने बहुत अच्छा सँभाला। मुझे यह कहने में कोई संकोच नहीं कि तुम्हारी प्रस्तुति कल्पना मुझसे कहीं आगे है। तुम मूलतः पत्रकार हो। मेरे सपनों को, 'एकान्त' को तुमने एक उड़ान दी है।' अरुण प्रकाश मन से अभिव्यक्त हो रहे थे।

'सर आपका ख़ास विश्वास मिला, उसी ने मुझे सिखाया।' अखिल कम बोलता है, पर जब बोलता है, तब केवल शब्द नहीं होते। उसके अन्तरतम से निकली आवाज़ होती है।

अरुण प्रकाश नये अंक की सामग्री देख रहे थे। उस फ़ाइल में साक्षी की नयी पाँच कविताएँ थीं।

'साक्षी जी की कविताएँ तो हमने अभी दी ही हैं।'

'कविताएँ बहुत अच्छी लगीं...'

'कितने अंकों की गेप है?'

'एक अंक पिछला...इसमें नहीं थी साक्षी की कविताएँ।'

वैसे 3 महीने का गैप हो जाता है, दूसरे अंक में कुल मिलाकर...। जब 2 महीने में 'एकान्त' नियमित रूप से शुरू हो जाये तब हम दो अंकों का गैप कर देंगे। अखिल सुझाव तो दे बैठा, पर उसे याद आया कि 2 अंकों के गैप की बात हुई थी।

अरुण प्रकाश को अखिल की पहल अच्छी लगी। वह केवल बताया हुआ काम नहीं करता, स्वयं भी सोचता है, निर्णय लेता है और चर्चा के लिए सामने रखता है। अच्छा लगेगा या बुरा लगेगा, इस पचड़े में नहीं पड़ता। पर उसके कहने का तरीका बहुत भद्र होता है। बात सही होती है। उसमें उसका कोई निजी स्वार्थ नहीं होता। अरुण प्रकाश ने उसका सुझाव मान लिया और सारी सामग्री ओके कर दी।

अखिल अपनी सीट पर चला गया। हॉल के दूसरे छोर पर अखिल का टेबल है। फ़ोन की समानान्तर लाइन है। अखिल वहीं बैठ कर काम करता है। लगभग 2 घण्टे वह यहाँ बैठता ही है। उसके बेडरूम में भी एक टेबल-कुर्सी है। अपनी

पीएच.डी. का काम वह वहाँ बैठकर करता है। सामान्यतः अरुण प्रकाश, अखिल जब भीतर काम कर रहा होता है तब उसे कभी डिस्टर्ब नहीं करते। उसे पूरा समय मिले, 'एकान्त' मिले इसका पूरा ध्यान रखते हैं। साथ ही, एक बार जो तय हो जाता है, उसमें कभी परिवर्तन नहीं करते। यही अलिखित नियम अखिल के भी ध्यान में रहता है। एक-दूसरे के बीच बहुत अच्छा तालमेल है। इसी तरह अरुण प्रकाश जब लिख रहे होते हैं तो अखिल उनके पास कोई भी काम लेकर नहीं जाता। अन्यथा कोई अत्यन्त आवश्यक समय सीमा की कोई बात न हो। अरुण प्रकाश, अखिल के साथ कभी भी बॉस जैसा नहीं रहते। एक अलग रिश्ता उन दोनों के बीच बन गया है।

अरुण प्रकाश सम्पादकीय लिखने में जुटे हुए थे। साथ ही, वे धारावाहिक के रूप में अमेरिका में जिन लोगों से मिले उनके बारे में अपने अनुभव शब्दबद्ध करने की उनकी योजना है। ख़ासतौर पर जो अकेलेपन की गिरफ्त में आकर हताशा तक पहुँच जाते हैं, उनके बारे में भी लिखना चांह रहे हैं। उनका अपना अकेलापन अब विसर्जित हो गया। उन्होंने तमाम खिड़कियों से इतना घनघोर अकेलापन देखा कि उन्हें लगता है अब कि उनका अपना कुछ भी नहीं। 'एकान्त' ने भी उन्हें मुखर लिया। अब इसे वह अपनी सामाजिक ज़िम्मेदारी की तरह ले रहे हैं। फिर यह लिखने वाले हों या पाठक हों। धीरे-धीरे उनकी कोशिश है कि ऐसी सामग्री अधिक हो जो मनुष्य के अकेलेपन की काल रात को काट सके। उनका इस बार का सम्पादकीय भावी अंकों के सन्देश के रूप में आगे बढ़ेगा। सम्पादकीय में अरुण प्रकाश बहुत कसी हुई भाषा में अपनी बात कहते हैं। पाठक, इसे पढ़कर अपेक्षित मुकाम तक पहुँचता है।

अरुण प्रकाश अपने काम में व्यस्त थे। तभी उनके मोबाइल की घण्टी बजी। उनके मोबाइल की घण्टी पुराने समय की पारम्परिक घण्टे की ध्वनि है। वह बहुत भद्रता से 'हेलो' कहते हैं। फ़ोन पर उनकी भाषा और सौम्य हो जाती है।

साक्षी का फ़ोन था। सही-सलामत भोपाल पहुँच गयी थीं। बहुत श्रद्धापूर्वक बात कर रही थी—

'सर, बात कर सकती हूँ...।' विनम्रता से पूछा।

'नहीं...।' अरुण प्रकाश की आवाज़। फिर आगे फ़ोन जारी रखते हुए तुरन्त बोले, 'एक शर्त पर...।'

'वो क्या सर..?'

'आप मुझे 'सर' नहीं कहेंगी।'

'ओफ्फ्...' मैं तो घबरा ही गयी थी। सोचा ज़रूर कोई गलती हो गयी होगी...।'

'कोई बात नहीं, मेरी इस बात को गम्भीरता से मत लीजिए।'

'आपसे मिलकर वाकई मुझे बहुत ख़ुशी हुई। आपने भोजन के लिए समय निकाला, कॉलेज तक छोड़ दिया मुझे। मैं किन शब्दों में आभार मानूँ और कैसे?' साक्षी बहुत विनम्र थी, पर औपचारिकता बिल्कुल नहीं थी। एक संकोच और सम्मान भाव झलक रहा था।

'आप एक तरह से मेरा आभार ज़रूर मान सकती हैं...' अरुण प्रकाश को मज़ाक़ सूझ रहा था। वैसे वे बहुत गम्भीर स्वभाव के हैं। पर आज फ़ोन पर वे भी साक्षी से वह इस तरह कह गये।

'किस तरह...।' वह सर कहना चाह रही थी। पर रोक लिया अपने आपको।

'डर गयी...?' अरुण प्रकाश उत्सुकता बढ़ाते बोले।

'नहीं...नहीं फरमाइए...।' अब तो कुतूहल पराकाष्ठा पर पहुँच गया। अरुण प्रकाश आम लोगों की तरह हैं नहीं। पता नहीं क्या कहना चाहते हैं।

अरुण प्रकाश पलभर के लिए रुके और बोले, 'आपकी कविताएँ बहुत अच्छी हैं। खूब लिखें और हमें भी छापने के लिए भेजते रहें।'

'बहुत-बहुत शुक्रिया...आपने मेरा मान बढ़ा दिया, ऊँचा उठा दिया, डर लग रहा है, मुझसे कोई भूल न हो जाये।'

'कैसी भूल?'

'यही, जल्दी में आपकी अपेक्षा के अनुरूप नहीं उतर पाने की भूल...।'

'नहीं ऐसी कोई बात नहीं...कविताएँ भेजते रहिए। और हाँ, अगले अंक के लिए अखिल ने आपकी कविताएँ चुनी हैं।'

'सच?' डॉक्साब...मैं प्रणाम करती हूँ आपको....।'

साक्षी गदगद हो रही थी।

'हाँ यह सम्बोधन ठीक है—डॉक्साब...सुनने में भी कुछ वज़नदार लगता है...। एक बात कहूँ...गलत मत समझिएगा...आपकी आवाज़ बहुत अच्छी है और बात करने का तरीका लुभावना...। बहुत कम लोगों के पास यह गुण होता है। आवाज़ अच्छी है तो शब्द नहीं होते और शब्द अच्छे होते हैं तो आवाज़ सुनने की इच्छा नहीं होती। आपके पास ईश्वर ने दोनों दिया है। इन्हें सँभाल कर रखिएगा।' इससे ज़्यादा कहने की औकात अरुण प्रकाश की नहीं थी। यही बहुत ज़्यादा बोल गये।

'आप जैसों से ही थोड़ा-बहुत सीखा है।' साक्षी ने कहा।

कुछ पल का विराम था। अरुण प्रकाश ने ही कहा, 'अच्छा...जब भी इन्दौर आयें, सुविधा रहे तो ज़रूर मिलिएगा।'

'जी डॉक्साब।' अरुण प्रकाश ने फ़ोन रख दिया। साक्षी चाह रही थी कि कहे आप भी जब कभी भोपाल आयें, तो मिलें...पर पता नहीं कुछ सोचकर नहीं बोल पायी।

अरुण प्रकाश को लगता रहा कितनी वेदना है साक्षी के भीतर। पति की बीमारी, कॉलेज पढ़ते बच्चे। सभी की ज़िम्मेदारी उसी पर। सासू जी की उम्र काफ़ी हो गयी है, वे कोई मदद नहीं कर पातीं। फिर भी साक्षी बाहर कुछ नहीं झलकने देती। न उसकी आवाज़ में फ़र्क़, न पहनावे में, न संवाद में। बहुत निपुण है व्यवहार में। आस्था तो एक झटके में चली गयी। पर साक्षी कितनी अनिश्चित ज़िन्दगी की गवाह है। अकेले में क्या-क्या सोचती होगी। वैसे तो वह अकेली नहीं है, लेकिन घर के सारे लोग उसी पर निर्भर हैं। एक बोझ दिन-रात उसे डगमगाता रहता है। कॉलेज में वह हेड ऑफ़ द डिपार्टमेण्ट है। उसकी चिन्ता अलग से। आजकल कॉलेज की हेडशिप लटकती तलवार के नीचे बैठना-सा है। जिसकी रस्सी को अपने ही विभाग के लोग काटते रहते हैं। ऐसी घर-बाहर की भँवरों में उलझी यह नदी कविता लिख रही है। बड़ी बात है। कैसे लिखती होगी कविता। शायद नहीं, कविता ने ही उसे दुश्वारियों के चौराहे पर सुरक्षित रखा होगा। कविता भीतरी पिघलता सीसा उलीचती है और ठण्डी हवा के झोंके की तरह मनुष्य को जीवित बनाये रखने का प्राण-वायु भी देती है। यही सब सोचकर अरुण प्रकाश ने अखिल को इस अंक के लिए कविताएँ छापने की सहमति दे दी। वैसे तो यह बाहरी लेप लगता है लेकिन सृजनात्मक व्यक्ति के लिए यह नयी ऊर्जा का स्रोत और हताशा से बाहर आने की सीढ़ी सिद्ध हो सकता है।

अरुण प्रकाश में जो परिवर्तन हुआ उसे वे कभी नहीं भूल सकते। वे महसूस करते हैं कि उनमें परिवर्तन हुआ है। उन्होंने दूसरों को अपने से अधिक अकेलेपन से जूझते देखा। उपेक्षा और उपहास से व्यक्ति अपने ही लोगों द्वारा हताशा की काल-कोठरी में धकेल दिया जाता है, उन्होंने विदेशों में, देश में स्वयं देखा। उन्हें मन से लगता है कि साक्षी इन भीतरी आक्रमण से बचे। तभी वह बाहरी आक्रमणों का सामना कर सकेगी।

साक्षी से हुई मुलाक़ात अब परिचय में धीरे-धीरे बदलती जा रही थी। वाट्सएप

कभी-कभार कोई ख़ास सन्देश भेजती। अरुण प्रकाश पहले तो सोशल मीडिया को लेकर उत्सुक न होते। पर अब धीरे-धीरे संवाद-सम्पर्क के लिए इन माध्यमों का उपयोग करने लगे थे। उन्होंने देखा कि कई ग्रुप ने उन्हें ले लिया है। पहले तो इसको चलाने का तरीका ही उन्हें पता नहीं था। अब भी वे अपनी ओर से पहल नहीं करते। पर इसलिए ग्रुप में होते हैं कि तरह-तरह की जानकारियाँ उसके माध्यम से मिलती हैं। साक्षी पता नहीं कहाँ से सुन्दर वाक्यांश, फूल और प्राकृतिक दृश्य सँजोकर लाती है। अब स्थिति ऐसी हो गयी है कि रोज़ सुबह वह वाट्सएप में सन्देश देखते हैं। करते कहीं नहीं। एकाध बार साक्षी को कर देते हैं। साक्षी फिर दो-तीन भेज देती है। सारे भद्र सन्देश।

अरुण प्रकाश ने यह भी देखा कि राजनीतिक सन्देशों की भरमार हो रही है। राजनीतिक पार्टियों की, सड़कों की लड़ाइयाँ वाट्सएप में घुस गयी हैं। इसे भी कुछ लोगों ने प्रचार का ही माध्यम बना लिया है। कभी-कभी स्तर बहुत नीचे तक गिर जाता है। उन्होंने स्वयं को समझा दिया—जहाँ-जहाँ राजनीति प्रवेश करती है, स्तर तो गिरता ही है, पार्टी कोई भी हो। एक बात और ध्यान में आयी उनके कि सत्ताधारी पार्टी अपना सन्तुलन नहीं सँभाल पाती। उसका सत्ता का अहंकार ज़रूर टपकने लगता है। पर उन्होंने इस खिड़की को बन्द नहीं किया। उसका ख़ास कारण ऐसा था कि जो समाचार टीवी और अख़बारों में नहीं आते, वह कभी-कभी इस पर झलक जाते हैं। यह बात और है कि उसकी सत्यता के बारे में सवाल उठ सकते हैं। पर यह बात हर किसी माध्यम के बारे में कही जा सकती है।

अरुण प्रकाश के मन में एक बात थी कि 'एकान्त' के माध्यम से समाज के प्रश्नों को रेखांकित किया जाये। ख़ासकर अकेलेपन के प्रश्नों के मनोवैज्ञानिक विश्लेषण की ज़रूरत उन्होंने महसूस की। हताश लोगों की संख्या बढ़ती जा रही है। डिप्रेशन के शिकार लोगों के भीतरी दवाब को कोई नहीं समझ पा रहा। घर-परिवार में रहकर भी अलग-थलग पड़े लोगों की मानसिकता को समझने की आवश्यकता पर वह 'एकान्त' में लेख, कहानी देना चाहते हैं। आज इस विषय पर समाज ध्यान नहीं दे पा रहा है, कल मनोचिकित्सक के पास जाने की बारी आ सकती है। इससे पहले ही इस महामारी को रोकने के लिए अपने पाठकों को सजग करना होगा। समाज-सरकार ऐसे मनोरोगियों के लिए अस्पताल बना रही है। दवाइयाँ खोजी जा रही हैं। पर पूर्व सावधानी के तौर पर यदि परिवार के किसी भी सदस्य को अलग-थलग पड़ने से रोका जा सकता है, तो अपने आप रोगियों की संख्या पर नियन्त्रण हो सकता है।

अचानक उन्हें लगा कि साक्षी को तो बचाया जा सकता है। कितने दबावों में है वह। वह उसे अब ज़्यादा मात्रा में वाट्सएप भेजने लगे। साक्षी उनके गुड मॉर्निंग सन्देशों का इन्तज़ार करने लगी। 10 मिनट रोज़ सुबह इसमें ख़र्च होने लगे। पर उसने एक ऊर्जा अनुभव की। मनोरंजन नहीं ऊर्जा। और किसी का वाट्सएप वह नहीं देखती पर अरुण प्रकाश का ज़रूर देखती है।

अरुण प्रकाश दुख की अग्नि-परीक्षा पार कर आये। आस्था के विरह ने उन्हें विलाप दिया। फिर वे न अरुण रहे और न ही उनमें प्रकाश रहा। मानो वे आस्था के परावर्तन बनकर रह गये थे। आस्था के जाते ही अरुण प्रकाश बुझ गये। अपने इस बुझे-बुझे से चेहरे को लेकर उन्होंने अपनी दहलीज लाँघी। बहन अनुपमा की बुझी दुनिया से गुज़रे। देश-विदेश के एकाकी लोगों से मिले। निष्ठा की नज़र से अघाए लोगों के दिमाग़ का कोलाहल देखा। सिद्धार्थ जैसे प्रखर पत्रकार को व्यवस्था के हाथों मजबूर देखा। अब साक्षी को आग पर चलते देख रहे हैं। कितनी ऊर्जा है उसमें। परिवार में वह रोज़ किसी अदृश्य राक्षस को घर में घुसते देख रही है। आँखों में बच्चों के लिए सपने बचा कर रख लिए हैं। मन पर पति की जिजीविषा का भार है। दिमाग़ में वृद्ध सासू-माँ की देखभाल है। कॉलेज में कुशल प्रशासक और सर्वप्रिय व्याख्याता है। इतना सारा भार होते हुए सुन्दर कविता की क़लम उसके एक हाथ में है। होंठों पर एक निर्द्वन्द्व मुस्कान सबके लिए। जब बात करती है तो लगता है उसका जीवन एक समतल मैदान है, लहलहाता खेत है, सरपट दौड़ती नदी है, गुनगुनाता झरना है, गर्वीला पहाड़ है...बिल्कुल मालूम नहीं होने देती कि भीतर एक रेगिस्तान है, पैरोंतले पथरीला अस्पष्ट रास्ता है, घनघोर जंगल में उसका सूरज कहीं खो गया है...फिर भी वह हाथ में कविता की क़लम और मन में संकल्प लिए निरन्तर काल से धड़न-तख़्ते पर दस्तक दे रही है। अपने अनेक बाहुओं से वह हर चुनौती के लिए तैयार लगती है, शायद नयी दुर्गा-सी वह संकल्प के शेर पर सवार है। उसे ऐसा ही बना रहना चाहिए। कोई भी संकल्प टूटना नहीं चाहिए। थपेड़े कितने भी आयें उसके किनारे धसकने नहीं चाहिए। उसने अपने किनारे के पेड़ों को आर्द्रता दी है। खेतों को मिट्टी की नयी परत दी है। उतार को कल-कल का संगीत दिया, घाट पर पनघट दिया है, यह सब बरकरार रखने के लिए उसके भीतर के सूरज को जलते रहना होगा।

ऐसे कितने ही साक्षी को बुझने से बचाने के लिए अरुण प्रकाश ने 'एकान्त'

में विविध कॉलम शुरू किये। देश के जाने-माने मनोचिकित्सकों को उन कॉलम में नियमित लेखन के लिए आग्रह किया। देखते-देखते 'एकान्त' एक विशिष्ट पत्रिका के रूप में देश में चारों ओर चर्चित होने लगी। ग्राहक बढ़ने लगे। उसका स्वरूप बदलने लगा। जैसे स्वास्थ्य, फ़िल्म, खेल, व्यापार, वाहन, पर्यटन आदि की तमाम पत्रिकाएँ कई भाषाओं में हैं। वैसी ही एक पत्रिका 'एकान्त' अपने बोध-वाक्य 'हम सबके साथी, कोई नहीं एकाकी' का नव-चैतन्य लेकर आया।

इस पत्रिका का ऐसा रूप देते हुए कविता-कहानी के लिए भी पर्याप्त जगह रखी गयी। पर यह ध्यान रखा गया कि अकेलेपन के अँधेरे को काटने वाले विषय हों। प्रश्नोत्तर का कॉलम, प्रख्यात मनोचिकित्सक चलाने लगे। इसमें अपनी व्यक्तिगत समस्या हर तरह के पाठक भेज सकते थे। इसके सटीक उत्तर एक तरह के उपचार ही होते। दूसरे लोग भी इसमें रुचि रखते। डिप्रेशन से बाहर आये लोगों के इण्टरव्यू खास ध्यान खींचते। डॉक्टर की सलाह और इस विषय पर देश-विदेश के विशेषज्ञों के लिए बहुत महत्त्वपूर्ण हो उठे। कई प्रतिष्ठानों का ध्यान इस पर गया। आर्थिक स्रोत बढ़ने लगे। पत्रिका की चमक बढ़ने लगी। सहयोगी लेखकों को अच्छा पारिश्रमिक दिये जाने लगा। प्रतिष्ठित मनोचिकित्सक इसमें अपना सक्रिय, सृजनात्मक योगदान देने लगे। अरुण प्रकाश ने इस विषय का गहन अध्ययन किया। उनके लेख दूसरी पत्रिकाओं में विशेष रूप से आमन्त्रित किये जाने लगे। कॉलेजों, विश्वविद्यालयों और सार्वजनिक प्रतिष्ठानों में उनके व्याख्यान होने लगे। उनकी व्यस्तता बढ़ती ही गयी।

अखिल ने पत्रिका का सारा काम पूरी तरह से सँभाल लिया था।

अरुण प्रकाश चारों ओर घूम-घूमकर अकेलेपन, एकाकीपन के ख़िलाफ़ मुहिम खड़ी कर रहे थे। उन्हें काफ़ी सफलता भी मिल रही थी। वह पूरी तरह व्यस्त हो गये थे। उन्हें एक रास्ता मिल गया था। उन्हें जगह-जगह लोग, अपनी जगह पर बुझते दिखाई दे जाते। कॉलेज के किसी कोने में कोई बैठा है अकेला। न खेल में, न पढ़ाई में...केवल अकेला, ऑफ़िस में, घर में, पार्क में, भीड़ में, ना जाने कहाँ-कहाँ अकेलेपन में ख़ुद से बातें करने वालों की भरमार उन्हें दिखाई देती। वे बातें करते और विश्लेषण...कुछ न कुछ निकलता...पत्रिका के लिए और उस व्यक्ति के लिए भी।

'एकान्त' चारों ओर चर्चित हुई। कई प्रतियाँ अपनी ओर से भेजते। अरुण प्रकाश का जीवन 'एकान्त' के लिए समर्पित हो गया।

अरुण प्रकाश को पूर्ववत् सक्रिय, प्रसन्न और उत्साहित देखकर सूर्यकान्त बहुत ख़ुश होते।

22

एक लम्बे समय से अरुण प्रकाश की साक्षी से कोई बात नहीं हुई। उन्होंने भी साक्षी से सम्पर्क नहीं किया। वे बहुत व्यस्त रहे इस दौरान, कई शहरों में उनके कार्यक्रम थे। साक्षी ने भी कोई मैसेज मोबाइल पर नहीं भेजा। शायद वह भी व्यस्त होगी। आज पाँच बजे शाम को उन्हें लगा कि साक्षी के हाल-चाल पूछे जायें। वैसे उन्हें अपनी ओर से फ़ोन करने में काफ़ी संकोच होता है। पर फ़ोन लगा लिया। साक्षी का मोबाइल बजता रहा। व्यस्त होगी...करेगी फ़ोन। पर साक्षी का फ़ोन नहीं आया। अरुण प्रकाश चिन्तित हुए, पर फिर फ़ोन करना उन्होंने मुनासिब नहीं समझा। उल्टे-सीधे विचार मन में आते रहे। पर फ़ोन नहीं किया, यह सोचकर कि मिस्ड कॉल में नम्बर तो होगा ही। सुविधा होते ही साक्षी ज़रूर फ़ोन करेगी। रात भी उन्होंने फ़ोन के इन्तज़ार में गुज़ारी। सुबह फिर फ़ोन किया। रविवार का दिन, छुट्टी का दिन था। सुबह नौ बजे का समय। यह तो सुविधा का समय हो सकता है। लेकिन साक्षी ने इस बार भी फ़ोन नहीं उठाया। अब अरुण प्रकाश चिन्तित हुए।

रात को दस बजे साक्षी का फ़ोन आया, 'कल सासू माँ का निधन हो गया।'

'कैसे?' अरुण प्रकाश का प्रश्न था।

'सात-आठ दिन से बुख़ार था। आईसीयू में रखा गया था। कोई फ़ायदा नहीं हुआ। पिछले महीने भर से हमारे घर में ख़राब तबीयत का ही माहौल है...।' साक्षी की आवाज़ की मौलिकता जाती रही। वह डरी हुई लग रही थी।

'सॉरी...। ऐसे में क्या कहें। सँभालिए अपने आपको...। मैंने कल फ़ोन किया था...।' अरुण प्रकाश को कुछ नहीं सूझ रहा था।

'जी...।' कहकर साक्षी चुप हो गयी। क्या बोले।

'अपना ध्यान रखें। मैं फिर फ़ोन करूँगा।' कहकर अरुण प्रकाश ने फ़ोन काट दिया।

अरुण प्रकाश ने साक्षी के परिवार को कभी नहीं देखा। केवल पहले साक्षी की कविताएँ देखीं, फिर साक्षी को देखा। लगा कि दोनों में कितना साम्य है। कविता में साक्षी और साक्षी में कविता। अब एक पहिया साक्षी का टूट गया। साक्षी की सासू माँ आधार थी घर की...साक्षी बताया करती थी कि माँ है, इसलिए मैं बाहर घूम-फिर सकती हूँ। वे अपने बेटे के पास बैठी रहती हैं, दिन-रात...बच्चों का ध्यान रखती हैं। मैं निश्चिन्त रहती हूँ। हालाँकि घर के हालात निश्चिन्त नहीं रहने देते।

पर माँ का सहारा है। अब सहारा ही चला गया। अब क्या करेगी साक्षी। अरुण प्रकाश का मन हुआ कि एक बार भोपाल हो आऊँ। पर नहीं गये। क्या करेंगे जाकर। कभी-कभी ऐसा होता है कि आदमी कुछ करना चाहता है, किसी के लिए निःस्वार्थ, लेकिन दुःख इतना बड़ा होता है कि उपचार नहीं हो पाता। एक भीतरी भगदड़ पूरी तरह लील लेती है और मनुष्य विवश हो जाता है। फिर सोचा कि फ़ोन ही करता रहूँगा। पर लगा पता नहीं बात करने की सुविधा है या नहीं। वे समझ नहीं पा रहे थे कि साक्षी के बारे में वे इतनी दुविधा में क्यों आ जाते हैं। मन ही मन वे साक्षी की बेहतरी के लिए प्रार्थना करते हैं।

अरुण प्रकाश पूजा-पाठी व्यक्ति नहीं हैं। कभी मन्दिर स्वयं अपनी ओर से नहीं जाते। कोई ले जाये, किसी को ले जाना हो तो उन्हें कोई परहेज भी नहीं। घर में कभी भगवान के सामने प्रार्थना की मुद्रा में नहीं होते। पर आस्था पूरी तरह धार्मिक थी। उसके लिए उन्होंने नया मकान बनने पर बड़ा-सा संगमरमर का पूजा घर ला कर दिया था। तब आस्था को आश्चर्य भी हुआ था। 'आप और पूजा घर?' तब धीरे से कहा था—'तुम्हारे लिए...।' अरुण प्रकाश के मन में एक बात स्पष्ट थी, जिसे जो अच्छा लगता है, सम्भव है तो उसे देना चाहिए। बस यही उनका ईश्वर है। वे नास्तिक नहीं हैं, पर आस्तिक दिखने के लिए उन्हें बाहरी दिखावे की ज़रूरत कभी अनुभव नहीं हुई। वे मन ही मन ईश्वर की प्रार्थना करते हैं कि साक्षी को आत्मशक्ति मिले। साक्षी आघातों से मुक्त हो सके। ऐसा करने से उन्हें शान्ति मिलती है। ईश्वर का स्मरण उनके लिए भीतर से सब कुछ है। बस भोपाल जाना और फ़ोन करना उन्होंने स्थगित कर दिया। सोचा जब भी साक्षी का फ़ोन आयेगा, भरपूर समय बात करूँगा। पर साक्षी का फ़ोन नहीं आया। कहीं किसी वजह से व्यस्त होगी। ख़ुद ही अपने लिए उत्तर जता दिया।

अखिल नये अंक की पाँच प्रतियाँ लेकर आया। अरुण प्रकाश की टेबल पर प्रतियाँ रखीं। अरुण प्रकाश चमत्कृत, 'इतना अच्छा अंक। भई अखिल तुमने तो कमाल कर दिया। क्या बात है। तुम्हारी मेहनत तो इस पत्रिका को नयी ऊँचाई देगी, और नयी ऊँचाई...।' कहते-कहते वे साक्षी की कविताओं से एक साँस में पार हो गये। बोले अखिल तुरन्त दो प्रतियाँ साक्षी को कूरियर से भेजो। एक संवेदना-पत्र भी। उनकी सासू-माँ का देहान्त हो गया है। और हाँ दो दिन बाद फ़ोन कर लेना अंक मिले या नहीं।

अखिल अपनी प्रशंसा सुनकर बहुत प्रसन्न हुआ। वह चुपचाप आँखें नीची किये

सब सिर-माथे पर रख रहा था। वह उस स्वभाव का नहीं था कि इस अंक के लिए मैंने ऐसा किया, वैसा किया। प्रेस में अमुक कठिनाई थी, मैंने ऐसी मेहनत की आदि-आदि। वह अपनी शेखी बघारने से बचता था। प्रशंसा किसे अच्छी नहीं लगती। पर उसकी डोर पकड़कर कोई दूरी नहीं नापनी चाही अखिल ने। अरुण प्रकाश के जीवन, विचार से वह भीतर तक प्रभावित है। उन्होंने उसे संरक्षण दिया, आत्मीयता दी। भला उनके सामने वह अपने बारे में क्या कहता। लेकिन वह दूसरों के सामने भी ऐसा करने से बचता है। विवेक बहुत सक्रिय रहता है—अखिल के व्यवहार में। वह तुरन्त उठा। कम्प्यूटर पर पत्र तैयार किया और अरुण प्रकाश के सामने रख दिया। अरुण प्रकाश पत्र पूरा पढ़ गये और अखिल की ओर देखकर मुस्कुराये। दस्तखत किये और बोले तुरन्त कुरियर में डालो। इस शोक-समय में साक्षी जब अपनी छपी हुई कविताएँ देखेगी, तो क्षणभर के लिए सिर पर आसन्न विलाप को भूल जायेगी। सृजनशील व्यक्ति अपने सृजन को विस्तार पाते देख बहुत संवेदनशील हो जाता है। सब कुछ भूलकर वह अपने ही शब्दों में खो जाता है। पलभर के लिए प्रकाशित कविताएँ साक्षी को सुकून देंगी, इस बात का अरुण प्रकाश को पूरा भरोसा था।

बाद में, अरुण प्रकाश, साक्षी की कविताएँ फिर पढ़ने लगे। शायद वे उन कविताओं में साक्षी को ढूँढ़ रहे हों। साक्षी के वर्तमान और अतीत की तरंगें फैल गयी हों, उनके शब्दों में। अरुण प्रकाश जानते थे कि सबसे अच्छी रचना वही है, जिसमें रचनाकार का प्रतिबिम्ब दिखता हो तथा श्रेष्ठ वह है, जिसमें पाठक अपना प्रतिबिम्ब पाता हो। अरुण प्रकाश को लगता है कि साक्षी की कविताओं में दोनों एक-साथ प्रतिबिम्बित होते हैं। रचनाकार और पाठक समान रूप से अपने आपको वहाँ पाते हैं। पिछली बार नदी के विविध रूप थे। इस अंक की कविताएँ जन्म पर केन्द्रित हैं। मनुष्य की भावनाएँ, स्थितियों के जन्म पर कविताएँ सहज ही ध्यान खींच गयीं अरुण प्रकाश का। वे पहली कविता पढ़ते हैं तो लगता है साक्षी की सोच की एक्स-रे है यह कविता। कविता का शीर्षक था—'हाहाकार का जन्म'।

अरुण प्रकाश एक-एक शब्द वाक्य ध्यानपूर्वक पढ़ने लगे—

'सारी दुनिया के मोड़ों से
आगे निकल जाते हैं संवाद
समुद्रों को पार कर जाती हैं यात्राएँ
मंज़िलों पर फैल जाता है सन्नाटा
पहुँचकर भी गन्तव्य पर

पीछे मुड़-मुड़कर
देखने के मन को
फुसला नहीं पाता कोई...

तब संवादों के बन्दीगृह में
मचती है खलबली
छा जाता है घना अँधेरा
आईने में जड़ जाते हैं चुम्बक
कोई भी आवाज़
सही जगह पर नहीं पहुँचती
बेचैनी सारी सरहदें पार कर
मुट्ठियों में तन जाती है,
तब मौन से—
हाहाकार का जन्म होता है।'

अरुण प्रकाश अगली कविताएँ नहीं पढ़ पाये। इसी कविता का हाहाकार उनके मन-मस्तिष्क में कौंधता रहा। किन हालात में लिखी होंगी कविताएँ आज क्या हाल होंगे। वे साक्षी की स्थिति को लेकर चिन्तित थे।

थोड़ी देर रुककर वे अगली सारी कविताएँ पढ़ने लगे और उन्हें आश्चर्य होता गया कि जीवन का इतना भीतरी-बाहरी बोझ उठाकर साक्षी कैसी मुस्काती हुई आवाज़ में बातें कर पाती है। उन्हें लगा कि स्त्री में ही वह शक्ति होती है, जो दुखों को ढोकर दूसरों के लिए सुखद पगडंडी बना सकती है।

23

काफ़ी दिनों से साक्षी के कोई समाचार नहीं। पत्रिका पहुँचने की ख़बर भी नहीं। क्या बात है। अरुण प्रकाश कुछ चिन्तित हुए। वैसे साक्षी तत्काल उत्तर देती है। बहुत नियमित और सधा हुआ काम है उसका। अरुण प्रकाश अपने अनुभवों से यह कह सकते थे। उनके मन में कुछ अनिष्ट की छिपकली रेंगने लगी। वे अब भी बहुत परेशान हो जाते हैं, जल्दी ही। फ़ोन करने में हिचकिचा रहे थे। कोई व्यवधान न हो। कोई कारण होगा। कर लेगी। वे क्यों

इतना सोचने लगे। कौन लम्बा परिचय है। अभी-अभी तो मुलाक़ात हुई है।...ये बात नहीं...कोई तकलीफ़ में होगी...वे स्वयं प्रश्न करते और स्वयं ही उत्तर देते। हाँ इतना, ऐसा कोई कारण तो है नहीं चिन्ता करने का...सही है पर कई बार हमें ऐसे लोग मिल जाते हैं, जो दो दिन की मुलाक़ात में ज़िन्दगी भर के परिचय को मात दे जाते हैं...। पर ये साक्षी किस तरह समय पर हावी हो रही है। बस अच्छा लगता है। भले लोगों के साथ भला समय गुज़रता है।

मोबाइल बजता है। सिद्धार्थ की कॉल है।

'आपने फिर साक्षी जी की कविताएँ छापी हैं...। लाजवाब कविताएँ। पिछले अंक से भी आगे। मैंने पिछली बार उन्हें फ़ोन किया था। उनसे बात करके बहुत अच्छा लगा था। कविता पढ़ कर तो लगा था कि मैं कविताएँ फिर से लिखना शुरू कर दूँ...आज बात नहीं हो पायी।' सिद्धार्थ आज बहुत अच्छे मूड में थे।

'क्या फ़ोन नहीं उठाया साक्षी ने?'

'नहीं, लम्बी रिंग गयी, फिर मैंने काट दिया...।'

'मेरा फ़ोन भी नहीं उठाया...पता नहीं क्या बात है?'

'आपसे कभी मुलाक़ात हुई?' स्त्रियों के बारे में पुरुषों को बिल्कुल ही उत्सुकता न रहे, भला ऐसे कैसे हो सकता है।

'हाँ, एक बार हुई थी। कुछ पारिवारिक कठिनाइयाँ थीं, उसकी। इतने में कोई सम्पर्क नहीं है।'

'ठीक है, बात हो तो मेरी बधाइयाँ भी उन तक पहुँचा दें।'

'जी अच्छा। विजय कैसे हैं। आज उनसे भी बात करूँगा। बहुत दिन हुए उनसे बात नहीं हो पायी है। कैसे हैं, आपसे मुलाक़ात हुई?' अरुण प्रकाश सहजता से विजय के बारे में पूछ रहे थे। वैसे एक कॉल करके बात हो सकती थी। पर जिस मित्र ने सिद्धार्थ से मिलाया, उसके बारे में बात निकालना एक प्रकार से अच्छा लगता है।

'हम पिछले दिनों फिर 'कंदील' गये थे। आपको बहुत याद किया। विजय प्रताप आपके बारे में निरन्तर बातें करते रहे। कितना चाहते हैं आपको...।' सिद्धार्थ, विजय के बारे में बहुत गर्व से काफ़ी बातें बताते हैं।

अरुण प्रकाश को गर्व है कि इन्दौर से निकलकर विजय ने मुम्बई जैसे महानगर में अपनी हैसियत बनायी और अच्छे मित्र भी बनाये।

'अरुण प्रकाश जी, पिछली मुलाक़ात में आप राजनीति में काफ़ी रुचि दिखा रहे थे। हम तो रात-दिन उसी में डूबे रहते हैं। इसीलिए तो कविता नहीं लिख पाते...।'

'तो राजनीति पर ही कविता लिखनी शुरू कर दीजिए...।' **बीच में ही टोकते** हुए अरुण प्रकाश ने कहा।

'हम तो निरन्तर सारी राजनीति कॉलमों में बहा देते हैं, कविता में कहाँ से निकालें...पर अब मेरी इच्छा है कि अपनी भीतरी भावनाएँ साक्षी की तरह बाहर निकालूँ...।' सिद्धार्थ बातें करने में बहुत तेज़ इंसान हैं।

'आप लिखिए हम छापेंगे...राजनीतिक सामग्री तो हम छापते नहीं। आपकी कविता ज़रूर छापेंगे।' अरुण प्रकाश अपनी बात आगे बढ़ाते बोले, 'आजकल राजनीति के क्या हाल हैं? कोई धाँसू ख़बर है...?'

'यहाँ तो रोज़ ख़बरों के नीचे ख़बरें होती हैं। कुछ लोगों तक पहुँचती हैं कुछ गॉसिप बनकर रह जाती हैं।...नयी ख़बर यह है कि कुछ राज्यों में चुनाव घोषित हो गये हैं। एक बड़े राज्य में, देश की बड़ी पार्टी ने, एक ऐसी पार्टी, नहीं व्यक्ति से साँठगाँठ की है, जिसकी सार्वजनिक छवि बहुत ख़राब है। पर वह दबंग है। वह गम्भीर आरोपों के घेरे में है...कई बार जेल जा चुका है। ख़ून, अपहरण, लूटपाट आदि के उस पर आरोप हैं। उसके डर से लोग मतदान करने नहीं जाते और जो मतदान करने जाते हैं, वे उसी को मतदान करते हैं...ऐसा सुनने में आया है कि बड़ी पार्टी ने उसे पाँच सौ करोड़ रुपये और एक छोटा चार्टर्ड प्लेन चुनाव ख़त्म होने तक दिया है।' सिद्धार्थ बता रहे थे और अरुण प्रकाश बीच में ही बोले—

'पर यह खबर तो कहीं नहीं आयी।'

'ऐसी ख़बरें कहीं आती नहीं। लेकिन राजनीति से जुड़े हर व्यक्ति तक पहुँचती हैं।' सिद्धार्थ ने कहा।

'पर इससे उस पार्टी को क्या फ़ायदा होगा और इतना रुपया आता कहाँ से है। इन बड़े-बड़े नेताओं के घोषणा-पत्र में तो सम्पत्ति एक करोड़ से सामान्यतः पाँच-छह करोड़ तक ही होती है। फिर ये इतना पैसा आता कहाँ से है...?' अरुण प्रकाश को इतनी बड़ी रकम का आश्चर्य हो रहा था और एक बदनाम व्यक्ति को चुनाव के लिए इतनी सुविधाएँ देने का गणित समझ में नहीं आ रहा था।

'बहुत सीधी बात है। वह जिस समुदाय से है, वहाँ उसके माध्यम से वोटों का केन्द्रीयकरण होगा। ये सारे मत यदि प्रतिस्पर्धी को नहीं मिलते तो इस पार्टी को अपने-आप फ़ायदा पहुँचेगा।' सिद्धार्थ सारा विश्लेषण करके विस्तार से समझा रहे थे। 'राजनीति नये-नये तरीके ईजाद कर रही है...पर इसके लिए जो धन लग रहा है, वह तो अन्ततः लोगों की जेब से जा रहा है...पता नहीं यह लूट-खसोट कहाँ जाकर रुकेगी। चुनाव के बाद सभी दल एक हो जाते हैं और

पब्लिक आपस में पाँच साल तक लड़ती रहती है। जितना समझो उतना दलदल गहरा होता जाता है...।' अरुण प्रकाश राजनीति के बीभत्स चेहरे को देखकर बहुत खिन्न हो गये ।

'अभी आपको और कई धक्के देने वाली घटनाएँ सुनाऊँगा। आपको विश्वास नहीं होगा, पर सब सच हैं। यह चुनाव पूरा हो जाने दीजिए। मैं अधिकांश प्रदेशों में घुमूँगा और आपको ताज़ा कहानियाँ सुनाऊँगा।...मेरी कविताएँ ज़रूर छापिएगा...।' चुटकी भरते हुए सिद्धार्थ मज़ाकिया मूड में आ गये।

'भेजिए, ज़रूर भेजिए...मैं इन्तज़ार करूँगा।' अरुण प्रकाश सोचने लगे दो दिन की पहचान कितनी आत्मीय बन गयी। विजय के लिए वे स्नेहिल हो उठे। 'कंदील' की मुलाक़ात सजीव हो उठी।

अरुण प्रकाश से नहीं रहा गया। कयास लगाना छोड़ उन्होंने साक्षी का नम्बर मिला ही लिया।

'डॉक्साब माफ़ कीजिएगा। मैं आपका फ़ोन उठा नहीं पायी। दरअसल मैं पिछले तीन दिन से ग्वालियर में हूँ। मेरे छोटे भाई यहाँ रहते थे...दो हफ्ते पहले उन्हें ब्रेन हैमरेज हुआ और परसों वे चल बसे...तबसे मैं यहीं हूँ। फ्लाइट से आना पड़ा। समय बहुत ही कम था। क्या हो रहा है, समझ में नहीं आ रहा है। मेरा एक ही भाई था। स्कूल-कॉलेज के बच्चे हैं। भाभी गृहिणी हैं, पता नहीं आगे क्या होगा...।' सुबकने लगी साक्षी।

'सॉरी, साक्षी जी...यह तो बिल्कुल एक हादसे की तरह है। अपना ख़याल रखिए...।' 'अच्छा' कहकर उन्होंने फ़ोन रख दिया। न यह पूछा कि पत्रिका मिली या नहीं, न कुछ पूछने बताने का अवसर ही था। फिर 'एकान्त' में ईश्वर से संवाद, 'ये क्या हो रहा है?' किसे मिला है, इस प्रश्न का उत्तर?

अखिल पास आया और उसने पूछा, 'क्या हुआ?'

अरुण प्रकाश बहुत विचलित थे। दुखी नज़र से अखिल को देखा। अखिल इतना तो जान गया कि कोई दुर्घटना घटी है। इसके पहले कि वह कोई अन्दाज़ बाँधता, अरुण प्रकाश बोले, 'अब साक्षी के भाई नहीं रहे...। पता नहीं क्या हो रहा है...।' अखिल क्या बोलता। भीतर से एक गिलास पानी लेकर आ गया। पानी पिया और अरुण प्रकाश बोले, 'इस बार हम कोई पत्र नहीं भेजेंगे।'

24

निष्ठा के विवाह के समय काफ़ी रिश्तेदारों ने नाक-भौं सिकोड़े थे। कइयों ने घर आना छोड़ दिया। मिलना-जुलना छोड़ दिया—विजातीय विवाह जो हुआ था। अरुण प्रकाश को शुरू में कुछ तकलीफ़ हुई, फिर स्वयं को समझा लिया, अब क्या करना है, क्यों अफ़सोस करें। निष्ठा ने कुछ गलत नहीं किया है। और अब तो अमेरिका में निष्ठा की ख़ुशहाल ज़िन्दगी बहुत खुश है। रिश्तेदारों का क्या, आप ख़ुशहाल तो दुनिया ख़ुशहाल।

अरुण प्रकाश का ग्राफ़ ऊपर चढ़ता गया। कॉलम रेग्युलर आता रहा—नामी अख़बार में फ़ोटो के साथ। कई कार्यक्रमों में वे होते। समाचार छपते, फ़ोटो के साथ। रिश्तेदार दूसरों को बताते : ये हमारे ये लगते हैं, वो लगते हैं। जिन्होंने पहले खासकर निष्ठा के विवाह के बाद रिश्तेदारी से अलग कर लिया था, वे ही नज़दीकी रिश्ते की दुहाई दे रहे थे। अरुण प्रकाश के लिए यह नया या चौंकाने वाला नहीं था। वे जानते हैं कि पेड़ जब हरा-भरा होता है, फल-फूल लगते हैं, तब तक ही लोग पास आते हैं, पंछी घोंसले बनाते हैं। इस 'एकान्त' ने जबसे ख्याति दी है, पंछी फिर लौट आ रहे हैं। परन्तु, अब अरुण प्रकाश जीवन के दूसरे ज़रूरी कामों में जुट गये हैं।

एक दिन एक पुराने रिश्तेदार अरुण प्रकाश के घर आये। किसी काम से अरुण प्रकाश बाहर गये थे। अखिल भी नहीं था। सूर्यकान्त वहाँ अख़बार पढ़ते बैठे थे। रिश्तेदार ने अरुण प्रकाश की पूछताछ की। वे सूर्यकान्त से पहले मिल चुके थे। अरुण प्रकाश के चचेरे भाई थे। पास ही के कस्बे में रहते थे। उन्होंने सूर्यकान्त से अपने मन की बात कह दी।

'आप ज़रा हमारी बात भाई साहब तक पहुँचा दें।'

'कौन-सी बात...?' सूर्यकान्त के पास कोई सन्दर्भ नहीं था।

'यही कि हमारे बेटे का दाखिला यहाँ के इंजीनियरिंग कॉलेज में हो गया है। होस्टेल में जगह नहीं है। भाई साहब यदि बेटे को अपने यहाँ रहने दें तो बहुत सुविधा होगी। हमें उनसे बात करने में संकोच है आप मदद कीजिए। हम माहवारी से पैसे देते रहेंगे। उनकी निगरानी में रहेगा तो कुछ सीखेगा ही। वैसे भी तो उन्होंने परायी जात का लड़का तो रखा ही है घर में। ये तो अपना है। यहाँ रहने से हमारा कमरे का किराया बचेगा, उतना हम भाई साहब दे देंगे...।' एक साँस में भाई साहब ने सारा गणित समझा दिया।

सूर्यकान्त को लगा अच्छा हुआ अरुण प्रकाश नहीं हैं। पता नहीं क्या बोल जाते और बाद में अफ़सोस करते रहते। सूर्यकान्त यह भी सोचते रहे कुछ लोग केवल अँगुलियों पर हिसाब करते ही जीते हैं। इतने व्यवहार-कुशल समझते हैं स्वयं को कि सारी दुनिया को भी अपने पक्ष में कर सकते हैं। किसी की संवेदना से उन्हें कुछ लेना-देना नहीं होता। उन्होंने तय कर लिया यह सन्देश छानकर ही अरुण प्रकाश तक पहुँचाया जाये। ख़ासकर अखिल की जाति और कमरे के किराए के बारे में अरुण प्रकाश को कुछ नहीं बताया जाये। अरुण प्रकाश के आने के बाद सूर्यकान्त ने केवल इतना कहा कि धार से आपके चचेरे भाई आये थे,...इतना सुनना था कि उनके तेवर ही बदल गये। खुद ही बोले, 'अपने बेटे को यहाँ रखवाना चाह रहे होंगे...।' सूर्यकान्त ने समर्थन में सिर हिलाया तो बोले, 'ये वही लोग हैं जिन्होंने निष्ठा की शादी के बाद दो वर्षों तक मेरी खोज ख़बर नहीं ली। अखिल की जगह अपने बेटे को यहाँ रखना चाहते हैं...पर मुझे यह पसन्द नहीं...वैसे भी वह लड़का कुछ बिगड़ैल है...कहाँ वो और कहाँ हमारा अखिल...कोई तुलना है। नो।'

अरुण प्रकाश को सब मालूम था। कुछ भी कहने की आवश्यकता नहीं पड़ी।

सूर्यकान्त से अरुण प्रकाश बोल पड़े, 'ये रिश्तेदार भी अजीब होते हैं। कई बार लगता है कि ये केवल अपने स्वार्थ के लिए हमें पहचानते हैं। मुझे बड़ी कोफ्त होती है। आस्था के जाने के बाद कुछ तो रिश्ता लेकर आ गये मेरे लिए। क्या कहूँ, दया करूँ या ग़ुस्सा करूँ। बहुत सँभाला अपने आपको। इतने वर्षों तक किसी को याद नहीं आयी अब नाता जोड़ रहे हैं, रिश्ता निकाल रहे हैं। क्या करूँ?'

'कुछ न करें। फलदार पेड़ पर ये पत्थर फेंक रहे हैं। शान्त रहें। अपना काम करें। किसी पर बिगड़ने की ज़रूरत नहीं। बस इतना कहें 'फिलहाल यह सम्भव नहीं।'

सूर्यकान्त की सलाह अच्छी लगी अरुण प्रकाश को। सचमुच क्रोध से कुछ हासिल नहीं होता, किसी को भी। न क्रोध करने वाले को, न क्रोध जिस पर किया जाये। केवल हमारे भीतर के हाहाकार को शब्द मिल जाते हैं। ये शब्द तीर का काम करते हैं। तीर कभी लौटकर नहीं आते। शब्द खलबली मचाते हैं। काम बिगड़ जाता है और नये क्रोध का कारण बन जाता है। अरुण प्रकाश ने सँवार लिया स्वयं को।

सूर्यकान्त काफ़ी देर तक बैठे रहे जब तक विषय नहीं बदला। वे जानते थे कि अरुण प्रकाश कुछ कहेंगे नहीं पर भीतर ही भीतर वे बेचैन रहेंगे। उनका

कामकाज रुक जायेगा। सूर्यकान्त को मालूम था कि अरुण प्रकाश वैसे तो बड़े शान्त, संयत और सन्तुलित हैं, लेकिन उन पर अकारण कुछ कोई कहता है तो वे बहुत समय तक मन में रखकर सोचते रहते हैं। इस स्थिति को कौन बदल सकता है। केवल अरुण प्रकाश। सूर्यकान्त कोशिश ज़रूर करते हैं। वे दोनों फिर अपने-अपने अकेलेपन पर बात करते रहे। कई कहानियाँ इधर से उधर गयीं। अरुण प्रकाश ने सूर्यकान्त को अमेरिका से सिद्धार्थ तक की सारी कहानियाँ सुना दी थीं। अब बारी साक्षी की थी। सूर्यकान्त भी साक्षी की स्थिति सुनकर द्रवित हो गये। इतने में अखिल आया। शाम के छह बज गये थे। काम वाली आयी नहीं थी। चाय नहीं बनी होगी। उसने अपना लैपटॉप अपने कमरे में रखा और भीतर चला गया।

सूर्यकान्त कह रहे थे, 'देखिए, कितना अच्छा साथी मिला है आपको...।'

'सो तो है, अखिल के कारण ही 'एकान्त' को चमक मिली है। मुझे कितनी मदद मिली, मैं बता नहीं सकता...।' अरुण प्रकाश अखिल को लेकर बहुत स्नेह भरे हैं।

सूर्यकान्त सोचते रहे इनके चचेरे भाई की अखिल के बारे में टिप्पणी यहाँ बताई तो वे आगबबूला हो जायेंगे। उन्होंने वह आग अपने तक रखी। इतने में अखिल तीन कप चाय लेकर आ गया। अरुण प्रकाश के लिए बिना चीनी, सूर्यकान्त इस उम्र में भी चीनी अच्छी-खासी लेते हैं। केवल कभी-कभी ब्लड-प्रेशर बढ़ जाता है, पर वे परवाह नहीं करते।

अरुण प्रकाश अखिल का बहुत ध्यान रखते हैं। बोले, 'तुमने क्यों बनायी चाय...?'

अखिल केवल मुस्कुरा दिया। न तो अरुण प्रकाश को कोई उत्तर अपेक्षित था, न अखिल को उत्तर देना था। स्नेह के आदान-प्रदान का प्रश्न था केवल।

एक दिन एक करीबी रिश्तेदार फ़ोन करके आये मिलने। साथ में, उनकी पत्नी भी थीं। आने का कारण नहीं बताया था। बस ये कहा कि आज के 'नयी दुनिया' में आपका फ़ोटो देखा कि सम्पादक के रूप में आपको सम्मानित किया जायेगा। म.प्र. साहित्य परिषद ने आपकी पत्रिका को पुरस्कार के लिए चुना है, बस हम बधाइयाँ देने आये हैं...उन्होंने अपने हाथ का थैला उन्हें पकड़ा दिया। बोले, 'बधाइयाँ आपको...हमें गर्व है कि हममें से एक आप रिटायर होने के बाद भी इस तरह सक्रिय हैं।'

'धन्यवाद, आप आये अच्छा लगा। पर यह क्या है?' थैले की ओर इशारा करते हुए बोले।

'कुछ नहीं थोड़ी-सी बर्फी और अपने इन्दौर के सेव...हमको मालूम है आपको यहाँ के लोंग के सेव बहुत पसन्द हैं।'

'धन्यवाद। पर मुझे माफ़ कीजिएगा मैं आज आपका ठीक से स्वागत नहीं कर पा रहा हूँ।' कहकर अरुण प्रकाश उठे।

रिश्तेदार की पत्नी लगातार आस्था की फ़ोटो को निहार रही थी।

अरुण प्रकाश स्वयं ही एक प्लेट में बर्फी और नमकीन ले आये। पानी भी।

'क्यों तकलीफ़ की आपने। अपनी मदद के लिए किसी को रख क्यों नहीं लेते...।' उन्होंने यूँ ही कहा। उनकी पत्नी ने हाथ से और आँखों से कम बात करने का इशारा किया।

थोड़ी देर बातें होती रहीं और रिश्तेदारी का भूगोल, इतिहास खड़ा होता रहा कि कौन, किसका क्या लगता है। यह भी कि वे रिश्ते में कितने करीब लगते हैं। फिर एक विराम रहा संवादों में। चलते समय उन्होंने घर पधारने का बहुत आग्रह किया। पता दिया और बोले, 'मैं लेने आ जाऊँगा और छोड़ दूँगा।'

'नन्दा नगर यहाँ से है ही कितनी दूर मैं आ जाऊँगा। अब भी मैं कार चला लेता हूँ...।' अरुण प्रकाश विषय समाप्ति की मुद्रा ओढ़कर काग़ज़ों की ओर देखने लगे।

आगन्तुक रिश्तेदार चले गये।

रास्ते में पत्नी ने कहा, 'उनके घर मुझे एक बात सूझी...।'

पति चौंके। पता नहीं क्या बला सूझी। उन्होंने प्रश्नार्थक नज़र घुमाई और बोले, 'क्या?'

'आप गलत मत समझिएगा। अरुण प्रकाश अभी-अभी तो रिटायर हुए हैं। वैसे लगते नहीं कि उम्र इतनी ज़्यादा होगी। पचास-बावन के लगते हैं।'

'तुम कहना क्या चाहती हो ?' पति ने आश्चर्य से पूछा।

'अपनी सविता भी चालीस से अधिक नहीं है। डाइवोर्स के बाद शादी का विचार किसी ने किया ही नहीं। वह भी लेक्चरार है। अच्छा कमाती है। आजकल लेक्चरर की तनख्वाह भी कम नहीं है। अरुण प्रकाश के पास सब कुछ है। ज़िम्मेदारी कोई नहीं। मकान है, गाड़ी है, पेंशन है, प्रतिष्ठा है, फिर अपनी रिश्तेदारी भी है दूर की, इससे करीबी हो जायेंगे।'

'अरे क्या हो गया है, तुम्हें...? हम अपनी बेटी तन्वी के लिए उनके भांजे राजेश की शादी की बात चलाने यहाँ आये थे और तुम अपनी बहन का ख्वाब

लेकर चल रही हो...।' उन्हें ग़ुस्सा आया और सामने गड्ढा दिख रहा था, फिर भी उन्होंने कार धीमी नहीं की। उन्होंने मन में सोचा उस झगड़ालू औरत को वह यहाँ लाना चाहती है। वे बोले कुछ नहीं। गड्ढे ने एक ज़ोरदार झटका दिया। पत्नी ने कहा, 'ज़रा सँभाल के...।' पति ने एक्सीलरेटर ज़ोर से दबाया और जल्दी ही नन्दा नगर पहुँच गये। पत्नी समझ गयी पति को प्रस्ताव अच्छा नहीं लगा। वे चुपचाप कपड़े बदलने लगे। पत्नी समझ गयी उनकी बात पति को अच्छी नहीं लगी।

पत्नी ने झट् चाय बनायी और ड्राइंगरूम में उनके सामने बैठ गयी। पति चुपचाप निहारता पत्नी को...सोच रहा था, कब दिमाग़ में क्या चलेगा, अन्दाज़ लगाना मुश्किल है।

'देखा न आपने, इतना अच्छा मकान है। सामने गार्डन है। पर सारी चीज़ें कितनी बेतरतीब बिखरी पड़ी हैं। कोई स्त्री आ जायेगी, तो सारा घर सँवर जायेगा।...और सुनते हैं, एक लड़का पाल रखा है घर में, पता नहीं किस जात का है...।' फिर मुँह बिचकाया पत्नी ने। पति ने उसे घूरा। आधा ही कप टी पॉय पर रख दिया और कुछ कड़ी आवाज़ में बोले–

'फिर वही। तुम हमेशा दूसरों में कमी ढूँढ़ती हो। मालूम है वे कितने बड़े आदमी हैं। कहाँ सविता और कहाँ अरुण प्रकाश...।' वे शब्दों को चबाते बोले।

'हैं तो आदमी ही न। और सविता कौन बूढ़ी हो गयी है। पढ़ी-लिखी है, सुन्दर है, अभी भी सुघड़ रखा है, उसने अपने आपको...। सोचने में क्या हर्ज है।' पत्नी अपने विचार में पति को खींचने की कोशिश में अड़ी रही।

'बस भी करो। किसी के भी घर जाकर तुम्हें अच्छा कुछ भी नहीं दिखता। उनका ड्राइंगरूम लेखक-पत्रकार का है। ऐसा ही रहता है। तुम्हारी बहन वहाँ जाकर वह सब साफ़ कर देगी। एक अच्छा-खासा लेखक बाल नोचने लगेगा। यह विषय बन्द करो। सविता को अपने हाल पर छोड़ दो। उसमें घर सँभालने की क़ूबत होती तो एक घर बर्बाद न करती। अब मुझसे ज़्यादा मत बुलवाओ कि वह और कितने...'

पत्नी ने बीच में ही बात काट दी, 'लोग तो कुछ भी कहेंगे...ठीक है, मैं इस पर अभी बात नहीं करूँगी...'

'अरे अपनी तन्वी के बारे में सोचो। ठीक से उसे तो सँभाल नहीं सकी। चली दूसरों का घर सँभालने। कितने रिश्ते आये पर कोई-न-कोई मीन-मेख निकालकर मना कर देती हो। तीस की हो चली है वह।'

अब जाकर पत्नी शान्त हुई, 'ठीक है' इधर-उधर देखने लगी।

अरुण प्रकाश को मालूम था रिश्तेदार कोई न कोई काम निकालकर ही आया होगा। कुछ ही केवल सम्मान देने की मानसिकता में होंगे। फिर भी, उन्होंने हाँ कही। कोई व्यस्तता नहीं जताई।

अरुण प्रकाश निर्धारित समय पर अपने रिश्तेदार के घर पहुँच गये। उन्हें अकेले ही जाना था। अखिल को बुलाया ही नहीं था। वे सज्जन सामने सोफ़े पर बैठ गये। दीवार पर बड़ी अजीब तस्वीर लगी थी। उन्होंने ही बताया कि एक्साइज डिपार्टमेण्ट में इंस्पेक्टर के पद पर हैं। अभी रिटायर नहीं हुए हैं। दीवार पर टँगी तस्वीर पति-पत्नी की है। पति डिपार्टमेण्ट की यूनिफार्म में, पत्नी के साथ मुस्कुरा रहे हैं। अरुण प्रकाश को भीतर से हँसी आयी पर वे सामान्य ही बने रहे।

'वैसे मैं एक्साइज डिपार्टमेण्ट में इंस्पेक्टर के रूप में हूँ।' वे सकुचाते हुए बोले।

अरुण प्रकाश ने फ़ोटो की ओर देखा और हामी भरी।

भीतर से रिश्तेदार की पत्नी आयी। बहुत महँगी साड़ी पहन रखी थी। गहने भी कम नहीं थे। इन सारी बातों का आनन्द, अरुण प्रकाश उठा रहे थे। पत्नी ही बात शुरू करती हैं, 'आपको नाश्ते में भजिया ठीक रहेगा...चाय में चीनी कितनी लेते हैं?'

'भजिया ठीक है। चाय बिना चीनी के।' वे निरपेक्ष भाव से बोले। वे सोचने लगे कि जल्दी मालूम हो जाये कि वे यहाँ क्यों बैठे हैं। क्योंकि दोनों के पास विषय नहीं थे। अरुण प्रकाश साहित्य में थे, जिसमें उस रिश्तेदार को कोई रुचि-जानकारी नहीं थी। रिश्तेदार को अपने डिपार्टमेण्ट के बाहर की दुनिया पता न थी। दोनों का समान विषय कुछ भी नहीं था। वे सज्जन उठकर भीतर गये। कुछ खुसर-पुसर भीतर हुआ। वे फिर ड्राइंगरूम में लौट आये। ड्राइंगरूम में लगे सोफ़े, पर्दे और दूसरी चीज़ें काफ़ी महँगी थीं, पर उसमें सुरुचि रत्ती भर नहीं थी। रंग, बनावट पर नज़र ही न ठहरती अरुण प्रकाश की।

इतने महँगे कपड़े, तो सोने से लदी हुई, हाथ में नाश्ते का ट्रे लेकर भीतर से एक लड़की आयी। उसने अरुण प्रकाश के हाथ में नाश्ते की प्लेट दी। माँ के इशारे पर वह सामने वाले सोफ़े पर बैठ गयी। रिश्तेदार को लगा अरुण प्रकाश तन्वी से कुछ बातें करेंगे। अरुण प्रकाश ने न कोई बात की और न ही कोई सवाल पूछा। फिर तन्वी की माँ ने कहा, 'तन्वी बेटे चाय ले आओ...ध्यान रखना कि अंकल की चाय फीकी हो।'

तन्वी उठकर चली गयी। अन्दर और भी एक दो महिलाएँ होंगी। बात

करने की हल्की आवाज़ें आ रही थीं। तन्वी जल्दी ही आ गयी। उसके चेहरे का मेकअप और गाढ़ा हो गया था। लिपस्टिक तो ज़्यादा ही लाल हो गयी थी। लगा अब तो कुछ बात होगी। पर नहीं। फिर तन्वी और उसकी माँ भीतर चली गयी। जाने से पहले दोनों ने पैर छुए अरुण प्रकाश के। अरुण प्रकाश भद्रता से खड़े हो गये और साथ लाये बर्फी का डिब्बा तन्वी की ओर बढ़ा दिया। तन्वी ने माँ की ओर देखा तो पिता ने कहा ले लो बेटा...तन्वी डिब्बा लेकर भीतर चली गयी। पीछे-पीछे माँ भी चली गयी।

बाद में, तन्वी के पिता मूल विषय पर आये। इससे पहले उन्होंने आस्था की वंश-बेल से बात शुरू करते हुए अपने वंश जाल को उससे जोड़ दिया। रिश्तेदारी वर्तमान तक सक्रिय हो गयी। फिर धीरे से बोले—

'इस साल हम तन्वी की शादी करना चाहते हैं। वह सोशियोलॉजी में एम.ए. है और पीएच.डी. कर रही है। आपके भांजे की जानकारी हमको मिली तो मैंने सोचा आपसे बात चलाई जाये।' सीधे-सीधे उन्होंने विषय स्पष्ट कर दिया।

'मैं आपका सन्देश बहन तक पहुँचा दूँगा, फिर जो स्थिति होगी देखेंगे...।' अरुण प्रकाश ने बहुत झुकाव नहीं दर्शाया।

'हमारी एक ही बेटी है। आप जहाँ कहेंगे हम धूमधाम से शादी करेंगे। जो भी लोक-रीति-रिवाज हैं, सब पूरा करेंगे।' वे उतावले हो रहे थे।

'मैं बहन से बात करके बताऊँगा।'

'हमारी बेटी आपको कैसी लगी...?'

'अच्छी है।'

'मैं आपके सन्देश का इन्तज़ार करूँगा।'

अब वहाँ बैठने के लिए कुछ रह नहीं गया था। उन्होंने हाथ जोड़े और चलने को हुए। तभी तन्वी की माँ और तन्वी सामने आयीं। अरुण प्रकाश को दोनों ने प्रणाम किया। अरुण प्रकाश वहाँ से चल पड़े।

रास्ते भर वे अनुपमा और राजेश के बारे में सोचते रहे। आज ही फ़ोन कर लेंगे।

घर पहुँचते ही अनुपमा को सारी बातें फ़ोन पर बता दीं। यह भी सुझाव दे दिया कि जल्दी आकर लड़की देख लें। वैसे राजेश मुम्बई के बाहर की लड़की के बारे में नहीं सोच पा रहा था। पर कुछ ख़ास हो तो विचार बदल भी सकता है। अरुण प्रकाश अनुपमा की चिन्ता से चिन्तित थे। दो व्यक्तियों का अकेलापन तीसरे के आने से दूर हो जायेगा। पर तीसरा राजेश की पसन्द पर खरा उतरना चाहिए।

अगले ही रविवार को सुबह माँ-बेटा इन्दौर पहुँच गये। रिश्तेदार को ख़बर की गयी। सारा समन्वय अरुण प्रकाश ने किया। कई बातें उनके मन में थीं। उन्होंने कोई बात उनसे नहीं की। सोचा एक बार राजेश की मन की स्थिति की थाह ली जाये, बाद में बाकी बातें सोची जायें।

राजेश ने साफ़ मना कर दिया।

दूसरे दिन माँ-बेटे निकल गये मुम्बई के लिए।

चिन्ता तो थी अरुण प्रकाश को लेकिन इससे कैसे निपटा जाये और शादी की पटरी कैसे बैठाई जाये उन्हें समझ न पड़ता। गणित अनसुलझा ही रह गया। अनुपमा की चिन्ता वाजिब थी। वह कहते 'कोई न कोई रास्ता निकलेगा' पर कैसे, नहीं पता। राजेश को मुम्बई की लड़की और नौकरी करने वाली की प्राथमिकता थी। अरुण प्रकाश को लगता कहीं तो समझौता करना होगा। उम्र बढ़ती जा रही है। पर समझौता तो राजेश को करना था।

25

काफ़ी दिनों के बाद साक्षी का फ़ोन आया। काफ़ी परेशान लग रही थी। बोली, 'भोपाल के डॉक्टरों ने स्थानीय स्तर के सारे उपाय कर लिए... उन्होंने कहा कि अभी कुछ हो सकता है तो मुम्बई के टाटा हॉस्पिटल में ही हो सकता है। मैं उन्हें लेकर मुम्बई आ गयी हूँ। साथ में, बेटा अनुभव है। तीन दिन हो गये। नये सिरे से टेस्ट हो रहे हैं। क्या करूँ कुछ समझ में नहीं आता...।'

'वहाँ रहने आदि की व्यवस्था हो गयी है?'

'हाँ एक स्पेशलरूम ले लिया है...।'

'मेरे कुछ मित्र हैं, मैं उन्हें आपसे मिलने के लिए कहता हूँ...।'

'कोई बात नहीं...आपसे बात करके अच्छा लगता है। वैसे यह सब तो मुझे पूरा करना ही होगा...।'

'फिर भी कोई ज़रूरत हो तो...मदद हो सकेगी...।'

'ठीक है।' कहकर साक्षी ने फ़ोन रख दिया।

अरुण प्रकाश को लगा साक्षी पर यह एक और हमला है। बीमारी ही ऐसी है कि इसके लिए कितना ही उपचार हो डर तो बना ही रहता है। फिर 'टाटा हॉस्पिटल' को रेफर किया गया तो डर दुगना हो जाता है। अरुण प्रकाश ने पहले

विजय को फ़ोन किया, फिर सिद्धार्थ को। सिद्धार्थ को टाटा हॉस्पिटल की सारी बातें मालूम थीं। उनका बेटा यही एडमिट था। डॉक्टर, सिस्टम सब कुछ सिद्धार्थ को मालूम था। सिद्धार्थ, विजय के साथ गये। साक्षी से मिले। बोले, 'अरुण प्रकाश जी ने आपके बारे में बताया...बेहद अफ़सोस है, लेकिन एक बात है, जो बन पड़ेगा हम करेंगे। आपको याद होगा, आपकी कविताओं के सिलसिले में हमारी फ़ोन पर बात हुई थी।'

'जी याद है।' साक्षी की आवाज़ दर्द में पिरोयी थी। ज़्यादा बातें नहीं हुईं। पर बड़े डॉक्टरों ने जाँच की। चूँकि सिद्धार्थ बड़े पत्रकार हैं तो उनके रसूख का ही परिणाम था कि नये सिरे से गहन जाँच हुई। बाद में, डॉक्टरों ने सिद्धार्थ को अलग से बुलाया और कहा, 'केस काफ़ी आगे बढ़ गया है। सुधार की गुंज़ाइश बहुत कम है...।'

डॉक्टरों से मिलकर आने के बाद सिद्धार्थ अपराधी की तरह साक्षी के सामने खड़े रहे।

'क्या कहा डॉक्टरों ने?' रुआँसी होकर साक्षी ने पूछा।

'कोशिश कर रहे हैं...।' क्या कहें सिद्धार्थ, कुछ न सूझता।

हफ्ते भर में सब कुछ समाप्त हो गया। सिद्धार्थ और विजय ने बहुत सहायता की। हर तरह की। बेटा साथ था ही, बेटी को भी बुला लिया। सब कुछ मुम्बई में ही करना तय हुआ। सिद्धार्थ ने बहुत यानी सारी मदद की। तीसरे दिन साक्षी अपने दोनों बच्चों के साथ खाली हाथ लौट आयी। फिर वही शोक, विलाप और जानलेवा हाहाकार। इस बार अरुण प्रकाश गये। एक टूटे मन को, दूसरे टूटे मन से सम्बल, सहारा। कई दिनों तक कुछ नहीं लिख पाये। सिद्धार्थ को धन्यवाद दिये, विजय को भी और ज्यों मौन में प्रवेश कर गये।

26

मनुष्य हर दिन समय की यात्रा पर होता है। कहते हैं न कि कुछ न करना भी एक क्रिया है। समय की डोर अन्तहीन है। पीढ़ियाँ इस डोर पर चलती हैं। मनुष्य चलता है। समय कभी कहीं नहीं जाता। मनुष्य अपने फ़ैसले से अपने जीवन का फ़ासला तय करता हुआ आगे बढ़ता है और उसके गलत फ़ैसले ही उसे पीछे धकेलते हैं। सरल भाषा में इसे ही अच्छे या बुरे समय की

संज्ञा मिलती है। मनुष्य अपने ऊपर कुछ नहीं रखता समय-समय पर थोपकर फिर अपने गणित में लग जाता है। इसके लिए भाग्य और भक्ति का दामन थाम लेते हैं। कुछ स्थिति को भाँपकर फिर संघर्ष करते हैं। अपने में सुधार करते हैं और समय की डोर पर आगे बढ़ते हैं। आज तक कोई यह नहीं जान पाया है कि कितनी लम्बी डोर तक कोई जा सकता है। कयास ज़रूर लगाते हैं और अपने कयास के लिए हाथ से छूटी डोर का हवाला देते हैं। अरुण प्रकाश को यह 'ब्लाइंड ट्रीटमेंट' लगता है। कुछ रहस्य ऐसे हैं, जिन्हें मनुष्य खोज नहीं पाया है, उसका संघर्ष जारी है—उन रहस्यों में सबसे बड़े हैं—जन्म और मृत्यु। दुनिया के अधिकांश लोग इन प्रश्नों के झंझट में नहीं पड़ते, कई लोग बने-बनाये ढाँचे में समा जाते हैं। कुछ भाग्य के भरोसे अपना मार्ग तलाशते हैं, कुछ ही हैं जो निर्द्वन्द्व होकर सोचते हैं और समय की डोर पर चलते रहते हैं। वह ख़ुद को देख सकते हैं, इसलिए अन्धविश्वासी नहीं होते। अरुण प्रकाश कई अर्थों में इसी श्रेणी में आते हैं।

जीवन का हर दिन विशिष्ट होता है, सक्रिय जितना हो, उस अच्छा—अरुण प्रकाश का यह सूत्र है। दूसरे वे विश्वास में जीते हैं। अपने काम पर विश्वास हो हमारा। जो भी कर रहे हैं, उसमें दूसरों के लिए भी कुछ हो। जो छिन गया, लुट गया, खो गया उसका अफ़सोस मनुष्य के नाते उन्हें होता है, परन्तु, किसी का छीनकर, लूट कर या धोखे से हासिल कर सुख बटोरने की कोशिश कभी नहीं की। उसके उलट किसी को देकर उन्हें आत्मीय ख़ुशी होती है। ऐसे लोगों को अच्छे लोग मिलते रहते हैं, यह मात्र संयोग नहीं होता। केवल मिल जाये ऐसा भी नहीं, बल्कि अकारण ही वे लम्बे समय तक, साथ-साथ चलते हैं, ये मनुष्य की अपनी ही प्रतिध्वनियाँ हैं, जो सूर्यकान्त और अखिल के रूप में जीवन में आती हैं।

कई बार भूकम्प आते हैं, बादल फटते हैं, पहाड़ धँसकते हैं, अकाल पड़ता है, ज्वालामुखी फूटता है, अरुण प्रकाश मानते हैं कि यह सब अकारण नहीं है। वैज्ञानिक अब इसके कारण जानने लगे हैं। इसकी प्रक्रिया और रहस्य पहले जैसी गोपनीय नहीं रही। उसी तरह मनुष्य के दुखों के कारण कई ऋषियों, मनीषियों ने खोजे और जीवन के लिए एक व्याकरण दिया। लोग उसका आचरण करने की बजाय 'शॉर्टकट' के रूप में पूजा करने लग जाते हैं। दुखों, असफलताओं को भाग्य की खूँटी पर टाँग देते हैं। अरुण प्रकाश का सपना है कि ऐसी बातों को 'एकान्त' के माध्यम से उठाया जाये, उस पर प्रकाश डाला जाये। चर्चा हो और नये मनुष्य तक एक पारदर्शी, संघर्षशील, उद्देश्यपूर्ण जीवन की डोर दी जाये।

इसके लिए वह रात-दिन भटक रहे हैं। खोज रहे हैं। लिख रहे हैं। अब अखिल नयी ऊर्जा और दृष्टि के साथ जुड़ गया है।

वे अखिल से अक्सर इस विषय पर बात करते हैं। अखिल अपनी दृष्टि से बहस भी करता है। अधिकांश बार दोनों सहमत ही होते हैं। अरुण प्रकाश का मानना है कि पहले मनुष्य को धर्म राह दिखाता था। धर्म भी समय की तरह अपनी जगह पर खड़ा है। मनुष्य इसके इर्द-गिर्द अपनी राह ढूँढ़ता है, चाहे वह किसी भी समुदाय का हो, कोई भी धर्मावलम्बी हो। अपनी गलतियों, त्रुटियों, अपराधों को वह धर्म के प्रकाश-पुंज के सामने स्वीकार कर, क्षमा माँगकर अगली यात्रा कर निकल पड़ता था। अब दुनिया के धर्मों को राजनीति ने हथिया लिया है। रोशनी की दिशा बदलने की कोशिश हो रही है और अँधेरे में बुद्ध, यह सब देखकर हतप्रभ हैं। पर अन्धी सुरंगों से बाहर आ जाये वही बुद्ध है। हर कोई बुद्ध नहीं हो सकता, लेकिन अपने अँधेरे को पहचानने की शक्ति तो सबमें है, केवल निरपेक्ष भाव से अपने भीतर झाँकने की ज़रूरत होती है। इन बातों से अखिल को ऐसा लगता है कि अरुण प्रकाश का प्रकाश-पुंज उसके जीवन की सबसे बड़ी उपलब्धि है।

अरुण प्रकाश के सम्पादकीय अब ऐसे ही विषय पर अधिक होते। 'एकान्त' ऐसे विषयों के लिए जानी जाने लगी। लोग ख़ूब पसन्द करते। मोबाइल के ज़माने में एस एम एस पर ढेरों प्रतिक्रियाएँ आतीं। अभी भी कुछ लोग पत्र लिखते। कई पत्र असहमति के भी होते। अरुण प्रकाश सभी तरह के पत्र प्रकाशित कर देते। बाद में, प्रतिक्रियाओं पर जबरदस्त प्रतिक्रिया होती, ऊहापोह होता, चर्चा होती और एक मन्थन होता। पाठकों की भागीदारी चिन्तन में भी और पत्रिका में भी। अरुण प्रकाश इस स्थिति को जीने लगे। उनका उत्साह बढ़ता गया। 'एकान्त' की उर्ध्व-यात्रा निरन्तर जारी रही।

'एकान्त' के ढेर सारे ग्राहक, ख़ूब विज्ञापन, बुक स्टालों पर प्रमुखता से स्थान...अब 'एकान्त' स्वावलम्बी हो गया था। बहुत कहा निष्ठा को कि अब 'एकान्त' अपने पैरों पर खड़ा हो गया है। पर वैभव-निष्ठा नहीं माने।

अरुण प्रकाश ने कुछ पारिश्रमिक बढ़ा दिया और निष्ठा के नाम से एक ट्रस्ट बनाकर हर वर्ष श्रेष्ठ तीन रचनाओं को पुरस्कार देने की योजना शुरू की।

इसी बीच अखिल को पीएच.डी. घोषित हुई। अरुण प्रकाश की खुशी का ठिकाना न रहा। उन्होंने उसे भींच लिया और अखिल सुबकने लगा।

'क्या हुआ?' अरुण प्रकाश बोले।

'कुछ नहीं...।' अखिल की आँखों से आँसू छलक आये।

अरुण प्रकाश ने उसकी दोनों बाँहें पकड़ीं और आँखों में झाँककर देखा। ख़ुशियाँ थीं सफलता की, पर बहुत गहरे कुछ खोने का दुख भी झाँक रहा था।

'अखिल, क्या हुआ...।'

'पिताजी रहते तो...।' अखिल फफक पड़ा। उसका बाँध टूट चुका था। उसने अरुण प्रकाश के पैर पकड़ लिए। उसे उठाने झुके अरुण प्रकाश पर उसने पैर नहीं छोड़े। फिर ख़ुद ही अरुण प्रकाश उसके साथ फ़र्श पर बैठ गये। अजीब दृश्य था। काफ़ी देर वे उसी अवस्था में रहे। अरुण प्रकाश भी अपने आँसू रोक नहीं पाये। फिर अखिल ही उठा और अरुण प्रकाश को सहारे से उठाकर सोफ़े पर बैठा दिया। अरुण प्रकाश ने फिर अखिल को गले से लगा लिया, उसका माथा चूमा। दोनों सामान्य होते गये।

अरुण प्रकाश ने आस्था की फ़ोटो की ओर देखकर कहा, 'बेटा जाने वाले कहीं नहीं जाते। हमारे भीतर समा जाते हैं।' अखिल को पीएच.डी. मिली और सम्बोधन मिला 'बेटा' अर्से से कभी किसी ने इतनी गहराई से नहीं कहा था।

दोनों अपने-अपने में खो गये, भावों में घुल गये। आँसुओं का बाँध फिर बँध गया। अखिल उठा और भीतर चला गया। उसने चाय चढ़ाई। कपड़े बदले। दो कप चाय लेकर अरुण प्रकाश के सामने खड़ा था। आँखें नीचे किये वे कितनी देर से शून्य में देख रहे थे। अखिल को चाय लिए देखने पर आस्था की ओर उठी निगाहों ने चाय को थाम लिया।

दोनों देर तक बातें करते रहे।

'एकान्त' के इस अंक में अखिल की पीएच.डी. का समाचार छापने की सूचना अरुण प्रकाश ने दी।

विजय बहुत कम फ़ोन करते हैं। हाँ मुम्बई जाने पर पूरा समय और सम्मान के साथ उपलब्ध रहते हैं। सोशल मीडिया पर बहुत कम आना-जाना है उनका। पर जब मेल लिखते हैं तो इतना सटीक कि एक लघु विराम भी नहीं हटाया जा सकता। अपने क्लाइंट को सलाह भी सटीक देते हैं। उनका मानना है कि वे सलाह देने की मोटी फीस लेते हैं। व्यापार की दुनिया में उनका बड़ा नाम है। बड़े-बड़े वकील भी इनके तर्क और प्रस्तुतीकरण को काट नहीं पाते। वे कई बार तो अपने क्लाइंट को साफ़ कह देते हैं कि मैं आपकी मनमर्जी के लिए यहाँ नहीं आया हूँ। आपने मुझे सलाह के लिए बुलाया है। मैंने पूरा अध्ययन करके आपकी भलाई के लिए यह ड्राफ्ट तैयार किया है। मैं नौकरी नहीं करता आपकी,

इसलिए आपके ख़ुश होने न होने से मेरा सरोकार नहीं है। केस के कमज़ोर और मज़बूत बिन्दुओं को रखना मेरा काम है...। 'आई एम यूअर एडवाइजर...' आप कहें तो मैं यहाँ रुक जाऊँ। व्यापार जगत् में विजय की अपनी साख और धाक है। वे हमेशा खरा और साफ़ बोलते हैं।

विजय का अपना व्यक्तित्व है। जब इन्दौर थे, तब भी यही स्वभाव था। अब तो व्यापार की दुनिया के एक जाने-माने सलाहकार हैं। अरुण प्रकाश को गर्व है कि ऐसे व्यक्ति उनके अन्तरंग मित्र हैं और हर सुख-दुख के भागीदार हैं। उनके एक एस एम एस ने अरुण प्रकाश को चिन्ताजनक आश्चर्य में डाल दिया। उन्होंने लिखा था 'आज न जाने क्यों मायूसी मुझे घेर रही है। कोई वजह नहीं, मगर लगता है बस भी करो अब क्या बचा है, जो अब भी हासिल करना है। अगर नहीं तो जीने की वजह क्या है या यूँ कहो कि ज़रूरत ही क्या है...बेवजह जीना भी कोई जीना है यार। बस ढोते रहना है।' यह पढ़कर अरुण प्रकाश विचलित हो गये। रात के ग्यारह बजे थे, फिर भी फ़ोन किया। विजय ने फ़ोन उठाया। दोनों के बीच लम्बी बातचीत हुई। विजय का सार था—जीने में मज़ा नहीं। जितना जीना-पाना था और औकात थी—सब मिल गया, अब ज़िन्दगी बेस्वाद लगने लगी है। अरुण प्रकाश का कहना था कि अपना हासिल करना पूरा हो जाये तो दूसरों के लिए काम करना चाहिए। इसमें अपने हासिल होने से ज़्यादा सुकून मिलता है।

'एकान्त' के सम्पादकीय और लेखों पर भी विजय ने टिप्पणी की और बताया कि 'अब मैं अपने मित्रों परिचितों के जन्मदिन पर 'एकान्त' का वार्षिक चन्दा भर देता हूँ। मित्रों की प्रतिक्रियाएँ बहुत अच्छी हैं। इसे निरन्तर आगे बढ़ाने की सलाह है और अन्त में, यह भी कि किसी भाव-शून्यता में जो विचार आये मैंने आपको भेजे। अब मैं उसमें से बाहर आ चुका हूँ, फ़ोन आया अच्छा लगा।'

दोनों का संवाद काफ़ी लम्बा चल गया।

अरुण प्रकाश फ़ोन करने के बाद काफ़ी देर तक नींद से लड़ते रहे। उनके मन में बार-बार यह सवाल उठता कि विजय प्रताप के मन में ऐसे विचार आये ही क्यों...लगा फिर एक बार बात कर लें। पर रात के डेढ़ बज चुके थे। करवटें बदलते रहे...नींद नदारत थी। भोर में नींद लगी। उसमें भी वे बैचेन रहे। इस बेचैनी में वे इन्दौर के सराफ़ा बाज़ार में टहल रहे हैं...वैसे उन्हें चाट बहुत पसन्द नहीं है, पर कभी-कभी मित्रों के साथ चले जाते हैं। आज बहुत कोशिश कर रहे हैं कि साथ कौन है...जानी-पहचानी सूरत है। शायद साक्षी है। साथ-साथ चल रही है। रात का समय है, फिर भी बहुत सज-धज कर आयी है। बिल्कुल पहली

मुलाक़ात की तरह। लेकिन आज बहुत खुलकर बातें कर रही है। उसके चेहरे पर कोई तनाव नहीं है। गोलगप्पे बहुत पसन्द हैं उसे। एक गोलगप्पा मुँह चौड़ा कर डालते समय उसने अरुण प्रकाश को देखा, इसमें लज्जा और साथ का कुतूहल था। उसकी रतनारी नज़र अरुण प्रकाश को झकझोर गयी। उन्हें लगा साक्षी तीस साल उम्र घटाकर उनके साथ आ खड़ी हुई है। ख़ूब घूमे वे दोनों। अरुण प्रकाश को आश्चर्य हुआ कि पता नहीं दिन है या रात है। कोई भी आदमी इस बाज़ार में नहीं पहचान रहा है। ऐसा तो कभी नहीं होता। इन्दौर की सड़कों पर हमेशा ही कोई न कोई पुराना विद्यार्थी या परिचित मिल जाते हैं। आज उन्हें कोई नहीं पहचान रहा। उनका भी कोई परिचित नहीं दिख रहा। हालाँकि भीड़ बहुत है।

खूब खाये, ख़ूब घूमे।

लगा दोनों को कोई चिन्ता नहीं। कोई जानता नहीं। कहीं जाना नहीं। बस बातें करना है।

एक खाली ऑटो रिक्शा आता दिखाई दिया। अरुण प्रकाश ने हाथ से रुकने का इशारा किया। फिर साक्षी से बोले चलो तुम्हें सयाजी छोड़ आता हूँ। दोनों ऑटो रिक्शा में बैठ गये। इतने पास-पास वे कभी नहीं बैठे थे। देह में तो थे, पर एक झीनी सी नज़र दोनों के बीच थी। साक्षी ने यूँ ही अरुण प्रकाश को स्ट्रीट लाइट की भागती झिलमिल रोशनी में निहारा। अरुण प्रकाश ने निर्विकार हो साक्षी को देखा। साक्षी की आँखों में विशिष्ट भाव सर्र से तैर गये।

होटल सयाजी में दोनों उतर गये। अपनी ही धुन में दोनों सीढ़ियाँ चढ़ने लगे, रिसेप्शन की ओर। पैसे देना भूल गये थे, इसलिए झट् अरुण प्रकाश ने पीछे देखा आश्चर्य...न ऑटो, न ड्राइवर...फिर कैसे आये इतनी दूर...पता नहीं। साक्षी आगे बढ़ गयी थी...कुछ सोचने का मौक़ा ही नहीं मिला। लिफ्ट से छठवीं मंज़िल पर वे साक्षी के कमरे के सामने खड़े थे। साक्षी के भीतर जाते ही अरुण प्रकाश ने कहा—'अब तुम आराम करो। काफ़ी रात हो गयी है।'

'आइए न। एक कप कॉफ़ी पीकर जाइए।'

अरुण प्रकाश ने घड़ी की ओर देखा। घड़ी हाथ पर बँधी थी...पर समय के काँटे ग़ायब थे। वह ज़ोर देकर देखना चाह रहे थे।

इतने में साक्षी ने बहुत आग्रह और प्यार से कहा, 'आइए न।'

अरुण प्रकाश कमरे में प्रवेश कर गये। शानदार कमरा, कमरे में ही टी मेकर। 'चाय लेंगे या कॉफ़ी' फिर साक्षी ने पूछा। आपने कॉफ़ी के लिए कहा था।' अरुण प्रकाश का संक्षिप्त-सा उत्तर। साक्षी काफ़ी बनाने लगी। अरुण प्रकाश के लिए यह दृश्य बहुत स्वनिल था। मोरपंखी रंग की साड़ी साक्षी ने

पहन रखी थी। कमरे की सारी दीवारें सफ़ेद रंग की। बड़ा-सा ऊँचा-सा बिस्तर सफ़ेद रंग का। लिखने के लिए टेबल-कुर्सी। बेड की बगल में दो कुर्सियाँ और उनके बीच में छोटा-सा एक चौकोर टी पॉय।

साक्षी ने कॉफ़ी बनायी। प्याला अरुण प्रकाश की ओर बढ़ाती बोली, 'डॉक्साब।' अरुण प्रकाश उसे देखते रह गये। इतनी ऊँची, करीने से लिपटी साड़ी, आँखों में सम्मान भाव, चेहरे पर प्रसन्नता। अरुण प्रकाश को लगा कि उनके पास इस समय कोई अतीत नहीं और न ही भविष्य है। दोनों साक्षी में सिमट आये हैं और इस वक़्त वे उसके साथ कॉफ़ी पी रहे हैं। उन्होंने बड़ा-सा घूँट लिया, रुआँसी आवाज़ निकाली और वे हड़बड़ाकर जाग गये। सामने की दीवाल पर घड़ी नौ बजा रही थी और दीवार पर लगे फ़ोटो से अरुण प्रकाश को देख आस्था ज़ोर से हँस रही थी और उन्हें लगा वह अँगुली उठाकर उन्हें चिढ़ा रही हो।

अरुण प्रकाश की आवाज़ से अखिल भागा-भागा आया और बोला, 'क्या हुआ?'

'कुछ नहीं,' अरुण प्रकाश बोले और सोचने लगे, ये क्या सपना था।

'मैंने रोज़ की तरह चाय आपके सिरहाने रख दी और अपना काम करने लगा। मुझे लगा आज आपकी तबीयत ठीक नहीं है, कुछ देर आपको आराम करने देना चाहिए। मैं अभी चाय माइक्रोवेव में गर्म करके लाता हूँ। तब तक आप हाथ-मुँह धो लीजिए।' कुछ भी न बोलते देख अखिल ने पूछ लिया, 'तबीयत तो ठीक है न।'

'हाँ, हाँ सब ठीक है।' कहकर वे बिस्तर से उठे।

अखिल चाय गरम करने ले गया।

बेडरूम से बाहर निकलते समय उन्होंने फिर आस्था की फ़ोटो की ओर देखा। आस्था खिद्द-सी हँस दी और मुँह पर हाथ रख लिया। गौर से देखा तो फ़ोटो हमेशा की तरह स्थिर था। उन्होंने बालों में से हाथ फिराया और ब्रश करने चले गये।

अरुण प्रकाश ने अपने बेडरूम में भी आस्था का फ़ोटो लगा रखा है। सोते समय आँखें मूँदने से पहले और सुबह नींद से जागते ही वे आस्था की ओर ज़रूर देखते हैं।

वे सोचते रहे, आज यह सपना कैसे आ गया...

थोड़ी देर बाद जब अखिल के साथ चर्चा होने लगी और आख़िर में अगले अंक

के लिए सामग्री की फ़ाइल उनके सामने रखी तो पहली ही कविता साक्षी की थी—'माँ'

दुःख जोड़ता है
माँ के अहसासों में
माँ की अँगुलियों में
होती है दवाइयों की फैक्ट्री!
माँ की आँखों में होती हैं
अग्निशामक दल की दमकलें
माँ के सान्निध्य में
होती है झील
हर प्यास के लिए।
स्वर्ग की कल्पना है माँ,
माँ स्वर्ग होती है...
समय की बेवफाई
दुनिया के खिंचाव
आकाश की ढलान
सपनों के ख़ौफ़
यात्राओं की भूख
और सूरज के होते हुए
अँधेरे के डर को
काटता है कोई
वह माँ है!

अरुण प्रकाश एक साँस में कविता पढ़ गये और उन्होंने अपूर्व सूचना दी, 'इस कविता को 'एकान्त' के कवर पेज पर डालेंगे।'

'बहुत अच्छी कविता है, कल की डेट में आयी। मुझे इतनी अच्छी लगी कि सबसे पहले इसी को रखा। इस बार उन्होंने केवल एक ही कविता भेजी है।' अखिल के लिए चुनौती थी, कवर पेज के लिए, पर वह करेगा अच्छा।

'बहुत दिनों बाद साक्षी की कविता आयी है।'

'दो साल के बाद...।' अखिल ने स्पष्ट किया।

दो वर्षों से कोई सम्पर्क नहीं। अच्छा है अब लिख रही है। पिछली रात का सपना और यह कविता...अरुण प्रकाश को कुछ समझ में नहीं आ रहा था।

27

बरसों बाद साक्षी का फ़ोन आया। एकाध बार सन्देश आये-गये। फ़ोन भी आये, पर ठीक से बात नहीं हो पायी। अरुण प्रकाश को अपनी ओर से फ़ोन करने में हिचकिचाहट होती। बिना काम के फ़ोन की आदत अरुण प्रकाश को थी नहीं। बार-बार घर के हालात के बारे में पूछना भी ठीक नहीं लगता। दुखद बातों की यादें भी दुखद होती हैं। नहीं किया अपनी ओर से फ़ोन। हाँ, 'एकान्त' की प्रति नियमित जाती रही।

फ़ोन पर आज साक्षी की आवाज़ पूर्ववत् लगी। अच्छा लगा।

'कैसे हैं ?'

'ठीक हूँ। आपका नया क्या चल रहा है?'

'कुछ खास नहीं...एकाध कविता वगैरह...अब कुछ सामान्य हो रहा है...पर जीवन बहुत बदल गया। पता नहीं आगे क्या होगा...।'

'अच्छा ही होगा...।' अरुण प्रकाश को लगा उन्होंने यह वाक्य यूँ ही क्यों कह डाला। चुप भी तो रहा जा सकता था।

'पता नहीं, मेरे पिछले तीन साल लगातार, एक के बाद एक हादसे में ही बीत गये। साल भर पहले बेटी की सगाई तय हुई थी। सोचा आपको ख़बर करूँगी, अचानक टूट गयी...।'

'लेकिन कैसे? और क्यों, यह तो दुखद हो गया।'

'हाँ दुखद हो गया। दूर के रिश्ते में ही था, रिश्ता...। बात पक्की होने के बाद लड़के ने घर वालों को बताया कि उसका प्रेम कहीं और है, वह यह शादी नहीं कर सकता। वो तो अच्छा हुआ कि यह बात सगाई से पहले मालूम हुई। वैसे सारे रिश्तेदारों में तो यह समाचार फैल ही गया था।' साक्षी की आवाज़ में दर्द साफ़ झलक रहा था।

फिर साक्षी ने ही बताया कि पंखुरी, उसकी बेटी बहुत दुखी हो गयी। ज़िन्दगी में जमने से पहले ही उसका मन उचट गया। इस बीच पुणे में एक कॉल आया... वह थोड़ी सँवर गयी। मैं उसे पुणे छोड़ आयी। तीन-चार लड़कियाँ एक ही कम्पनी की फ्लैट लेकर रहती हैं। पर पंखुरी की इच्छा थी कि वह आगे की पढ़ाई यानी कम्प्यूटर सम्बन्धी पीएच.डी. के लिए अमेरिका जाये। मुझे भी लगा बाहर उसका मन शान्त रहेगा। कोशिश की। उसका नम्बर लग गया। एजुकेशन लोन लेकर उसे अमेरिका भेजा। बस इसी में समय कैसा बीत गया, पता ही नहीं

चला। कविता लिखना तो दूर, फिलहाल मैं कुछ पढ़ भी नहीं पाती। पिछले कुछ वर्ष मेरे लिए बहुत तकलीफ़ के बीते। अब आदत ही हो गयी है।

'बड़ा दुख होता है, यह सब सुनकर। हालात ने एक सम्भावनाशील कवयित्री को दुख में धकेल दिया है। पर कविता कभी डूबती नहीं। वह उतनी ही तेज़ी से आने वाले समय में उछलेगी। 'माँ' कविता इसकी गवाह है।' अरुण प्रकाश कहते गये। फिर अचानक बीच में ही पूछ लिया, 'अब कैसा चल रहा है, पंखुरी का...?'

'अब कुछ उसका मन लग गया है। अच्छा हुआ, नहीं तो रिश्ता टूटने पर वह जीवन से उकता ही गयी थी और कहती थी, मम्मा मुझे शादी नहीं करनी है। मेरी ज़िन्दगी, मेरा संघर्ष उसने देखा था। वह इस दलदल से बचना चाहती थी, तभी रिश्ता किसी तरह अच्छे घर में हुआ और टूट गया...वह बुरी तरह टूट गयी...।' साक्षी को लगता कि सब कुछ अरुण प्रकाश को बता दिया जाये।

अरुण प्रकाश शान्त और निरपेक्ष भाव से सब सुन रहे थे।

'देखिए न, मुझे भी पता नहीं क्या हो गया...मैंने आज एक ख़ास उद्देश्य से फ़ोन किया था...।'

'कहो क्या बात है?' अरुण प्रकाश शान्त भाव से बोले।

'हमारे कॉलेज में एक नेशनल सेमिनार है। उसके उद्घाटन के लिए आपको आमन्त्रित करने का निर्णय हुआ है...ना मत कहिएगा...मेरा दिल टूट जायेगा।' साक्षी आग्रह कर रही थी।

'कब है?'

'आठ नवम्बर को...।'

'एक मिनट...।'

'आप जितना समय चाहे लें...पर आइए प्लीज़। आप नहीं आये तो मेरी स्थिति बहुत ख़राब हो जायेगी।' साक्षी को लगा, उनका और कहीं तो कार्यक्रम नहीं है।

'मैं आऊँगा, कुछ दिक़्क़त तो है, पर मैं आऊँगा...।'

डायरी देखकर अरुण प्रकाश ने कहा।

'मैं बता नहीं सकती कि आज कितनी ख़ुश हूँ। आपकी उपस्थिति का उपहार मुझे मिलेगा। और हाँ, आप चाहें तो टैक्सी लेकर या फ्लाइट से भी आ सकते हैं। आपके ठहरने की व्यवस्था कॉलेज के गेस्ट हाउस में की जायेगी। आप अपना कार्यक्रम बता दीजिए। बहुत समय है अभी। औपचारिक पत्र आपको जल्दी ही मिल जायेगा।' एक साँस में साक्षी ने सब कुछ बता दिया।

'ठीक है।' संक्षिप्त-सी टिप्पणी उन्होंने कहीं।

नमस्कार के साथ फ़ोन शान्त हुए।

दरअसल आठ नवंबर को अरुण प्रकाश का एक कार्यक्रम कहीं था। बाद में, उन्होंने तारीख़ बदलने का विकल्प दिया अन्यथा अपनी असमर्थता व्यक्त करते। आज अरुण प्रकाश एक माने हुए वक्ता, यशस्वी और ख्याति प्राप्त कुशल सम्पादक हैं। आयोजक उन्हें पाकर अपने कार्यक्रम को यादगार बनाना चाहते हैं। इसमें एक बात और जुड़ गयी है। अब वे मीडिया के भाग बन जाने के कारण उनके वक्तव्यों को मीडिया बहुत अच्छा कवरेज देता है। इससे अनायास ही आयोजक संस्था की छवि निखरती है। इसीलिए बदली तारीख़ें भी आयोजक निभा ही लेते हैं।

अरुण प्रकाश को तय कार्यक्रम की तारीख़ बदलना कभी अच्छा नहीं लगता। पर लम्बे समय के बाद साक्षी का फ़ोन आया। बातों के शुरुआती दौर में वह कितनी दुखी थी। किसी के भी जीवन में ये हादसे सुनामी की तरह होते हैं। सब कुछ उजाड़कर बहा ले जाते हैं। पहले पति का जाना, फिर पंखुरी की टूटन... लेकिन, बाद में उसकी भीतर ऊर्जा ने साक्षी को सामान्य किया। उसका उत्साह, उसकी ख़ुशी लौट आना चाहती है, ऐसे में वहाँ किसी तरह पहुँचने का सन्तोष तो अरुण प्रकाश को होगा ही। फिर भोपाल में और मित्रों से भी मुलाक़ात हो जायेगी। यह सोचकर अरुण प्रकाश मानसिक रूप से पूरी तरह तैयार हो गये।

28

अरुण प्रकाश टैक्सी लेकर ही भोपाल गये, ताकि कहीं और जाने-आने में कठिनाई न हो। केवल एक ही दिन तो वहाँ रुकना है। रास्ते भर साक्षी का फ़ोन, कोई दिक़्क़त तो नहीं, कहाँ तक पहुँचे। एकाध बाहर प्रिंसिपल साहब का भी फ़ोन आया। अतिथि को बहुत अच्छा लगता है, जब उसके आगमन पर कोई ध्यान देता है। सफ़र बहुत अच्छा रहा। कॉलेज के मुख्य द्वार पर बड़ा-सा बैनर लगा था। सेमिनार की सारी जानकारी उस पर दी गयी थी। अरुण प्रकाश का फ़ोटो भी लगा था। आजकल यह आसान भी हो गया है और राजनीति की देखादेखी दूसरे कार्यक्रमों में भी स्वागत के तौर पर इसका इस्तेमाल किया जाने लगा। अपने आपको अरुण प्रकाश पहली बार इस प्रकार के बैनर में देख पा रहे थे। उन्हें अच्छा तो लगा ही।

मुख्य द्वार के भीतर साक्षी खड़ी थी। साथ ही, प्राचार्य भी। प्राचार्य ने

अगवानी की। थोड़ी दूर चलने पर मुख्य इमारत के ठीक बीचों-बीच इस संस्थान के संस्थापक और महात्मा गाँधी के अर्ध पुतले स्थापित थे। बहुत सुन्दर अक्षरों में पीले रंग में अरुण प्रकाश के नाम के साथ स्वागत लिखा था। दो छात्राएँ फूलों के हार का थाल लिए खड़ी थीं। पहले अरुण प्रकाश से अनुरोध किया गया कि वह महात्मा गाँधी के पुतले को माल्यार्पण करें और संस्था के वर्तमान अध्यक्ष ने संस्थापक के पुतले को हार चढ़ाया। ज़ोरदार तालियाँ बजीं। साक्षी सबसे आगे सारा कुछ संचालित कर रही थी। ग़ौर से अरुण प्रकाश को बीच-बीच में देखकर मुस्कुरा देती। अरुण प्रकाश भी यह सब सम्मान देखकर अभिभूत थे।

कई स्थानों में अरुण प्रकाश के कार्यक्रम हुए, पर ऐसी भव्यता पहली बार देखी जा रही थी। प्राचार्य के कमरे में चाय-पान के बाद सब हॉल में उद्‌घाटन समारोह में गये। हॉल खचाखच भरा था। अरुण प्रकाश के लिए ज़ोरदार तालियाँ और भव्य स्वागत सत्कार हुआ। साक्षी ने अरुण प्रकाश के लिए जो उद्‌गार व्यक्त किये, इससे अरुण प्रकाश साक्षी को देखते रह गये। अभी ऐसा बिल्कुल नहीं लग रहा था कि साक्षी के जीवन में दो बड़े हादसे हो गये हैं—पिछले वर्षों में। बहुत सक्रिय, बहुत सुन्दर साड़ी, माथे पर बिन्दी, हाथ में महँगे नहीं पर सुन्दर कड़े, केश रचना पूर्ववत्, अरुण प्रकाश को बहुत अच्छा लगा, अन्यथा अकेली हो जाने पर स्त्री के हर छोर से एक दुख झाँकता रहता है। साक्षी ने उस रेखा को पार किया और बड़े साहस और सक्रियता से अपने आपको सँवारा है। प्रौढ़ा होने के बावजूद उसमें बड़ी आकर्षक कमनीयता सहज देखी जा सकती थी। बैठे-बैठे अरुण प्रकाश सोच रहे थे कि स्त्री बहुत जल्दी अपने आपको सँवार सकती है। वे लगातार साक्षी को बोलते हुए देख रहे थे और चारों ओर से अनुभव कर रहे थे कि साक्षी का वहाँ बड़ा सम्मान है। प्राचार्य ने भी साक्षी के बारे में बहुत सराहना भरे शब्दों का उपयोग किया।

जब अरुण प्रकाश की बोलने की बारी आयी तो उनका परिचय साक्षी की सहयोगी प्रोफ़ेसर करा रही थी। अरुण प्रकाश देख रहे थे, याद कर रहे थे कि उनकी विभिन्न मुद्राओं वाली तस्वीरें दीवाल के बोर्ड पर लगी हैं, जो उनके व्यक्तित्व को रेखांकित कर रही हैं। परिचय में उनके मिशन, सम्पादन, पुस्तकों और सदाशयता का ख़ूब उल्लेख किया गया। वे अपने बारे में सुनते हुए आँखें नीची किये, शब्दों में अपनी सराहना महसूस कर रहे थे, जिसे निश्चित ही साक्षी ने ही तैयार कर दिया होगा। जब बोलने के लिए खड़े हुए, सारा हॉल तालियों से गूँज उठा। इससे अरुण प्रकाश ने जाना कि यहाँ का माहौल सुसंस्कृत है। उन्होंने अपने वक्तव्य में उम्मीद को सर्वोपरि रखा। आशा, उम्मीद, लक्ष्य, परिश्रम

और सपने सँजोने और उसका पीछा करने के लिए संघर्ष का सन्देश दिया। किसी साथी को अकेला न छोड़ा जाये और हर स्थिति में पारदर्शी रहकर हर चुनौती का मुक़ाबला किया जाये। एकबारगी वे मंच पर और सभागार में निगाह दौड़ाते। साक्षी की मुस्काती प्रतिक्रिया पर पलभर रुक भी जाते। उनका वक्तव्य अपूर्व हुआ। उनका कहना सरल पर, बोध-वाक्यों की तरह होता। बीच-बीच में दो-दो काव्य पंक्तियाँ उनके विचारों को उत्साह दे जातीं, अनायास ही तालियाँ बज उठतीं। जब उन्होंने अपनी बात समाप्त की तो पूरा सभागार उठ खड़ा हुआ और तालियों की गड़गड़ाहट से गूँज उठा। मंच पर बैठे विशिष्ट लोग भी उठ खड़े हुए। प्राचार्य और संस्था के अध्यक्ष ने हाथ मिलाए और वक्तव्य की तारीफ़ की। अरुण प्रकाश विनम्र-भाव से स्वीकार करते रहे। साक्षी की तालियाँ बहुत विशेष थीं। सबकी प्रतिक्रिया स्वीकार कर जब उन्होंने साक्षी की ओर देखा तो उसकी आँखें भर आयी थीं।

दोपहर में भोजन के समय दूसरे वक्ताओं से भी उनका परिचय हुआ। कमरे से बाहर निकलने पर छात्रों ने उनके ऑटोग्राफ लिए। फिर लड़कियों का एक झुंड आया और कहने लगा कि उनके साथ एक फ़ोटो लेना है। उनके पाठ्यक्रम में अरुण प्रकाश का एक पाठ था। इन सब गतिविधियों से उन्हें लगा कि उनकी उम्र घट गयी है। वह पहले से अधिक ऊर्जा अनुभव करने लगे हैं। साक्षी उन्हें गेस्ट हाउस तक छोड़ने आयी। रास्ते में अरुण प्रकाश ने हल्के-फुल्के से ढंग से कहा, 'ऐसे कार्यक्रमों में जाता रहा तो मेरी उम्र बीस साल कम हो जायेगी।'

साक्षी ने शब्दों में तो कुछ नहीं कहा, पर नज़र अच्छा जवाब दे रही थी।

'आप थोड़ा आराम कीजिए। मैं शाम को फिर आऊँगी।' साक्षी ने कहा।

'कितने बजे?' अरुण प्रकाश बोले।

'यही कोई पाँच बजे के आसपास....।' साक्षी ने बताया।

'ओके...' अरुण प्रकाश साक्षी को देखते हुए बोले, 'बहुत सुन्दर आयोजन, बधाइयाँ...गुड...' और कुछ कहना चाहते थे। नहीं बोले।

साक्षी चली गयी। अरुण प्रकाश को अच्छा यह लगा कि साक्षी हालात के हाथों कठपुतली नहीं बनी। तकलीफ़ तो ज़रूर झेली, पर अब वह पूरी तरह पहले जैसी सक्रिय लगती है। उसकी चाल पूर्ववत् है, उसका व्यवहार सब ठीक। ख़ासकर तबीयत भी सँवर गयी लगता है।

दोपहर में पाँच बजे के आसपास साक्षी गेस्ट हाउस आ गयी। साथ में कॉफ़ी

लेती आयी। साक्षी ने अरुण प्रकाश के लिए सुएट बुक किया था। बेल बजाई तो उन्हें कुछ समय लगा। शायद आराम अभी भी चल रहा था। दरवाज़ा खोला तो साक्षी...साक्षी को सोफ़े पर बैठा कर वे भीतर गये और पाँच मिनट में बाहर आये। अब उनके बाल ठीक थे। फ्रेश लग रहे थे। सोफ़े पर बैठते हुए बोले–

'भई तुम्हारा कार्यक्रम बड़ा गरिमामय और भव्य रहा। कॉलेज में तुम्हारा सम्मान है। यहाँ आकर बहुत अच्छा लगा मुझे।'

'आपके आने से ही यह हो पाया। आपने मुझे सम्मान दिया।' कहकर कॉफ़ी ढालने लगी, 'शुगर कितनी डालूँ?'

'शुगर भीतर ही बहुत है। अलग से नहीं चाहिए। आसपास सब मीठे लोग हैं न, इसीलिए।' अरुण प्रकाश अच्छे मूड में थे।

साक्षी ने आँखों की कोर से देखा और मुस्कुरा दी।

'कॉफ़ी बहुत अच्छी है...।' अरुण प्रकाश ने कहा।

'पर फीकी लगती होगी न?'

'अब तो आदत हो गयी है...' कहकर अरुण प्रकाश ने साक्षी की ओर देखा। वह कहीं और देख रही थी।

इस बार अरुण प्रकाश तय करके आये थे कि पिछली दुखद घटनाओं का बिल्कुल ज़िक्र नहीं करेंगे, नहीं किया उन्होंने। न ही साक्षी ने किया। पर साक्षी ने 'एकान्त' के अंकों पर ज़रूर चर्चा की।

'पिछले अंक में आपने जो सम्पादकीय लिखा, वह मुझे बहुत अच्छा लगा। ऐसे बहुत से लोग समाज में हैं, जो रहते तो भरे-पूरे परिवार में हैं, परन्तु परिवार से एकाध व्यक्ति पूरी तरह से छिटक जाता है और एकाकी खाई में गिर जाता है। आपने उदाहरण के लिए अमेरिका के एक परिवार की स्थिति का बहुत सुन्दर वर्णन किया है। मुझे तो लगता है आपकी यह पत्रिका घर-घर जानी चाहिए। इसने अलग-थलग पड़े व्यक्ति अपने आपको, अपनी भीतरी स्थिति को पहचान सकेंगे। परिवार के दूसरे लोग भी अपने सदस्यों को सँवार सकेंगे।' साक्षी बहुत बोल गयी, ऐसा अचानक उसे अहसास हुआ और वह रुक गयी।

'साक्षी ऐसे सजीव उदाहरण तुमको लगें तो उन पर लिखो। अधिकांश लोगों की स्थितियाँ समान होती हैं। पर लोग स्वयं को पहचान नहीं पाते। जब दूसरों की बात देखते हैं तो उनके भीतर अपने आप स्वयं को पहचानने की प्रक्रिया शुरू होती है। पहले मैंने केवल साहित्यिक पत्रिका के रूप में 'एकान्त' को सोचा था। मैं स्वार्थी हूँ, यह भी तुम कह सकती हो। आस्था के जाने के बाद मैं हतप्रभ रह गया। पर बच्चों के सामने मुझे मज़बूत रहना था। उनका

जीवन बनाना था। कुछ वर्ष उसमें निकल गये। बच्चे ठीक ढंग से जीवन में जम गये। कुछ चुनौतियाँ बेटे और बेटी को लेकर थीं, पर समय के साथ सब ठीक हुआ। रिटायर होने के बाद मैं भीतर से एकदम खाली हो गया। यूँ कहूँ कि खोखला हो गया...तो गलत नहीं होगा। मेरे चारों और अकेलेपन की दीमक चढ़ने लगी। लगा जितना जीना था मैं जी चुका अब केवल मेरे हिस्से एक अन्धी सुरंग है। मैं डिप्रेशन में चला गया। बेटी निष्ठा ने मेरी फ़ोन पर होती बातों से इस बात को समझा। उसे लगा कि उसने विजातीय लड़के से शादी की, इसलिए मैं उससे खिन्न हूँ। पर ऐसा नहीं था। स्थिति को समझने में कुछ देर तो लगती ही है। उसने न्यूयॉर्क का टिकट भेजा। मैं चला गया। वहाँ कई हिन्दुस्तानियों से मिला और लगा, यहाँ का अकेलापन और भीतरी दुख मुझसे भी ज़्यादा है। मैंने साहित्यिक पत्रिका को मनोवैज्ञानिक पत्रिका बनाने का फ़ैसला कर लिया...।' अरुण प्रकाश अपनी पत्रिका की बात सामने रखते गये। आगे बोले, 'हम कविता, कहानी तो छापेंगे ही, साथ ही, ऐसी कहानियाँ, लेख और कविताएँ भी देंगे, जो व्यक्ति को अन्धी सुरंग से बाहर निकलने की रोशनी दे सकें।'

'मेरे पास ऐसी कई कहानियाँ हैं। मैं आपको दूँगी।' साक्षी ने कहा।

'केवल देना ही नहीं, लिखना भी है।' अरुण प्रकाश ने जोड़ा।

अरुण प्रकाश सोचते रहे, हर जीवन एक कहानी है और हर कहानी एक जीवन बयान करती है। कितने ही लोगों का जीवन एक बड़े पहाड़ के नीचे दब-सा जाता है। कई प्रतिभाएँ, खिलने से पहले ही मुरझा जाती हैं। इसमें समाज का कोई दबंग ज़िम्मेदार नहीं होता, अपना घर-परिवार ही व्यक्तित्व को लील लेता है और व्यक्ति एकाकी होते जाते मन से विकलांग हो जाता है।

साक्षी की सहेली की कहानी सुनकर अरुण प्रकाश बहुत दुखी हुए। साक्षी को एक कहानी इस पर लिख भेजने का आग्रह किया।

इन सारी चर्चाओं के दौरान एक बात उभरकर सामने आयी कि दोनों एक-सा दुख और एक-सा विचार रखते हैं। साक्षी अरुण प्रकाश से प्रभावित तो थी ही, अरुण प्रकाश भी साक्षी के भीतरी बौद्धिक सौन्दर्य से कम प्रभावित नहीं लगे। शाम हो चली थी। साक्षी ने गेस्ट हाउस में भोजन न करके, घर पर आमन्त्रित किया। साक्षी बहुत कम लोगों को घर पर आमन्त्रित करती है। अरुण प्रकाश ने ही कहा था तुम भी मेरे साथ यहीं भोजन करो। पर साक्षी ने बड़े आग्रहपूर्वक अन्दाज़ में कहा, 'आपके चरण मेरी देहरी को छुएँ, यह मेरी प्रार्थना है।' फिर एक शब्द कहे बिना वे 'हाँ' कह गये। साक्षी वहाँ से निकल गयी।

जाने से पहले उसने पूछा कि गाड़ी की व्यवस्था करूँ। अरुण प्रकाश ने बताया कि कार रोक रखी है। एक मित्र के घर से होता हुआ आऊँगा...'पर आठ के पहले पहुँचिए...' साक्षी का अनुरोध था।

अरुण प्रकाश अपने मित्र से मिलकर आठ बजे से पहले प्रोफ़ेसर कॉलोनी में साक्षी के घर पहुँच गये।

साक्षी के घर में कहीं उदासी का नामोनिशान नहीं था, जैसा कि अरुण प्रकाश सोच कर गये थे। ड्राइंगरूम में शानदार सोफ़े, करीने से रखी किताबें, हिन्दी और अंग्रेज़ी की कई पत्रिकाएँ। सब कुछ बहुत सलीके से। पहुँचते ही पानी दिया। कॉलेज की साक्षी और घर की साक्षी में ज़मीन-आसमान का अन्तर था। अभी वह पूरी तरह गृहिणी लग रही थी। जो बात सबसे अच्छी लगी अरुण प्रकाश को, वह यह कि पति के जाने के बाद भी उसके बातचीत में, पहनावे में, चेहरे पर, आवभगत में कहीं कोई अन्तर नहीं आया। वे पहले सोचते रहते कि अब साक्षी पूरी तरह बदल चुकी होगी। पर इन्दौर में कुछ वर्ष पहले मिली थी, वही यह साक्षी है, जबकि हादसों ने उस पर जबरदस्त हमला किया था। अकेली थी साक्षी। पूछने पर कहा, 'हाँ अकेली ही हूँ। बेटा कोर्स पूरा करने पुणे चला गया है और बेटी तो पीएच.डी. करने अमेरिका में है।' अरुण प्रकाश ने कहा भी कि मेरी बेटी का सन्दर्भ पंखुरी को देना...वे आपस में मिलकर ख़ुश होंगी...एक बात और देखी अरुण प्रकाश ने कि घर में किसी का फ़ोटो लगा नहीं दिखा, किसी परिवार सदस्य का, न ही भगवान का कोई। केवल एक बड़ा-सा पोस्टर था जिसमें एक छोटा-सा मकान बना दिखाई दे रहा था और नीचे लिखा था—'टू ए फ्रेंड्स हाउस दि रोड इज नेवर लॉन्ग... ।' अरुण प्रकाश को यह वाक्य बहुत अच्छा लगा और यह साक्षी को बताया भी।

'खाना भी बहुत अच्छा बनाती हो...कविता की तरह।'

भोजन के बाद अरुण प्रकाश ने कहा।

साक्षी ने मुस्कुराकर धन्यवाद-सा सिर हिलाया। फिर कविता-साहित्य की बातें होती रहीं। अरुण प्रकाश की जानकारी में यह नहीं था कि साक्षी अनुवाद भी करती है। उसकी कई पुस्तकें भी प्रकाशित हैं। उन्हें अच्छा लगा। वे इस बात को मानते हैं कि किसी से मिलने के बाद ही उस व्यक्ति को करीब से जान सकते हैं। हालाँकि फ़ोन की आवाज़ और लिखे हुए शब्द भी किसी की पहचान कराने में बड़ी भूमिका निभा सकते हैं, बशर्ते कि दूसरे छोर के व्यक्ति

का एण्टीना भी उतना ही शक्तिशाली हो। आज साक्षी के सधे हुए व्यक्तित्व की छवि लेकर अरुण प्रकाश जा रहे हैं। साक्षी यह बात बहुत अच्छी तरह से महसूस करती है कि प्रकाश की आँखें पारदर्शी हैं। स्त्री, पुरुष की आँखों की परख अपनी छठवीं इन्द्रिय पलभर में कर लेती हैं। फिर साक्षी तो विदुषी भी है।

अरुण प्रकाश ढेर सारी बातें दिमाग़ में सँजोकर गेस्ट हाउस लौट आये।

29

कुछ दिनों बाद अखिल बहुत तेज़ी से भीतर घुसा। शाम का समय था। अरुण प्रकाश कुछ काम कर रहे थे। अखिल ने सीधे अरुण प्रकाश के पैर छुए।

'क्या बात है?' बहुत ख़ुश हो। शादी-वादी तय करके आ रहे हो क्या?' अरुण प्रकाश ने चुटकी ली।

'नहीं, मेरे लिए उससे भी बड़ा समाचार है...।' अखिल की आँखों में से यश टपक रहा था।

'तो बताओ न...।' अरुण प्रकाश बेचैन हो उठे।

'मेरी नियुक्ति हो गयी?'

'कहाँ'

'अहिल्याबाई होल्कर विश्वविद्यालय, इन्दौर में...।'

अरुण प्रकाश कुर्सी से उठे और अखिल को गले से लगा लिया। पूछा, 'किस रूप में...?'

'सहयोगी प्रोफ़ेसर...'

'गुड, बधाई...।' फिर सीने से चिपका लिया और देर तक अखिल को दुलारते रहे। ख़ुशी से उनकी आँखें छलक आयीं।

'चलो आज खाना बाहर खाएँगे।...पार्टी।'

अरुण प्रकाश बहुत उत्साहित थे। फिर स्वयं ही बोलने लगे, 'सहयोगी प्रोफ़ेसर...वाह क्या बात है।'

'इण्टरव्यू में 'एकान्त' बहुत काम आया। 'एकान्त' के सम्पादन सहयोग में नाम, कई इंटरव्यू, अनुवाद और कुछ लेख मुझे इस मुकाम तक ले गये। यह सब आपके कारण...' उसकी आँखें भर आयीं।

अरुण प्रकाश चुपचाप सुन रहे थे। सोच में पड़ गये।

अखिल चाय लेकर आया।

'अरे अभी क्यों चाय लाये? अब साढ़े सात बज रहे हैं। सीधे खाना खाने जायेंगे। पर ठीक है। चलो चाय पीकर चलते हैं।' चाय पीते समय अरुण प्रकाश की निगाहें समय के पार झाँक रही थीं। उन्होंने चश्मा ठीक किया और बोले, 'सयाजी, में भोजन करेंगे आज। वाह, अखिल कमाल कर दिया तुमने।' अरुण प्रकाश बार-बार अखिल की प्रशंसा कर रहे थे।

भोजन के अन्तिम दौर में अरुण प्रकाश कुछ गम्भीर हो गये। उन्होंने अखिल से कुछ कहना चाहा, 'अखिल अब मुझे दो बातें तुमसे करनी हैं...।'

अखिल सकपका गया। क्या होंगी दो बातें, बोला कुछ नहीं, प्रश्नार्थक देखता रहा उनकी ओर।

'एक तो अब अपना पूरा ध्यान कैरियर पर दो। ऐसा काम करो कि तुम इस विभाग के अध्यक्ष तक पहुँचो और मीडिया में 'देश-विदेश में' निपुण विशेषज्ञ के रूप में जाने जाओ...और दूसरे अब सही समय आ गया है कि तुम शादी कर लो...।' यह कहकर अरुण प्रकाश ग़ौर से अखिल को देखने लगे!

अखिल की आँखें भर आयीं, पिता के स्नेह की तरह उनकी सलाह। बोला, 'पहली बार मेरे लिए आपका आदेश है। शादी के बारे में अभी तक मैंने कुछ नहीं सोचा है...।'

'हम सोचेंगे न...।' कह कर अरुण प्रकाश रुक गये। पर इस वाक्य से यह भनक तो लगी कि उनके मन में, ध्यान में कोई लड़की है।

'अभी 'एकान्त' के लिए और काम करना है...।' अखिल ने अरुण प्रकाश की आँखों में झाँकते हुए कहा।

'एकान्त' के लिए अपने जैसा कोई प्रतिभावान, विश्वसनीय व्यक्ति तुम ही ढूँढ़ देना। रही बात तुम्हारे जुड़े रहने की, जब तक तुम चाहो 'एकान्त' से जुड़े रह सकते हो।' अरुण प्रकाश ने बात स्पष्ट कर दी।

'आपने कोई नया व्यक्ति सोच लिया हो तो बात और है...।'

'कैसी बात कर रहे हो अखिल...मैं तुम्हारे बिना किसी और को कैसे सोच सकता हूँ। इसीलिए मैंने कहा कि यदि किसी दूसरे का चुनाव करना है तो तुम ही करोगे।' अरुण प्रकाश दृढ़ता से बोले।

'मैं 'एकान्त' के लिए पूरा समय निकालूँगा। मुझे आपकी छत्रछाया में रहना

है। मैं आगे डी.लिट. करूँगा। इसलिए शादी का कोई इरादा नहीं है—फिलहाल।'

'फिलहाल।' कहकर अखिल को स्नेहिल नज़रों से देखते अरुण प्रकाश ने कहा।

अखिल झेंप गया।

'चलो करो डी.लिट. और बसाओ घर।'—अरुण प्रकाश ने कहा।

'फिलहाल 'एकान्त'...।'—अखिल बोला।

होटल से लौटते समय अरुण प्रकाश बहुत नहीं बोले। न ही अखिल बोला। दोनों अपनी-अपनी दुनिया में गुम थे। अरुण प्रकाश को साक्षी के घर के एक एल्बम ने ध्यान खींच लिया, जिसमें साक्षी की बेटी पंखुरी का फ़ोटो था। अरुण प्रकाश ने जब वह फ़ोटो देखा था, तभी मन में अखिल का चेहरा उभर आया था। आज भी शादी की बात करते हुए उनके मन में पंखुरी ही थी। केवल उन्हीं के मन में थी। साक्षी से उन्होंने केवल इतना कहा था, 'पंखुरी कितनी सुन्दर लड़की है। बिल्कुल अपनी माँ पर गयी है...।' और साक्षी नव-यौवना सी लजा गयी। अरुण प्रकाश को यह लजाना छू गया। सँभालते हुए बोले, 'इसकी प्रतिभा भी माँ जैसी ही होगी...।' अब साक्षी को कुछ राहत मिली और उसकी पढ़ाई के बारे में बताने लगी थी।

'क्या सोच रहे हैं?' अचानक अखिल ने पूछ लिया।

'कुछ नहीं...।'

' 'एकान्त' में मैं आपके साथ जुड़ा रहना चाहता हूँ...।'

अखिल को लगा कि शायद अरुण प्रकाश 'एकान्त' के भविष्य की चिन्ता को लेकर कुछ परेशान तो नहीं हो गये।

'वो बात नहीं...।'

'तो क्या बात है?' कुछ अधिकार से पूछा अखिल ने।

'वैसे फिलहाल कुछ भी नहीं है...।' फिलहाल शब्द पर ज़ोर देते हुए अरुण प्रकाश अखिल की ओर देखकर मुस्कुरा देते हैं और खाली सड़क देखकर एक्सीलरेटर तेज़ दबा देते हैं।

दूसरे दिन सुबह-सुबह सात बजे साक्षी को फ़ोन करते हैं, 'अखिल की यूनिवर्सिटी में नौकरी लग गयी...'

'अच्छा मैं अखिल से भी बात करूँगी। मेरी ओर से भी उस तक बधाइयाँ पहुँचाइए। पर वह तो पीएच.डी. कर रहा था न...।'

'बस पीएच.डी. हुई और यूनिवर्सिटी में लग गया। बहुत प्रतिभावान लड़का है। बहुत आगे बढ़ जायेगा...।'

'वह तो जायेगा ही डॉक्साब...आखिर किसके संरक्षण में है, इस बात के भी तो कोई मायने हैं...।'

'ऐसा कुछ नहीं वह 'सेल्फ मेड' है। 'एकान्त' को भी उसी ने आगे बढ़ाया है।'

'सही है, अखिल का नम्बर भेजिए प्लीज़...।'

संवाद ख़त्म होते ही अरुण प्रकाश ने साक्षी को अखिल का मोबाइल नम्बर एसएमएस कर दिया।

30

अब लगभग रोज़ ही अरुण प्रकाश और साक्षी की बातें होतीं। साहित्य से शुरू हुई यह बातचीत व्यक्तिगत भी होती गयी। अरुण प्रकाश की भाषा से अखिल जान जाता कि किससे बात हो रही है। उसे अच्छा इसलिए लगता, क्योंकि उसने अरुण प्रकाश की टूटन देखी सुनीं थी। अब यदि एक खिड़की खुल गयी है, जिससे मन चाहे दृश्य भीतर आ रहे हैं, इसमें अखिल को गलत कुछ नहीं लगता। अखिल बहुत समझदार हो गया है।

एक बार सूर्यकान्त बैठे थे अरुण प्रकाश के सामने और साक्षी का फ़ोन आया। देर तक बातें होती रहीं। यह बातें वैसे 'एकान्त' साहित्य या अन्य बातों से जुड़ी नहीं थीं। राजनीति की तो कतई नहीं थीं। नितान्त व्यक्तिगत सन्दर्भ थे। कहीं-कहीं कविताओं के माध्यम से संवाद चल रहा था। लगभग आधा घण्टा बातें होती रहीं। सूर्यकान्त, बातें ख़त्म होने का इन्तज़ार कर रहे थे। वैसे उन्हें कोई काम नहीं था। वे निरन्तर रह-रहकर अरुण प्रकाश की भाव मुद्रा में हिचकोले ले रहे थे। अन्ततः फ़ोन बन्द हुआ।

'किसका फ़ोन था?' सूर्यकान्त की आवाज़ से अरुण प्रकाश चौंके।

'साक्षी जी का...वही न जिसकी 'माँ' कविता आपने कवर पेज पर छापी है?' सूर्यकान्त को भी वह कविता अच्छी लगी थी। इसकी चर्चा भी अरुण प्रकाश से उन्होंने की थी।

'हाँ...हाँ वही...।' कहकर अरुण प्रकाश ने कोई अख़बार थाम लिया था।

इधर सूर्यकान्त के मन में कोई ख़बर झिलमिला रही थी। अधिक **पूछना**-जानना उन्होंने मुनासिब नहीं समझा, ज़रूरी भी नहीं।

कुछ दिनों बाद साक्षी अरुण प्रकाश के घर आयी। इस समय सूर्यकान्त और अखिल दोनों घर पर थे। उनकी बातचीत से लगा कि अरुण प्रकाश को उसके आने की जानकारी पहले से थी।

साक्षी के हाथ में बड़ा-साथ थैला था। उसमें ढेर सारी खाने-पीने की चीज़ें थीं। साथ ही, बारीक धारी वाली शर्ट भी अरुण प्रकाश के लिए थी। जैसी कि आमतौर पर वह पहनते हैं।

साक्षी को नया अंक मिल गया था। फ़ोन भी किया था। बस इतना ही कहा था—'शुक्रिया-शब्दातीत।'

आज भी साक्षी बहुत कृतज्ञ और आत्मीय होकर अरुण प्रकाश से बातें कर रही थी।

एक छोटा पैकेट अखिल के लिए भी, जिसमें मिठाई का डिब्बा और एक टी-शर्ट था। पहले उसे ढेर सारी बधाइयाँ दीं, फिर वह पैकेट। अखिल ने पैर छुए। इस दृश्य को देखकर अरुण प्रकाश मन ही मन बहुत प्रसन्न हो रहे थे।

सूर्यकान्त ने मिठाई खायी। चाय पी। साक्षी के साथ बातें भी कीं। पर वे अधिकतर समय साक्षी को अरुण प्रकाश से बातें करते देखते रहे। थोड़ी देर बाद कोई काम याद आने पर वे वहाँ से रवाना हो गये।

शाम उतर आयी थी। साक्षी सयाजी होटल में ही रुकी थी। अभी वह इन्दौर की यूनिवर्सिटी में बोर्ड ऑफ़ स्टडीज़ टीम की सदस्य है। उसने बताया कि यह चयन पाँच वर्षों के लिए हुआ है। इसमें नया पाठ्यक्रम बनाने की भी योजना तैयार होती है। अरुण प्रकाश से यह अनुमति ले ली कि उनकी किसी पुस्तक से एक पाठ चुना जा सकता है। अरुण प्रकाश ने अपनी नयी पुस्तक दे दी। यह पुस्तक एकाकी जीवन के विविध पहलुओं पर आधारित है। वे 'एकान्त' में जो सम्पादकीय लिखते रहे हैं, उसी का संकलन है। वैसे ये सारे सम्पादकीय साक्षी ने पढ़े हैं। उसकी फ़ाइल ही साक्षी के पास है। पर मीटिंग में पुस्तक रखनी होती है। वह अब उसके पास आ गयी है।

जब तक अरुण प्रकाश तैयार होकर आयें, तब तक अखिल से साक्षी की

बातें होती रहीं। दोनों घुल-मिल गये। यह देखकर अरुण प्रकाश खुश हुए। बोले, 'अखिल तुम भी चलो, आज खाना बाहर खाएँगे।'

'आप लोग जाइए। आज थोड़ा समय है। मैं 'एकान्त' का फाइनल प्रूफ़ देख लेता हूँ।' अखिल के हाथ में प्रूफ़ के काग़ज़ थे ही।

अरुण प्रकाश ने साक्षी को देखा और दोनों कार की ओर बढ़ गये। कार में बैठने के बाद अरुण प्रकाश ने पूछा, 'कहाँ चलें?'

'जहाँ आपकी मर्जी...।' अविचल होकर साक्षी ने कहा ।

'आज कुछ चटपटा खाने का मन है। लेकिन सराफ़ा बाज़ार तो रात आठ बजे शुरू होता है।'

'तब एक काम कर सकते हैं या तो सयाजी चल कर खाना खाएँ और गपशप करें और सराफ़ा जायें या फिर आठ बजे तक भटकें और आपका चटपटा खाकर सयाजी या जहाँ आप चाहें भोजन करें।' साक्षी ने दोनों विकल्प रख दिये।

अन्ततः तैयार हुआ कि अभी समय काफ़ी है तो होटल चलकर गप-शप करें और भोजन के बाद आइसक्रीम से पहले कुछ गोलगप्पे ही खाए जायें।

सयाजी पहुँचकर साक्षी के कमरे में दोनों ने प्रवेश किया। इस तरह 'एकान्त' में इसी उम्र में होटल में प्रवेश एकबारगी दोनों को रोमांचित कर गया। प्रौढ़ता भी अजीब अवस्था है। मनुष्य अपनी इच्छाओं को लगभग भूल ही चुका होता है या उसके आकर्षण में कमी आ जाती है। अभी विरक्ति तो नहीं है, पर आसक्ति भी नहीं है। खिंचाव नहीं है। पर मन है कि रोमांच को अनुभव करता है। मन कभी बूढ़ा नहीं होता। उसकी चंचलता समाप्त नहीं होती। साक्षी अपने पीछे अरुण प्रकाश का चलते हुए अनुभव कर रही है। वह अभिभूत भी है और रोमांचित भी। पर निर्द्वन्द्व है। विश्वास है। अरुण प्रकाश से बातें कर वह प्रफुल्लित हो उठती है। उसकी अतीत की नदी के सारे दर्द बह जाते हैं। वह नव-यौवना तो नहीं पर नयापन तो अपने भीतर अनुभव करती ही है। उसके छोटे-छोटे व्यवहार से यह झलकता है। वह एक कप कॉफ़ी बनाकर अरुण प्रकाश के सामने जब खड़ी रही तो यह दृश्य अरुण प्रकाश को अद्‌भुत लगा। पर उनके किसी व्यवहार में रोमांचक होने की स्थिति नहीं झलकती। वे बाहर से स्थिर हैं, पर भीतर ऊहापोह है। उम्र में दसेक साल बड़े होंगे साक्षी से। उनका जीवन बड़ा संयत रहा।

साक्षी ने भी अपने जीवन को बहुत विवेकपूर्ण ढंग से जिया। पति की ख़ूब सेवा की, बच्चों को पढ़ाया-लिखाया और अब वे मज़बूती से अपने पैरों पर खड़े हो रहे हैं। जो बीता उसमें उलझने की प्रवृत्ति साक्षी में नहीं है। वह आज में विश्वास करती है। उस जीवन में मिला भी बहुत कुछ और उसने खोया भी

बहुत। पर आज सामने इतना बड़ा व्यक्ति उसके आग्रह पर सामने बैठकर कॉफ़ी पी रहा है, उसके लिए ऐतिहासिक क्षण है।

एक चुप्पी दोनों ओर से थी। तभी साक्षी ने मौन तोड़ा, 'कुछ बोलिए न।'

'बस कविताएँ भेजती रहें और 'एकान्त' के लिए लिखती रहें। कविताओं ने परिचय कराया। वह भी न्यूयॉर्क में। मेरी बेटी ने आपकी कविताएँ छाँटकर दीं। मुझे भी बहुत अच्छी लगीं। अखिल को भी। जब मुलाक़ात हुई तब आपके भीतर मुझे एक अच्छा इंसान दिखा। जैसे-जैसे परिचय बढ़ता गया और बातचीत होती रही तो लगा कि आपके भीतर बहुत दृढ़ता है। मैं इतना दृढ़ नहीं हूँ। मैं भी दुखों से गुज़रा। बेटी ने थामा। पर मैंने देखा कि आपके भीतर बहुत मज़बूती है। कॉलेज में पाया कि आपका बड़ा सम्मान है। सामान्यतः मज़बूत व्यक्ति अपने आपको कुछ अलग समझता है, वह समाज से, जिनके बीच रहता है उनसे अपने आपको हटा लेता है। अलग-थलग छिटक जाता है। वह विद्वान होगा, पर उसकी स्वीकृति सीमित लोगों तक सिमट कर रह जाती है। फिर फ़ोन पर निरन्तर होती बातों ने सारी औपचारिकताएँ काट डालीं। अब लगता है, मैं आपको अर्से से जानता हूँ। आमतौर पर इस तरह होटल में किसी से मुलाक़ात और 'एकान्त' में बात करने का साहस आज भी सामान्यतः स्त्रियों में नहीं होता। चाहे उनकी उम्र कुछ भी हो। क्योंकि 'एकान्त' में स्त्री-पुरुष केवल नर-मादा होते हैं, यह संकल्पना सामाजिक रूप से है। साहसी होने के साथ आप विदुषी भी हैं। और क्या कहूँ...।' अरुण प्रकाश ने ग़ौर से देखा कि साक्षी की आँखों में उनके लिए सम्मान भाव बढ़ गया है।

परन्तु साक्षी ने यह सब कुछ नहीं कहा। बस इतना कहा, 'आपने लम्बे कसीदे पढ़ दिये...पर मैं एक ही बात कहूँ कि आपसे मिलकर मैं भावनात्मक सुरक्षा का अनुभव करती हूँ और मुझे आपसे संवाद करना बहुत सुखद लगता है।'

'एक बात पूछूँ'—साक्षी।

'ज़रूर, मुझे बहुत अच्छा लगेगा।'

'इन्दौर में जब तुम पहली बार मिली तब भरा-पूरा परिवार था। परिवार में दुर्घटना से आहत तो कोई भी होता ही है। अब बच्चे भी साथ नहीं हैं। एकदम अकेले। अकेलापन नहीं सालता?' अरुण प्रकाश ने संकोच करते हुए यह सवाल पूछा कि कहीं बुरा न मान बैठे साक्षी। उसका ज़ख़्म हरा न हो जाये।

'आदमी अकेला तो हो जाता है। उसे ही तय करना है कि वह आगे अपनी ज़िन्दगी कैसे बिताये। केवल दुख होने से, विलाप करने से, उदास और

अलग-थलग हो जाने से, स्थितियाँ नहीं बदलतीं। वह भी सच था, जो हुआ और यह भी सच है कि हमें अपनी ज़िन्दगी चलानी है। दुख तो होता है भीतर, पर निरन्तर दुखी रहने का तो मेरी समझ से कोई मतलब नहीं है। और डॉक्साब, आपके लेख और सम्पादकीय का ही असर है कि मैं ऐसा बोल पा रही हूँ। छोटी-सी ज़िन्दगी में मैंने समाज में कितनी ही घटनाएँ, दुख और अकेले होते लोग देखे हैं। मैं उनमें से एक होना नहीं चाहती। आई एम इनजॉइनिंग माय लोनलीनेस।' साक्षी पूरे मन से कह रही थी। कहीं कोई बनावटी बात नहीं थी।

अरुण प्रकाश को इस तरह की उम्मीद नहीं थी। वे बहुत प्रभावित हुए साक्षी से।

दोनों अपने अतीत में कहीं न कहीं विकलांग से रहे, पर जिस उम्मीद पर खड़े हुए वह उम्मीद कई लोगों के लिए 'एकान्त' के रूप में सहारा बन गयी।

'आपको मैं 'एकान्त' से पहले कई अख़बारों, पत्रिकाओं में पढ़ती रही हूँ। मैंने कहा न कि आपकी कई रचनाओं की कतरने मेरी फ़ाइल में हैं। फिर मुम्बई में उदय की बीमारी के समय सिद्धार्थ और विजय ने जिस तरह जी-जान से मदद की वह केवल आपकी बदौलत। व्यक्ति अपने मित्रों द्वारा पहचाना जाता है। मुझे लगा, ऐसे मित्र दो दिन में नहीं मिलते। आपका क़द मेरी नज़र में बढ़ता गया।'

फिर साक्षी ने ढेर सारी कविताएँ सुनाईं। ये निजी अनुभूतियाँ थीं। बहुत दिनों से अरुण प्रकाश को सुनानी थीं।

दोनों ने होटल में ही खाना मँगवाया।

भोज़न के बाद साक्षी ने बताया कि, 'पंखुरी का यह आख़िरी साल है। चार महीने के बाद वह डॉक्टरेट की डिग्री पा जायेगी। उसकी इच्छा है कि उस कन्वोकेशन में मैं वहाँ रहूँ...मैं जाऊँगी। और एक समाचार आपको बताना था। आप कैसे लेंगे इसे नहीं मालूम...पंखुरी ने एक लड़का पसन्द किया है, पुणे का है। मूल रूप से राजस्थान के हैं वे लोग, पर दो पीढ़ियों से पुणे में हैं। जाति में मेल नहीं है–वह राजपूत हैं। अंकित नाम है उसका। पर ब्रोकन फैमिली है। पिता ने एक मराठी स्त्री से दूसरी शादी कर ली। अंकित माँ के पास ही रहा। पढ़ने में तेज़। अमेरिका में ही दोनों की मुलाक़ात हुई। एक ही यूनिवर्सिटी में वे रिसर्च कर रहे थे। दोनों ने एक-दूसरे को पसन्द किया। पंखुरी ने मुझे बताया। मैंने कहा, निर्णय तुम्हारा है–पक्की हो...उसने कहा–हंड्रेड परसेंट...मैंने 'हाँ' कह दिया। केवल इतना कहा कि छह महीने तक शादी नहीं करेंगे। तब तक पीएच.डी. की डिग्री भी आ जायेगी और एक-दूसरे को अधिक करीब से जानने का मौक़ा भी मिलेगा। अचानक साक्षी के ध्यान में आया कि अरुण प्रकाश कहीं खो गये हैं।

'क्या हुआ...?' साक्षी बोली।

'कुछ नहीं, बस यूँ ही...।' अरुण प्रकाश बोले। पर साक्षी समझ रही थी। कोई न कोई बात तो ज़रूर है। आँखें झूठ नहीं बोलतीं।

अरुण प्रकाश की मन की बात मन में ही रह गयी। अब दुनिया में इसे कोई नहीं जान पायेगा। न साक्षी, न पंखुरी, न अखिल...।

साक्षी ने घड़ी देखी, दस बज रहे हैं, आपको चाट और आइसक्रीम खानी है न, आज मैं खिलाऊँगी। पता नहीं क्यों अरुण प्रकाश का मन उचट गया। उस रात सर्राफ़ा बाज़ार में सपने में साक्षी के साथ चाट खायी, उसका स्वाद अब तक उनके मस्तिष्क में है। वही सपना आज वह वास्तविक रूप में दोहराना चाहते थे। पर अब बेमन से ही जाना पड़ेगा। हालाँकि उन्होंने भरसक कोशिश की कि उनके उखड़े मूड की जानकारी साक्षी को न मिले। पर साक्षी भी बहुत तेज़ है, वह समझ गयी कि कोई न कोई बात तो है। पर उसने कुरेदा नहीं। दोनों ने चाट खायी, आइसक्रीम खायी और सयाजी में लौट आये। रात के साढ़े गयारह बज रहे थे। साक्षी को होटल में छोड़कर अरुण प्रकाश लौट रहे थे।

सोचा उन्होंने, सपने में जो दिखता है, वह देखते ही सपना हो जाता है। ऐसा क्यों होता है?

31

साक्षी के फ़ोन लगभग रोज़ आने लगे। वैसे विषय तो कुछ खास न होते। पर किसी दिन फ़ोन न हो पाता तो अरुण प्रकाश कुछ बेचैन हो जाते। इसके पीछे उनका कोई छिपा स्वार्थ न होता। किसी व्यक्ति से संवाद अच्छा लगता है तो वह व्यक्ति भी भाने लगता है। उसके विषय अच्छे लगने लगते हैं। उसकी पसन्द हमारी पसन्द होने लगती है। शायद इसी को दुनियावी भाषा में प्रेम कहते होंगे। स्त्री-पुरुष की शुद्ध दोस्ती को समाज पूरी तरह स्वीकृति नहीं देता। इन दोनों के परस्पर सम्बन्धों को सूर्यकान्त कुछ इसी तरह देखते। वे सोचते कि हम यदि बुद्ध की तरह आँखें बन्द कर लें तो भी लोगों की टकटकी लगी आँखों से बचना बहुत मुश्किल है। लोग स्त्री पुरुष के साथ को केवल एक ही चश्मे से देखते हैं। पिछले कुछ दिनों से साक्षी का आना-जाना, सूर्यकान्त को कुछ ज़्यादा लगने लगा। वैसे जितनी बार मुलाक़ात हुई साक्षी बहुत भद्र और अरुण प्रकाश

बहुत सन्तुलित लगे। जीवन के एकाकीपन में ऐसा साथ बहुत कम लोगों को मिल पाता है। अच्छा है दोनों का मेल-जोल कहकर वे इस घुमड़ते विचार को विराम दे जाते।

समय के इस बहाव में साक्षी की बेटी की शादी हो गयी। अरुण प्रकाश जा नहीं पाये। लेकिन वे उसके बेटे अनुपम की शादी में गये। शादी मुम्बई में हुई। अरुण प्रकाश अपने मित्र विजय और नये मित्र सिद्धार्थ के साथ गये। यह शादी भी अन्तर्जातीय रही। सुरभि और अनुपम का प्यार हुआ और शादी तो होनी ही थी। सुरभि और अनुपम एक-साथ सॉफ्टवेयर कम्पनी में काम करते हैं। आजकल साथ-साथ काम करने वालों की आपसी शादी की संख्या में बढ़ोतरी हो रही है। अरुण प्रकाश पहले तो अपनी ही बेटी के लिए हिचकिचा रहे थे पर अब वे इसे गलत नहीं मानते।

सिद्धार्थ और विजय को भी आमन्त्रित करने की सलाह साक्षी को दी थी। दोनों आये। साक्षी के व्यक्तित्व से प्रभावित हुए। कार्यक्रम ठीक से सम्पन्न हुआ। साक्षी को भी अच्छा लगा कि मैं शादी पर आ सका।

साक्षी की लगभग सारी जिम्मेदारियाँ समाप्त हुईं। अब केवल नौकरी और लेखन। पुरुष मित्रों में केवल अरुण प्रकाश। वह अपने आपको प्रस्तुत करना जानती है। खासकर तब जब वह अकेली ही रह गयी। इस मामले में सामान्य और पढ़े-लिखे साथियों के साथ ज़्यादा घुलना-मिलना भी कई प्रश्नों को जन्म देता है। इसलिए उसने अपने आस-पास एक अदृश्य बाड़ लगा रखी है। लेकिन जहाँ आवश्यक है, वहाँ वह मुस्तैदी से अपनी ज़िम्मेदारी निभाती है और अनावश्यक टिप्पणियों से स्वयं को अलग रखती है। वह जानती है कि उसका व्यवहार ही उसे बचाये रखेगा। कुछ उदाहरण उसके सामने थे।

कुछ दिनों से साक्षी और अरुण प्रकाश की बात नहीं हो पायी। साक्षी मुम्बई गयी थी, बेटे के पास। जाने से पहले फ़ोन किया था, पर अब पन्द्रह दिन हो गये बात नहीं हो पायी। अरुण प्रकाश भी 'एकान्त' की तैयारी में व्यस्त थे।

काफ़ी दिनों बाद साक्षी का फ़ोन आया। कुछ परेशानी है, पूछने पर भी उसने साफ़-साफ़ कुछ नहीं बताया। अरुण प्रकाश तो आवाज़ की स्थिति से मन के भीतर का साफ़ जान जाते हैं। पर कुरेदते नहीं। अभी साक्षी ने फ़ोन एक कार्यक्रम के बारे में ही किया था। अब अरुण प्रकाश को लगने लगा है कि कार्यक्रमों में बहुत परेशानी होने लगी है और दिन बहुत ख़राब होने लगे

हैं। अखिल सारा सँभालता है, फिर भी और ध्यान देना चाहिए, क्योंकि यह पत्रिका अब तिमाही से मासिक हो गयी है। समय और श्रम का तनाव बढ़ गया है। लेकिन साक्षी ने कहा कि फ्लाइट से आने की व्यवस्था है। आपको उद्घाटन करना है और दूसरे ही दिन निकल आना है। चूँकि जबलपुर में कई मित्र हैं, तो उनका आकर्षण बना रहा। साक्षी का यह भी आग्रह था कि उसकी सहेली जबलपुर में प्रिंसिपल है और आपकी और 'एकान्त' की पाठक है। कोई और कहता तो शायद अरुण प्रकाश टाल देते पर साक्षी के लिए उन्होंने हाँ कर दी।

टिकट जाने-आने के बुक हो गये। फ्लाइट वाया भोपाल थी। अरुण प्रकाश का जबलपुर का कार्यक्रम बन गया। वे जल्दी में थे, उन्होंने साक्षी के बारे में कुछ नहीं पूछा।

निर्धारित दिन वे एयरपोर्ट पहुँचे। चेक-इन विंडो पर उन्होंने मोबाइल पर आया टिकट दिखाया और बोले विंडो सीट प्लीज़। उधर से आवाज़ आयी आपका वेब चेकिंग हो चुका है और विंडो सीट ही है। अरुण प्रकाश चौंके। फिर लगा आयोजकों ने यह सुविधा कर दी होगी। वे निर्धारित समय पर अपनी सीट पर जा बैठे। सुबह की फ्लाइट थी। विमान के उड़ान भरते ही उनकी आँखें मुँद गयीं। उन्हें नींद में लगा, साक्षी पास ही बैठी है। आँखें खोलकर देखा तो एक मुच्छड़ खर्राटे भर रहा था। उसी की खर्राटे से अरुण प्रकाश की नींद टूटी थी। पलभर उन्होंने खिड़की के बाहर झाँका और फिर नींद की गिरफ्त में आ गये।

थोड़ी देर बाद विमान धड़ाम से ज़मीन से टकराया। चौंककर जागे तो देखा विमान ने भोपाल में लैंड किया है...ओफ्। लगा कोई हादसा हुआ।

भोपाल के यात्री उतर गये और अगली यात्रा के यात्री चढ़ने लगे। बगल का मुच्छड़ उतर चुका था। राहत। सीट खाली। वे कुछ कल्पना करने लगते हैं साक्षी जैसी कोई महिला आ रही है। वे कुछ अचकचाये। पर यह तो साक्षी आ रही है। बगल की सीट खाली है। पर यहाँ कोई दूसरा भी हो सकता है। साक्षी ने अरुण प्रकाश को देखा नहीं, ऐसा उन्हें लगता रहा। करीब आयी तो अरुण प्रकाश ने हाथ लहराया। जवाब में साक्षी ने भी हाथ लहराया। पलभर में अरुण प्रकाश ने सोच लिया जो भी बगल में आयेगा उसे अनुरोध कर साक्षी के लिए जगह बना लेंगे। साक्षी आयी और सीधे उनकी बगल में बैठ गयी।

'कैसा रहा?' साक्षी बोली।

'शानदार...क्या संयोग है?' अरुण प्रकाश चकित थे।

'यह संयोग नहीं...प्रयास का फल है...बड़ी मुश्किल से ऐसी व्यवस्था हो पायी...।' अपना पर्स पैरों के पास रखती साक्षी बोली।

अब अरुण प्रकाश की समझ में आया कि समय रहते वेब चेकिंग किया तो क्या हो सकता है।

'कैसे हैं?' बड़े स्नेह से देखते हुए साक्षी ने पूछा।

'बस ठीक हूँ। तुम्हारा आग्रह था चला आया।'

बस ऐसी ही कुछ छोटी-बड़ी बातें चल रही थीं। विमान ने उड़ान भरी। अब अरुण प्रकाश की नींद फुर्र हो गयी थी। बस इधर-उधर की बातें हुईं और साक्षी ने पूछा, 'कुछ नाश्ता वगैरह लिया। आप तो बहुत जल्दी निकले होंगे।'

'नहीं...बैठते ही सो गया। बहुत सुबह चलना पड़ा। फिर फ्लाइट पकड़ने की आपाधापी, सुरक्षा जाँच, इन्तज़ार...अब ऊब होती है।' अरुण प्रकाश थके-थके से लग रहे थे।

'ठीक किया आपने...।'

'मतलब?'

'नाश्ता नहीं लिया आपने, नहीं तो मेरे पराँठे बेकार हो जाते..।'

अरुण प्रकाश ने साक्षी की ओर देखा और उन्हें आस्था याद आ गयी। कितना ध्यान रखती थी। बाहर जाते समय दो पराँठे और भरवाँ करेला। वे पलभर साक्षी को देखते रहे। तभी साक्षी ने कहा, 'साथ में...भरवाँ करेला।'

अरुण प्रकाश को विश्वास नहीं हो रहा था।

'आजकल एक तो फ्लाइट में कुछ मिलता नहीं। मिलता भी तो वह खाने लायक नहीं होता।...' साक्षी ने पेपर प्लेट में पराँठे और करेला रखकर उनकी ओर बढ़ा दिये और अपने लिए भी निकाल लिया।

समय बहुत कम था। बातें बहुत करनी थीं। अरुण प्रकाश ने यूँ ही पूछ लिया, बेटे की गृहस्थी कैसे चल रही है।'

'डॉक्साब दुनिया बहुत बदल गयी है। हमारा समय गया। अब तो समझ में नहीं आता कि किस तरह जिएँ?' साक्षी कुछ अनमनी हो गयी।

'क्यों क्या हो गया?' अरुण प्रकाश को लगा कोई गलत बात तो नहीं कह दी।

'मैं पहले से इस रिश्ते के ख़िलाफ़ थी। पर अनुपम उसे बहुत चाहता है यह समझकर मैं तैयार हुई। तैयार न भी होती तो क्या होता। आजकल देखते नहीं क्या-क्या घटनाएँ होती हैं...। मैंने उससे कहा था, अपनी ज़िन्दगी को सोच-समझकर आगे बढ़ाना। वह अब भी दृढ़ है। दोनों साथ-साथ पढ़ते थे। एक-दूसरे को अच्छी तरह समझते ही होंगे...। पर ऐसा नहीं हुआ। सुरभि अपनी सारी तनख़्वाह अपने

माता-पिता को देती थी। सही भी था। कोई एतराज़ नहीं था अनुपम को भी। मेरा तो सवाल ही नहीं था। जबसे जॉब में लगा है, मुझसे उसने कुछ नहीं माँगा। सुरभि के पिता रिटायर हैं, वे एकमेव कमाऊ थे। भाई पढ़ाई कर रहा है।

'शादी के कुछ ही दिनों बाद सीढ़ियाँ चढ़ते हुए सुरभि धड़ाम से गिर पड़ी। उठना मुश्किल था। अस्पताल ले गये। एक्स-रे हुआ और पता चला कि उसकी रीढ़ की हड्डी में फ्रैक्चर है। एक ऑपरेशन तो हुआ पर तबसे वह बिस्तर पर ही है। आज चार महीने हो गये, वह उठ नहीं पाती। नौकरी से हाथ धोना पड़ा। उसकी बीमारी का सारा खर्चा अब अनुपम उठा रहा है। फ्लैट की किश्तें देनी भी भारी पड़ रही हैं। बेटा संकट में आ गया है। ज़िम्मेदारी तो निभा रहा है, पर वह बहुत मुश्किल में है।'

किसी कारण से उसने यह बात शुरू की और गम्भीर हो गयी। अरुण प्रकाश को अपराध-बोध हुआ। अरुण प्रकाश सही सोच रहे थे कि साक्षी की भीतरी स्त्री अकेली और स्थितियों के हाथों छली गयी है। बाहर-बाहर वह निर्भीक, व्यवहार कुशल और कुछ कठोर लगती होगी, पर बहुत संवेदनशील है। साक्षी मेरा इरादा यह नहीं था कि मैं दुखी करूँ तुम्हें। अनजाने में हुआ।

'मैंने आज तक यह बात किसी को नहीं बताई। अपने करीबी रिश्तेदारों को भी नहीं। किसी सहकर्मी या मित्र को भी नहीं। पहली बार मैं आपको बता रही हूँ।' रुआँसी हो गयी साक्षी।

एक आदमी में कितने आदमी रहते हैं, अरुण प्रकाश सोचते रह गये। इतने में विमान उतरने की घोषणा होने लगी।

कॉलेज के गेस्ट हाउस में ठहरे। दोनों अनमने। अरुण प्रकाश को लग रहा था, ढेर सारी बातें होंगी। साक्षी को लग रहा था अरुण प्रकाश के साथ दो दिन यादगार—यात्रा रहेगी। पर सब कुछ अलग वातावरण में ढल गया।

कल सुबह दस बजे कार्यक्रम का उद्घाटन था।

साक्षी कपड़े चेंज करके अरुण प्रकाश के कमरे में आयी। बोली, 'चलिए फटाफट खाना खाते हैं। अभी काफ़ी समय है। हम भेड़ाघाट जायेंगे।'

उसका निर्णय, उसकी तत्परता, पलभर में नया रूप साक्षी का अरुण प्रकाश को चौंका रहा था। पर उन्होंने भी तुरन्त हामी भरी, यह सोचकर कि 'बदलना चाहिए।'

भेड़ाघाट से लौटती-यात्रा में कहीं भी ऐसा प्रसंग नहीं आया जिससे किसी को तकलीफ़ हो, कोई दुखी हो।

ऐसे कार्यक्रम दोनों की ओर से चलते रहे। 'एकान्त' में साक्षी की कविताएँ छपती रहीं। सेमिनारों में वे कई जगहों पर साथ-साथ रहे। साक्षी, अरुण प्रकाश के घर आती, अरुण प्रकाश भोपाल मिलने जाते। यह सब सूर्यकान्त देखते रहते...

एक दिन साहस करके उन्होंने कह ही दिया, 'जीवन में, खासकर उतार अवस्था में एक साथी चाहिए। मुझे लगता है आप इस पर विचार कीजिए। उम्र के साथ ज़िन्दगी ख़त्म नहीं होती। ज़िन्दगी के साथ उम्र ख़त्म होती है। मेरा इशारा आप समझते हैं।'

'मैं आपका इशारा ख़ूब समझता हूँ। स्नेह और सम्मान एक बात होती है और विवाह बिल्कुल अलग बात है। आप यदि ऐसा सोच रहे हैं तो बिल्कुल असम्भव है। साक्षी को मैं जानने लगा हूँ और मेरी ओर से यह कभी नहीं हो सकता...!'

❒❒